FRAUKE SCHEUNEMANN

ZIEMLICH UNVERBESSERLICH

FRAUKE
SCHEUNEMANN

ZIEMLICH UNVERBESSERLICH

EINE FAMILIENKOMÖDIE

PAGE & TURNER

Dieses Buch ist auch als E-Book erhältlich.

MIX
Papier aus verantwortungsvollen Quellen
FSC® C014496

Verlagsgruppe Random House FSC® N001967
Das FSC®-zertifizierte Papier *Super Snowbright* für dieses Buch liefert Hellefoss AS, Hokksund, Norwegen.

Page & Turner Bücher erscheinen im
Wilhelm Goldmann Verlag, München,
einem Unternehmen der Verlagsgruppe
Random House GmbH.

1. Auflage

Redaktion: Nicole Seifert
Umschlaggestaltung: UNO Werbeagentur München
Umschlagmotiv: © FinePic®, München
Satz: DTP Service Apel, Hannover
Druck und Bindung: GGP Media GmbH, Pößneck
Printed in Germany
ISBN: 978-3-442-20414-4
www.pageundturner-verlag.de

EINS

Ein wehender, halboffener Bademantel muss an und für sich noch kein schlechtes Zeichen sein. Auch nicht, wenn er rosa und mit zarten roten Streifen versehen ist. Meine Großmutter nannte ein ganz ähnliches Exemplar ihr Eigen. Allerdings hätte sie es vermutlich nicht beim ersten Gespräch mit ihrer neuen Anwältin getragen, und vermutlich hätte sie dabei auch nicht in der einen Hand ein Luftgewehr und in der anderen eine Bierdose gehalten. So gesehen ist dieser Bademantel vielleicht doch ein schlechtes Zeichen.

»Herr Felice?«, rufe ich meinem wahrscheinlich neuen Mandanten quer über den Hof aus sicherem Abstand zu. »Nikola Petersen mein Name, ich bin die Schwiegertochter von Frau Petersen. Die Anwältin.« Nicht, dass er noch auf mich schießt, weil er denkt, ich sei der Gerichtsvollzieher, von der Kripo oder sonst ein unerfreulicher Besuch.

»Ah, Frau Petersen! Sehr gut, sehr gut! Gisela hat mir von Ihnen erzählt.« Offensichtlich erfreut, wedelt Felice mit dem Luftgewehr.

Na bestens, immerhin weiß er, wer ich bin und hat mit mir gerechnet. Bleibt nur die Frage, warum er sich dann nicht etwas anderes angezogen hat. Schließlich ist es nachmittags um halb vier, eine Zeit also, in der die meisten Menschen schon einen beherzten Griff in ihren Kleiderschrank getan haben. Aber gut – was habe ich erwartet? Immerhin hatte meine Schwiegermutter mir Tiziano Felice als einen »Künstler in

Schwierigkeiten« angekündigt, der dringend einen Anwalt brauche. Was genau sie damit meinte, hatte Gisela allerdings offen gelassen.

Der Künstler in Schwierigkeiten kommt näher. Ich bin ein bisschen kurzsichtig, aber aus der Nähe kann ich sehen, dass er mittelgroß und mittelblond ist, mit ziemlich blauen Augen gesegnet und wahrscheinlich etwas jünger als ich. Ein ganz niedliches Kerlchen. Wahrscheinlich würde Gisela ihn am liebsten adoptieren. Aber da das vermutlich ein ziemlich bürokratischer Aufwand wäre, dreht sie ihn erst mal mir als Mandanten an.

Felice stellt die Bierdose auf einem Strohballen ab und reicht mir die Hand. »Gestatten, Tiziano Felice«, stellt er sich dann sehr förmlich vor. »Ich bin hocherfreut, Sie zu sehen.«

Oha! Entweder Herr Felice hat mehrere Jahre in der Spitzengastronomie gearbeitet, oder aber Gisela legt in ihrem Integrationskurs Deutsch großen Wert auf Umgangsformen. Wahrscheinlich Letzteres, da ist meine Schwiegermutter ganz alte Schule. Allerdings spricht Tiziano schon auffallend gut Deutsch, mit einem Hauch von Italien – ob er das tatsächlich alles bei Gisela gelernt hat?

»Ja, danke«, erwidere ich seine Begrüßung freundlich und entziehe ihm meine Hand, die mittlerweile gut durchgeschüttelt ist. »Ich hatte meine Schwiegermutter gebeten, Ihnen wegen der Uhrzeit Bescheid zu sagen – aber wenn es Ihnen jetzt nicht passt …«

»Wieso? Nein, es passt gut.«

»Ich dachte …« Bevor ich noch weiter ausführen kann, was ich dachte, scheint Herrn Felice auf einmal selbst aufzufallen, dass sein Aufzug etwas ungewöhnlich anmutet. Er sieht an sich herunter, dann strahlt er mich an.

»Oh, scusi – was müssen Sie von mir denken? Ich … äh …

hatte gerade mit meinem Freund Sergio ... äh ... entschuldigen Sie mich bitte eine Augenblick.« Was genau er mit seinem Freund Sergio hat und in welchem Zusammenhang das mit dem Bademantel steht, führt er nicht weiter aus. Es ist mir aber auch egal. Ich setze ein sehr professionelles Lächeln auf und nicke freundlich.

»Kein Problem. Ich warte.«

Er verschwindet in dem kleinen Haus aus rotem Backstein, das gleich vorn an der Hofeinfahrt steht. Ich bleibe einfach, wo ich bin.

Als er nach zehn Minuten immer noch nicht zurück ist, setze ich mich neben die Bierdose auf den Strohballen. Ich betrachte das Häuschen und frage mich, warum mir eigentlich nie aufgefallen ist, dass es wie eine Miniaturausgabe des Petersen-Hofes aussieht. Weißes Fachwerk, grüne Fensterrahmen, Reetdach: genau wie das Nachbarhaus, in dem ich selbst lebe, nur eben viel kleiner.

Hier in Howe, mitten in den Vierlanden, stehen noch einige dieser alten, reetgedeckten Bauernhäuser. Wenn Menschen mich das erste Mal besuchen, können sie kaum glauben, dass sie sich noch in Hamburg befinden, so ländlich ist diese wunderschöne grüne Gegend direkt an der Elbe. Dabei gehört Howe genauso zur Hansestadt wie St. Pauli und die Reeperbahn. Allerdings könnte der Gegensatz zur Innenstadt kaum größer sein: In den Vierlanden gibt es gepflegte Vorgärten, und es werden Blumen, Obst und Gemüse angepflanzt, die Treckerdichte ist hoch. Wahrscheinlich sogar höher als die des sonst in Hamburg so beliebten Mini Cabriolets – wer schon mal versucht hat, mit Letzterem nach drei Tagen Schmuddelwetter auf einem Acker zu wenden, weiß auch, warum.

Nach fünfzehn Minuten Warterei ärgere ich mich langsam, dass ich mich zu diesem Termin habe breitschlagen lassen. Nach zwanzig Minuten überlege ich, ob Gisela es mir sehr übel nimmt, wenn ich jetzt einfach ins Büro fahre. Selbst wenn, ist mir jetzt auch egal! Ich habe schließlich noch anderes zu tun, als hier in der Pampa auf einen verrückten Künstler im Bademantel zu warten. Kurzentschlossen stehe ich auf und klopfe mir das Stroh von meinem Rock.

Genau in diesem Moment taucht Tiziano Felice wieder auf. Glaube ich jedenfalls, denn der Mann, der nun mit einem Schuhkarton unterm Arm vor mir steht, sieht völlig verwandelt aus. Er ist in feines Tuch gehüllt, offenbar frisch geduscht und duftet angenehm, die eben noch strubbeligen Haare sind gekämmt, eine lässige Locke hängt ihm in die Stirn. Mit anderen Worten: Vor mir steht ein Mann aus der Werbung für italienischen Kaffee.

»Als Gisela mir gesagt hat, dass Sie Avvocatessa sind, war ich sehr beruhigt.« Er strahlt mich an.

»Das freut mich. Aber was ist denn das Problem?«

»Ich habe Post bekommen vom Gericht. Und ich glaube, dass es ein großes Missverständnis gibt wegen meinem Gewächshaus. Das darf so nicht sein, sagt die Polizei.«

Aha. Wahrscheinlich ein ungenehmigter Schwarzbau – und jetzt gibt's die Abrissverfügung. Klar, das deutsche Baurecht ist für einen italienischen Staatsbürger wahrscheinlich ein Buch mit sieben Siegeln.

»Können Sie mir das Schreiben mal zeigen?«

»Sì, certo. Es ist hier drin.«

Er stellt den Schuhkarton auf den Strohballen, nimmt den Deckel ab, fischt aus einem Wust anderer Zettel ein mehrseitiges Schreiben heraus und drückt es mir in die Hand. Ich überfliege die erste Seite. Okay, es ist keine Abrissverfügung.

»Herr Felice, haben Sie den Inhalt des Briefs verstanden?«

Er schüttelt den Kopf.

»Nicht so ganz. Deutsch sprechen in einer normalen Unterhaltung ist zwar kein Problem für mich, schließlich habe ich schon mal zwei Jahre in München gearbeitet. Den Kurs mit Sergio mache ich eigentlich nur, damit mein Freund nicht allein dort ist. Normalerweise verstehe ich Deutsch sehr gut. Aber mit Formularen vom Amt – ah, difficile! Können wir den Brief noch mal zusammen lesen?«

Ich räuspere mich. »Natürlich. Also, hier steht:

Anklageschrift in der Sache gegen

Felice, Tiziano Umberto, geboren am 5. Mai 1982 in Verona, Italien, italienischer Staatsangehöriger, wohnhaft in Hower Deich 5, Hamburg.

Die Staatsanwaltschaft legt dem Angeschuldigten aufgrund ihrer Ermittlungen folgenden Sachverhalt zur Last:

Der Angeschuldigte baute in einem Gewächshaus auf seinem Grundstück Hower Deich 5 mindestens 100 Hanfpflanzen an, ohne hierfür eine erforderliche Erlaubnis zu besitzen.

Der Angeschuldigte wird daher beschuldigt, Betäubungsmittel unerlaubt angebaut zu haben, Straftat strafbar nach § 29 Abs. 1 Betäubungsmittelgesetz.

Ich lege die Blätter wieder in den Schuhkarton und schaue Tiziano Felice an. Besonders beunruhigt wirkt er nicht.

»Wissen Sie, was das bedeutet?«

Er schüttelt den Kopf.

»Die Polizei hat bei Ihnen eine Hanfplantage ausgehoben, verstehen Sie? Hanf. Marihuana.« Jetzt erhellt sich sein Gesicht, und Felice strahlt noch mehr.

»Ah, capisco! Marijuana!«

»Genau.« Warum das jetzt ein Grund zur Freude ist, verstehe ich nicht. »Das ist ein Problem, Herr Felice. Das ist in Deutschland nämlich streng verboten. Ein Verbrechen ist das. Dafür können Sie ins Gefängnis kommen.«

Jetzt schüttelt Felice ganz energisch den Kopf.

»Ma no! Das sind nicht meine Pflanzen! Die sind von Oma Erika!«

Sicher. Genau das hatte ich vermutet.

»Gisela, das Betreiben einer Hanfplantage ist eindeutig Strafrecht. Ich bin Fachanwältin für Familienrecht. Manchmal kümmere ich mich zwar auch um einen Nachbarschaftsstreit oder Sozialrechtsfälle, aber Strafrecht ist eindeutig nicht mein Gebiet. Wenn dein Tiziano nach Verbüßung seiner zu erwartenden Haftstrafe Hartz IV beantragen will, kannst du mich also gern noch einmal ansprechen. Vorher bin ich nicht zuständig.«

»Er hat sie nicht betrieben. Das war seine Großtante.«

»Ich bitte dich: Erika Witthöft soll eine Hanfplantage betrieben haben? Mit ihren 93 Jahren? Das ist doch völlig absurd.«

»Aber nicht undenkbar! Du darfst älteren Menschen ruhig etwas zutrauen.«

Ich muss mich zwingen, nicht mit den Augen zu rollen. Wenn es um diesen Tiziano geht, ist meine Schwiegermutter offenbar völlig vernagelt.

»Schau mal, Gisela, ich verstehe ja, dass du Herrn Felice nett und sympathisch findest. Aber gerade weil das so ist und du ihm helfen willst, braucht er einen anderen Anwalt. Einen, der sich mit der Materie auskennt.«

»Er will aber nur dich. Ich habe schon mit ihm gesprochen. Er war begeistert. Du wirkst so kenntnisreich und seriös.«

»Ach, kenntnisreich und seriös? So hat er das formuliert? Interessant.«

»Na ja, so ähnlich.«

Ich seufze. Wenn sich Gisela etwas in den Kopf gesetzt hat, ist sie nur schwer wieder davon abzubringen.

»Gisela, wenn es wegen des Honorars ist: Herr Felice wird mit Sicherheit einen Pflichtverteidiger beigeordnet bekommen. Den muss er erst mal nicht bezahlen, das übernimmt die Staatskasse. Also, das ist gar nicht billiger, wenn ich es mache.«

Gisela schüttelt energisch den Kopf.

»Es geht nicht ums Geld. Das würde ich ihm notfalls leihen. Es geht darum, einen Anwalt zu finden, dem er vertrauen kann. Und das bist nun mal du.«

»Das ist doch Quatsch. Er kennt mich überhaupt nicht.«

»Er kennt mich. Und wir sind eine Familie. Das reicht ihm.«

»Aber ich will nicht! Das ist mir einfach eine Spur zu heiß. Ich meine, hier geht es richtig um was – wenn der Gute Pech hat, wandert er in den Bau. Da sollte er wirklich einen Verteidiger haben, der sich mit so etwas auskennt.«

Gisela kneift die Augen zusammen. Das sieht sehr böse aus.

»Wenn du es schon nicht für ihn tun willst, dann tu es wenigstens für mich. Du sagst immer, wie dankbar du mir für alles bist. Jetzt kannst du mal beweisen, dass das nicht bloß dahingesagt ist.«

Autsch. Jetzt hat sie mich. Ich hole tief Luft.

»Na gut. Wenn es denn unbedingt sein muss. Aber ich werde mich mit einem erfahrenen Kollegen beraten müssen.«

Jetzt lächelt meine Schwiegermutter und neigt huldvoll den Kopf.

»Tu das, Liebes, tu das.«

»Ja, mach ich auch. Aber sag mal – was genau hat ihn denn so von mir überzeugt? Habe ich ihm das mit der Anklageschrift so gut erklärt – oder warum hält er mich für die beste Anwältin aller Zeiten?«

Gisela zuckt mit den Schultern.

»So ähnlich. Er hat gesagt, du hättest unglaublich tolle Beine. Die würde er gern häufiger sehen.«

ZWEI

Sag mal, Alexander, wie gut kennst du dich mit Marihuana aus?«

Mein Kollege Alexander Warnke schaut mich erstaunt an, dann nimmt er seine Kaffeetasse, zieht einen Stuhl heran und setzt sich zu mir an den kleinen Tisch, der die Teeküche unserer Kanzlei gleichzeitig zum Besprechungsraum macht.

»Na ja, zu Beginn des Studiums habe ich tatsächlich ein paarmal Gras aus Amsterdam mitgebracht. Also, natürlich nicht wirklich viel. Ich hab's eher selbst geraucht, mein Kumpel Carli hat aber auch ein bisschen davon vertickt. Ich glaube, Carli kifft heute noch. Wenn du mir genau sagst, was du brauchst, kann ich ihn ja mal anrufen.«

Ich gucke Alexander möglichst vorwurfsvoll an.

»Unsinn! Ich meine, wie gut du dich juristisch mit Marihuana auskennst.«

»Ach so! Sag das doch gleich! Aber da muss ich dich leider enttäuschen. Das Betäubungsmittelgesetz ist auf meiner juristischen Landkarte ein weißer Fleck. Worum geht's denn? Hat Bauer Feddersen wieder Mist gebaut? Erst Fahren ohne Fahrerlaubnis und jetzt auch noch unter Drogeneinfluss? Da gehen ihm ja demnächst die Kühe fliegen … dann braucht der Gute noch den Pilotenschein.« Alexander lacht.

»Ja, sehr witzig. Vielen Dank für deinen kollegialen Rat.« Alexander hebt entschuldigend die Hände.

»*Hey – peace, man*, wie mein alter Freund Bob Marley immer sagt. Was bist du denn heute so krawallig? Wieder Stress mit Gisela?«

Ich nicke.

»Sie hat mir wieder einen ihrer Sozialfälle als Mandanten angedreht. Und der wiederum hat offensichtlich eine Hanfplantage betrieben.«

»Hast du ihr denn nicht gesagt, dass wir gar kein Strafrecht machen?«

»Natürlich habe ich das. Aber du kennst sie ja.«

Dazu sagt Alexander nichts mehr, er seufzt lediglich und nimmt einen großen Schluck aus seiner Kaffeetasse. Tatsächlich kennt Alexander Gisela ziemlich gut und ziemlich lange. Länger als ich sogar. Er ist schon mit meinem Mann Christoph zur Schule gegangen und hat unzählige Male am Tisch meiner Schwiegermutter gesessen und sich bekochen lassen. Ich würde sagen, Alexander war Stammgast auf dem Petersen-Hof. Im Studium haben Christoph und Alexander dann gemeinsam in einer WG gewohnt. Sie waren wie Brüder. Mehr noch: Eigentlich waren sie wie Zwillinge. Unzertrennlich.

Als ich die beiden im ersten Semester kennenlernte, war ich mir lange Zeit nicht ganz sicher, ob sie vielleicht ein Pärchen sind. Na ja, zumindest bis Christoph mich das erste Mal geküsst hat. Danach hatte ich zumindest in diesem Punkt Klarheit.

»Nikola?« Alexander tippt mich an.

»Äh, ja?«

»Träumst du?«

Ich schüttle mich kurz.

»Ich musste gerade an die Zeit in unserer WG denken.«

»Ja … ich weiß noch, wie begeistert Gisela war, als wir ihr erzählt haben, dass eine Frau bei uns einzieht. Ich glaube, sie dachte, jetzt würde sich endlich jemand darum kümmern, dass in unserer Junggesellenbude Ordnung herrscht.«

Ich muss grinsen.

»Tja, sie konnte ja nicht ahnen, dass ich noch unordentlicher veranlagt bin als ihr beiden Chaoten.«

Natürlich merkte Gisela bei ihren regelmäßigen Besuchen ziemlich schnell, dass es sich bei mir nicht gerade um die geborene Hausfrau handelte. Als sie daraufhin ihre gefürchteten Putz- und Wascheinsätze wieder aufnehmen wollte, konnte ich sie trotzdem sanft, aber bestimmt davon überzeugen, dass auch ihr Sohn dereinst das Bedienen einer Waschmaschine lernen würde – spätestens, wenn die letzte saubere Unterhose im Nirwana des Wäschekorbs verschwunden wäre.

»Und wen hat Gisela diesmal angeschleppt?«

»Ach, unseren neuen Nachbarn. Ein Italiener. Hat den Hof von seiner deutschen Urgroßtante geerbt. Gisela hatte mir mal erzählt, dass er dort ökologischen Landbau betreiben will. Oder eine Hundepension.«

Alexander grinst.

»Er scheint sich für ökologischen Landbau entschieden zu haben. Ist bestimmt 'ne Marktlücke: Bio-Hanf. Nee, im Ernst – wenn die beiden eine Baugenehmigung für eine neue Scheune bräuchten, wäre ich euer Mann. Aber so … da muss ich passen.«

Ich nicke.

»Hab ich mir schon gedacht. Leider komme ich aus der Nummer nicht mehr raus. Jedenfalls nicht, ohne Giselas Zorn auf mich zu ziehen.«

»Auweia. Das wäre natürlich fürchterlich. Wieso ist ihr das Wohlergehen der Nachbarn denn so wichtig, dass unbedingt du dich kümmern sollst?«

Schulterzucken meinerseits.

»Schätze mal, es handelt sich um das Gisela-typische Helfersyndrom. Tiziano besucht den Integrationskurs der Volkshochschule, den Gisela leitet. Und da vermittelt sie den Teilnehmern eben nicht nur Deutsch und Landeskunde, sondern vor allem: Herzenswärme!«

»Gisela leitet WAS?« Alexander guckt mich erstaunt an.

»Einen Integrationskurs. Für neueingewanderte Ausländer. Wird von der Volkshochschule angeboten. Und weil Gisela offensichtlich mit meinen beiden Kindern und dem großen Haus nicht ausgelastet ist, gibt sie da ehrenamtlich Kurse. Jeder, wie er meint.« Ich seufze tief.

»Na ja«, wendet Alexander ein, »immerhin war deine Schwiegermutter vierzig Jahre lang Hauptschullehrerin. Ich würde sagen, Deutsch und Herzenswärme sind eindeutig ihre Kernkompetenz.«

»Ich würde eher sagen, Deutsch und Herzenswärme *und* Dickköpfigkeit.« Eigentlich ist es eher ausgeprägte Oberlehrerhaftigkeit, aber das klingt mir dann doch zu negativ. Schließlich ist Gisela meine Schwiegermutter. Klar, sie ist eine alte Besserwisserin – aber leider weiß sie tatsächlich meistens alles besser.

Klack! Entschlossen stellt Alexander seine Kaffeetasse auf den Tisch.

»Ich hab's! Der Rupprecht! Den kannst du fragen.«

»Wer bitte schön ist *der* Rupprecht?«

Vielleicht liegt es an der Tatsache, dass ich zwei Kinder habe, aber bei *Rupprecht* fällt mir spontan nur der Knecht ein. Also gewissermaßen der Angestellte vom Weihnachtsmann. Oder war das eher der Nikolaus? Egal. Jedenfalls sehe ich nicht, wie der mir bei meinem Problem mit Tizianos Hanfplantage weiterhelfen könnte. Es sei denn, ich schriebe ihm einen Wunschzettel: *Bitte, lieber Weihnachtsmann/lieber Niko-*

laus, bring mir einen Sack voller Strafrechtskenntnisse vorbei, aber zackig, das kann auf keinen Fall bis Dezember warten!

»Also wirklich, Nikola, man merkt, dass du nur zum Arbeiten in die Kanzlei kommst. Simon Rupprecht ist unser neuer Nachbar. Hat die Kanzlei vom alten Schröder übernommen.«

Stimmt. Da war doch was. Rechtsanwalt Schröder hatte eine Kanzlei im gleichen Haus wie wir. Hier im Karolinenviertel, direkt bei den Gerichten, gibt es naturgemäß viele Anwaltskanzleien. In der Straße hinter dem imposanten Kuppelbau des Oberlandesgerichts hängen neben fast jedem Hauseingang ein oder zwei Schilder von kleinen bis mittelgroßen Anwaltsbüros. Kollege Schröder von nebenan war deutlich jenseits der sechzig und sprach schon länger davon, sich zurückzuziehen. Dem Neuen bin ich aber noch nicht begegnet. Alexander hat Recht: Ich komme immer nur zum Arbeiten angehetzt. Sobald mein Schreibtisch einigermaßen leer ist, geht es wieder ab aufs Land. Schließlich will ich Gisela als Babysitter nicht überstrapazieren – das Beaufsichtigen eines Fünf- und einer Dreizehnjährigen ist kein reines Vergnügen. Max und Tessa tendieren in letzter Zeit deutlich in Richtung *Bildung einer kriminellen Vereinigung*. Bei Tessa scheint die Pubertät das ihre dazu beizutragen, während sich Max im Kindergarten offenbar langweilt.

»Und Simon Rupprecht ist der Strafrechtspapst?«, will ich von Alexander wissen.

»Ja. Ich war mit ihm letzte Woche in der Gerichtskantine essen. Wir hatten uns am Landgericht zufällig vor einem Sitzungssaal getroffen und hatten beide Hunger. Da hat er ein bisschen erzählt.«

»Aha. Ein Strafverteidiger. Vielleicht sollte ich auch mal mit ihm essen gehen. Genau genommen hat Gisela mir ja nicht nur einen Mandanten angedreht, sondern gleich zwei. Tiziano hat nämlich noch einen Kumpel vom Gardasee mitgebracht: Sergio. Dem haben sie auch eine Anklageschrift zugestellt. Sergio hatte damit zwar schon die Wurfbox im Kaninchenstall ausgelegt, deswegen war sie erst gar nicht so leicht zu entziffern, aber es sind tatsächlich die gleichen Anklagepunkte.«

»Na, dann brauchst du in jedem Fall einen Kollegen – du kannst schließlich nicht zwei Angeklagte auf einmal verteidigen.«

Stimmt. Das verbietet die Strafprozessordnung. Könnte ja sein, dass sich die beiden gegenseitig belasten, und auf wessen Seite sollte sich ein Verteidiger dann stellen? Vor Gericht braucht jeder seinen eigenen Anwalt.

»Hast du die Nummer von diesem Simon? Wir könnten ihn doch gleich mal anrufen, vielleicht mag er auf einen Kaffee vorbeikommen. Um elf Uhr muss ich rüber zum Amtsgericht und später dann zum Arbeitsgericht. Wenn ich wieder hier auftauche, bin ich noch bis 15 Uhr mit Terminen ziemlich dicht, aber dann hätte ich etwas Zeit.«

»Ja, er hat mir seine Karte gegeben. Moment, sie liegt auf meinem Schreibtisch.« Alexander steht auf und geht auf die Tür zu, aber bevor er sie öffnen kann, schwingt sie schon von allein auf, und Aysun, die beste Rechtsanwaltsgehilfin der Welt, steckt ihren Kopf in die Teeküche.

»Hallo, ihr beiden! Seid ihr in einer Besprechung, oder kann ich stören?«

»Komm ruhig rein.« Ich nicke ihr freundlich zu. »Du störst gar nicht. Wir haben uns nur gerade über Simon Rupprecht unterhalten.«

Sie sieht mich fragend an.

»Der die Kanzlei vom alten Schröder übernommen hat?«

Aysun pfeift. »Ach der! Kollege Knackarsch!«

»Echt? Knackarsch? Das hat mir Alexander gar nicht erzählt. Ich habe ihn ja selbst noch nicht gesehen.«

»Doch, doch«, bestätigt Aysun, »der ist ein echter Hingucker. Groß, schlank, richtig guter Body. Der macht bestimmt viel Sport.«

Alexander schnaubt.

»Wenn ich das als Mann über eine Frau sagen würde, wäre ich gleich der größte Sexist aller Zeiten!«

Lachend stehe ich auf und klopfe ihm dabei mit einer schnellen Bewegung auf das Bäuchlein, das sich oberhalb von Alexanders Hosenbund deutlich abzeichnet.

»Komm, du bist doch nur neidisch auf Mr Waschbrett. Deswegen hast du ihn auch in die Gerichtskantine geschleppt. Auf dass er sich mit Stammessen 1 die Figur versaue!«

Aysun prustet los, Alexander guckt säuerlich.

»Was wolltest du eigentlich?«, will er dann von ihr wissen.

»Stimmt. Ich wollte ja was. Nikola, der Kindergarten von Max hat angerufen und bittet um Rückruf.«

Der Kindergarten? Morgens um halb zehn? Das ist in der Regel kein gutes Zeichen. Schon gar nicht an einem Tag, an dem mein Terminkalender überquillt und ich mir eigentlich nicht mal erlauben kann, mit dem Kollegen Rupprecht dienstlich einen Kaffee zu trinken. Nein, dieser Anruf ist überhaupt kein gutes Zeichen!

DREI

Und denken Sie bitte an das ärztliche Attest! Die Behandlung allein reicht nicht, wir brauchen auch ein Attest, sonst kann Max leider nicht in die Kita kommen! Viel zu gefährlich!« Die Stimme von Frau Scholz-Strickling zittert leicht. Die Arme trägt offenbar schwer an der Verantwortung, die die pädagogische Leitung der Bärchen-Gruppe mit sich bringt.

Ich nicke matt und spare mir den Hinweis, dass Max schließlich keine offene Tuberkulose hat. Es ist zwecklos. Mein Tag ist sowieso ruiniert. Ich werde ihn in weiten Teilen im Waschkeller oder mit einem Nissenkamm in der Hand verbringen.

Eine andere Mutter, die gerade irgendetwas im Gruppenraum der Bärchen abgeben will, schaut ängstlich in unsere Richtung. Ich kenne sie vom letzten Elternabend. Sie gehört zu den Müttern, für die Dinkelkekse bei Süßigkeiten das äußerste Zugeständnis sind und die selbstverständlich immer daran denken, das Geld für die Gruppenkasse passend mitzubringen. Perfekt angezogen und geföhnt ist sie auch immer, mit anderen Worten: Sie ist mein Feind.

»O Gott, habe ich das gerade richtig verstanden? Max hat LÄUSE?!«

Vielen Dank. Geht es vielleicht noch lauter?

Ja, tut es. Frau Scholz-Strickling antwortet nämlich mit fester und lauter Stimme, so dass es auch die Wichtel in der

Nachbargruppe noch hören dürften: »Ja, Frau Rothenberger, leider. Aber keine Sorge, wir haben alle Kinder untersucht – Max ist der Einzige. Frau Petersen konnte ihn zwar nicht sofort abholen, aber ich hoffe, er hat noch keine anderen Kinder angesteckt.«

Der vielsagende Blick, den mir die Rothenberger jetzt zuwirft, bedeutet irgendwas zwischen »asoziale Schlampe« und »eiskalte Karrierefrau«.

»Das ist aber nicht schön, wenn man hier andere Kinder gefährdet!«, befindet Frau Übermutter. »Ich schicke mein Kind niemals krank in die Kita. Ich finde das verantwortungslos.«

Ich merke, wie ich langsam sauer werde. Als Frau Scholz-Strickling ihr dann auch noch bedauernd zunickt, kann ich mich nicht mehr beherrschen.

»Also erstens ist Max nicht krank, sondern hat lediglich Läuse, von denen ich bis eben noch gar nichts wusste. Und zweitens glaube ich nicht, dass er hier der Einzige ist. Irgendwoher muss er die Biester ja haben. Wahrscheinlich haben Sie nur nicht gründlich genug geguckt, liebe Frau Scholz-Strickling. Und drittens ist die Sache mit dem Attest der totale Blödsinn – das führt nur dazu, dass die Leute nicht Bescheid sagen, wenn sie bei ihren Kindern Läuse entdecken, weil sie keine Lust haben, wegen so einem Unsinn zum Kinderarzt zu gehen.«

Verblüfft schauen mich die beiden Frauen an. Bevor eine der beiden antworten kann, schnappe ich mir Max und ziehe ihn hinter mir her zur Garderobe. Blöde Schnepfen!

Während Max fröhlich singend seine Sachen einsammelt, überlege ich, ob ich wohl noch Läuseshampoo zu Hause habe, wann Gisela von dem Ausflug mit den Kegelschwestern zurückkehrt und ob ich jetzt vorschriftsmäßig alle Betten neu beziehe, oder ob ich mich einfach darauf verlasse, dass sich dorthin schon keine Laus verirrt haben wird. Zu Beginn meiner Karriere als Mutter habe ich bei Läusealarm tatsächlich noch alle Kuscheltiere in die Tiefkühltruhe verfrachtet, die Polstermöbel abgesaugt und jedes Familienmitglied mit Läuseshampoo behandelt. Spätestens ab dem vierten Läuse-Super-GAU wird man da lässiger, beim zweiten Kind sowieso: Gewaschen wird nur noch die Bettwäsche des Patienten selbst – und meine eigenen Haare habe ich schon lange nicht mehr mit Goldgeist forte eingeschmiert. Aber bei aller Lässigkeit sind und bleiben die Biester eine echte Plage.

Mein Handy klingelt. Gisela.

»Hallo, Nikola! Sag mal, der Kindergarten hat versucht, mich zu erreichen, aber beim Kegeln mache ich ja immer mein Handy aus. Ist alles in Ordnung?«

»Wie man's nimmt – Max hat Läuse. Wann kommst du denn nach Hause?«

»Also, das dauert noch. Es ist ja gerade mal kurz vor elf. Um zwölf essen wir zusammen, und bis ich dann wieder zu Hause bin … na, sagen wir mal, zwei Uhr könnte ich schaffen.«

Großartig. Meinen ersten Gerichtstermin habe ich schon Alexander aufs Auge gedrückt – der wird also gleich in völliger Ahnungslosigkeit versuchen, meine Mandantin aus den Fängen eines betrügerischen Gebrauchtwagenhändlers zu retten. Aber wenn er dann noch meinen Gütetermin vor dem Arbeitsgericht übernehmen muss, der in etwa so erfreulich verlaufen dürfte wie eine mehrstündige Wurzelresektion, dann geht er bestimmt nie wieder ans Telefon, wenn er meine Nummer sieht.

»Kannst du nicht ein bisschen eher kommen? Ich muss

heute ganz dringend noch zum Arbeitsgericht, und da kann ich ihn unmöglich mit hinnehmen.«

Gisela seufzt.

»Wirklich, Nikola, das ist jetzt echt blöd. Hedwig hat heute Geburtstag – darauf wollen wir nachher anstoßen und noch ein bisschen feiern. Wenn ich jetzt schon fahre, ist sie bestimmt beleidigt. Außerdem brauche ich von hier aus mindestens eine Dreiviertelstunde.«

»Du hast Recht, das haut nicht hin.« So ein Mist! Warum muss das gerade heute passieren?

»Es tut mir wirklich leid!«

»Ist ja nicht deine Schuld. Ich lasse mir irgendwas einfallen. Notfalls muss Max eben doch mit. Bis später und noch viel Spaß!«

Ich lege auf und verstaue das Handy in meiner Handtasche. Ob ich doch noch mal Alexander frage? Gerichtstermine mit lebhaften Fünfjährigen sind eigentlich eine Zumutung. Für den Fünfjährigen. Und für alle anderen auch. Das weiß ich aus eigener leidvoller Erfahrung. Ist schließlich nicht mein erster Terminengpass. Außerdem schaffe ich es niemals, Max bis dahin zu entlausen.

Im Auto angekommen, ist Max immer noch bester Dinge. Er macht es sich in seinem Kindersitz bequem und strahlt mich erwartungsvoll an.

»Puh, Mama, ich bin sooo froh, dass ich jetzt frei habe! Was unternehmen wir denn jetzt?«

»Hm, hast du vielleicht Lust, mit mir zum Gericht zu fahren? Das wird bestimmt total spannend«, versuche ich ihm den nächsten Tagesordnungspunkt schmackhaft zu machen.

Der Gesichtsausdruck von Max verdunkelt sich sofort.

»Oh nö! Als du das beim letzten Mal gesagt hast, war das voll gelogen. Ich will da nicht hin!«

Er hat Recht. Tatsächlich hat Max schon einmal sage und schreibe zwei Stunden vorm großen Saal des Landgerichts Hamburg gesessen und brav auf mich gewartet, während ich drinnen versucht habe, einen Vergleich zusammenzuzimmern, der dann doch nichts wurde.

Ich wühle in meiner Handtasche, fingere nach meinem Handy und rufe die Kanzlei an.

»Aysun? Sag mal, ich schaffe es nicht mehr zurück. Kannst du Alexander nach dem Termin abfangen und ihn Richtung Arbeitsgericht schicken? Ich hoffe, er hat nichts anderes vor! Akte liegt auf meinem Schreibtisch. Ist eine Güteverhandlung. Tut mir echt leid, aber hier ist Land unter.«

Aysun notiert sich alles und verspricht, sich zu kümmern. Ich verstaue mein Handy wieder und hole tief Luft. Herr, lass Abend werden, Morgen wird es von allein!

Max zupft mich am Ärmel.

»Mama? Müssen wir nicht mehr ins Gericht?«

»Nein, mein Schatz, müssen wir nicht. Wir können uns bei diesem schönen Wetter etwas anderes überlegen.«

Gerade eben habe ich beschlossen, dass die Alternative zum Arbeitsgericht an diesem schönen Tag keinesfalls die Waschküche sein wird.

Max strahlt wieder.

»Oh, toll!«

»Wo willst du hin? Vielleicht an den See?«

Max schüttelt den Kopf.

»Nein! Ich finde, wir kaufen uns Muffins, und dann besuchen wir Papa! Da waren wir schon so lange nicht mehr!«

Ich muss kurz schlucken. Aber es stimmt. Christoph haben wir seit zwei Monaten nicht mehr gemeinsam besucht, meist fahre ich allein zu ihm.

Es ist ganz ruhig auf der Wiese. Außer uns ist niemand da, ich breite die Decke aus, die ich aus dem Kofferraum genommen habe, und lege die Papiertüte mit den Muffins darauf. Max läuft schon vor, dann dreht er sich um und ruft nach mir.

»Mama, wir müssen dringend gießen! Die Blumen gucken alle so traurig!«

»Ja, gute Idee! Ich helfe dir.«

Die kleine blaue Gießkanne steht direkt hinter dem Grabstein, zusammen mit einer Harke und einem Schäufelchen. Für die Grabpflege habe ich zwar das Rundum-Sorglos-Paket bei der Friedhofsgärtnerei gebucht, aber um es wirklich schön zu gestalten, legen ich und die Kinder lieber selbst Hand an. Im Frühling hatte Tessa ein Herz aus Ranunkeln gepflanzt, das wunderschön geblüht hat, und Max hatte daneben eines seiner Spielzeugmüllautos geparkt. Frau Laskowski, die das Grab daneben pflegt, runzelte angesichts dieser mutigen Installation zwar die Stirn, aber uns war's wurscht. Wenn Max seinem Vater sein Lieblingsauto zeigen will, dann macht er das, jawollja!

Ich gebe Max das Gießkännchen, und er läuft zu dem Brunnenbecken, über dem ein Wasserhahn angebracht ist. Während er die Kanne füllt, betrachte ich das Grab. Den glatten grauen Stein könnte ich mal mit Seife schrubben, vier Jahre steht er nun schon da und hat an der Wetterseite bereits ein wenig Moos angesetzt. Selbst in der eingemeißelten, geschwungenen Schrift schimmert es schon grünlich.

CHRISTOPH PETERSEN

1974 – 2011

Du fehlst.

Ich lege die Hand auf die Inschrift und streiche über die Buchstaben. Der Stein fühlt sich kühl an und fast wie Glas, weil er so glatt ist. Manchmal, wenn die Sonne direkt darauf scheint, funkeln in dem grauen Granit kleine goldene Sterne. Jetzt, im Schatten, hat das Grau einen grünlichen Stich. Wir haben damals ziemlich lange nach einem Stein gesucht. Bei diesem hatte ich sofort das Gefühl, er würde Christoph gefallen. Ich weiß, es klingt verrückt, aber dieser Stein ist Christoph irgendwie ähnlich. Groß und schön, aber bescheiden. Er strahlt Ruhe aus, genau wie Christoph es immer getan hat, wenn ich schon wieder wie das HB-Männchen herumgesprungen bin.

Bevor ich wehmütig werden kann, reißt mich ein kalter Wasserschwall aus meinen Gedanken. Max ist bei dem Versuch, die Pflanzen zu wässern, eindeutig über das Ziel hinausgeschossen. Jetzt stehe ich da in einer triefnassen Hose.

»Hey, was soll das denn?«, schimpfe ich mit ihm. Er guckt schuldbewusst.

»Tut mir leid Mama – aber das Wasser war so wild!«

Ich muss grinsen.

»Das wilde Wasser war schuld? Und ich hätte gewettet, es lag an einem wilden kleinen Mann! Na komm, wir setzen uns auf unsere Decke in die Sonne, da trocknet die Hose bestimmt schnell wieder.«

Kurz darauf sitzen wir tatsächlich in der Sonne und essen unsere Muffins. Okay, so ein Picknick auf dem Friedhof ist vielleicht etwas ungewöhnlich, aber heute genau die richtige Entscheidung – ich merke, wie die Anspannung der letzten Stunden regelrecht von mir abfällt. Auch Max sieht sehr vergnügt aus, die Kopfläuse scheinen ihn nicht besonders zu quälen.

»Du, Mama, wir müssen Papa unbedingt mal wieder einen Brief schreiben und ihn mit herbringen. Der würde sich schlapplachen, wenn er wüsste, wie sich Frau Scholz heute im Kindergarten aufgeregt hat, als sie die Laus entdeckt hat. Oder? Würde er doch?«

Ich nicke.

»Klar würde er. Dein Vater war ein cooler Hund. Der hätte sich von keiner Laus der Welt aus der Fassung bringen lassen. Ich kann das gerne für dich aufschreiben.«

»Oh, ja! Und dann bringen wir es das nächste Mal für die Box mit.«

Mit der *Box* meint Max eine kleine Schachtel, die neben dem Grabstein steht. Sie ist aus Plastik, damit sie nicht durchweicht, von außen hat Tessa sie mit Blumenstickern beklebt. Ein paar Wochen nach Christophs Tod hat Tessa angefangen, Briefe an ihren Vater zu schreiben und mit zum Friedhof zu nehmen. Gisela hatte dann die Idee, sie dort in eine Schachtel zu legen. »*Dann kann der Papa sie bestimmt lesen*«, hatte sie Tessa getröstet.

Binnen kürzester Zeit füllte sich die Box also mit Blättern, die mit krakeliger Drittklässlerschrift übersät waren. Irgendwann kamen auch gemalte Briefe von Max dazu. Wenn die Schachtel voll ist, nehme ich die alten Briefe raus und hefte sie ab. Drei Leitz-Ordner haben sich auf diese Weise schon gefüllt. Wenn mich jemand danach fragt, sage ich immer, dass ich sie für die Kinder aufbewahre. Aber in Wirklichkeit sind sie wohl für mich selbst. Am Anfang, als es mir noch sehr schlecht ging, habe ich häufig darin gelesen. Inzwischen kommt es seltener vor, aber missen möchte ich es trotzdem nicht. Es ist immer ein bisschen, als würde ich mich mit Christoph und den Kinder unterhalten. Ganz so, als wären wir die ganz normale Familie, die wir nur so kurz sein durften.

»Willst du den letzten Muffin?«, Max wedelt mit der Tüte vor meiner Nase. Ich lege meinen Arm um ihn, ziehe ihn an mich und küsse ihn auf die Stirn.

»Nein, mein Schatz, vielen Dank. Ich will jetzt vor allem eines: Den Krabbelviechern auf deinem Kopf den Garaus machen. Komm, wir fahren nach Hause.«

VIER

Ehrlich, Mama, was auch immer das sein soll – man kann es nicht essen! Echt widerlich!« Tessa verzieht das Gesicht und guckt mich vorwurfsvoll an.

Es macht einfach einen Riesenspaß, für Kinder zu kochen. Sie sind immer so dankbar!

»Das sind Senf-Eier«, belehre ich sie, »und ich habe die in deinem Alter wirklich sehr gern gegessen. Ich würde sogar so weit gehen, zu sagen, dass Senf-Eier früher das Lieblingsgericht von Onkel Christian und mir waren.«

Christian ist mein kleiner Bruder. Ich meine mich zwar zu erinnern, dass der früher auch keine Senf-Eier mochte, aber weil mein Bruder acht Jahre jünger ist als ich und DJ in Berlin, finden ihn Tessa und Max obercool. Zu behaupten, dass er etwas mag, ist immer ein Spitzenverkaufsargument. Oder fast immer. Diesmal scheint es leider nicht zu ziehen, jedenfalls verdreht Tessa die Augen und stöhnt schwer leidend.

»Tut mir leid – Hausfrau kannst du gar nicht, überlass das Kochen lieber Oma! Dann schmeckt es wenigstens.«

»Ich *kann* kochen! Und zwar sehr gut! Ich mache es nur selten, weil ich hier für uns die Brötchen verdienen muss! Wenn es nach dir ginge, gäbe es hier doch an den geraden Tagen immer Pizza und an den ungeraden Pfannkuchen. Das, meine Liebe, ist aber keine ausgewogene Ernährung«, setze ich zu einem kurzen Vortrag an. Weiter komme ich nicht, denn jetzt fällt mir auch noch mein Sohn in den Rücken.

»Mir schmeckt es aber auch nicht, Mama. Die Soße hat so eine komische Farbe. Soll die so grün sein?«

Undankbares Pack! Sollen sie doch verhungern! Dabei fand ich meine Idee so gut, den bürofreien Tag dafür zu nutzen, mal wieder selbst den Kochlöffel zu schwingen und mein ehemaliges Leibgericht zu machen. Aber meine Gören kann ich offenbar nur mit Fischstäbchen, Pizza oder Spaghetti Bolognese glücklich machen. Und das selbstverständlich auch nur von den Herren Oetker, Knorr oder Maggi – etwas frisch Zubereitetes begreifen Max und Tessa als schwere Gesundheitsgefährdung. Jedenfalls wenn ich es zubereitet habe. Bei meiner Schwiegermutter wird nämlich gegessen, was auf den Tisch kommt. Was macht Gisela eigentlich richtig, was ich falsch mache?!

Seufzend stehe ich auf und gehe zum Küchenschrank, in dem wir Brot, Honig, Nutella, Müsli und andere Vorräte aufbewahren. Komisch, der ist ja schon wieder fast leer – und das, obwohl ich ihn doch neulich erst randvoll gefüllt hatte. Bald fressen mir die Kinder noch die Haare vom Kopf. Aber ein Glas Nutella ist zum Glück noch da.

Es ist wahrscheinlich keine pädagogische Spitzenleistung, gleich einzuknicken und eine Alternative zu den Senf-Eiern anzubieten, aber der Titel »Supermutti« wird mir sowieso nicht mehr verliehen. Dafür gebührt Gisela der Titel »Superomi«, schließlich kann sie sich mühelos um zwei Kinder kümmern und sie mit liebevoller Strenge erziehen, ein großes Haus mit noch größerem Garten in Schuss halten *und* in ihrer Freizeit verrückten Italienern Deutsch beibringen.

Manchmal, aber wirklich nur manchmal, pikst es mich, dass Gisela so viel mehr Zeit mit meinen Kindern verbringt als ich. Dann tröste ich mich damit, dass es nach dem plötzlichen Tod von Christoph wirklich das Beste für uns alle war, zu Gisela auf den Hof zu ziehen. Für mich sowieso, denn wie sonst hätte ich mit zwei kleinen Kindern voll in die Kanzlei einsteigen können, die Christoph, Alexander und ich fünf Jahre zuvor gegründet hatten? Ohne mich wäre es praktisch das Ende von *Petersen & Kollegen* gewesen, und ohne *Petersen & Kollegen* wiederum wäre ich pleite gewesen. Und für die Kinder bedeutete der Umzug zur geliebten Oma nach dem Verlust ihres Papas Trost und Geborgenheit.

Meine eigene Mutter war ebenfalls voller Mitgefühl und toller Ratschläge, was jetzt theoretisch zu tun sei. Sich ebenso engagiert wie Gisela um ihre Enkel zu kümmern, hätte praktisch allerdings bedeutet, dass sie häufiger von Hannover nach Hamburg hätte fahren müssen – ein Opfer, das ihr zu hoch war. Ihre Unterstützung beschränkt sich bis heute darauf, an Weihnachten gemeinsam mit meinem Vater nach Hamburg zu kommen und uns allen gehörig auf den Keks zu gehen.

Tessa zupft mich am Ärmel.

»Hey, Mama, träumst du?«

»Was?«

»Na, du stehst hier seit zwei Minuten wie angenagelt mit einem Glas Nutella in der Hand neben dem Schrank. Es hat geklingelt!«

»Ach, ich war irgendwie abwesend. Offenbar bin ich immer noch etwas benommen von dem vielen Goldgeist forte, den ich deinem Bruder vorhin auf den Kopf geschüttet habe. Abgesehen davon, kannst du doch auch mal die Tür aufmachen.« *Ich bin hier nämlich nicht das Dienstmädchen*, füge ich in Gedanken hinzu. An Tessas Grinsen kann ich allerdings sehen, dass es mir deutlich auf der Stirn geschrieben steht.

»Chill mal, Mama! Max ist schon losgeflitzt.«

Es rumpelt an der Tür, dann höre ich Max mit jemandem

sprechen, der eine sehr tiefe Stimme hat. Dann kommt mein Sohn zu uns in die Küche gelaufen.

»Mama, draußen steht jemand, der zu dir will. Ein Manda ... also, er ist dein, äh, draußen steht eine Mandarine.«

Draußen steht eine Mandarine? Und die will zu mir? Bei Max scheint das Läusemittel Halluzinationen auszulösen.

»Moment, ich komme mit.«

Die Mandarine, die noch brav vor der Tür wartet, beginnt zu strahlen, als sie mich sieht.

»Ciao, Signora Avvocatessa! Ich habe schon dem lieben kleinen Jungen gesagt, dass Ihr Mandant ist da.«

Ich muss grinsen. Tiziano Felice, die Mandarine. Gut sieht er mal wieder aus – Jeans, weißes T-Shirt, eine attraktive Mischung aus lässig und gepflegt. Erwartungsvoll strahlt er mich mit seinen großen blauen Augen an. Die Gemeinsamkeiten mit einer Mandarine sind nicht zu übersehen: Auch Herr Felice ist optisch zum Anbeißen.

»Guten Tag, Herr Felice. Was kann ich denn für Sie tun?«

»Ach, ich wollte nur wissen, ob Sie schon etwas gehört haben in meinem Fall.«

»Nein, ich habe jetzt erst mal Ihre Akte angefordert, aber noch ist sie nicht da. Wenn ich Näheres weiß, melde ich mich bei Ihnen, und dann machen wir einen Termin in meiner Kanzlei. Ich habe schon einen Kollegen im Blick, der Ihren Freund Sergio verteidigen könnte. Also, wie gesagt – am besten machen wir einen Termin. Rufen Sie doch nachher mal meine Sekretärin an, die hat den Überblick über meinen Kalender.«

»Sì, sì, ich wollte auch nicht stören. Ich dachte nur, es ist vielleicht eine gute Gelegenheit ...« Er stutzt kurz, macht einen kleinen Schritt nach vorn und ... schnuppert. O Gott, rieche ich etwa noch nach Goldgeist forte?

»Hm, Sie haben gekocht, no? Was für ein leckerer Geruch!«

»Äh … ja, ich habe Senf-Eier gekocht, eine deutsche Spezialität.«

Falls das überhaupt noch möglich ist, leuchten Tizianos Augen jetzt noch mehr.

»Eine deutsche Spezialität! Das finde ich sehr interessant. Wissen Sie, ich komme selbst aus der Gastronomie. Meine Schwester Maria Laura hat ein sehr gutes Hotel und Restaurant am Lago di Garda.«

»Na, dann kommen Sie doch rein. Es ist noch genug da. Außer meiner Mutter isst das Zeug hier nämlich niemand.«

Tessa! Was fällt diesem dummen Gör ein! Sich hier heimlich anzuschleichen und einen so unmöglichen Vorschlag zu machen!

»Oh, ich bin mir sicher, deine Mutter ist eine exzellente Köchin. Aber ich möchte nicht stören.«

Bevor ich noch etwas sagen kann, plappert Tessa munter weiter.

»Sie stören gar nicht, im Gegenteil. Ist doch toll, wenn mal netter Besuch zum Essen kommt. Ist doch so, Mama?«

Ich bin sprachlos. Tessa stupst mich in die Seite.

»Nicht? Ist doch so!«

»Äh, Kind, du kannst Herrn Tiziano doch nicht einfach so überfallen. Sicher hat er gar keine Zeit.«

Zu seinen leuchtenden Augen gesellt sich jetzt noch ein Lächeln, das von einem Ohr bis zum anderen reicht.

»Oh, ma no! Ich habe heute keinen Termin mehr. Also, ich nehme die Einladung sehr gern an, mille grazie.« Spricht's – und schiebt sich an mir vorbei in den Flur. Verdattert folge ich ihm.

»Ja, das ist natürlich nett, dass Sie uns mit Ihrer Anwesenheit beehren.«

Er nickt.

»Ist sowieso gut, wenn Nachbarn sich kennen. Wo geht's lang?«

Ich weise ihm den Weg in die Küche und biete ihm einen Platz an unserem Esstisch an. Tessa kommt hinterher und deckt, plötzlich ganz die wohlerzogene Tochter, für Tiziano ein. Dann nimmt sie den Deckel von der Terrine mit den Eiern und reicht ihm die Schüssel mit den Kartoffeln.

»Bitte schön: Senf-Eier à la Mama.«

Nun kommt auch noch Max mit einem Glas für Tiziano und stellt es neben seinen Teller. Was habe ich nur für brave Kinder!

»Vielen Dank!«

Ich gieße Tiziano Wasser ein, er füllt seinen Teller und probiert. Ich weiß, es ist albern, aber jetzt bin ich tatsächlich gespannt.

Tiziano seufzt und schließt die Augen.

»Signora – es ist fantastico! Perfetto! Wenn Sie als Avocattessa so gut sind wie als Köchin, dann bin ich gerettet!«

Okay, einerseits ist mir klar, dass Tiziano schamlos übertreibt, wenn nicht gar lügt. Andererseits geht das runter wie Öl. Was für ein reizender Mensch!

»Es ist ein altes Rezept meiner Mutter, eins meiner Lieblingsgerichte. Leider mögen die Kinder es überhaupt nicht.«

Tiziano blickt Tessa und Max an, als könne er nicht glauben, was er da hört.

»Ihr mögt nicht? Mama hat so gut gekocht, und ihr esst nicht? Oh, das ist aber nicht gut! Das ist sehr traurig!«

Tessa und Max schauen mit einem Mal ungewöhnlich schuldbewusst. Schließlich räuspert sich Tessa.

»Na ja, wir können es ja mal probieren.« Sie nimmt sich ihren Teller und füllt sich etwas auf, Max tut es ihr gleich.

Dann fangen sie brav an zu essen, und Tessa ringt sich doch tatsächlich zu einem gemurmelten *Gar-nicht-so-schlecht* durch. Erstaunlich! Tiziano scheint über geheime Zauberkräfte zu verfügen, die mir bedauerlicherweise völlig abgehen.

Im Haustürschloss ist ein Schlüssel zu hören. Gisela!

»Hallihallo!«, ruft sie fröhlich, »na, wo ist denn mein kleiner Lausejunge?«

»Oma!«

Max lässt sein Essen stehen und stürzt zu seiner Großmutter. Eine Minute später steht sie mit ihm an der Hand bei uns in der Küche.

»Oh, wir haben Besuch, wie nett!«

Tiziano legt sofort sein Besteck nieder und steht auf. »Signora Petersen, buon giorno! Ich habe die große Ehre, heute Mittag hier Gast zu sein.« Er deutet einen Handkuss bei Gisela an. Das ist nun eindeutig zu dick aufgetragen, aber ich bilde mir ein, meine Schwiegermutter erröten zu sehen.

»Ach, das ist aber nett, Herr Felice! Und wie ich sehe, lassen Sie es sich auch gerade schmecken. Da werde ich mal einen Kaffee aufsetzen.« Gisela flötet regelrecht, das ist normalerweise überhaupt nicht ihre Tonlage. Wenn ich es nicht besser wüsste, würde ich sagen, sie ist verliebt. Sie dreht sich zu mir. »So eine schöne Idee von dir, Nikola.«

»Das war gar nicht Mamas Idee«, mault Tessa mit vollem Mund, »sondern meine. Mama lässt doch hier keinen interessanten Typen über die Schwelle.«

Tiziano guckt verwirrt. »Wie meinen?«

»Nichts, gar nichts«, erwidere ich hastig und werfe meinem Töchterlein einen giftigen Blick zu. Das klingt ja geradezu, als sei ich eine verhärmte, vom Leben verbitterte Witwe. Über diesen Gedanken erschrecke ich kurz, dann wische ich ihn beiseite. So ein Quatsch. Ich bin vielleicht gestresst, aber verhärmt bin ich nicht!

»Was machen denn die Kopfläuse?«, leitet Gisela halbwegs elegant einen Themenwechsel ein.

»Die sind alle tot!«, krakeelt Max. »Drei sind von meinem Kopf gefallen, als Mama das Zeug auf meine Haare geschüttet hat. Jetzt müssen wir nur noch die Läuseeier rauskämmen.«

Ich werfe Tiziano einen Blick zu und hoffe inständig, dass er doch nicht gut genug Deutsch spricht, um den Ausführungen meines Sohnes im Detail zu folgen. Leider guckt er sehr interessiert und scheint jedes Wort zu verstehen. Sein Mund beginnt zu zucken. Ekelt er sich? Ich könnte es ihm nicht verdenken. Nein, er lacht. Und zwar schallend.

»Mamma mia! Senf-Eier, Oma Gisela und Läuse! Was für eine tolle Familie!«

Na klar, Chaos gefällt ihm – typisch italienisch. Wahrscheinlich kennt der das gar nicht anders.

»Tja, zuhause bei Ihnen in Italien geht es bestimmt auch immer hoch her«, erwidere ich lächelnd.

Tiziano schüttelt den Kopf. »Nein, überhaupt nicht. Wie kommen Sie darauf?«

»Ach so, ich dachte, weil Sie doch ... äh«, *Italiener sind* schlucke ich gerade noch runter. Zu spät. Er errät es auch so.

»Sie meinen, weil ich Italiener bin, und wir sind alle ein bisschen so pazzi ... verrückt?«

Ogottogott, wie peinlich! Ich merke, wie ich rot werde – selten habe ich mich so ertappt gefühlt. Aber dann grinst Tiziano und macht eine ausholende Handbewegung.

»Na ja, da haben Sie Recht. Die meisten in Italien haben viel Temperament und Freude – nur leider meine Schwester Maria Laura überhaupt nicht. Sie ist furchtbar ernst und unlustig. Deswegen bin ich froh, nicht mehr dort zu leben. Es war sehr langweilig. Ganz anders als hier. Signora, Sie müssen sehr glücklich sein.« Er lacht fröhlich und zwinkert Tessa und Max zu.

Erst bin ich perplex, aber dann steckt mich Tizianos heiteres Lachen an. Und irgendwie hat er ja auch Recht – meistens bin ich glücklich. Trotz des alltäglichen Wahnsinns, der hier herrscht.

In diesem Moment klingelt mein Handy, das auf dem Tisch neben mir liegt. Apropos alltäglicher Wahnsinn ... Die Nummer kenne ich, es ist Alexander. Ich werfe einen kurzen Blick auf die Uhr: Wahrscheinlich ist er gerade beim Arbeitsgericht fertig und will Bericht erstatten. Ich schnappe mir mein Telefon.

»Hallo, Alex! Na, wie ist es gelaufen?«

»Hallo! Och, ganz gut. Ein Vergleich. Aber sehr zu unseren Gunsten. Frau Meidinger kann das Auto zurückgeben und bekommt ihr gesamtes Geld wieder, auf Schadensersatz haben wir allerdings verzichtet.«

»Sehr schön, hätte ich auch so gemacht. Und wie war es vorm Arbeitsgericht?«

»Wieso vorm Arbeitsgericht? Da wolltest du doch selbst hingehen.«

Ach du Sch... Alexander war gar nicht beim Arbeitsgericht? Mit einem Schlag wird mir heiß und kalt.

»Aber, aber – Aysun sollte dich doch anrufen. Ich hätte es heute nicht mehr geschafft, weil Max krank und Gisela nicht da war.«

Schweigen in der Leitung, dann ein Räuspern.

»Das ist natürlich schlecht. Mich hat niemand angerufen, weil nämlich mein Akku leer war. Ich bin nach dem Amtsgericht gleich in die Stadt gefahren, zu einem anderen Termin.

Dann wollen wir hoffen, dass unser Mandant nicht nachtragend ist. Vielleicht solltest du ihn mal anrufen. Wer war das eigentlich?«

»Herr Serafimides.« Schon wenn ich an ihn denke, wird mir ganz flau. Herr Serafimides ist nämlich ein sehr netter älterer Herr, der uns seit Jahren blind vertraut, wenn es um die rechtlichen Geschicke seines Gemüsegroßhandels geht. So ein Mist! Warum hat Aysun mir nicht Bescheid gesagt, dass sie Alexander nicht erreicht hat? Dann wäre ich doch mit Max im Gepäck zum Arbeitsgericht gefahren. Ich könnte heulen! Alexander hingegen klingt noch ganz fröhlich.

»Ach, der. Eigentlich ist der doch ganz nett. Wenn er natürlich wie bestellt und nicht abgeholt im Arbeitsgericht stand, ist er jetzt wahrscheinlich ein wenig verstimmt – aber er wird sich auch wieder beruhigen. Theoretisch besteht am Arbeitsgericht ja kein Anwaltszwang. Vielleicht ist ja nichts Schlimmes passiert.«

»Und falls doch?«

Alexander seufzt ins Telefon.

»Dann haben wir einen langjährigen Mandanten weniger. Ist halt dumm gelaufen, kannst du nicht mehr ändern. Du, ich muss jetzt in den nächsten Termin. Bis morgen!«

»Ja, bis morgen«, verabschiede ich mich lahm.

Gut, das Kind ist offenbar mit Hurra in den Brunnen gefallen. Und wahrscheinlich kann ich das wirklich nicht mehr ändern. Aber zumindest kann ich mich bei Serafimides entschuldigen. Und Aysun einen Kopf kürzer machen.

»Gisela, du bleibst doch jetzt da«, erkundige ich mich bei meiner Schwiegermutter.

»Ja, ja«, bestätigt sie, »ich will erst die Küche aufräumen und dann die Wäsche machen. Nach dem Läuseangriff gibt es da ja einiges zu erledigen.«

»Ich helfe gern in der Küche«, bietet Tiziano gleich euphorisch an, und ich frage mich kurz, ob er wirklich vorbeigekommen ist, um mit mir über sein Strafverfahren zu sprechen, oder ob er noch andere Ziele verfolgt. Aber das ist mir eigentlich gerade völlig schnuppe, soll er von mir aus mit Gisela flirten, ich muss mich jetzt vor Serafimides in den Staub werfen.

»Ich würde nämlich gern noch mal in die Kanzlei fahren. Und bei einem Mandanten muss ich auch noch vorbeischauen.« Die beiden nicken einträchtig.

»Fahr nur, Schatz, fahr nur«, redet Gisela mir zu.

Genau. Mach ich auch. Operation Canossa kann beginnen!

FÜNF

Einträchtig sitzen sie beieinander, Aysun und ein mir völlig unbekannter Mann, und unterhalten sich äußerst angeregt. Aysun lacht, zeigt dabei viel Zahn und schüttelt ihre brünette gelockte Mähne dermaßen, dass mir als Besitzerin von aalglattem blondem Haar ganz schwindelig wird. Der Fall ist klar: Aysun ist frisch verliebt. Ich merke, wie mir der Kamm schwillt: Erst einen wichtigen Termin verbaseln und dann ohne jegliches Unrechtsbewusstsein den neuen Macker in unsere Büroküche schleppen! Gibt's ja wohl nicht. Dabei ist Aysun doch sonst so pflichtbewusst! Offenbar ist sie von Hormonen dermaßen benebelt, dass sie an so unwichtige Dinge wie die Arbeit nicht mehr denken kann. Sie merkt ja nicht einmal jetzt, dass ich direkt neben ihr stehe und bereits kleine Zorneswölkchen aus meinen Ohren quellen. Ich räuspere mich.

»Entschuldige, dass ich euer intimes Zwiegespräch störe, liebe Aysun, aber ich müsste dich kurz mit einer dienstlichen Angelegenheit behelligen.«

Die beiden fahren herum, und erst jetzt kann ich Aysuns Flirtobjekt richtig erkennen: markantes Kinn mit Grübchen, vermutlich etwas älter als ich, die dunklen graumelierten Haare aus der Stirn gegelt, vom Typ her irgendwas zwischen Staubsaugervertreter und Gehirnchirurg. Aber immerhin mit Benehmen, denn jetzt springt er von seinem Stuhl auf, um sich vorzustellen.

»Sie müssen Frau Petersen sein – ich bin Simon Rupprecht, der neue Kollege von nebenan. Schön, Sie kennenzulernen.« Er reicht mir die Hand, ich schüttle sie. Okay. Weder Vertreter noch Chirurg, sondern Anwalt. Mister Knackarsch höchstpersönlich, also. Ob das stimmt, kann ich allerdings aus dieser Position nicht beurteilen, dazu müsste er sich mal umdrehen.

»Guten Tag!«, begrüße ich ihn etwas förmlich und schweige dann, weil mich das aus dem Konzept gebracht hat. Schließlich wollte ich Aysun gerade auf den Zahn fühlen und bin auf Smalltalk so gar nicht eingestellt. Mister Knackarsch mustert mich neugierig und scheint darauf zu warten, dass ich noch etwas sage. Na gut, Aysun hat Glück, die Abreibung wird verschoben.

»Äh, ja … wie nett, dass Sie verbeischauen. Tatsächlich wollte ich Sie heute auch schon anrufen. Mein Partner Alexander Warnke sagt, dass Sie Strafverteidiger sind.«

Rupprecht nickt.

»Ja, das stimmt. Ich bin Fachanwalt für Strafrecht. Ich wollte längst mein Kanzleischild aufhängen, aber es kommt mir immer irgendetwas dazwischen.«

Aysun strahlt ihn an.

»Also, wenn Sie möchten, dann kann ich das für Sie erledigen. Ich bin handwerklich sehr begabt.«

»Wenn diese Begabung ähnlich stark ausgeprägt ist wie dein Terminmanagement, hätte ich allerdings Sorge, dass das Schild danach ziemlich schief hängt«, ätze ich los.

Aysun guckt mich erstaunt an.

»Wieso?«

Na, die hat Nerven! Natürlich kann ich sie nicht vor Rupprecht zurechtweisen, aber diese Arglosigkeit nervt mich dann doch.

»Ich glaube, du weißt, was ich meine.«

Aysuns Augen werden noch größer.

»Nee. Ich würde sagen, mein Terminmanagement ist perfekt. *Perfekt*!«

Sie lacht. Rupprecht grinst, und ich komme mir reichlich blöd vor. Gut, ich tu's nicht gern, aber dann muss ich sie doch vor Dritten an ihre Sünden erinnern.

»Also, den Termin vorm Arbeitsgericht hast du heute grandios versemmelt. Nur deswegen bin ich überhaupt noch mal ins Büro gekommen – um dich am Öhrchen zu ziehen und mich vor Herrn Serafimides in den Staub zu werfen.«

Aysun reißt die Augen auf.

»Wie bitte? Es ist genau umgekehrt: Ich habe heute auf grandiose Art und Weise das völlig chaotische Terminmanagement meiner beiden Arbeitgeber gerettet *und* meinen ersten Fall vor Gericht gewonnen.«

Ich muss schlucken. Da habe ich mich doch wohl hoffentlich verhört!

»Du hast *was*?«

»Ich habe das völlig chaotische Terminmanagement meiner beiden Arbeitgeber gerettet.«

»Nein, das meine ich nicht. Ich meine, was du danach gesagt hast.«

»Ich habe meinen ersten Fall vor Gericht gewonnen. Na gut, es war ein Vergleich, aber ein sehr schöner.«

Ich habe mich nicht verhört.

»Du willst mir nicht erzählen, dass du Herrn Serafimides vor Gericht vertreten hast, oder?«

Aysun nickt.

»Doch. Hab ich. Ich konnte den armen Mann schließlich nicht allein da stehen lassen. Du warst nicht da, Alexander habe ich nicht erreicht, und die Geschäftsstelle bei Gericht war über Mittag nicht besetzt. Dort konnte ich also nicht Bescheid sagen. Ich hatte noch überlegt, ein Fax ans Gericht zu schicken, das war mir aber zu unsicher – man weiß ja nie, wann die das lesen. Ich habe wirklich alles versucht!«

Jetzt mischt sich Rupprecht ein.

»Stimmt. Frau Bilgin hat sogar bei mir angerufen und mich gefragt, ob ich die Vertretung übernehmen kann, aber leider hatte ich schon einen Mandanten vor mir sitzen und konnte nicht weg. Ich habe sie allerdings darüber aufgeklärt, dass sich der Arbeitgeber vor Gericht auch von einem Nichtjuristen vertreten lassen kann.«

Ich rolle mit den Augen.

»Dann hätte Herr Serafimides ja gleich allein hingehen können. Am Arbeitsgericht herrscht kein Anwaltszwang.«

Aysun schnaubt laut.

»Also hör mal, Herr Serafimides ist Gemüsehändler, ich bin Rechtsanwaltsgehilfin – das ist ja wohl ein Unterschied! Immerhin kenne ich die Abläufe vor Gericht. Ich habe natürlich erst einen Blick in die Akte geworfen und mich in den Fall eingelesen. Dann ist mir eine gute taktische Idee gekommen. Ich habe Herrn Serafimides angerufen, ihm erklärt, dass du leider ausfällst, weil dein Kind plötzlich schwer erkrankt ist und du mit ihm ins Krankenhaus musstest, dass ich ihn aber auch vertreten darf. Er war damit einverstanden. Dann haben wir uns kurz in dem Café neben dem Arbeitsgericht getroffen und uns abgestimmt.«

Ich muss grinsen. Mit Kopfläusen ins Kinderkrankenhaus, das wäre ja mal was. Eines muss man Aysun lassen – im Erfinden von Ausreden ist sie wenig zimperlich. Wahrscheinlich wäre sie eine gute Anwältin.

»Okay, verstehe. Und welche sensationelle Taktik hast du dir überlegt?«

Jetzt bin ich aber mal gespannt.

»Kennst du den Fall gut? Bist du im Thema?«, will Aysun wissen.

»Klar!«

»Eigentlich war es ganz einfach: Ich bin nämlich der beste Beweis dafür, dass Herr Serafimides kein Problem mit türkischstämmigen Bürgern hat.«

Hä? Was hat das denn mit der Güteverhandlung zu tun? Ich stehe auf dem Schlauch.

»Vielleicht bin ich mit dem Fall doch nicht so vertraut«, räume ich ein. »Ging es da nicht um die fristlose Kündigung nach einem Diebstahl?

Aysun nickt.

»Vordergründig ja. Aber wenn du dir mal die Erwiderung der Gegenseite auf unser Schreiben vom Mai durchliest, wirst du feststellen, dass der Kläger vortragen lässt, die Kündigung sei nur ein Vorwand, um ihn loszuwerden. Weil er nämlich türkische Wurzeln hat und Herr Serafimides als Grieche keine Türken mag.«

»Wie bitte? Das muss ich überlesen haben. Was für ein Schwachsinn!«

»Na ja«, wendet jetzt Simon Rupprecht ein, »tatsächlich hört man ja ab und zu, dass das Verhältnis zwischen Türken und Griechen nicht das beste sein soll.«

»Stimmt doch gar nicht!« Aysun schüttelt den Kopf.

»Ach, ich dachte – so wegen Zypern-Konflikt oder den Kriegen in der Vergangenheit.«

»Aaaaber das ist doch nur Politik – die Menschen untereinander sind mittlerweile schon viel weiter. Jedenfalls die, die ich kenne. Ich hatte noch nie Probleme mit Griechen, und schon gar nicht mit Herrn Serafimides.«

»Genau«, pflichte ich Aysun bei. »Tatsächlich ist Herr

Serafimides ein sehr besonnener älterer Herr, bei dem ich mir überhaupt nicht vorstellen kann, dass er sich von irgendwelchen Ressentiments leiten lässt. Im Gegenteil – mit dem Typen, den er an die Luft gesetzt hat, gab es doch schon länger Probleme.«

»Nämlich?«, fragt Rupprecht jetzt neugierig.

»Also«, erklärt Aysun, »es verschwinden immer mal wieder Sachen aus dem Mitarbeiterzimmer – Geld, Handys und so weiter. Obwohl das Zimmer immer abgeschlossen ist und nur die Mitarbeiter einen Schlüssel haben. Also hat Serafimides eine Jacke mit einem gezinkten Fünfzig-Euro-Schein in der Jackentasche aufgehängt. Als der weg war, hat er nach Ladenschluss alle Mitarbeiter gebeten, ihre Portemonnaies zu leeren. Haben auch alle gemacht – nur der Typ wollte erst nicht, hat es aber schließlich doch gemacht, als alle ihn schon blöd angeguckt haben. Nennt man wohl *Fahndungsdruck*. Und siehe da: Der Geldschein tauchte wieder auf. Tja. Serafimides hat dem Kerl sofort gekündigt und ihn vor die Tür gesetzt. Und jetzt kommt der mit der Story, man habe ihm den Schein nur untergeschoben und wolle ihn loswerden, weil er Türke sei.«

Wie gut, dass Aysun die Akte noch mal gründlich gelesen hat. Das war mir irgendwie entgangen.

»Und wie ging es dann weiter?«, erkundige ich mich. Aysun grinst.

»Na, als ich den Unsinn in der Akte gelesen habe, habe ich Herrn Serafimides vorgeschlagen, aus der Not eine Tugend zu machen und bei der Güteverhandlung zu erklären, dass sein Verhältnis zu Türken sogar so gut ist, dass er ohne Probleme seine deutsche Anwältin zu Hause und sich stattdessen von einer türkischen Anwaltsgehilfin vertreten lässt. Und dass der Vortrag der Gegenseite nur eine Schutzbehauptung ist.«

Simon Rupprecht pfeift. »Schöne Sache! Was hat Serafimides dazu gesagt?«

»Er fand die Idee auch gut. Also sind wir vor Gericht aufgelaufen, und ich habe kurz erklärt, dass ich heute anstelle von Nikola Petersen komme, um das Gerücht mit der Diskriminierung gleich mal aus dem Weg zu räumen. Im Übrigen würde doch die Tatsache, dass Serafimides den Kläger ursprünglich mal eingestellt hat, schon zeigen, dass da nichts dran sei.«

»Und wie kam das an?«, will ich wissen.

»Na, der Richter hat gelächelt und gesagt, die Frau Bilgin sei ja sehr überzeugend, was der Gegner denn dazu sage«, berichtet Aysun sichtlich stolz. »Der hat dann aber nicht viel dazu gesagt, sondern nur gemurmelt, dass man hier zumindest über eine Abfindung reden müsse. Dem habe ich aber was erzählt!«

Rupprecht grinst. »Aber, aber – Schachern vorm Arbeitsgericht ist doch normal. Dafür ist der Gütetermin eigentlich da. Wollte Herr Serafimides denn auf keinen Fall etwas zahlen?«

»Doch, er hatte mir vorher gesagt, dass er sich auch eine kleine Abfindung vorstellen könne. Aber ich dachte, wir versuchen es erst mal ohne.«

»Als Arbeitgeber das Arbeitsgericht zu verlassen, ohne eine Abfindung zu zahlen, ist ein ehrgeiziges Ziel«, sage ich.

Aysun beginnt zu strahlen. »Ja, ich weiß – aber immerhin war der Typ ein Dieb! Und genau so habe ich es auch eingetütet: Ich habe erklärt, dass Herr Serafimides bereit ist, keine Anzeige zu erstatten, wenn der Kerl freiwillig geht. Erst hat der andere Anwalt gemosert, aber es war ziemlich schnell klar, dass der Richter auf unserer Seite war. Der sagte nämlich, dass das doch eine tolle Einigung sei, besser würde es vermutlich auch nicht werden, wenn er ein Urteil sprechen müsste. Und so haben wir es dann gemacht. Der Richter hat's gleich protokolliert, der Fall ist erledigt.«

»Da lob ich mir endlich mal das Arbeitsgericht Hamburg. Ich hätte nicht gedacht, dass ich diesen Tag noch erleben würde«, lacht Simon Rupprecht.

»Aysun, ich bin beeindruckt. Herzlichen Glückwunsch und vor allem: vielen Dank!«, lobe ich sie. Sagte ich eben, Aysun wäre *wahrscheinlich* eine gute Anwältin? Ich korrigiere mich: Sie wäre ganz sicher eine!

»Keine Ursache. Es hat mir richtig viel Spaß gemacht. Herr Serafimides hat mir eben noch einen Geschenkkorb mit Obst vorbeigebracht – toller Tag heute! Ist es in Ordnung, wenn ich ihn mit einem baldigen Feierabend kröne?«

»Klar, mach nur. Ich gucke noch in ein paar Akten, und dann düse ich auch wieder nach Hause.«

Aysun steht vom Küchentisch auf und saust nach draußen. Simon Rupprecht räuspert sich.

»Sie sagten eben, Sie hätten mich heute noch anrufen wollen. Aus … menschlichem Interesse an meiner Person?« Er grinst.

Na warte!

»Ja, das sagte ich. Aber wie ich bereits andeutete, war es vor allem mein Interesse an Ihnen als Strafverteidiger, das mich trieb.«

»Och, wie schade!« Rupprecht mimt den Enttäuschten. »Na gut. Worum geht es?«

»Bei meinem Mandanten wurde eine Hanfplantage ausgehoben.«

»Welcher Wirkstoffgehalt ungefähr?«

»Bitte?« Wie meint er das denn?

Jetzt grinst Rupprecht wieder.

»Bei Marihuana geht es strafmaßtechnisch immer nach

dem THC-Gehalt. In diesem Fall also, wie viel THC würde in den Pflänzchen stecken, wenn man sie verarbeitet hätte. Sie machen sonst nur Zivilrecht, oder?«

Frechheit! Aber leider hat er ja Recht.

»THC?«, stottere ich.

»Tetrahydrocannabinol. Der Stoff, der Gras zur Droge macht. Ist wahrscheinlich wirklich besser, Sie schicken Ihren Hobbygärtner gleich zu mir, bevor Sie da noch Schaden anrichten, Frau Kollegin.«

Uarghrrrr! Was für eine Unverschämtheit! Wie kommt Alex darauf, dieser arrogante Laffe sei nett?

»Ich hatte keineswegs vor, dieses Mandat abzugeben«, erwidere ich so kühl wie möglich. »Mir geht es lediglich darum, einen Verteidiger für den mitangeschuldigten Bekannten meines Mandanten zu finden. Und dann eine gemeinsame Prozesstaktik zu entwerfen. Aber wie ich sehe, liegt Ihnen kollegiale Zusammenarbeit nicht so. Ich werde also nach einem geeigneteren Partner für diesen Prozess suchen, vielen Dank. Im Übrigen muss ich jetzt auch noch ein paar Dinge erledigen. Wenn Sie mich also entschuldigen würden.« Ich strecke ihm die Hand hin. »Guten Tag.«

Verdattert schüttelt er mir die Hand.

»Oh, entschuldigen Sie – ich wollte nicht … also, ich meine …« Er räuspert sich wieder, dann blickt er mir fest in die Augen. »Tut mir leid, Frau Kollegin. Da war ich natürlich zu forsch – ich versuche es gleich noch einmal.« Er schüttelt sich und klopft seinen Anzug ab, ganz so, als müsse er imaginären Staub entfernen – oder einen bösen Geist. Als er damit fertig ist, stellt er sich vor mich und streckt mir feierlich die Hand entgegen. »Gestatten, Dr. Simon Rupprecht. Es wäre mir eine Ehre und Freude, mit Ihnen zusammenzuarbeiten.«

Jetzt bin ich es, die grinsen muss. Na also, geht doch!

SECHS

Er ist groß, er sabbert – und ich bilde mir ein, dass er auch ein wenig streng riecht. Alles in allem fühle ich mich in seiner Gegenwart nicht wohl. Meine erste gemeinsame Besprechung mit Rupprecht, Tiziano und Sergio hatte ich mir dann doch anders vorgestellt. Vor allem, weil ich Sergio vorher noch nie gesehen habe. Er ist zwar mein Nachbar, aber da ich meine Tage überwiegend im Büro friste, sind wir uns vor dieser Besprechung noch nie begegnet. Ich habe mich also entsprechend aufgebrezelt, um einen guten Eindruck zu machen: Bleistift-Rock, hochhackige Schuhe, taillierter Blazer.

Jetzt rückt er sogar noch näher an mich heran. Ich scheine eindeutig zu einladend auszusehen. Will der etwa seinen Kopf auf meinen Schoß legen? Tatsächlich. Das geht nun wirklich zu weit! Ich versuche, auf Abstand zu gehen, und räuspere mich.

»Herr Rupprecht, ich habe wirklich nichts gegen Hunde, aber wenn Ihr Bernhardiner hier so auf Tuchfühlung geht, kann ich mich beim besten Willen nicht auf das Gespräch mit Herrn Felice und Herrn Ghedina konzentrieren.«

Für jemanden, der auf dem platten Land lebt, habe ich nämlich einen entscheidenden Nachteil: Ich habe Angst vor Hunden. Leider begegne ich ihnen rund um unseren Hof überall, daran habe ich mich mittlerweile auch gewöhnt. Dass ausgerechnet Simon Rupprecht einen Kanzleihund sein Eigen nennt – damit konnte ich nun wirklich nicht rechnen.

Schätze mal, die Hanfplantagengeschichte wird auf absehbare Zeit unsere einzige Zusammenarbeit bleiben.

Rupprecht springt auf und geht zu dem Riesenviech, das immer noch regelrecht an mir klebt.

»Verzeihen Sie, Frau Kollegin! Ich habe gar nicht mitbekommen, dass Ihnen Flöckchen so auf den Pelz rückt. Flöckchen, aus!« Er greift den Riesen am Halsband und zerrt ihn von mir weg.

Flöckchen? Da muss ich mich wohl verhört haben. Ich kann mir keinen unpassenderen Namen für so ein Monstrum von Hund vorstellen. Der wiegt bestimmt hundert Kilo und ist etwas größer als ein durchschnittliches Shetlandpony. *Goliath* wäre ein guter Name für den Kameraden!

Diese Gedanken behalte ich allerdings für mich, fürs Erste bin ich damit beschäftigt, möglichst unauffällig zu kontrollieren, ob Flöckchen mit seinem Sabber meinen Rock ruiniert hat und ob viele Hundehaare an meinem sauteuren Blazer von Jil Sander kleben. Nein, Gott sei Dank ist noch alles in bester Ordnung.

Ich atme tief durch und versuche, wieder maximale Gelassenheit auszustrahlen. Als ich zu meinem Mandanten schaue, zwinkert der mir zu, beugt sich zu mir vor und raunt mir zu: »Der Hund hat Geschmack, Signora Petersen. Sie sehen heute einfach umwerfend aus.«

»Danke für die Blumen, Herr Felice«, flüstere ich, »aber ich würde mich freuen, wenn wir uns jetzt auf die Ausführungen von Herrn Dr. Rupprecht konzentrieren könnten.«

Nichts gegen ein Kompliment, aber Job ist Job und Schnaps ist Schnaps. Simon Rupprecht guckt etwas irritiert zu uns herüber.

»Ist irgendetwas unklar an dem, was ich gerade erklärt habe?«

Ich schüttle den Kopf. »Nein, nein, alles bestens. Oder, Herr Felice?«

Tiziano nickt brav. »Danke, ich habe alles verstanden.«

Sein Freund Sergio guckt allerdings so, als sei bisher nur von böhmischen Dörfern die Rede gewesen. Er ist ein ganz anderer Typ als Tiziano: groß, dunkle Haare und dunkle Augen. Im Gegensatz zu Tiziano, der sich für seinen ersten Besuch in Simons Kanzlei richtig in Schale geschmissen hat, ist Sergio schlicht in Jeans und Turnschuhen aufgetaucht. Insgesamt wirkt er sehr verschlossen. Vielleicht hat er aber auch einfach noch kein Wort verstanden. Diesen Verdacht scheint nun auch Tiziano zu haben, jedenfalls fragt er ihn etwas auf Italienisch – wahrscheinlich, ob er mitbekommen hat, worüber wir hier reden.

Jetzt schüttelt Sergio den Kopf, und Tiziano seufzt.

»Scusi, Dottor Rupprecht, können Sie noch mal ganz langsam von vorn erklären? Ich muss für Sergio übersetzen.«

»Aber natürlich. Also: Die Staatsanwaltschaft geht davon aus, dass Sie beiden in einem Ihrer Gewächshäuser gewerbsmäßig und in großer Menge Hanf angebaut haben.«

Gemurmel zwischen Tiziano und Sergio, Sergio blickt zu Rupprecht und nickt.

»Das hat Sergio verstanden. Was wir beide nicht verstehen: Was heißt *gewerbsmäßig*?«, fragt Tiziano.

»*Gewerbsmäßig* handelt, wer sich aus der wiederholten Tatbegehung eine fortlaufende Einnahmequelle von einigem Umfang und einer gewissen Dauer verschaffen will«, erklärt Rupprecht.

Tiziano runzelt die Stirn.

»Scusi Dottore, aber das habe ich jetzt noch weniger verstanden. Das kann ich Sergio nicht erklären.«

Ich muss grinsen. Kein Wunder. Ich würde sagen *Anwalt/*

Deutsch ist wesentlich komplizierter zu übersetzen als *Deutsch/Italienisch*. Damit Tiziano nicht den Eindruck bekommt, seine Verteidigerin hätte von der Materie gar keine Ahnung, erläutere ich kurz, worum es geht.

»Das Gesetz meint damit, dass jemand die Straftat gewissermaßen als Geschäft betreibt, ein Berufsverbrecher eben. Hanfanbau nicht als Hobby, sondern als Geschäftsmodell. Das ist besonders verwerflich, und deswegen wird es auch besonders hart bestraft. Nämlich mit Freiheitsstrafe nicht unter einem Jahr. Damit ist das Ganze nicht nur ein Vergehen, sondern ein Verbrechen.«

Tiziano schluckt und erklärt es Sergio. Der schnappt nach Luft und redet dann wie wild auf Tiziano ein. Ich kann mir schon ungefähr denken, was er gerade sagt: *Ich war's nicht – das ist alles Oma Erikas Schuld!*

»Herr Dottore«, wendet sich Tiziano jetzt wieder an Simon Rupprecht, »das waren wir nicht! Das ist alles Oma Erikas Schuld!«

Wer sagt's denn? Ich kann Italienisch!

Rupprecht kommentiert diese Einlassung erst einmal gar nicht, sondern fährt fort, in ruhigem Ton die Anklageschrift zu erklären.

»Abgesehen von der Frage der Gewerbsmäßigkeit, über die man natürlich immer noch verhandeln kann, haben wir das Problem, dass die Plantage so groß war, dass man wohl beim besten Willen nicht von einer *geringen Menge* sprechen kann. Dafür waren es einfach zu viele Pflanzen, und damit auch zu viel Wirkstoff.«

»Wieso ist das wichtig?«, will Tiziano wissen.

»Beim Anbau einer nur geringen Menge des Betäubungsmittels für den Eigenbedarf kann der Richter auch von Strafe absehen.«

Italienisches Gemurmel zwischen Tiziano und Sergio, Letzterer heult empört auf.

»Ma no!«, ruft Tiziano, »Wir nehmen doch keine Drogen!«

»Das ist schlecht«, Rupprecht klingt bedauernd. »Besser wäre in diesem Fall, wenn Sie beide schwerst drogenabhängig wären.«

»Das wäre besser?« Tiziano ist fassungslos. »Ich verstehe euch Anwälte nicht! Was wäre denn daran besser?«

»Ist doch klar«, erläutere ich. »Ein Drogenabhängiger ist krank und nicht mehr Herr der Lage. Er besorgt sich Drogen, weil er nicht anders kann. Jemand, der nicht abhängig ist und trotzdem mit Drogen zu tun hat, ist ja in aller Regel Dealer. Und für diese Berufsgruppe hat die deutsche Justiz nur ganz wenig Verständnis.«

Tiziano und Sergio seufzen im Chor.

Die Armen!

»Na ja, immer noch mehr Verständnis als zum Beispiel die malaysische Justiz. Da würden wir hier nicht über ein Strafmaß von ein, zwei Jahren Gefängnis reden«, versucht Rupprecht sie ein bisschen aufzumuntern.

»Sondern?«, erkundigt sich Tiziano.

»Bei großen Mengen meist Tod durch den Strang. Kann aber auch mal in lebenslängliche Freiheitsstrafe umgewandelt werden. Da weiß man allerdings nicht, ob das wirklich besser ist – ein malaysischer Knast ist wahrlich kein Mittelklassehotel«, erläutert Rupprecht fröhlich.

Ich hingegen bin mir nicht sicher, ob dieser Vergleich so glücklich gewählt war. Unsere beiden Mandanten werden jedenfalls blass und blässer.

»Also, Herr Felice, jetzt mal keine Panik«, gebe ich mich ganz zuversichtlich. »Wenn Sie unschuldig sind, ist unser klares Verteidigungsziel natürlich ein 1-A-Freispruch. Und falls Ihnen und Herrn Ghedina bei genauerem Nachdenken vielleicht doch einfällt, dass Sie das ein oder andere Pflänzchen angebaut haben könnten, dann ist das ja auch noch kein Weltuntergang. Sie sind beide nicht vorbestraft, und wir reden hier nicht von Heroin, das Sie an Schulkinder verkauft hätten. Also, mehr als eine Bewährungsstrafe erwarte ich da eigentlich nicht, oder, Herr Kollege?«

Ich werfe Rupprecht einen Blick zu, dem er hoffentlich entnehmen kann, dass jetzt ein guter Zeitpunkt wäre, um einfach mit *Sie haben vollkommen Recht* zu antworten.

Rupprecht zuckt mit den Schultern. »Tja, kommt wirklich auf die Wirkstoffmenge an. Kann eventuell auch böser ausgehen.«

Okay, er hat es meinem Blick *nicht* entnommen.

»Da müssen wir mal das Gutachten der KTU abwarten«, fährt er fort. »Und dann haben wir hier ja noch das ausländerrechtliche Problem.«

»Welches ausländerrechtliche Problem?« Jetzt bin ich wirklich ahnungslos, Italien gehört doch zur EU.

Rupprecht seufzt. »Es ist so: *Falls* es zu einer Verurteilung kommt, können auch EU-Ausländer ausgewiesen werden. Bei Bewährungsstrafen ist eine Ausweisung normalerweise nicht zulässig. Anders sieht die Sache aber aus, wenn es um besonders schwerwiegende Straftaten geht, welche die öffentliche Sicherheit und Ordnung gefährden – und dazu zählt die Rauschgiftkriminalität. Hier kann schon eine einzige Tat die Ausweisung begründen.«

Sergio und Tiziano lassen die Köpfe hängen. Das Wort *Ausweisung* scheint in Giselas Integrationskurs bereits gefallen zu sein.

»Wie lange wohnen Sie beide eigentlich schon in Deutschland?«, erkundigt sich Rupprecht. »Nach fünf beziehungsweise zehn Jahren Aufenthalt ist das mit der Ausweisung in Folge einer Straftat nämlich nicht mehr so leicht.«

»In Hamburg wir wohnen seit eine halbe Jahr, aber ich war schon vorher zwei Jahre in München«, antwortet Tiziano.

Rupprecht schüttelt den Kopf. »Hm, das bringt uns leider nicht weiter. Aber – wie Frau Petersen eben schon so richtig sagte – keine Panik! Noch ist nicht aller Tage Abend, und wir werden das Kind schon schaukeln!«

Noch nicht aller Tage Abend und *Wir werden das Kind schon schaukeln* – ich hoffe, mein neuer Prozesspartner hat neben diesen Plattitüden noch ein paar echte juristische Pfeile im Köcher. Im Moment ist nämlich auch mir ein bisschen unwohl. Und das, obwohl Flöckchen mittlerweile ungefähr zwei Meter Sicherheitsabstand zu mir einhält.

»Am besten«, sagt Rupprecht, »Sie erklären mir jetzt mal im Detail, was sich Ihrer Meinung nach zugetragen hat.«

Sergio und Tiziano gucken ratlos, also setzt Rupprecht noch einmal an.

»Ich als Ihr Strafverteidiger will und muss jetzt einfach die Wahrheit wissen. Die Wahrheit über dieses verfluchte Gewächshaus.«

»Nun erzähl doch mal – was haben Sergio und Tiziano denn gesagt, als sie in der Kanzlei waren?«

Erwähnte ich bereits, dass eine der hervorstechenden Charaktereigenschaften meiner Schwiegermutter ihre Neugier ist? Nein? Ist aber so.

»Gisela, wirklich: Sagt dir der Begriff anwaltliche Schweigepflicht etwas?«

»Na hör mal! Ich bin immerhin die Lehrerin der beiden!«

»Und wenn du ihre Mutter wärst – auch dann dürfte ich dir nichts erzählen. Sie sind schließlich über achtzehn.«

»Aber nicht viel.«

Ich muss grinsen. »Wie man's nimmt. Sergio ist gerade dreißig geworden, sein Kumpel Tiziano ist zwei Jahre älter. Und außerdem *bist* du ja gar nicht ihre Mutter, auch wenn es sich für dich offenbar so anfühlt.«

»Ich wette, Alexander hast du erzählt, was die beiden gesagt haben.«

»Gisela, Alexander ist mein Sozietätspartner. Der ist gewissermaßen in meiner Schweigepflicht mit drin. Es tut mir leid!«

»Darf ich dich daran erinnern, dass ich es war, die dir überhaupt zu diesem Mandat verholfen hat?«

»Und darf *ich* dich daran erinnern, dass ich mich nicht gerade darum geprügelt habe?«

Gisela verzieht ihren Mund zu einem schmalen Strich, jetzt ist sie beleidigt. Sei's drum, das mit der Schweigepflicht habe ich mir schließlich nicht ausgedacht. Da Gisela in beleidigtem Zustand jedoch nur sehr schwer zu ertragen ist, beschließe ich, einen etwas versöhnlicheren Ton anzuschlagen.

»Also, ich denke, ich kann dich wenigstens dahingehend beruhigen, dass wir hier nicht von zwanzig Jahren Festungshaft ausgehen müssen. Und mein neuer Kollege Dr. Rupprecht ist ein sehr erfahrener Strafverteidiger. Bei unserem Team sind die beiden in guten Händen.«

Gisela guckt nachdenklich, streicht sich ihre dunklen Haare nach hinten und dreht sie mit einer geschickten Handbewegung zu einem Dutt hoch – ein untrügliches Zeichen dafür, dass irgendeine Aktivität ansteht, die Giselas besondere Tatkraft erfordert.

»Dein Wort in Gottes Ohr. Ich mag die beiden wirklich, und ich bin von ihrer Unschuld überzeugt. Aber vor Gericht und auf hoher See … man weiß ja nie. Ich werde jetzt auf jeden Fall mal meine berühmte Erdbeer-Schokoladen-Marmelade kochen und den Jungs später ein paar Gläser vorbeibringen. Ein bisschen Aufmunterung können die bestimmt vertragen.«

Ich muss an Tizianos verzagten Gesichtsausdruck denken, nachdem Rupprecht ihm einen kurzen Einblick in das malaysische Strafrecht gewährte. Schätze mal, Sergio und Tiziano sind ganz froh, mit ihrer Hanfplantage nicht in Kuala Lumpur ausgehoben worden zu sein.

»Gute Idee, Gisela. Richtig glücklich waren die beiden heute tatsächlich nicht. Aber wie gesagt: Rupprecht ist ein alter Hase, das wird schon gut gehen.«

Gisela nickt. »Hoffentlich. Wie ist denn der Herr Dr. Rupprecht sonst so?«

»Och, ich würde sagen, durchaus von sich selbst überzeugt. Bisschen frech, bisschen Macho. Ungefähr Mitte vierzig, schätze ich.«

»Aha. Verheiratet, Kinder?«

»Woher soll ich das denn wissen?«

»So etwas weiß man doch!«

Ich zucke mit den Schultern. »Keine Ahnung, ich weiß es jedenfalls nicht.«

»Hast du denn nicht gefragt?«

Gisela hätte das natürlich sofort getan. Sie unterzieht ihre Mitmenschen ganz gern mal einer inquisitorischen Befragung. Meine Sache ist das eher nicht.

»Nein, habe ich nicht. Es interessiert mich auch nicht. Schließlich will ich nicht mit ihm ausgehen, sondern nur eine gemeinsame Prozesstaktik entwerfen. Und dafür ist das völlig unerheblich.«

»Apropos: Du könntest ruhig mal wieder ausgehen.«

»Vielen Dank für die Erlaubnis.«

Gisela seufzt und schüttelt den Kopf, ganz so, als wolle sie sagen *Du bist ein hoffnungsloser Fall.* Was im Übrigen nicht stimmt. Ich würde schon mal wieder ausgehen – bin ja schließlich kein Trauerkloß. Ich habe bloß seit Christophs Tod noch keinen Mann getroffen, der mich auch nur ansatzweise interessiert hätte.

Als Gisela schon fast in der Küche verschwunden ist, habe ich noch eine Idee.

»Falls dich der Familienstand von Simon Rupprecht wirklich so brennend interessiert, kannst du ihn übrigens selbst fragen. Er kommt nachher vorbei.«

»Oh!« Giselas Gesichtsausdruck hellt sich schlagartig auf. »Warum denn?« Sie hält kurz inne. »Nein – sag nichts. Anwaltliche Schweigepflicht.«

Ich lächle.

»Genau so ist es, Schwiegermama.«

SIEBEN

Sie haben dieses Gewächshaus also nie betreten. Nicht bis zu jenem Tag, an dem Sie morgens um 5:30 Uhr von Beamten der Staatsanwaltschaft Hamburg geweckt wurden?«

Tiziano nickt, Sergio macht nichts, wahrscheinlich überlegt er noch, was Rupprecht ungefähr gesagt haben könnte. Letzterer steht, umweht von einem Hauch Bedeutsamkeit, in besagtem Glashaus, um sich, wie er sagt, einen Überblick über den Tatort zu verschaffen. Zu seinen Füßen hat es sich Flöckchen bequem gemacht und schnappt nach den Fliegen, die um ihre Nase summen.

Der *Tatort* ist maximal unspektakulär: Ein ungefähr drei mal fünf Meter großes Gewächshaus mit Hochbeeten. Oder vielmehr dem, was einmal Hochbeete waren, denn natürlich wurden alle Pflanzen beschlagnahmt. Zurückgeblieben sind die Pflanztische mit jeder Menge aufgewühlter brauner Erde. Es riecht nach Torf. Genauer gesagt, feuchtem Torf. Insgesamt ist es schwül in dem Häuschen. Heute ist ein warmer Tag, und die Dachscheiben, die teilweise aufgeklappt sind, haben schon so viele Löcher und Sprünge, dass es in einem durchschnittlichen Hamburger Sommer bestimmt ziemlich nass hier drin wird. Mit anderen Worten: Das Glashaus ist völlig heruntergekommen und wird nur noch notdürftig von dem eisernen Gestänge zwischen den einzelnen Scheiben zusammengehalten. Diese Stangen sind allerdings auch schon ziemlich verrostet. Wahrscheinlich war es nur noch eine Frage der Zeit gewesen, und das Haus wäre einfach wie ein Kartenhaus eingestürzt. Wirklich Pech, dass vorher noch die Staatsanwaltschaft zugeschlagen hat.

»Wann haben Sie den Hof übernommen?«, will Rupprecht nun von Tiziano wissen.

Der legt den Kopf schief. »Hm, ungefähr vor eine halbe Jahr, vielleicht auch sieben, acht Monate. Oder zehn.«

Rupprecht zieht die Augenbrauen hoch. Ich könnte mir vorstellen, dass er denkt, so ein einschneidendes Erlebnis wie einen Umzug von Garda nach Hamburg müsse man zeitlich besser einordnen können. Aber da ist eben jeder Mensch anders. Vielleicht weiß Tiziano dafür die letzten hundert Spieltage der italienischen Fußball-Liga auswendig. Oder kann aus dem Stegreif Dantes *Göttliche Komödie* rezitieren.

»Gut. Dann sind Sie also ungefähr im letzten Herbst auf den Hof gezogen. Und Sie haben sich in der ganzen Zeit niemals die Gewächshäuser angeguckt? Obwohl dort offenbar etwas angepflanzt war, das fleißig weiter vor sich hin wuchs?«

Tiziano nickt.

»Certo. Genau so war es. Wissen Sie, wir sind Künstler. In Garda haben wir eine Band gegründet, Sergio und ich. Leider waren wir anfangs nicht ganz so erfolgreich, deswegen haben wir noch in Maria Lauras Hotel gearbeitet. Aber da gab es immer Stress. Meine große Schwester ist eine schwierige Frau, die …«

»Sicher«, unterbricht ihn Rupprecht, »große Schwestern können die Pest sein. Mir ist allerdings nicht ganz klar, in welchem Zusammenhang das alles mit dem Drogenfund in Ihrem Gewächshaus steht.«

»Subito, subito – das erkläre ich gleich. Weil der Job bei Maria Laura schrecklich war, haben wir eine Alternative gesucht – wir brauchten dringend Geld. Dann kam die Nachricht, dass ich zusammen mit Maria Laura der letzte Erbe von Oma Erika bin. Sie war unsere deutsche Urgroßtante, ihr gehörte der Hof. Mein Urgroßonkel Salvatore hat sich in sie verliebt, als er während des Krieges in Deutschland interniert war. Die beiden hatten keine Kinder.«

»Erika und Salvatore?«, murmelt Rupprecht, lässt Tiziano aber weiterreden.

»Es war schnell klar, dass Maria Laura den Hof nicht wollte. Und da hatte ich eine geniale Idee – ein Hundehotel!«

»Ein *Hundehotel*?!«, rufen Rupprecht und ich wie im Chor.

»Sì. Geniale, oder?«

»Ich fürchte, ich verstehe nicht ganz«, sage ich.

»Sergio und ich lieben Hunde«, führt Tiziano aus, während er sich zu Flöckchen beugt und sie hinter den Ohren krault. »Und wir haben jetzt dieses große Haus mit dem riesigen Garten. Die Nachbarn sind weit weg und hören die Hunde nicht. Hunde schlafen früh – dann haben Sergio und ich viel Zeit für unsere Musik. Es ist nicht viel Arbeit, man verdient gutes Geld. Und außerdem komme ich aus der Hotellerie. Ich habe lange im Park Hilton in München gearbeitet.«

»Aha«, mehr fällt Rupprecht dazu nicht ein.

»Aber das Hilton ist doch kein Hundehotel, oder täusche ich mich da?«, frage ich vorsichtig. Ich gebe zu, dass ich von der Genialität des Plans noch nicht restlos überzeugt bin.

»Hotel ist Hotel«, begegnet mir Tiziano resolut. »Das Erfolgsgeheimnis ist der Service.«

»Verstehe. Hotel ist also Hotel«, wiederholt Rupprecht langsam. »Ich muss aber trotzdem noch mal nachfragen: Was hat das mit dem Gewächshaus zu tun?«

Tiziano lächelt so milde, als habe er noch nie eine überflüssigere Frage gehört.

»Na, deswegen war ich noch nie in diesem komischen Haus. Weil es mich nicht interessiert hat. Für die Hunde brauche ich es nicht. Ich wusste also überhaupt nicht, welche Pflanzen in diesem Glaskasten stecken. Die muss Oma Erika angebaut haben. Certo!«

Überzeugt mich das? Ich glaube nicht.

»Und wie läuft das Hundehotel so?«, fragt Rupprecht.

Die Frage wundert mich. Warum lenkt er vom eigentlichen Thema ab? Will er vielleicht seinen Riesenköter loswerden? Ich persönlich würde es ja begrüßen, wenn Flöckchen zumindest während meiner Besuche in Rupprechts Kanzlei sicher bei Sergio und Tiziano verstaut wäre. Erstmals seitdem ich ihn kenne, meldet sich nun Sergio freiwillig zu Wort.

»Hotel iste noch nicht fertig. Mussen renovieren. Hoffentlich fertig in Sommer.«

Tiziano nickt. »Richtig. Wir bauen den Hof noch ein wenig um, damit sich unsere Gäste auch wohlfühlen. Außerdem haben Sergio und ich gerade eine sehr anstrengende Phase in unserer künstlerischen Entwicklung.«

Bei den Worten *künstlerische Entwicklung* zieht Rupprecht seine Augenbrauen so hoch, dass sie eins werden mit seinem zurückgegelten Haaransatz. Ohne ihn näher zu kennen, würde ich behaupten, dass er an so etwas wie eine künstlerische Entwicklung nicht glaubt. Ich hingegen bin neugierig geworden.

»Wohin möchten Sie sich denn entwickeln?«, will ich deshalb wissen.

Tiziano schenkt mir ein strahlendes Lächeln.

»Bisher haben wir vor allem mit Chansons gearbeitet – *Marina* oder *Volare* zum Beispiel, die sind doch auch in Deutschland bekannt.«

Auweia, Tiziano ist ein Schlagerfuzzi!

»Aber jetzt haben wir eine ganz neue Richtung für uns entdeckt.«

Gut so, kann ja nur besser werden.

»Ab sofort spielen wir Country und Western.«

Korrigiere mich – es geht auch schlimmer. »Country und Western?«, frage ich entgeistert.

»Genau. Aber dafür müssen wir noch sehr viel arbeiten, auch deswegen können wir momentan keine Hunde betreuen. Wenn wir fertig sind mit renovieren und unser neues Repertoire steht, dann eröffnen wir unser Hotel. Mit einer tollen Party – Sie sind alle eingeladen!« Tiziano macht eine großzügige Handbewegung, ganz so, als wolle er uns an Bord seiner Fünfunddreißig-Meter-Mittelmeeryacht bitten.

»Vielen Dank, Herr Felice, aber unser eigentliches Problem ist momentan ...«

Noch bevor Simon Rupprecht näher ausführen kann, was unser eigentliches Problem ist, steht Gisela auf einmal im Glashaus, unter dem Arm einen Karton. »Oh, eine Party? Wie schön! Da darf ich doch bestimmt auch kommen, oder, Herr Nachbar?«

»Hallo, *Professoressa*!«, begrüßt Tiziano sie fröhlich. »Natürlich sind Sie auch eingeladen! Kennen Sie schon Dottor Rupprecht? Er ist der Anwalt von Sergio.«

»Ach, guten Tag!« Gisela streckt Rupprecht die Hand hin.

»Angenehm!«, erwidert dieser. »Sie müssen die Schwiegermutter von Frau Petersen sein. Sie hat mir schon viel von Ihnen erzählt!«

Gisela nickt.

»Das stimmt, ich bin Gisela Petersen. Umgekehrt kann ich leider nicht behaupten, dass Nikola schon viel über Sie erzählt hätte.« Zack! Gisela hält sich nicht mit Nebensächlichkeiten auf, sondern will offenbar gleich das eigentliche Thema ihres Besuchs ansteuern. »Ich habe ein wenig Marmelade für unsere Nachbarn eingekocht und wollte nur die Gläser vorbeibringen.« Sie drückt Sergio den Karton in die Arme. »Was für ein schöner Zufall, dass ich Sie jetzt auch persönlich kennenlerne.«

Ja, ein wirklich schöner *Zufall.* Ich lächle gequält. »Nett, dass du vorbeischaust, Gisela, aber wir sind noch mitten in einer Besprechung. Ich verspreche dir aber, dass ich mit Dr. Rupprecht noch mal vorbeischaue, bevor er wieder in die Stadt fährt.«

Gisela verzieht den Mund. »Ich weiß schon, Nikola, ich weiß schon – Anwaltsgeheimnis und so. Ich will auch gar nicht weiter stören.«

»Ma no!«, ruft Tiziano. »Sie stören überhaupt nicht! Und was heißt überhaupt Anwaltsgeheimnis?«

»Das heißt, dass mir Nikola nicht erzählen darf, was Sie ihr über Ihren Fall anvertrauen«, erklärt ihm Gisela mit ernster Miene.

Tiziano lacht wieder. »Ach, Signora Avvocattessa, erzählen Sie Gisela ruhig alles. Mich stört das nicht. Oder, Sergio?«

Ein kurzer Wortwechsel auf Italienisch, dann nickt Sergio. »Miche storte auch nicht.«

Na wunderbar! Dann werde ich Gisela überhaupt nicht mehr loswerden. Hoffentlich erlahmt ihr Interesse an diesem Fall bald. Wobei – besonders realistisch ist das nicht. Ich kann nur hoffen, dass sie nicht noch ins Gericht mitkommen will. Die wenigsten Richter können mit Belehrungen aus dem Zuschauerraum sonderlich gut umgehen.

Gisela wendet sich wieder an Rupprecht. »Das Einzige, was mir Nikola schon über Sie erzählt hat, ist, dass Sie ein sehr erfahrener Strafverteidiger sind. Wie gut! Darf ich fragen, wie alt Sie sind?«

Bitte, Gisela! Ich versuche, mich schräg vor sie zu stellen in der Hoffnung, dass sie sieht, wie ich mit den Augen rolle.

»Ich bin achtundvierzig«, antwortet Rupprecht brav.

»Das beste Alter für einen Anwalt! Ist Ihre Frau auch Anwältin?«

Nein, Gisela sieht nicht, dass ich mit den Augen rolle. Oder wenn sie es sieht, ignoriert sie es geflissentlich. Sie plappert jedenfalls munter weiter, während ich zum Fremdschämen übergehe.

»Mein verstorbener Sohn war ja Anwalt, er und Nikola haben die Kanzlei gegründet.«

Rupprecht räuspert sich. »Nein, meine geschiedene Frau ist Krankengymnastin.«

»Geschieden? Na, ist ja heute nichts Besonderes mehr.«

Mir platzt der Kragen. »Gisela, ich glaube, das reicht jetzt! Auch wenn Herr Felice und Herr Ghedina nichts dagegen haben, dass du an diesem Termin teilnimmst, würde ich dich bitten, dich ein wenig im Hintergrund zu halten.«

Simon Rupprecht lacht. »Schon gut, Frau Kollegin! Das sind genau die Sachen, die auch meine Mutter immer brennend interessieren. Insofern beantworte ich zu diesem Thema abschließend gern die Frage, die noch nicht gestellt wurde: Kinder habe ich auch, mein Sohn ist allerdings schon ziemlich groß. Er studiert Jura in München.«

Gisela lächelt ihn an. »Herr Dr. Rupprecht, wie reizend von Ihnen. Sie verstehen eine ältere Dame wie mich! Warten Sie, ich hole Ihnen auch noch ein Glas Marmelade. Bin gleich wieder da!«

Als sie aus dem Glashaus entschwunden ist, atme ich einmal ganz tief durch. »Tut mir leid!«, entschuldige ich mich dann. »Gisela ist eine Seele von Mensch, aber manchmal schießt sie eindeutig über das Ziel hinaus.«

»Ach, machen Sie sich keine Gedanken«, winkt Rupprecht ab. »Ich meinte das eben so, wie ich es gesagt habe – meine Mutter ist genauso. Tut mir übrigens leid mit Ihrem Mann, das wusste ich gar nicht.«

»Danke. Ist auch schon vier Jahre her. Eine Herzmuskelentzündung, er starb ganz plötzlich. Gisela hat uns damals regelrecht aufgefangen. Ich wüsste nicht, was ich ohne sie gemacht hätte.«

Warum erzähle ich das eigentlich? Ich bin doch sonst nicht so vertrauensselig! Offenbar hat Rupprecht etwas, was Menschen zum Reden bringt. Das ist natürlich nicht schlecht für einen Strafverteidiger.

Plötzlich spüre ich eine Hand auf meiner Schulter. Tiziano ist an mich herangerückt und guckt mich ganz betroffen an.

»Mir tut es auch leid! Das ist schlimm, jemanden zu verlieren, den man liebt!« Noch mal ein sehr treuherziger Blick aus seinen blauen Augen, dann zieht er die Hand langsam zurück.

Ich merke, wie sich in meinem Hals ein Kloß bildet. Nee, Jungs, das ist mir nun doch zu viel der Anteilnahme! Ich schüttle mich unwillkürlich und mache mich ganz gerade.

»So, meine Herren! Bevor wir jetzt zu sehr abschweifen, wollen wir mal lieber wieder zum eigentlichen Thema zurückkehren. Dem Glashaus. Oder sollte ich in diesem Zusammenhang besser sagen: dem Grashaus?«

ACHT

Max heult. Aber nicht vor Schmerzen oder weil er traurig ist. Nein, Max heult vor Wut. Die Empörung steht dem kleinen Mann regelrecht ins Gesicht geschrieben. So erlebe ich ihn wirklich selten!

»Was ist denn bloß los?«, will ich deshalb von ihm wissen und klappe mein Laptop zu, um mich auf Ursachenforschung zu begeben. Eigentlich wollte ich nach dem Abendbrot noch ein bisschen arbeiten und mich in Sachen Betäubungsmittelgesetz schlaumachen, schließlich hat mir unser heutiger Termin im Gewächshaus deutlich gezeigt, dass auf Tiziano und Sergio noch einiges zukommt. Aber ein Notfall bei Max geht natürlich vor.

Allerdings ist er so aufgewühlt, dass ich kaum verstehe, was er mir erzählen will. Zwischen seinen Schluchzern meine ich die Worte *Tessa*, *Briefe* und *lesen* herauszuhören. Er hat Tessas Briefe gelesen und hat deswegen Stress mit seiner großen Schwester? Unwahrscheinlich, denn Max gehört nicht zu den Fünfjährigen, die schon lesen können. Er hat einen Brief geschrieben, und Tessa hat ihn gelesen? Noch unwahrscheinlicher – schreiben kann er erst recht nicht.

Ich nehme Max auf meinen Schoß, trockne seine Tränen mit einem Taschentuch und streiche ihm sanft durchs Haar.

»Jetzt mal der Reihe nach, mein Schatz – was hat Tessa denn gemacht, dass du dich so aufregst?«

Max schluckt, greift nach dem Tempo und schnäuzt einmal kräftig. Dann atmet er tief durch und beginnt noch einmal von vorn.

»Tessa sagt, dass Papa meine Briefe gar nicht liest.« Er schnäuzt noch einmal und trompetet dabei wie ein kleiner Elefant, dann zieht er einen zerknüllten Zettel aus seiner Hosentasche und drückt ihn mir in die Hand.

Vorsichtig streiche ich ihn glatt. Er beginnt mit einem sehr krakeligen *Liber Papa*, dann folgen mehrere Bilder, die ganz offensichtlich unsere Familie zeigen, und unter die Zeichnungen ist ein schwungvolles *Max* gesetzt. Kein Zweifel, mein Sohn hat seinen ersten Brief ohne fremde Hilfe geschrieben!

Ich betrachte das Blatt und bin zwischen Stolz, Rührung und Traurigkeit hin- und hergerissen. Stolz, weil man auf den Bildern ziemlich genau erkennen kann, welche Geschichte Max erzählen will. Rührung und Traurigkeit, weil es Max so wichtig ist, seinem Vater etwas zu erzählen. Dem Vater, den er nie richtig kennengelernt hat.

Der kleine Comic zeigt einen Jungen, auf dessen Kopf es sich offensichtlich einige Tierchen gemütlich gemacht haben. Gut, für richtige Läuse sind die Viecher ein bisschen groß geraten, man könnte sie im ersten Moment auch für Mäuse halten – aber ansonsten ist die Botschaft völlig klar. Auf dem nächsten Bild sitzen wir alle am Küchentisch. Ich bin deutlich an meiner schwarzen Robe zu erkennen. Die habe ich zu Hause natürlich nie an, aber ich weiß, dass Max sie immer sehr eindrucksvoll findet. Auch eindrucksvoll ist Giselas Hochsteckfrisur – man erkennt sie sofort. Tessas dunkle Locken sind ebenfalls ein eindeutiges Merkmal.

Und dann sitzt da noch jemand am Tisch, der Locken hat. Und sehr blaue Augen. Tiziano! Max hat Tiziano gemalt! Sehr interessant, vor allem, weil Tiziano uns alle überragt, was er im wirklichen Leben nicht unbedingt tut. Als diplomierte Küchenpsychologin würde ich sagen: Diesen Mann findet Max wichtig.

»Max, das ist ein richtig toller Brief«, lobe ich ihn. »Und ich bin mir ganz sicher, dass Papa ihn lesen wird, wenn wir den Brief in die Box legen. Die Geschichte mit den Läusen findet er bestimmt lustig.«

Max schnieft noch einmal laut.

»Aber Tessa sagt, dass das mit der Box Quatsch ist. Und dass du die Briefe rausnimmst, nicht Papa. Sie sagt, sie hat es selbst gesehen.«

Ach, daher weht der Wind!

»Na ja, Tessa hat Recht, aber gleichzeitig auch nicht.«

Max guckt mich erstaunt an. »Wie geht das denn?«

»Also, es ist so: Tatsächlich nehme ich die Briefe aus der Box, wenn sie voll ist. Ich habe sie alle für euch aufbewahrt. Aber genauso sicher ist, dass Papa sie vorher gelesen hat. Denn Papa muss die Briefe zum Lesen ja nicht in die Hand nehmen. Er liest sie mit dem Herzen, verstehst du?«

Max zögert, dann schüttelt er den Kopf. »Nee. Mit dem Herzen?«

»Na ja, wenn du einen Brief für Papa schreibst und dabei ganz doll an ihn denkst, dann kann der Papa das spüren. In seinem Herzen. Und dann guckt sein Herz gewissermaßen in die Box und liest den Brief. Dafür muss Papa den Brief gar nicht in die Hand oder aus der Schachtel nehmen. Der kann das auch so.«

»Ehrlich?«

»Ganz ehrlich. Großes Indianerehrenwort!«

Max seufzt erleichtert. »Dann will ich den Brief doch in die Box legen. Damit Papa weiß, was wir hier so machen.«

»Das ist eine gute Idee. Zur Abwechslung holt dich morgen nicht Oma ab, sondern ich, und dann fahren wir zum Friedhof.«

»Klasse!« Max strahlt wieder.

»Eine Sache musst du mir aber mal verraten.«

»Okay, was denn?«

»Warum hast du denn unseren Nachbarn so groß gemalt?«

»Na, ist doch klar: Der Tiziano wird bestimmt mal mein Freund. Und dann kann ich mit ihm lauter Jungssachen machen. Das geht mit dir nämlich nicht, Mama. Du bist schließlich ein Mädchen.«

Wie bitte? Frechheit! Erst fünf Jahre alt und schon ein Macho!

Später am Abend beschließe ich, mal ein ernstes Wort mit meiner Ältesten zu reden. Sie liegt auf ihrem Bett, aber dass sie noch nicht schläft, erkenne ich an den Tippgeräuschen ihres Handys. Offenbar ist Madame schwer damit beschäftigt, mit irgendjemandem zu chatten, zu simsen oder weiß der Himmel wie zu kommunizieren.

Ich räuspere mich laut und vernehmlich. »Kann ich kurz stören?«

»Och, Mama, ich schlaf schon fast.«

»Komisch, von hier sieht es glatt so aus, als seist du mit deinem Handy zugange.«

Tessa stöhnt, als hätte ich sie gebeten, mindestens fünfmal die *Bürgschaft* abzuschreiben und sie anschließend ins Lateinische zu übersetzen. Ich ignoriere es und setze mich auf die Bettkante.

»Sag mal, warum hast du das heute zu Max gesagt?«

»Hä? Was denn?«

»Komm, das weißt du ganz genau – das mit den Briefen!«

Einen Moment lang ist es still, dann rappelt sich Tessa unter der Bettdecke hervor und guckt mich böse an. »Weil es stimmt!«

Jetzt bin ich es, die stöhnt. »Tessa, was soll denn das? Es stimmt eben nicht. Wenn dein Bruder deinem Vater einen Brief schreiben will, dann bin ich mir sicher, dass dein Vater das merkt. Wo auch immer er jetzt sein mag. Im Übrigen: Du hast Papa doch früher auch ganz viel geschrieben.«

Tessa lacht. »Genau. Früher. Als ich noch ein kleines Mädchen war. Bin ich aber nicht mehr. Und jetzt weiß ich, dass das mit den Briefen totaler Unsinn ist. Weil Papa tot ist. Verstehst du? Tot. Der liest keine Briefe mehr.«

Ich merke, dass mir dieser Satz einen Stich versetzt.»Hör auf, so zu reden, Tessa!«, erwidere ich scharf.

»Wieso? Ist doch wahr.«

»Nein, so ist es eben nicht!«, fahre ich sie an.

Tessa sagt erst nichts. Dann schüttelt sie den Kopf und flüstert: »Aber wenn es nicht wahr ist, warum schreibst du denn nie an Papa? Fehlt er dir denn nicht?«

Ich will gerade richtig unfreundlich werden, als ich in Tessas Gesicht etwas glitzern sehe – eine Träne läuft ihre Wange hinunter. Oje – erst Max, jetzt Tessa: Offenbar stehen die Sterne gerade schlecht über dem Petersen-Hof. Ich strecke die Hand aus und wische die Träne von Tessas Wange.

»Hey, meine Große – was ist denn los mit dir?«

Tessa schüttelt trotzig den Kopf. »Nichts.«

Ich rücke näher an Tessa heran und streichle ihre Schulter. »Mäuslein, das glaube ich dir nicht. Du bist so krawallig, es muss doch irgendetwas passiert sein.«

Sie zuckt mit den Schultern. »Weiß nicht.«

»Komm schon, Tessa, erzähl mir, was los ist!«

Aber anstatt zu erzählen, bricht Tessa nun richtig in Tränen aus. Sie weint so sehr, dass es sie regelrecht schüttelt. Ich lehne mich weiter vor, nehme sie in den Arm und drücke sie ganz fest an mich.

»Schh, schh, ganz ruhig. Was auch immer es ist, wir finden bestimmt eine Lösung.«

Tessa schluchzt noch eine ganze Weile, während ich sie langsam in meinem Arm wiege. Eben noch sturer Teenager, ist sie auf einmal wie ein kleines Mädchen.

»Luna und Sammi sind so fies zu mir«, bringt Tessa schließlich hervor. »Wir haben uns geschworen, dass wir BFFs sind – aber jetzt verabreden sie sich immer heimlich ohne mich.«

BFFs? Was in aller Welt mag das sein? *Berliner Fußball Fans*? Eher unwahrscheinlich, Tessa interessiert sich weder für die Hauptstadt noch für Fußball. Eher für Pferde. *Blonde Ferde Freunde?* Tessa ist zwar nicht blond, aber bei ihren Rechtschreibkenntnissen könnte aus einem Pferd durchaus mal ein Ferd werden. Wahrscheinlich heißt es aber ganz etwas anderes. Ich beschließe nachzufragen.

»Was sind denn BFFs?«

Zwischen zwei Schluchzern ringt sich Tessa nun zu einem halben Lächeln durch.

»Mami, BFFs sind Best Friends Forever!«

Okay, da hätte man draufkommen können.

»Und deine Best Friends treffen sich heimlich ohne dich? Das geht natürlich gar nicht!« Diese kleinen Zicken, mein armes Kind!

»Ich glaube, das hängt alles mit Tom zusammen.«

»Ach, ist das auch ein BFF von euch?«

Tessa verdreht die Augen. »Mama! Das ist doch ein Junge! Das kann doch kein BFF von uns sein.«

»Kann er nicht? Warum denn nicht? Jungs sind auch Menschen«, plädiere ich politisch sehr korrekt für Toleranz gegenüber dem männlichen Geschlecht.

Tessa seufzt. »Das verstehst du nicht. Tom war ja mit Sammi zusammen. Richtig zusammen, weißt du?«

»*Richtig zusammen?*« Ich hoffe doch sehr, dass sich meine dreizehnjährige Tochter darunter noch etwas anderes vorstellt als ich.

»Genau. Aber dann hat Sammi mit ihm Schluss gemacht und Luna und mir verboten, noch mal mit ihm zu reden. Luna hat sich auch daran gehalten, aber ich nicht, weil ich das nämlich total blöd fand. Schließlich ist Tom für einen Jungen ganz nett, und er kann ja gar nichts dafür, dass Sammi nicht mehr mit ihm gehen will.«

»Aha.« Mehr fällt mir dazu nicht ein.

»Und weil ich weiter mit Tom geredet habe, sind die beiden anderen sauer auf mich. Das haben sie mir aber nicht gesagt, sondern jetzt schließen sie mich einfach aus. Voll gemein!«

»Armer Schatz! Aber das wird sich bestimmt wieder beruhigen.«

»Nee, glaube ich nicht. Ich habe die beiden heute zur Rede gestellt. Und dann hat Luna gesagt, ihr Vater hätte gemeint, dass man schon merkt, bei welchen Kindern in der Klasse sich die Eltern getrennt haben. Auf die wäre einfach kein Verlass. Dann habe ich sie angeschrien, dass sich meine Eltern nicht getrennt haben. Tja, und als sie dann gesagt hat, dass das aber aufs Gleiche rausläuft, wenn es den Vater gar nicht mehr gibt – da habe ich ihr eine gescheuert. Aber so richtig. Ich glaube, du kriegst jetzt auch noch Post aus der Schule.«

Und *ich* glaube, ich kriege hier gerade einen mächtigen Hals! Das darf doch wohl nicht wahr sein! Den Typen rufe ich an, aber sofort!

»Hast du in der Schule denn nicht erklärt, warum du Luna

gehauen hast?« Ich bin zwar immer noch keine Strafrechtsexpertin, aber irgendwie war das doch Notwehr! Dafür muss ich nicht mal Simon Rupprecht fragen.

»Nee, keinen Bock. Die nerven doch alle. Jedenfalls bin ich dann nach Hause, und da wollte mir Max unbedingt seinen Brief zeigen, weil Gisela nicht da war.«

Stimmt. Die stand ja mit mir im Gewächshaus.

»Aber warum warst du dann so gemein zu Max? Der konnte doch nichts dafür.«

Wieder Schulterzucken.

»Ich weiß auch nicht. Als Max dann von Papa anfing, da bin ich irgendwie ausgerastet. Und dann habe ich das gesagt. Obwohl ich wusste, dass es gemein ist. Tut mir leid!«

Ich streiche ihr über den Kopf.

»Ist in Ordnung, Schatz. Das war heute kein schöner Tag für dich. Aber diese Luna kaufe ich mir, verlass dich drauf!«

Tessa schüttelt den Kopf. »Bitte nicht, Mama! Ich regle das lieber selbst, sonst bekomme ich noch mehr Ärger mit den anderen. Außerdem habe ich es eben auch schon Onkel Christian erzählt, und der sagte, wenn ich will, kommt er vorbei und macht den Mädchen mal richtig Stress. Wollte ich aber nicht. Ich schaff das schon allein.«

Ich muss lächeln. Die Vorstellung, dass sich Tessa ausgerechnet bei meinem chaotischen Bruder Rat geholt hat, ist schon ziemlich komisch.

»Na gut, meine Süße, dann mach ich erst mal nichts. Aber sag mir Bescheid, wenn du eine Anwältin brauchst.«

Ich gebe ihr noch einen Kuss und gehe wieder nach unten in die Küche. Was *ich* nach dieser Geschichte nämlich dringend brauche, ist ein Glas Rotwein. Oder auch zwei oder drei. Gisela ist beim Kegeln, ich kann mich also ganz entspannt auf das Sofa und meine Füße hochlegen. Schnell die

Flasche, den Korkenzieher und ein Glas geschnappt und ab auf die Couch. Herrlich!

In diesem Moment klingelt es an der Tür.

Och nö – ich will endlich meine Ruhe! Ich rappele mich wieder hoch und gehe zur Tür. Als ich sie öffne, steht allerdings niemand davor.

Ein Klingelstreich, um 21 Uhr?

Mein Blick streift die Fußmatte, auf der ein wunderschöner Blumenstrauß aus weißen und gelben Rosen liegt. Also doch kein Klingelstreich. Ich bücke mich, ziehe die Karte heraus und entziffere, was jemand in blauer Tinte und mit sehr schwungvoller Handschrift darauf gekritzelt hat.

Liebe Avvocatessa, ich wollte nicht persönlich werden. Nicht böse sein! Tut mir leid! T.

NEUN

»Oh, das sind aber schöne Blumen! Von wem sind die denn?«

Aysun ist sofort neugierig, als ich am nächsten Tag mit dem Strauß unterm Arm im Büro erscheine. Stört mich allerdings nicht, denn das ist rein gar nichts verglichen mit dem, was mich bei Gisela erwartet hätte, wenn die Rosen zu Hause auf dem Küchentisch geblieben wären.

Ich lege die Blumen auf den Empfangstresen und betrachte sie genauer. Aysun hat Recht: Es ist wirklich ein sehr hübscher Strauß. Ich frage mich, wo Tiziano den gestern Abend noch hergezaubert hat. Bevor Aysun sich weiter den Kopf zerbrechen muss, kläre ich sie auf.

»Die hat mir ein Mandant geschenkt.«

»Ach so.« Aysun klingt enttäuscht. »Ich dachte schon, ein neuer Verehrer.«

Ich muss lächeln. *Neuer Verehrer* klingt glatt so, als ob es in der Vergangenheit rasend viele davon gegeben hätte.

»Nein, nein – die sind von dem Italiener mit der Hanfplantage, Tiziano Felice.«

»Ach, die Sockelverteidigung mit Dr. Knackarsch?«

»Genau.«

Richtig, Sockelverteidigung – so heißt das, wenn man sich mit dem Verteidiger eines zweiten Angeklagten auf eine gemeinsame Prozessstrategie einigt. Ich hatte den Fachbegriff schon wieder vergessen, aber Aysun ist einfach eine richtig

Gute, der macht so schnell keiner was vor. Das hat sich ja vorm Arbeitsgericht auch sehr eindrucksvoll gezeigt. Manchmal habe ich ein bisschen Angst, dass es ihr als Assistentin auf Dauer zu langweilig bei uns ist. Immerhin ist sie erst vierundzwanzig, da liegen ja noch einige Jährchen im Job vor ihr. Ich beschließe, sie bei spannenden Fällen häufiger zu Gericht mitzunehmen.

»Hattet ihr da nicht gestern einen Ortstermin?«

Ich nicke.

»Ja, wir haben uns das Gewächshaus angeguckt. Die beiden behaupten steif und fest, gar nicht gewusst zu haben, dass dort Hanf wächst. Was ich mir ehrlich gesagt nicht so ganz vorstellen kann. Ich meine – die wohnen da schon seit Monaten. Und nie haben sie mal einen Blick in das Gewächshaus geworfen?«

Aysun zuckt mit den Schultern. »Na ja, ich hab auch nicht gerade den grünen Daumen. Mich hätte es wahrscheinlich auch nicht sonderlich interessiert.«

»Grüner Daumen ist übrigens schon das nächste Stichwort: Hanf will ja auch gepflegt werden. Wie bitte schön sollen diese ganzen Pflanzen ohne Gärtner überlebt haben?«

»Gute Frage«, gibt mir Aysun Recht. »Vielleicht hat es da irgendwo reingeregnet?«

»Okay, löchrig genug war das Dach. Aber trotzdem: Das hieße ja im Umkehrschluss, dass tatsächlich Oma Erika den Hanf angebaut hat. Mit ihren über neunzig Jahren. Schließlich hat sie zuletzt ganz allein auf dem Hof gelebt.«

Aysun grinst. »Man soll alte Menschen nicht unterschätzen.«

»Jetzt klingst du schon wie meine Schwiegermutter! Das ist so ziemlich genau das, was sie auch gesagt hat.«

»Deswegen muss es ja noch nicht falsch sein, oder?«

Ich seufze. »Nein, natürlich nicht. Ich versuche nur, mich innerlich gegen die Argumente der Staatsanwaltschaft zu wappnen. Die werden übrigens auch wissen wollen, wovon Sergio und Tiziano eigentlich in den letzten Monaten gelebt haben, wenn sie denn nicht gedealt haben.«

»Und? Wovon haben sie gelebt?«

Schulterzucken meinerseits. »Eine sehr gute Frage. Die Herren stehen kurz vor dem Durchbruch als Westernband und tragen sich mit dem Gedanken, eine Hundepension zu eröffnen. Allerdings scheint es mir, dass weder das eine noch das andere bisher schon Früchte getragen hätte.«

Aysun denkt nach und spielt dabei mit einer Locke ihrer beneidenswert dicken Haare. »Vielleicht sind die beiden ja vermögend.«

Vermögend? Ich denke an die wortreiche Schilderung von Tizianos böser Schwester, die die beiden Jungs zu Tellerwäschern degradiert hat, und muss lachen.

»Nee, ich würde eher sagen, die sind völlig abgebrannt. Die Erbschaft war für die ein Glücksfall, und ich schätze mal, in Bella Italia wartet noch der ein oder andere auf sein Geld von den Jungs.«

»Okay. Kein Job und jede Menge Schulden – da sollte uns besser eine gute Geschichte zu einfallen, richtig?«

Ich nicke. »So isses. Hier etwas von Luft und Liebe zu erzählen wird den Staatsanwalt nicht überzeugen, auch wenn die Angeklagten Italiener sind.«

Die Tür zur Kanzlei wird aufgeschlossen, jetzt trudelt auch Alexander im Büro ein.

»Guten Morgen, die Damen!« Sein Blick fällt auf die Blumen. »Oh, ein Rosenkavalier! Wer von euch beiden ist denn die Glückliche? Nein, sagt nichts – lasst mich raten: Herr Serafimides hat sich vor dem Arbeitsgericht unsterblich in

Aysun verliebt und ihr einen Antrag gemacht. Glückwunsch! Darf ich Trauzeuge sein?«

»Haha, sehr witzig!« Aysun guckt böse. »Als ob bei Rosen nur Herr Serafimides in Frage käme!«

»Sag bloß, es gibt noch andere Kandidaten«, erwidert Alexander spöttisch.

»Vorsicht, mein Lieber«, warne ich ihn, »für jemanden, dessen letztes Date ungefähr fünf Jahre zurückliegt und im Fiasko endete, bist du ganz schön frech.«

»Stimmt doch gar nicht!«, empört sich Alexander.

Gut, vielleicht ist es auch nur zwei Jahre her. Aber das mit dem Fiasko stimmt. Die Else hieß Manuela oder Michaela oder irgendetwas anderes mit M und hatte einen heftigen Sockenschuss, was man ihr aber nicht sofort anmerkte. Alex hatte sie in einer Internet-Partnerbörse aufgegabelt, und per E-Mail verstanden sie sich blendend. Als sie zum ersten Treffen allerdings ihre Mutter mitbrachte, schwante Alexander schon Böses, und er verabschiedete sich mit der Absicht, sich nie wieder zu melden. Das brauchte er auch gar nicht, denn seit jenem Treffen stand sie jeden Tag vor unserer Kanzleitür. Losgeworden sind wir Manuela-Michaela nur, weil ich sie mir eines Tages schnappte, mit ihr einen Kaffee trinken ging und behauptete, die langjährige Ehefrau von Alexander zu sein. Dann war plötzlich Ruhe.

Natürlich weiß ich nicht, ob Alexander seitdem nicht schon unglaublich viele andere interessante Frauen kennengelernt hat – aber mitbekommen habe ich davon nichts. Aysun offenbar auch nicht, denn sie grinst mittlerweile von einem Ohr bis zum anderen.

»Okay, Mister Loverlover, dann lass doch mal hören – vielleicht lernen wir beiden Mauerblümchen da noch etwas.«

»Pffff!«, macht Alexander. »Da erkundigt man sich ganz

freundlich bei den Damen, ob es etwas zu feiern gibt – und dann so etwas. Da gehe ich doch lieber in mein Büro und arbeite einen Schlag Akten weg. Dann ist wenigstens einer hier mal produktiv.« Gespielt beleidigt verzieht er sich in sein Zimmer.

Aysun und ich schauen uns an und brechen in Gelächter aus. Als wir uns wieder beruhigt haben, greift Aysun nach dem Strauß.

»Komm, ich stecke ihn in eine Vase und stelle ihn dir auf den Schreibtisch. Auch Blumen von Nicht-Verehrern wollen angemessen behandelt werden.«

Der Anblick, der mich in meinem Büro empfängt, lässt meine gute Laune gleich wieder verfliegen. Himmel – wo kommen auf einmal die ganzen Akten her? Ich hatte sie doch gestern so schön weggearbeitet! Aysun war offenbar bei unserem Gerichtsfach am Amtsgericht – und allem Anschein nach hatte sie eine Schubkarre dabei. Anders hätte sie den Berg Akten, der in dieser Mischung aus Briefkasten und Postfach für Anwälte auf uns gewartet hat, kaum in die Kanzlei transportieren können. Dabei will ich heute früher gehen, schließlich habe ich Max versprochen, ihn vom Kindergarten abzuholen und gemeinsam mit ihm seinen Brief zum Friedhof zu bringen. Tessa will auch mitkommen, was mich besonders freut.

Ich setze mich und nehme die erste Akte zur Hand. *Schmidt gegen Schmidt*. Ein wirklich ätzender Sorgerechtsstreit. Nee, das ist mir jetzt zu deprimierend. Mal sehen, was darunter liegt. Schadensersatzklage der Stadt Bad Bramstedt. Hm, was war das noch mal? Ich grüble kurz. Richtig. Da hat meine minderjährige Mandantin angeblich eine Schule niedergebrannt, weil sie heimlich die Kerzen auf dem Adventskranz im Klassenzimmer angezündet hatte. War anscheinend ein richtig amtliches Feuerchen. Ich seufze. Können die in Bad

Bramstedt öffentliche Gebäude nicht mal etwas feuerfester bauen?

Dann hätte ich hier noch eine Beleidigung. Einer meiner Lieblingsmandanten – Bauer Feddersen. Hatte anscheinend schon einen Kleinen gehoben und ist dann mit dem Nachbarn aneinandergeraten. Darunter liegt die Akte zu einem Verkehrsunfall. Dann eine Klage vor dem Sozialgericht. Noch einmal Familiengericht, einmal Arbeitsgericht (beschließe, die Akte sofort an Aysun, unser Naturtalent, abzugeben!) und schließlich, auf dem tiefen Grund meiner Tischplatte, noch mal das Amtsgericht. Klage auf Kaufpreisrückerstattung nach Wandlung. Sprich: Kunde will sein Geld zurück. Gähn.

Ich lege den Kopf auf den obersten Aktendeckel und schließe die Augen. Warum bin ich eigentlich nicht Ally McBeal und habe immer nur einen einzigen Fall, den ich bearbeiten muss, der dafür aber unsagbar spannend ist? Im wahren Leben kann Jura sooo langweilig sein.

Meine Tür klappt, ich öffne die Augen wieder.

»Oh, störe ich dich bei einem Nickerchen?«

Alexander steht vor meinem Schreibtisch und grinst.

»Nein. Ich meditiere meine Akten weg.«

»Hm, tut mir leid, dir das sagen zu müssen, aber: Es wirkt noch nicht.«

»Woher willst du das wissen? Eben war der Stapel noch viel höher.«

»Ehrlich? Du Arme.«

Ich mustere ihn misstrauisch. »Bist du gekommen, um mich zu bemitleiden?«

Alex schüttelt den Kopf. »Natürlich nicht. Ich wollte mit dir ein paar Termine abstimmen.« Sein Blick gleitet von den Akten zur Vase. »Sind aber echt schöne Blumen. Von wem sind die denn nun?«

»Von Tiziano Felice. Du weißt schon, die Hanfplantage.«

»Oh, wie nett. Ich bekomme nie etwas von Mandanten geschenkt.«

»Tja, ich bin eben eine echte Spitzenanwältin.«

»Ohne jetzt deine Qualifikation anzweifeln zu wollen: Vielleicht will er dich auch einfach nur anbaggern.«

Diese Unverschämtheit ignoriere ich einfach und lächle stattdessen milde.

»Genau. So wird es sein. Wahrscheinlich ist es in Wirklichkeit auch so, dass Tiziano den ganzen Hanf nur angebaut hat, um mich unter dem Vorwand, eine Anwältin zu brauchen, ansprechen zu können. Ich schätze mal, er hat selbst die Staatsanwaltschaft informiert, damit die endlich mal seine grüne Hölle ausheben und ihm eine hübsche Anklageschrift schicken.«

Alexander grinst. »Also, ich würde durchaus so viel Aufwand treiben, um mehr Zeit mit dir zu verbringen. Aber muss ich zum Glück nicht, ich bin ja auch so dein Partner.«

Gut, das ist nun wieder sehr süß von Alexander. Ich beschließe, ihm zu verzeihen. Lange kann ich Alexander sowieso nie böse sein, dafür bringt er mich immer zu schnell zum Lachen. Wir beide sind der beste Beweis dafür, dass Männer und Frauen eben doch Freunde sein können.

»Apropos *Partner*: Hattest du tatsächlich ein dienstliches Anliegen, oder wolltest du nur wissen, von wem die Blumen sind?«

Alexander hebt die Hände, als wolle er sich ergeben. »Erwischt! Du bist einfach zu schlau für mich. Ich war wirklich neugierig wegen der Blumen. Aber wenn sie nur von einem dankbaren Mandanten stammen, kann ich mich ja beruhigt wieder hinlegen.«

Als ich mit wehendem Mantel endlich vor dem Kindergarten ankomme, steht Max schon an der Eingangstür und schaut durch die Glasscheibe. Mist, wieso ist es denn schon wieder so spät geworden? Ich hätte auf Gisela hören sollen – sie hatte angeboten, ihn abzuholen und mit ihm und Tessa schon zum Friedhof zu fahren. Dann hätte ich direkt dort hinkommen können. Aber nein, Nikola-*Ich-kann-alles*-Petersen musste unbedingt Superwoman spielen. Mit dem Ergebnis, dass es fast fünf ist, der Kindergarten somit in drei Minuten schließt und Max wahrscheinlich schon seit einer Stunde im Eingangsbereich herumlungert. Mist, ich fühle mich schlecht! Und das völlig zu Recht.

Ich will gerade den Türöffner drücken, als die Eingangstür mit voller Wucht auffliegt und mir fast gegen den Kopf schlägt. Aua! Das war knapp! An mir vorbei stürzt die aufgeföhnte Übermutter von neulich, ein Kind hinter sich herschleifend. Ist die blind?

»Hey, Vorsicht!«, rufe ich ihr hinterher. Sie stoppt und dreht sich um.

»Ihr könnt mich alle mal kreuzweise, hört ihr? Aber so was von! Ihr dummen Arschlöcher! Komm, Arthur!« Sie schleift ihr Kind weiter Richtung Parkplatz. Hoppla, da hat aber jemand richtig schlechte Laune. Hätte gar nicht gedacht, dass sich die Dame so unflätig ausdrücken kann. Respekt!

Auf der anderen Seite der Tür werde ich sehnsüchtigst erwartet.

»Endlich, Mama! Du wolltest mich doch nach der Teepause abholen. Die ist läääängst vorbei!«

»Es tut mir leid, mein Schatz, aber Mami hatte auf einmal noch ganz viel zu tun. Nicht böse sein, wir fahren jetzt ganz schnell zu Hause vorbei und holen Tessa ab, und dann geht's auf zum Friedhof.«

Schnell ziehe ich ihm an der Garderobe seine Schuhe und die Jacke an, dann legt Max seine kleine Hand in meine, und wir spurten los. Wenn jetzt alles glattgeht, sind wir inklusive Tessa-Einsammlung in zwanzig Minuten am Friedhof.

Es geht nicht alles glatt: Wir kommen nicht mal ohne Schwierigkeiten vom Parkplatz. Denn in der Ausfahrt steht ein Auto dermaßen bescheuert, dass ich beim besten Willen nicht daran vorbeikomme. Das sind mir die Richtigen – einen dicken BMW haben, aber damit nicht vernünftig fahren können.

Ich hupe. Nichts tut sich. Ich hupe noch einmal. Keine Reaktion. Himmelherrgott! Was soll das denn?

»Mami, warum fährst du denn nicht endlich los?«, erkundigt sich Max von der Rückbank.

»Schätzchen, da steht ein Auto im Weg. Moment, ich gucke mal kurz, wo das Problem liegt.«

Ich steige aus und gehe zum Fahrerfenster des Autos. Ein Blick ins Fahrzeuginnere: Oh nein – die verrückte Übermutti! Ausgerechnet! Aber es hilft ja nichts, ich klopfe an die Fensterscheibe. Und zwar energisch, denn langsam ist mein Geduldsfaden gefährlich gespannt.

Die Fensterscheibe wird in Zeitlupe heruntergefahren, ich muss mich sehr zusammenreißen, um nicht gleich loszublaffen.

»Entschuldigen Sie, aber Sie stehen hier wirklich sehr, sehr ungünstig. Könnten Sie bitte ein Stück zur Seite fahren?«

Null Reaktion. Ich werde komplett ignoriert. Jetzt platzt mir aber der Papierkragen!

»Sagen Sie mal, geht es noch? Sie blockieren die ganze Einfahrt mit Ihrer Bonzenschleuder! Fahren Sie gefälligst ein Stück zur Seite.«

Übermutti dreht sich zu mir. Sie sieht total verheult aus.

»Ich kann nicht.«

Wie bitte?

»Was soll das heißen, Sie können nicht? Ist doch ganz einfach: Schlüssel rumdrehen, Gas geben, lenken. Kann jeder. Selbst Sie!«

Sie schüttelt den Kopf.

»Es geht nicht. Ich habe kein Benzin mehr.«

Ach du Sch … also, das ist heute nicht mein Tag! Immer, wenn man's eilig hat … Frau Übermutti fängt wieder an zu weinen.

»Ich weiß nicht, was ich machen soll«, schluchzt sie und legt ihren Kopf auf das Lenkrad.

Du liebe Güte!

»Na, auf zur Tanke und einen Reservekanister befüllt! Und schieben Sie Ihre Karre solange gefälligst an den Rand.«

»Ich habe überhaupt kein Geld mehr.« Sehr lautes Schluchzen.

»Dann nehmen Sie verdammt noch mal Ihre zweifelsohne goldene Kreditkarte.«

Sehr, sehr, sehr lautes Schluchzen.

»Das geht nicht. Er hat alle gesperrt. Ich habe nichts mehr. Gar nichts mehr. Was soll ich jetzt bloß tun?«

Verstehe. Hier gibt es gerade ein ganz grundsätzliches Problem. Und es hat nichts mit der mangelnden Fahrpraxis einer überforderten Edelhausfrau zu tun.

ZEHN

So, nun trinken Sie erst mal ein Schnäpsken, dann sieht die Welt gleich wieder viel besser aus.«

Gisela schiebt Florentine ein randvolles Obstlerglas über den Tisch. Ich hätte eigentlich auch gern einen, aber an mich denkt hier leider keiner.

Dabei ist es mein Tag, der gerade mal wieder völlig aus den Fugen gerät: Statt mit Max und Tessa auf dem Friedhof zu stehen, sitze ich mit Gisela und Florentine, der Übermutti, in unserer Küche. Im Hintergrund spielt Tessa mit Max und Arthur, Florentine hat nun also alle Zeit der Welt, hier mal so richtig ihr Herz auszuschütten. Aber was beklage ich mich – ich bin schließlich selbst schuld. Ich hätte Florentine einfach helfen sollen, die blöde Karre an den Rand zu schieben, und dann meiner Wege gehen sollen. Habe ich das gemacht? Nein. Ich habe ihr ein Taschentuch durch das Fenster gereicht und sie gefragt, ob ich ihr irgendwie helfen kann. Das ist wahrscheinlich so eine Berufskrankheit von mir.

Und kaum war Übermutti ausgestiegen, lag sie mir auch schon weinend in den Armen und ließ sich nicht mehr beruhigen. Und dann fing auch noch der kleine Arthur an zu schreien! Also habe ich Mutti auf meinen Beifahrersitz verfrachtet, ihr Gör neben Max gesetzt und dann mit Hilfe einer anderen Mutter den BMW zurück in eine Parkbucht geschoben. Eigentlich wollte ich mit den beiden nur bis zur nächsten Tankstelle fahren, aber bei dem Gedanken, dort eine hilflose Mutter mit ihrem noch hilfloseren Kind auszusetzen, kam ich mir dann auf einmal sehr, sehr schlecht vor. Also habe ich sie mit nach Hause genommen und damit direkt zur Expertin Nummer 1 für menschliches Treibgut gebracht: Gisela Petersen.

Florentine greift nach dem Glas und stürzt es in einem Schwung hinunter. Gisela füllt nach, und Florentine kippt sich auch den nächsten Schnaps unverzüglich hinter die Binde. Eines ist mal klar: Die kann nachher nicht mehr fahren. Selbst wenn der Wagen bis dahin vollgetankt sein sollte – die Fahrerin ist es dann mit Sicherheit auch.

»So, meine Liebe, nun erzählen Sie doch mal der Reihe nach«, ermuntert Gisela sie.

Florentine holt tief Luft und schnäuzt sich noch einmal die Nase.

»Als wir uns kennengelernt haben, hatte ich einen guten Job. Aber mir war immer klar, dass ich für unsere Kinder zu Hause bleiben würde. Da waren wir uns einig. Immerhin hat Ulf einen Beruf, bei dem er eigentlich rund um die Uhr unterwegs ist.«

»Was ist Ihr Mann denn?«, erkundigt sich Gisela. »Pilot?«

Florentine schüttelt den Kopf. »Nein. Er ist Unternehmensberater. Von Montag bis Donnerstag ist er meistens beim Kunden, am Freitag dann im Hamburger Büro. Viel Zeit für die Familie bleibt ihm da nicht – aber so war auch unsere Aufteilung. Ulf macht Karriere, ich halte ihm den Rücken frei und kümmere mich um alles, was mit der Familie zu tun hat. Wir haben drei Kinder, da war ich ziemlich beschäftigt.«

Gisela nickt mitfühlend. »Ja, ja, Kinder sind schon viel Arbeit!«

Der Ton, in dem sie das sagt, klingt, als käme Kindererziehung kurz vor der Arbeit im Steinbruch. Dabei hatte ich bisher den Eindruck, dass sie sich sehr gern um Max und Tessa kümmert. Vielleicht ist es aber auch nur der gute alte Therapeuten-Ton, den Gisela hier anschlägt, damit sich Florentine verstanden fühlt. Ich beschließe, mich der Therapiegruppe anzuschließen und zur Abwechslung auch mal etwas zu sagen.

»Lassen Sie mich raten: Und jetzt ist Ihnen langweilig, Ihnen fällt zu Hause die Decke auf den Kopf, aber der gute Job ist futsch.«

Gisela und Florentine starren mich entgeistert an.

Okay, vielleicht war ich nicht besonders zartfühlend, aber manchmal hilft man dem Patienten mit ehrlicher Direktheit bestimmt am besten.

»Nein!«, widerspricht mir Florentine. »Ich habe das sehr gern gemacht. Ich liebe es, mich um meine Kinder zu kümmern, und ich finde, nirgendwo sind sie so gut aufgehoben wie bei mir. Was gibt es schließlich Schöneres, als seinen Lieben ein Heim zu geben? Ein Nest?«

Ich zucke mit den Schultern. Mit dieser These ist sie bei mir an die Falsche geraten. Für die Abteilung *Heim und Nest* ist bei uns schließlich Gisela zuständig. Und das liegt nicht nur an unserer besonderen Familiensituation – ich war schon vor Christophs Tod als Hausfrau ein Totalausfall.

Meine Schwiegermutter greift nach Übermuttis Hand. »Florentine, ich weiß genau, was Sie meinen! Kinder brauchen Wurzeln und einen Platz, an dem sie zu Hause sind. Und jemanden, der sich liebevoll um sie kümmert. Ich finde auch, dass das in erster Linie die Mutter sein sollte. Ich habe mich seinerzeit ganz bewusst für den Beruf der Lehrerin entschieden. So konnte ich mittags zu Hause sein, wenn mein kleiner Christoph aus der Schule kam, und die Ferienzeit haben wir natürlich auch gemeinsam verbracht. Ein Beruf, bei dem ich den ganzen Tag im Büro hätte sein müssen, wäre für mich überhaupt nicht in Frage gekommen.«

Hey! Ich werfe ihr einen bösen Blick zu.

Sie hüstelt. »Na ja, aber letztlich muss das natürlich jede Mutter selber wissen«, schiebt sie dann schnell hinterher.

Ach, was soll's. Da rege ich mich jetzt nicht drüber auf. Leben und leben lassen. Das muss sowieso jede Familie für sich selbst entscheiden.

»Aber wo genau liegt denn jetzt das Problem?«, frage ich. »Sie sind Hausfrau, Ulfi schafft die Kohle ran – ist doch alles bestens.«

Statt meine Frage zu beantworten, schiebt Florentine ihr Glas zu Gisela rüber.

»Krieg ich noch einen?«

Gisela fackelt nicht lang und macht es wieder randvoll. Florentine greift sofort zu und trinkt. Dann schließt sie kurz die Augen und holt tief Luft.

»Er hat mich verlassen. Vor fünf Wochen. Von heute auf morgen. Mich und die Kinder. Hat nur einen Zettel dagelassen – er liebt mich nicht mehr und will sich scheiden lassen. Und jetzt sitze ich ohne einen Cent da. Er hat unser gemeinsames Konto geräumt und meine Karten sperren lassen. Und überweist jetzt genau das, was er für den Unterhalt für die Kinder hält. Aber davon kann ich noch nicht mal die Miete bezahlen.«

Gisela schnappt nach Luft. »Das ist ja unmöglich! Das geht doch nicht! Was fällt dem ein? Das kann er doch nicht machen, Sie sind die Mutter seiner Kinder!«

Florentine fängt wieder an zu weinen. »Doch«, schluchzt sie, »ich habe einen Brief von seinem Anwalt bekommen.

Da steht sinngemäß drin, dass ich verpflichtet bin, mir eine Arbeit zu suchen und gar keinen Anspruch auf Unterhalt habe.«

Jetzt haut Gisela mit der Faust auf den Tisch. »Diese Rechtsverdreher! Unmöglich!«

Florentine schluchzt laut auf. »Und deswegen habe ich mich heute auch so mit der blöden Scholz-Strickling gestritten. Ich habe nämlich morgen ein Vorstellungsgespräch. Arthur ist schon die ganze Woche länger in der Kita geblieben, damit ich mich auf das Gespräch vorbereiten kann. Meine Zwillinge übernachten heute bei einer Freundin – ich hatte alles perfekt organisiert. Und dann hat Arthur heute angeblich gespuckt. Direkt nach der Teepause. Bestimmt war ihm einfach nur schlecht von dem widerlichen Milchreis, den die armen Kinder bekommen haben. Aber die alte Ziege hat mich sofort angerufen, und als ich dann etwas später kam, weil ich noch beim Friseur war, hat sie mich total zusammengefaltet und gesagt, dass Arthur jetzt 48 Stunden nicht in die Kita darf – für den Fall, dass er noch ansteckend ist! Das ist eine Katastrophe für mich!«

Das ist in der Tat ziemlich blöd, trotzdem muss ich mir Mühe geben, nicht zu grinsen. War es nicht Florentine, die gerade noch einen großen Vortrag über verantwortungslose Mütter hielt, die Kinder mit Läusen nicht gleich abholen? Hochmut kommt vor dem Fall, so viel steht mal fest. Außerdem hoffe ich sehr, dass es wirklich der Milchreis war. Denn wenn Klein-Arthur jetzt noch Max und Tessa ansteckt, wäre das wirklich eine sehr unschöne Wendung in dieser sowieso schon so unschönen Geschichte.

»Und wenn ich nicht bald einen Job finde, dann müssen wir ausziehen. Ich kann vor lauter Panik schon gar nicht mehr richtig denken.«

Schnaps Nummer vier wandert über den Tisch, und Gisela tätschelt Florentines Hand. Dann wendet sie sich an mich.

»Nikola, nun sag du doch auch mal was.« Ein kurzes Zwinkern zu Florentine. »Sie müssen wissen, meine Schwiegertochter ist Anwältin.«

»Ehrlich?« Florentines Gesichtsausdruck hellt sich sofort etwas auf. »Ich wollte auch schon zum Anwalt gehen, aber den kann ich im Moment gar nicht bezahlen. Meine Eltern um Geld zu bitten war mir zu peinlich – es ist einfach alles so schrecklich!«

»Sie Arme! Aber keine Sorge, bei Nikola ist guter Rat nicht teuer. Freunden in Not hilft sie natürlich, ohne gleich eine Rechnung zu schicken.«

Ich werfe Gisela einen entgeisterten Blick zu – was heißt denn hier *Freunde in Not*? Ich habe die Frau vorher höchstens zwei- oder dreimal in der Kita gesehen, bis eben wusste ich nicht mal, dass sie Florentine heißt. Aber Gisela hält meinem Blick unerbittlich stand. Ich gebe auf.

»Wie alt sind denn Ihre Kinder?«, will ich also von Florentine wissen.

»Arthur ist vier, Charlotte und Henriette sind sechs.«

»Da hörst du es!«, ruft Gisela. »Drei kleine Kinder! Wer könnte da ernsthaft ans Arbeiten denken? Das ist doch lächerlich!«

Ich seufze. Vorsichtshalber aber nur innerlich, ich will Florentine nicht noch mehr deprimieren.

»Also, momentan haben Sie Anspruch auf Trennungsunterhalt. Da gibt es gar kein Vertun. Da spielt das Alter der Kinder gar keine Rolle.«

»Oh, wie gut!« Florentine klatscht in die Hände. »Dann ist es ja zumindest finanziell nicht so schlimm. Und ich dachte schon … weil Ulfs Anwalt nämlich irgendwas von einem geänderten Unterhaltsrecht schrieb und dass ich gar keine Ansprüche mehr hätte.«

Hm. Da hat der Kollege nicht ganz Unrecht. Ich zögere kurz. Es ist nicht schön, Überbringer schlechter Botschaften zu sein.

»Na ja, ganz so einfach ist es nicht. Tatsächlich hat sich das Unterhaltsrecht vor einiger Zeit geändert. Und zwar sehr zuungunsten des Partners, der für die Kindererziehung zu Hause geblieben ist. Prinzipiell ist es Geschiedenen demnach zumutbar, wieder arbeiten zu gehen, wenn das jüngste Kind drei Jahre alt ist. *Einmal Arztfrau, immer Arztfrau* – das gibt es nicht mehr. Eigentlich soll nach der Scheidung jeder für sich selbst sorgen.«

Gisela schnaubt empört. »Was ist das denn für ein Recht, das den Kindern die Mutter nimmt? Du hörst doch, was Florentine gesagt hat – es war die gemeinsame Entscheidung der beiden. Sie wollten die Aufteilung so. Das kann man doch nicht einfach einseitig aufkündigen!«

Florentine nickt aufgeregt. »Genau! Ulf wollte gar nicht, dass ich arbeite! Er hat immer gesagt, das muss ich nicht.«

»Tja.« Mehr fällt mir dazu aus dem Stegreif nicht ein.

»Nikola!«

Gisela klingt sehr energisch, und das hat selten etwas Gutes zu bedeuten. Eine dunkle Ahnung überkommt mich: Hier kommt gerade in sehr großen Schritten Sozialfall Nr. 2 auf mich zu. Nach Tiziano nun Florentine. Mit dem einen kostenlosen Rat wird es bei der sicher nicht getan sein. Demnächst mache ich meine Kanzlei einfach dicht und eröffne einen Bürgerrechtsladen neben der Frauen-Fahrrad-Selbsthilfe-Werkstatt. Da finden mich die Mühseligen und Beladenen dann auch schneller und müssen nicht erst den Umweg über meine Schwiegermutter nehmen.

»Mama, kommst du mal?« Tessas Stimme reißt mich aus den Gedanken über mein neues Geschäftsmodell. Meine Älteste ist zu uns in die Küche gekommen. Sie wirkt irgendwie besorgt.

»Äh, ja, was ist denn?«

»Ich glaube, dem Max geht es nicht so gut. Er will nicht mehr mit Arthur und mir spielen und hat sich einfach auf den Teppich gelegt.«

Ich rücke meinen Stuhl vom Küchentisch ab. »Entschuldigt mich kurz.«

Mit drei Schritten bin ich von der Küche in unserer Wohndiele, die für so ein altes Bauernhaus in Norddeutschland ganz charakteristisch ist. Ein bisschen dunkel, weil mit kleinen Fenstern versehen, aber irre gemütlich. Wenn man nach oben guckt, blickt man in die Balken des Fachwerks. Früher kam man von der Diele aus auch direkt zum Vieh, das ersetzte im Winter schon mal die Heizung.

Max liegt tatsächlich auf dem Teppich mitten in der Diele. Als er mich kommen hört, rappelt er sich auf. Ich hocke mich neben ihn.

»Was ist denn los, mein Schatz?«

»Mami, ich …« Weiter kommt er nicht. Dann übergibt er sich mitten auf meinen Schoß.

Ja, Florentine könnte Recht haben. Sieht tatsächlich wie Milchreis aus.

Wo bleibt eigentlich *mein* Schnaps?

ELF

Ich bin müde und habe irre Kopfschmerzen. Nicht gerade die besten Voraussetzungen, um eine wohlbegründete und überaus überzeugende Stellungnahme zur Anklageschrift der Staatsanwaltschaft in Sachen Tiziano Felice zu schreiben. Zumal, wenn einem darin jegliche Übung fehlt. Ich hatte erst überlegt, Simon Rupprecht nach einem Musterschriftsatz zu fragen, es dann aber doch gelassen. Ich wollte nicht wie ein blutiger Anfänger dastehen. Das war ein Fehler, denn im Strafrecht *bin* ich ein blutiger Anfänger. Aber Jammern nutzt nichts, nachher treffe ich mich mit Rupprecht, und dann will ich optimal vorbereitet sein. Also, Zähne zusammenbeißen!

Das Wummern hinter meiner rechten Schläfe macht mich wahnsinnig. Habe ich hier nicht noch irgendwo Ibuprofen? Ich schaue in sämtliche Schreibtischschubladen – nichts. Gebeugt schleiche ich zum Empfang.

»Aysun, hast du noch irgendetwas gegen Kopfschmerzen?«

Sie guckt mich mitleidig an. »Was ist denn mit dir los? Wirst du krank?«

Ich schüttle den Kopf, was überhaupt keine gute Idee ist, weil mein Hirn dabei leider sehr hart an die Schädeldecke prallt. Aua!

»Nein. Ich habe gestern Abend einfach deutlich zu viel getrunken.«

»Oh, gab's was zu feiern?«

»Nein. Wir spielen gerade mal wieder Asyl. Eine Mitmutter aus der Kita hat Stress mit ihrem Typen, und deswegen musste ich ihr dabei helfen, eine Flasche Himbeergeist zu leeren.« Oh, oh – schon bei dem Gedanken daran wird mir ganz blümerant. Ich atme tief durch.

»Hey, du wirst ja auf einmal ganz grün im Gesicht!«

Bevor ich etwas darauf erwidern kann, revoltiert mein Magen auf einmal dermaßen, dass ich mich umgehend auf unsere Damentoilette verabschieden muss. Auch das noch! Wie konnte ich nur so unvernünftig sein! Ich wusste doch, dass sich mein Schreibtisch im Büro nur so biegt, ich die Besprechung mit Simon Rupprecht habe und überhaupt: ich richtig fit sein muss, weil ich mich nach der Arbeit auch nicht einfach ins Bett legen kann. Schließlich will ich heute selbstverständlich den gestern ausgefallenen Friedhofsbesuch nachholen. Und was mache ich? Trinke fast eine halbe Flasche Hochprozentigen. Mit einer Frau, die ich kaum kenne und noch nie besonders sympathisch fand. Mensch, Nikola, das geht doch nicht!

Allerdings war der gestrige Abend im weiteren Verlauf sehr lustig. Nachdem ich Max ins Bett verfrachtet hatte, musste ich natürlich auch erst einmal etwas trinken. Und danach fand ich Florentine eigentlich doch gar nicht mehr so schrecklich. Als Gisela ins Bett ging, nannte ich sie bereits Flo und fand sie richtig nett. Und kurz bevor die Flasche ganz leer war, schworen wir uns ewige Freundschaft. Dann mussten wir uns natürlich noch gegenseitig unsere Lebensgeschichten erzählen, weil man das so macht unter Freundinnen. Und weil der Himbeergeist mittlerweile leer war, habe ich … oh, ich darf nicht daran denken. Mir wird sofort übel bei der Erinnerung an Giselas selbstgemachten Eierlikör. Den habe ich zu vorgerückter Stunde tatsächlich noch aus der Speisekammer gezerrt. Ein böser Fehler. Ein ganz böser Fehler. Dabei hasse ich Eierlikör eigentlich. Und ich weiß jetzt auch wieder, warum.

Es klopft von außen an die Toilettentür.

»Nikola?« Aysun klingt besorgt. »Ist alles in Ordnung?«

»Wie man's nimmt,« krächze ich und rapple mich vom Boden neben der Toilettenschüssel wieder hoch. Als ich die Tür öffne, schwanke ich leicht.

»Mann, du siehst grauenhaft aus!« Jetzt klingt sie nicht mehr besorgt, sondern vorwurfsvoll. »Darf ich dich daran erinnern, dass du in einer Stunde mit Dr. Rupprecht verabredet bist? So kannst du da wohl kaum hingehen. Du setzt dich jetzt mal in den Sessel und trinkst ein Glas Wasser, ich laufe zur Apotheke und besorge dir etwas gegen die Kopfschmerzen.«

»Ja, Mama«, antworte ich gequält scherzhaft, aber in diesem Moment fühle ich mich tatsächlich, als sei ich siebzehn und nach einer Party das erste Mal mit einem Brummschädel aufgewacht. Aysun legt ihre Hände auf meine Schultern und schiebt mich ganz langsam in den kleinen Empfangsbereich unseres Büros, in dem auch ein großer Korbsessel steht. Sanft drückt sie mich in die Kissen, holt mir aus der Küche ein Glas Wasser und verschwindet dann Richtung Apotheke.

Fünf Minuten später ist sie mit einem kleinen Tütchen wieder da, aus dem sie zwei Tablettenschachteln fischt.

»So, ich habe hier einmal was gegen Kopfschmerzen und außerdem was gegen Übelkeit. Das nimmst du jetzt, dann puderst du dir die Nase, trinkst einen starken Kaffee, und schon bist du wieder wie neu!«

Aysuns grenzenloser Optimismus in allen Ehren – man merkt, dass sie erst Mitte zwanzig ist. In dem Alter musste ich mich nach einer durchfeierten Nacht auch nur einmal kurz schütteln, und weiter ging's! Heute, mit achtunddreißig, sieht die Welt deutlich anders aus. Aus leidvoller Erfahrung weiß ich, dass ich mittlerweile fast zwei Tage brauche, um mich von einer richtigen Sause zu erholen. Entsprechend selten kommt das vor. Trotzdem nicke ich Aysun dankbar zu und lasse mir von ihr drei Tabletten in die Hand drücken: Eine große weiße und zwei kleine rosafarbene.

»Was'n das?«, will ich matt wissen.

»Die große Tablette ist gegen die Kopfschmerzen, die beiden kleinen gegen Übelkeit. Der Apotheker sagte, die könnten vielleicht ein bisschen müde machen, aber immerhin ist dir dann nicht mehr so schlecht. Ich meine, wäre doch echt doof, wenn du Dr. Knackarsch quer über den Schreibtisch ... na, du weißt schon, was ich meine.«

»Ja, das wäre echt doof.« Gott, ist mir schlecht! »Vielleicht gibst du mir einfach noch eine von den kleinen? Damit auch wirklich nichts passiert?«

»Gute Idee. Das würde echt keinen guten Eindruck machen. Also, hier hast du noch eine. Ach was, nimm noch mal zwei! Und runter damit!«

Ich tue brav, wie mir geheißen. Dann warte ich einen Augenblick und schleiche in mein Zimmer zurück. Tatsächlich werden die Kopfschmerzen langsam besser, dafür ist mir jetzt ein bisschen schwindelig. Trotzdem versuche ich tapfer, einen halbwegs lesbaren Text zu verfassen, dem ganz klar zu entnehmen ist, dass Tiziano Felice auf seinem Hof niemals eine Hanfplantage betrieben hat.

Eine halbe Stunde quäle ich mich damit herum, dann gebe ich auf, drucke das dürftige Resultat meiner Bemühungen aus und lege es in meine Besprechungsmappe. Ich schnappe mir meine Handtasche und mache mich an die Make-up-Kontrolle. Da ich Rupprecht sowieso nicht mit meinem strafrechtlichen Spezialwissen beeindrucken kann, sollte ich wenigstens versuchen, mich optisch an meine normale Erscheinung heranzurobben.

Der Blick in den Spiegel zeigt: Einfach wird das nicht. Ich bin wirklich leichenblass und habe dunkle Augenringe. Mit ein bisschen Puder und Rouge versuche ich gegenzusteuern – mit mäßigem Erfolg.

Und dann wären da ja noch meine Haare. Meine Frisur – ich habe heute Morgen einfach alle greifbaren Haare mit einem Zopfgummi zusammengedreht – kann man wohlmeinend als kreativ, kritisch jedoch als ungepflegt bezeichnen. In den Tiefen meiner Handtasche finde ich eine Bürste und versuche, etwas mehr Disziplin auf meinen Kopf zu zaubern. Leider macht sich *in* meinem Kopf gerade eine bleierne Müdigkeit breit. Gepaart mit dem anhaltenden Schwindel kein schönes Gefühl. Vielleicht waren die kleinen rosa Tabletten doch keine so gute Idee.

»Grüß Sie, Frau Petersen! Möchten Sie vielleicht einen Kaffee?«, begrüßt mich Rupprecht freundlich, als ich kurze Zeit später in seinem Büro auftauche.

»Nein danke, ich hatte gerade erst einen.«

Er mustert mich. »Hm, Sie sehen aber so aus, als könnten Sie durchaus noch einen zweiten gebrauchen.«

Na super. Da hat meine kurze Restauration ja offenbar richtig was gebracht. Ich straffe die Schultern und versuche ein strahlendes Lächeln.

»Ach, die Kinder haben so schlecht geschlafen heute Nacht, deshalb bin ich ein bisschen müde. Ansonsten geht es mir blendend.«

»Dann ist ja alles bestens. Kommen Sie, ich habe schon Kekse in den Besprechungsraum gestellt. Und Flöckchen habe ich auch eingesperrt – ich hatte den Eindruck, Sie sind nicht gerade eine große Hundefreundin.«

Ich atme auf und werfe Rupprecht einen dankbaren Blick zu. In meinem Zustand hätte ich diesen riesigen, müffelnden, sabbernden Hund tatsächlich nur schwer ertragen.

Ganz Gentleman, rückt mir Simon Rupprecht sogar einen Stuhl am Besprechungstisch zurecht, auf dem ich möglichst elegant Platz zu nehmen versuche.

»Ich habe eben schon mal eine Stellungnahme vorbereitet«, erkläre ich und hole die Mappe aus meiner Aktentasche. »Wenn wir eine gemeinsame Strategie verfolgen, müssen wir uns da natürlich abstimmen.«

Simon Rupprecht runzelt fragend die Stirn. Was hat der denn? Der hat doch mein Geschreibsel noch gar nicht gelesen und kann gar nicht wissen, dass dieses Blättchen ziemlich inhaltsleer ist.

»Was für eine Stellungnahme?«

»Na, zu der Anklageschrift.« Warum wundert sich Rupprecht denn darüber? Gibt es das im Strafrecht nicht?

»Wollten Sie einen Nichteröffnungsantrag stellen?«

Bitte, was? Keine Ahnung. Will ich?

»Äh, ich, also …« Leider befinde ich mich komplett im Tal der Ahnungslosen. Noch dazu in einem Zustand, der nach einem ausgeprägten Nickerchen verlangt, nicht nach einer Strafrechtsvorlesung. Rupprecht lächelt milde.

»Als Strafverteidiger schreibe ich vor Eröffnung der Hauptverhandlung eigentlich nur etwas, wenn ich eben genau diese Eröffnung verhindern will, weil die Anklageschrift selbst schon haarsträubender Unsinn ist und die Chancen gut stehen, dass auch der Richter das bemerkt und den Prozess erst gar nicht stattfinden lässt. In so einem Fall lohnt es sich natürlich, zur Feder zu greifen und zu argumentieren. Ansonsten warte ich ganz gelassen den Eröffnungsbeschluss des Gerichts ab.«

Bevor ich dazu etwas sagen kann, muss ich leider sehr ausgedehnt gähnen. Gott, bin ich müde! Ich kann meinen Kopf kaum noch hoch-, geschweige denn meine Augen offen halten.

»Entschuldigen Sie bitte, wenn ich Sie langweile«, bemerkt Simon Rupprecht süffisant.

Ich gähne zu Ende, dann schüttle ich den Kopf.

»Nein, nein, tut mir leid! Ich bin nur einfach so wahninnig müde heute. Erklären Sie weiter, ich lerne gern etwas dazu.«

»Ich weiß, dass das im Zivilprozess anders gehandhabt wird – aber im Strafverfahren will ich nicht schon zu Beginn mein Pulver verschießen. Lieber hole ich im Prozess noch etwas aus dem Köcher, womit der Staatsanwalt nicht gerechnet hat. Das hat den Vorteil ...«

Simons Stimme verschwimmt zu einem Murmeln. Sosehr ich mich auch bemühe, ich kann ihm nicht mehr folgen. Es hilft nichts. Mir fallen die Augen zu. Ich muss meinen Kopf auf meine Arme legen. Nur ein klitzekleines bisschen schlafen. Ganz kurz. Merkt Rupprecht vielleicht gar nicht. Bestimmt merkt er es nicht. Schlafen. Schlafen. Einfach nur schlafen.

ZWÖLF

Ich bin begeistert, wie flauschig die neue Bettwäsche ist, die Gisela aufgezogen hat. Weich und kuschelig, es fühlt sich an, als würde das Kissen regelrecht Wärme ausstrahlen. Es scheint eine besondere Art Flanell zu sein. Ich grabe mein Gesicht noch tiefer hinein. Herrlich! Wobei der Geruch ein bisschen ungewöhnlich, fast streng ist. Hat Gisela das Waschmittel gewechselt?

Das Kissen fängt an, sich zu bewegen. Und zwar nicht nur ein bisschen, sondern sehr energisch. Obwohl ich immer noch sehr müde bin, kommt mir das nun doch seltsam vor. Träume ich das nur? Sollte ich vielleicht mal die Augen öffnen?

In diesem Moment fährt mir irgendetwas sehr Nasses durch das Gesicht und nimmt mir die Entscheidung ab. Mit einem spitzen Schrei sitze ich senkrecht im Bett – um dann festzustellen, dass ich gar nicht im Bett sitze. Sondern auf einem mir völlig unbekannten roten Sofa. Mit einem mir leider sehr bekannten großen Hund: Flöckchen liegt direkt neben mir und schaut mich mit großen Augen an. Ob dieser Köter etwa das vermeintliche Flanell-Kissen ….? Igitt! Das ist ja widerlich!

Simon Rupprecht schaut um die Ecke.

»Sie sind wieder wach – wie schön! Alles in Ordnung bei Ihnen?«

Ich bin völlig verwirrt. Was mache ich hier? Auf diesem

Sofa? Mit diesem Hund? Und überhaupt? Offenbar ist mir mein Zustand geistiger Umnachtung deutlich anzumerken, denn jetzt kommt Rupprecht näher und setzt sich auf den Sessel, der direkt neben dem Sofa steht.

»Geht es Ihnen wieder besser?« Rupprecht klingt ansatzweise besorgt.

»Ging es mir denn schlecht?«

»Na ja, Sie sind vorhin an meinem Besprechungstisch eingeschlafen. Ich konnte Sie auch nicht mehr wecken, Sie haben geschlafen wie ein Stein. Da habe ich mir schon echt Sorgen gemacht und habe Ihre Assistentin angerufen. Die sagte mir dann, dass Sie heute Vormittag ein Medikament gegen Übelkeit genommen hätten, das wie ein Schlafmittel wirken kann. Ich habe vorsichtshalber noch die Giftnotrufzentrale in Göttingen angerufen, aber die sagten mir, dass ich mir bei der Dosierung keine ernsthaften Sorgen machen müsse. Also habe ich beschlossen, Sie erst mal schlafen zu lassen. Und deswegen habe ich Sie zu dem Sofa in meinem Besprechungsraum getragen.«

Ich schaue mich um. Stimmt, ich bin in Rupprechts Besprechungsraum. Und langsam fällt mir auch wieder alles ein: Meine Kopfschmerzen, die kleinen rosa Tabletten und die Besprechung mit Rupprecht. *Oh. Mein. Gott.* Wie peinlich ist das denn? Ich bin hier völlig bedüselt eingeschlafen? Und Rupprecht hat sogar die Giftnotrufzentrale angerufen? Mir wird auf einmal sehr, sehr warm.

»Tut mir übrigens leid, dass Ihnen Flöckchen schon wieder so auf die Pelle gerückt ist, aber der Hund scheint Sie irgendwie zu lieben.«

»Ähem«, krächze ich, »wie spät ist es denn jetzt eigentlich?«

»Kurz vor drei. Sie haben fast vier Stunden geschlafen.«

Kurz vor drei? Am Nachmittag? Das darf doch nicht wahr sein, ich schaffe es schon wieder nicht, Max rechtzeitig abzuholen! Das Auto habe ich heute Morgen vorsichtshalber stehen lassen. Und mit öffentlichen Verkehrsmitteln brauche ich von der Innenstadt mindestens eine Stunde zum Kindergarten. Hektisch springe ich vom Sofa auf, Flöckchen bellt überrascht.

»Es tut mir sehr leid, Herr Rupprecht, also wirklich sehr, sehr, sehr! Und Sie müssen mir glauben, dass ich normalerweise nicht so bin – aber ich muss jetzt ganz schnell nach Hause, sonst ruft mein Sohn den Kinderschutzbund an.«

Rupprecht lacht.

»Keine Sorge, Frau Petersen – Ihr Ansehen hat bei mir in keiner Weise gelitten. Jeder hat mal einen schlechten Tag. Aber sind Sie ganz sicher, dass Sie sich schon hinters Steuer setzen können?«

Ich schüttle den Kopf. »Nein, ich werde mich mit U-Bahn und Bus durchschlagen. Oder mir ein Taxi nehmen.«

»Ein Taxi aufs Land? Das kostet doch bestimmt ein Vermögen. Und mit dem Bus sind Sie ja morgen früh noch nicht da. Was halten Sie davon, wenn ich Sie nach Hause fahre?«

Hm. Das ist ja ein sehr netter Vorschlag. Trotzdem zögere ich.

»Ich weiß nicht – da mache ich Ihnen doch riesige Umstände. Erst ruiniere ich unsere Besprechung, dann blockiere ich stundenlang Ihr Besprechungszimmer, und zur Belohnung müssen Sie mit mir in die Vierlande gondeln.«

»Das stimmt. Sie haben tatsächlich keine Belohnung verdient«, entgegnet Rupprecht grinsend. »Ich aber schon, und deswegen bestehe ich darauf, Sie jetzt nach Hause fahren zu dürfen.«

War mir eben schon warm? Jetzt ist mir auf alle Fälle noch wärmer. Irgendwie war das … charmant.

»D-das …«, stottere ich, »das ist wirklich nicht nötig. Ich rufe mir jetzt ein Taxi, und Sie sind mich endlich los.«

»Frau Kollegin!« Rupprecht klingt streng. »Ich fahre Sie jetzt aufs Land, und zwar ohne schuldhaftes Zögern. Widerstand ist zwecklos – und sinnlos noch dazu. Denn erstens können wir dann im Auto schon mal Teile unserer heute Vormittag ausgefallenen Besprechung nachholen. Und zweitens würde ich mich gern noch einmal mit meinem Mandanten treffen. Ich muss also sowieso in Ihre Richtung.«

»Ach so. Das wusste ich natürlich nicht.«

»Tja, wären Sie eben nicht eingeschlafen, hätte ich es Ihnen erzählt. Der Eröffnungsbeschluss ist da. Sie müssten ihn auch in der Post haben. Kam gemeinsam mit der Ladung zur Hauptverhandlung. Also sollten wir ganz dringend klären, wovon unsere beiden Pappenheimer ihren Lebensunterhalt bestritten haben und ob noch irgendjemand anderes Zugang zum Gewächshaus gehabt haben könnte. Sonst sehen wir in der Hauptverhandlung ganz schön alt aus. Sie wissen schon: kurze Hose, Holzgewehr.«

Kurze Hose, Holzgewehr? Der Mann spricht in Rätseln. Aber da Teile meines Verstandes noch unter Drogeneinfluss stehen, verzichte ich darauf nachzufragen. Wahrscheinlich verstehe ich die Antwort momentan sowieso nicht.

»Mami, wer ist das?« Max nutzt die Gunst der Stunde beim Schuhezubinden, um mir ins Ohr zu flüstern.

»Das ist ein Kollege von mir, der heißt Simon Rupprecht«, antworte ich wahrheitsgemäß. »Der hat mich schnell hierhergefahren, damit ich es noch rechtzeitig zu dir in den Kindergarten schaffe.«

»Und wo ist dein Auto?«

»Das steht noch zu Hause, ich muss dringend tanken«, sage ich – jetzt nicht mehr ganz so wahrheitsgemäß. Aber ein ehrliches *Mami hat gestern zu viel getrunken, und heute hat sie aus Versehen Schlaftabletten genommen und ist bestimmt noch nicht fahrtauglich* klingt irgendwie nicht annähernd so gut.

Simon Rupprecht steht etwas entfernt von uns und betrachtet interessiert die Infotafel der Bärchen-Gruppe, auf der Sensationen wie *Achtung! Wir haben wieder Streptokokken!* oder *Bitte Korken für die Bastelstunde mitbringen* vermeldet werden. Oder eben auch mal *Es gibt einen Fall von Kopfläusen. Bitte kontrollieren Sie Ihr Kind.*

Max guckt sehr streng in Rupprechts Richtung. »Und findest du den nett?« Er klingt misstrauisch.

»Ja, der ist ganz in Ordnung.«

»Netter als Tiziano?«

Ich stutze kurz, dann muss ich lachen. »Wieso willst du das denn wissen?«

»Will ich eben!«

»Also gut – ich glaube, ich finde sie beide gleich nett. Und außerdem finde ich es nett, dass Herr Rupprecht für uns Taxi spielt.«

»Ich will aber nicht mit dem fahren.«

»Warum denn nicht?«

»Weil ich nicht will.«

»Verstehe ich nicht. Was hast du denn gegen Herrn Rupprecht?«

»Nichts. Aber ich will nicht, dass der mit uns auf den Friedhof kommt.«

»Muss er ja auch gar nicht. Er fährt uns nach Hause, und vielleicht kann uns dann Oma Gisela mit ihrem Auto weiterfahren.«

Max brummelt etwas Unverständliches.

Ich kann mich nur wundern. Eigentlich ist mein Sohn ein sehr verträglicher Zeitgenosse, aber irgendetwas scheint ihn an Rupprecht kolossal zu stören. Leider sagt er jetzt nichts mehr dazu, und auch auf dem Weg zum Parkplatz ist er ungewohnt schweigsam.

»Soll ich Sie direkt nach Hause fahren?«, will Rupprecht wissen, als wir am Auto angekommen sind.

»Ja, bitte, das wäre nett.«

»Wollen Sie vielleicht gleich mitkommen, wenn ich mich mit Ghedina treffe? Vielleicht hat Herr Felice ja auch Zeit? Dann könnten wir mit den beiden die Punkte durchgehen, die ich Ihnen eben auf der Fahrt erläutert habe.«

Noch bevor ich etwas sagen kann, heult Max laut auf.

»Nahain! Mama hat keine Zeit! Wir sind mit Papa verabredet!«

Rupprecht schaut verblüfft. »Oh, Entschuldigung! Das wusste ich nicht … Aber, äh …, sagten Sie nicht, Ihr Mann sei verstorben?« Er sieht völlig verwirrt aus.

»Doch, doch, das ist richtig. Was Max damit meint, ist … ich hatte ihm versprochen, dass wir auf den Friedhof fahren.«

»Ach so.« Rupprecht überlegt kurz, dann geht er vor Max in die Hocke. »Du, ich wollte dir deine Mama nicht entführen. Was hältst du davon, wenn ich euch schnell zum Friedhof fahre? Mamas Auto hat doch sowieso keinen Sprit mehr.« Er zwinkert mir zu.

Max kneift die Lippen zusammen und schüttelt den Kopf.

»Okay, verstehe. Du willst nicht, dass ein Fremder einfach bei deinem Papa auftaucht.«

Max nickt, sagt aber immer noch nichts. Ich fühle mich ein bisschen unwohl. Schließlich wollte Rupprecht nur helfen. Der allerdings wirkt immer noch ganz gut gelaunt.

»Pass auf, Max, ich mache dir folgenden Vorschlag: Ich habe meinen Hund dabei. Der muss sowieso demnächst spazieren gehen. Ich fahre euch also zum Friedhof, setze euch dort ab, und dann gehe ich mit meinem Flöckchen so lange spazieren, wie euer Besuch bei deinem Papa dauert, okay? Und dann sammle ich euch wieder ein und darf deine Mama zu einer Besprechung entführen.«

»Du hast einen Hund?!« Max' Augen beginnen zu leuchten. Wenn er etwas heiß und innig liebt, dann sind es Hunde.

»Ja. Flöckchen. Eine Bernhardinerdame. Sie sitzt im Auto. Du kannst sie gern mal streicheln.«

Max überlegt. Dann holt er tief Luft und gibt ihm seinen Segen. »Okay. Du darfst mitkommen. Aber nur, wenn ich Flöckchen auch mal halten darf. Und wenn wir vorher meine Schwester abholen. Die will auch mitkommen.«

Rupprecht verneigt sich.

»Aye, aye, Sir, wird genau so erledigt!«

Max nickt ihm zu – und das extrem huldvoll für einen Fünfjährigen. Ich kann mir ein Grinsen nicht verkneifen. Wer hätte gedacht, dass Rupprecht so ein Kinderflüsterer ist?

»Ist das auch wirklich in Ordnung für Sie?«, frage ich nach. »Ich meine – das ist jetzt ein ganz schönes Gegurke. Wollen Sie uns nicht einfach zu Hause rausschmeißen?«

»Nein, nein, kein Problem. Ich fände es wirklich sehr praktisch, noch einmal mit Ihnen gemeinsam unsere beiden Mandanten in die Mangel zu nehmen. Ich werde als Verteidiger in der Hauptverhandlung nicht gern überrascht. Also will ich möglichst genau wissen, was wirklich passiert ist, bevor der Staatsanwalt es herausfindet.«

»Na gut, wenn es der Wahrheitsfindung dient!«

Wir müssen beide lachen. Dann öffnet Rupprecht die hintere Autotür und scheucht Flöckchen zur Seite, die es sich bereits über die gesamte Rückbank bequem gemacht hat.

»Ui!«, ruft Max. »Ist das aber ein großer Hund! Der ist ja größer als ich.«

»Ja, aber keine Sorge. Flöckchen ist ganz lieb. Setz dich ruhig daneben.«

Als Max in den Wagen krabbelt, werfe auch ich einen Blick ins Wageninnere.

»Sagten Sie nicht, dass Sie auch Kinder haben? Haben Sie zufälligerweise eine Sitzerhöhung?«

»Ähm, ja, das sagte ich. Aber sagte ich nicht auch, dass mein Sohn schon studiert? Er ist einundzwanzig Jahre alt und ein Meter neunzig groß, die Sitzerhöhung braucht er nur noch ganz selten.«

Stimmt. Das sagte er. Ob ich Max auch ohne fahren lassen kann? Nur ausnahmsweise, bis wir gleich zu Hause sind? Ich ringe mit meinem Gewissen, Rupprecht betrachtet mich belustigt.

»Wie weit ist es denn von hier zu Ihnen nach Hause?«

»Rund zwei Kilometer.«

»Kommen Sie, das ist nun echt keine weite Strecke.«

Ich überlege kurz. »Ich nehme ihn auf den Schoß. Ist bestimmt auch nicht optimal, aber dann sitzt der Gurt wenigstens nicht so hoch. Oder ist das vielleicht noch gefährlicher? Also, wenn es dann einen Unfall gibt, und ich werde gegen Max gedrückt und dann …«

Rupprecht hebt die Arme. »Stopp, stopp, stopp! Liegt das noch an den Tabletten, oder sind Sie immer so?«

Ich gucke ihn erstaunt an. »So verantwortungsbewusst, meinen Sie?«

Er schüttelt den Kopf. »Nee. So angstbesetzt.«

Und ehe ich auf diese Frechheit noch antworten kann, ist

er schon im Kindergarten verschwunden. Was will er denn da?

Als er nach zwei Minuten wieder auftaucht, hat er tatsächlich eine Sitzerhöhung unter dem Arm.

»Hier. Mit den besten Grüßen von einer Frau Schlunz-Strickliesel oder so ähnlich. Sollen Sie morgen wieder mitbringen.«

DREIZEHN

»Du hast *was*? Die Jungs durchgefüttert und dann noch ab und zu auf dem Hof nach dem Rechten gesehen? Und dich dabei auch um dieses verfluchte Gewächshaus gekümmert? Das ist Beihilfe!«

Fassungslos starre ich meine Schwiegermutter an. Das darf ja wohl alles nicht wahr sein! Was Simon Rupprecht und ich in der letzten Stunde aus Sergio und Tiziano herausgequetscht haben, weckt in mir deutliche Zweifel an Giselas Zurechnungsfähigkeit. Sie scheint verrückt geworden zu sein. War ich vorhin noch gut gelaunt, weil der Friedhofsbesuch mit Rupprecht überraschend unkompliziert und auch Sohnemann schließlich ganz friedlich war, schwillt mir nun so richtig der Kamm.

»Aber ich wusste doch gar nicht, dass diese Pflanzen Hanf sind. Woher auch? Ich habe das noch nie in meinem Leben gesehen. Und wieso Beihilfe? Wozu denn? Sergio und Tiziano sind unschuldig!«

»Und Ihnen ist auch kein sonderbarer Geruch aufgefallen?«, hakt Rupprecht nach. »Immerhin riechen Hanfpflanzen sehr auffällig, man könnte es fast als Gestank bezeichnen. Darüber müssten Sie sich doch gewundert haben.«

Gisela schüttelt den Kopf. »Nein, gewundert habe ich mich nicht. Gut, die Pflanzen rochen in der Tat sehr würzig – aber ich dachte, das seien vielleicht irgendwelche Exoten. Orchideen haben doch zum Beispiel auch einen sehr schweren

Eigengeruch. Das hätte doch so eine Unterart sein können. Nur ohne Blüten.«

»Ha!«, rufe ich spöttisch. »Orchideen ohne Blüten! Natürlich!«

Gisela zuckt zusammen und entwickelt hektische rote Flecken am Hals – so kenne ich sie gar nicht. Allerdings ist sie hier auch gerade ganz schön in Erklärungsnotstand geraten. Tiziano eilt zu ihrer Verteidigung.

»Nikola, es tut mir leid! Wir hätten es erzählen müssen. Gisela trifft keine Schuld, sie ist nur einfach sehr hilfsbereit.«

»Halten Sie sich da mal raus!«, fahre ich ihn an. »Meine Schwiegermutter kann natürlich helfen, wem sie will. Aber wenn sie über Monate unsere Speisekammer plündert und außerdem regelmäßig in einem Drogenlager vorbeischaut, dann wüsste ich das gern. Und zwar von ihr selbst.«

Ich bin so sauer, dass ich bei den letzten Worten mit der flachen Hand auf den Tisch haue. Sergio und Tiziano zucken zusammen, und Gisela sieht so aus, als würde sie gleich heulen. Ich muss sagen, dass es in unserer Küche schon harmonischere Zusammenkünfte gab.

Aber das ist mir jetzt egal – mitten aus der Besprechung mit Rupprecht habe ich die Jungs hierher zu Gisela geschleift, weil ich endlich die Wahrheit wissen will. Am Ende ist meine Schwiegermutter noch der Kopf eines Dealer-Rings, der sämtliche Nachbarn in Howe und Umgebung mit Gras versorgt!

Rupprecht räuspert sich.

»Also, Streit bringt uns jetzt nicht weiter. Ich bin ja froh, dass wir der Sache so langsam auf den Grund kommen. Denn ich will ehrlich sein: Wenn wir dem Gericht keine überzeugende Geschichte bieten können, dann läuft das hier auf eine Verurteilung hinaus. Und wenn man bedenkt, wie hoch der

Wirkstoffgehalt einer ganzen Plantage ist … möglicherweise muss Gisela sich um Kost und Logis der Herren Ghedina und Felice künftig gar keine Sorgen mehr machen. Weil der Staat die Vollpension übernimmt.«

Ich atme tief durch. Rupprecht hat natürlich Recht. Wobei ich gerade in diesem Moment lieber noch ein bisschen rumschreien würde. Deswegen überlasse ich das Wort einfach noch mal dem Kollegen.

»Okay. Also der Reihe nach. Überlegen wir mal, was sich der Durchschnittsrichter so fragt, wenn er die Akte auf den Tisch bekommt. Erstens: Wovon haben Sergio und Tiziano in letzter Zeit gelebt, wenn nicht vom Drogenhandel? Antwort: Gisela hat sie mitversorgt und ihnen regelmäßig den Kühlschrank aufgefüllt.«

Rupprecht hält kurz inne und sieht in die Runde, die drei Befragten nicken.

»Zweitens: Wer hat sich um die Pflanzen gekümmert, wenn die beiden doch nie im Gewächshaus waren? Antwort: Wieder Gisela – sie hat die beiden Jungs auch im Haushalt und auf dem Hof unterstützt.«

Fast schüchtern meldet sich Gisela zu Wort: »Also, ich war da aber nicht oft. War ja auch nicht nötig. Durch das Dach hat es ja reingeregnet, und das Zeug wuchs wie verrückt. Nur wenn es länger trocken war, bin ich zum Wässern hin. Ich habe ja auch die restlichen Blumen von den beiden gegossen.«

Ohne darauf weiter einzugehen, fährt Rupprecht fort: »Frage: Hatte noch jemand Zutritt zu dem Gewächshaus?«

Allgemeines Schulterzucken, schließlich antwortet wieder Gisela: »Mir ist aufgefallen, dass ab und zu ein Teil der Pflanzen fehlte. Ich dachte, Sergio und Tiziano hätten das Zeug für irgendwas gebraucht. Vielleicht fürs Blumenbinden.«

»Fürs Blumenbinden?«, fragt Rupprecht.

Zur Abwechslung antwortet jetzt mal Tiziano: »Sì. Oma Erika hat Rosen gezüchtet. Wir haben davon ab und zu mal einen Strauß gebunden für Gisela. Außerdem hat Bauer Feddersen uns auch welche für den Wochenmarkt abgekauft. Aber nie haben wir da das grüne Zeug aus dem Glashaus mit drumgemacht.«

Ach, daher stammt mein Rosenstrauß – aus eigenem Anbau!

Gisela runzelt die Stirn. »Aber wenn ihr nie etwas von dem Hanf abgeschnitten habt, dann muss noch jemand anderes da gewesen sein. Ich erinnere mich genau: Eines Tages fehlte da eine ganze Reihe.«

»Haben Sie Herrn Felice oder Herrn Ghedina mal darauf angesprochen?«

Sie schüttelt den Kopf. »Nein. Wie gesagt, ich dachte, die beiden hätten die Pflanzen weggenommen, und dann habe ich dem Ganzen sowieso keine große Bedeutung beigemessen.«

Tessa erscheint in der Küche. »Nabend!«, grüßt sie lässig. »Wie lange dauert eure Besprechung denn noch? Max hat Hunger und ich offen gestanden auch.«

Sofort springt Gisela auf. Hungernde Enkelkinder sind ihr natürlich ein Graus.

»Oh, ihr Armen! Was wollt ihr – Schnittchen oder etwas Warmes?«

Auch Rupprecht steht auf. »Tja, ich würde sagen, wir machen dann mal Schluss, oder? Schließlich will ich nicht am Hungertod von zwei jungen Leuten schuld sein.«

»Certo!« Tiziano nickt. »Wir wollen auch nicht weiter stören. Komm, Sergio!«

Ich bringe die drei zur Haustür. Sergio und Tiziano verabschieden sich hastig und trollen sich in Richtung Heimat.

»Wir sollten morgen noch mal sprechen«, sage ich zu Rupprecht, als unsere Mandanten außer Sichtweite sind.

»Hm.« Rupprechts Finger trommeln auf den Türrahmen. »Eins ist jetzt klar: Oma Erika, wenn sie denn ein Dealer war, hatte Mittäter. Und zwar solche, die auch nach ihrem Tod weiter in der Plantage geerntet haben.«

»Tja, so muss es wohl sein«, gebe ich ihm Recht. »Oder aber wir erleben hier gerade eine italienische Märchenstunde.«

Rupprecht legt den Kopf schief. »Weiß nicht. Die Polizei hat bei ihrer Durchsuchung tatsächlich nirgendwo im Haus Hanf gefunden. Ich meine – unsere Pappenheimer müssten den nach der Ernte ja irgendwo getrocknet haben, wenn sie ihn entgegen ihren Beteuerungen doch geerntet haben sollten. Das waren ja solche Mengen, die hätte man bei der Durchsuchung mit Sicherheit gefunden. Also irgendetwas stimmt hier nicht.«

Ich nicke nachdenklich. »Können wir uns denn vorstellen, dass die Hanfplantage ursprünglich von Erika Witthöft stammt?«, überlege ich laut. »Und dass sie die mit einem Komplizen betrieben hat, der auch nach ihrem Tod noch zum Ernten kam? Und anscheinend auch immer mal neu angebaut hat?«

Rupprecht muss grinsen. »Zum Wohle meines Mandanten kann ich mir alles vorstellen. Letztlich ist auch nur entscheidend, was der Richter sich vorstellen kann.«

»Da haben wir aber noch eine ganze Menge Überzeugungsarbeit vor uns«, seufze ich. »Und wir müssen unbedingt herausfinden, wer in dem Gewächshaus war.«

»Ja. Das müssen wir. Aber wie wir das anfangen, darüber denke ich morgen nach. Ich bin ziemlich müde – im Gegensatz zu manch anderem habe ich heute tagsüber schließlich kein Nickerchen gemacht.«

Ich knuffe ihn in die Seite. »Hey, nicht frech werden! Kommen Sie gut nach Hause – und noch mal vielen Dank fürs Fahren.«

Als ich die Tür hinter ihm schließe, bin ich wieder einigermaßen gut gelaunt. Mein ganzer Ärger über Gisela ist mit einem Mal verraucht – erstaunlich! Offenbar hat Simon Rupprecht eine stimmungsaufhellende Wirkung auf mich.

Nachdem ich Max noch vorgelesen und mit Tessa ein bisschen gequatscht habe, beschließe ich, früh ins Bett zu gehen. Ich fühle mich immer noch wie gerädert – mein Schlummer auf Rupprechts Besprechungssofa war dann doch nicht so erholsam. Gisela hat sich auch schon zurückgezogen. Wahrscheinlich ist sie beleidigt, dass sie eben eins auf den Deckel bekommen hat. Ist aus ihrer Sicht ja auch verkehrte Welt – normalerweise ist sie diejenige, die ihre Mitmenschen einnordet. Mit Kritik kann sie dagegen nicht wirklich gut umgehen, da machen sich wahrscheinlich vier Jahrzehnte Hauptschule bemerkbar. Wer den ganzen Tag lang immer der Klügste im Raum ist, kann das vermutlich abends nicht einfach ablegen. Und nach der Pensionierung schon gar nicht!

In meinem kuscheligsten Nachthemd wanke ich ins Bad im ersten Stock und freue mich, dass dieser anstrengende Tag endlich zu Ende geht. Noch schnell Zähneputzen und dann ab in die Heia.

»Mami, ich kann nicht einschlafen!«

O nein – mein schöner Plan! Max steht mitsamt seinem Schmusekissen vor mir und guckt ganz verstört. Ich knie mich neben ihn.

»Aber was ist denn los, mein Liebling?«

»Ich glaube, unten vor meinem Fenster steht ein Monster.«

»Ach nein, du hast bestimmt schon ein bisschen geschlafen und das nur geträumt.«

Max presst sein Kissen ganz fest an sich und schüttelt den Kopf.

»Da steht ein Monster! Ganz sicher! Das macht nämlich ganz komische Geräusche. Und jetzt habe ich Angst und kann nicht einschlafen.«

Das war es dann wohl mit früh ins Bett gehen! Wenn sich Max erst mal ein Monster einbildet, dann kann das noch etwas dauern mit der Nachtruhe. Ich werde ihm nun beweisen müssen, dass nichts und niemand vor seinem Fenster steht und seltsame Geräusche macht, sonst schläft er garantiert nicht ein. Und wenn Max nicht schläft, kann ich auch nicht schlafen, so viel ist mal klar.

»Okay, Max. Ich gehe jetzt mit dir in dein Zimmer, und dann schauen wir gemeinsam aus dem Fenster. Du wirst sehen – da ist kein Monster. Versprichst du mir, dass du brav ins Bett gehst, wenn da niemand steht?«

Max nickt, aber das reicht mir nicht.

»Großes Indianerehrenwort?«

Er hebt die Hand zum Schwur. »Ja, großes Indianerehrenwort.«

»Dann komm.«

Ich nehme ihn an die Hand und führe ihn in sein Kinderzimmer, das direkt neben dem Bad liegt. Dann gehe ich mit ihm zum Fenster und öffne es.

»Guck mal, du musst dir gar keine Sorgen machen, hier ist wirklich niemand, der ...« Bevor ich den Satz beendet habe, trifft mich etwas Kleines, Hartes am Kopf. Ich bücke mich und hebe es auf. Es ist ein Kieselstein, wie er zu Hunderttausenden um die Blumenbeete vor unserem Haus herumliegt. Wie zur Hölle kommt der an meinen Kopf?

Ich schaue aus dem Fenster. Und tatsächlich. Da unten steht ein Monster und macht komische Geräusche. Und zwar indem es versucht, Kieselsteine ans obere Fenster zu werfen. Ich lehne mich ein bisschen vor und gucke genauer hin. Selbiges tut das Monster – es starrt nach oben und zuckt zurück, als es in mein mittlerweile ziemlich grimmig dreinschauendes Gesicht blickt.

»Oh, scusi! Habe ich Sie etwa getroffen? Ich wollte nur noch einmal kurz mit Ihnen reden. Und etwas vorbeibringen.«

Das Monster klingt zerknirscht und hält einen großen Strauß Rosen nach oben. Der wird ihm allerdings nichts nutzen! Diesmal nicht!

VIERZEHN

Obwohl ich todmüde bin, kann ich in dieser Nacht einfach nicht schlafen. Kurz bevor meine Augen zufallen, schrecke ich immer wieder hoch. Ob diese innere Unruhe daher rührt, dass ich Tiziano Felice eben noch so richtig in den Senkel gestellt habe? Er hat sich danach nicht mal mehr getraut, mir zu sagen, warum genau er eigentlich gekommen war. Okay, vielleicht war das maßlos überzogen, aber wenn ich völlig fix und alle bin und mein rosa Kuschelnachthemd trage, will ich nicht von Mandanten überrascht werden. Auch nicht, wenn sie einen gigantomanischen Rosenstrauß dabeihaben! Und erst recht nicht, wenn besagte Mandanten meine eigene Schwiegermutter möglicherweise in undurchsichtige Machenschaften verwickeln. Also habe ich ihn mit seinem Anliegen sehr hartherzig auf meine Bürozeiten verwiesen.

Ich wälze mich hin und her. Mist, so wird das nichts! Vielleicht sollte ich ein bisschen lesen. Ich knipse meine Nachttischlampe an und schaue, ob der Bücherstapel neben meinem Bett irgendeine passende Lektüre bietet. Also, da hätten wir *Strafprozessrecht: Grundzüge des Strafverfahrens*. Darunter liegt *Effektive Strafverteidigung: Ein Handbuch für Theorie und Praxis*. Und dann wäre da noch *Betäubungsmittelgesetz. Kommentar. Verordnungen zum BtMG*. Okay, die sollte ich tatsächlich alle mal lesen, bevor ich mich bei Rupprecht total blamiere, und sie haben mit Sicherheit auch eine sehr einschläfernde Wirkung. Trotzdem ist mir momentan so gar nicht nach Strafrecht – sonst rege ich mich nur wieder über Gisela auf. Mir ist irgendwie nach … hm … ich muss kurz nachdenken, und dann erschrecke ich mich fast über die Erkenntnis: Mir ist nach Liebe. Genau. Mir ist nach einem romantischen Liebesschmöker!

Ich grüble darüber nach, wo sich ein solcher befinden könnte. Normalerweise nehme ich nur Krimis in die Hand, in meinem Bücherregal werde ich bestimmt nicht fündig. Aber liest Gisela nicht manchmal Pilcher? Und wo stellt sie die Bücher danach hin? In das Regal im Wohnzimmer?

Mit einem Seufzen rapple ich mich aus dem Bett hoch. Nun muss ich tatsächlich noch einmal durch das Haus schleichen – dabei war ich doch so müde! In Gedanken verfluche ich Tiziano Felice noch einmal. Hätte er nicht die blödsinnige Idee mit den Kieselsteinen gehabt, würde ich schon selig schlummern. Stattdessen stehe ich nun im Halbdunkeln im Wohnzimmer und suche im Regal nach etwas Rosafarbenem.

Aber auch hier: Fehlanzeige. Stattdessen lauter Sachbücher über die Wirtschaftskrise, die Eurokrise, die Bankenkrise und eine mir bisher nicht näher bekannte Glaubenskrise. Was ist denn da los? Liest in diesem Haushalt niemand mehr etwas Vernünftiges? Und wer hat eigentlich all diese deprimierenden Bücher gekauft? Christoph? Gisela? Ich war es jedenfalls nicht. Ich gebe auf. Nicht mal im hintersten und verstaubtesten Winkel des Regals finde ich etwas, das mit Herzklopfen zu tun hätte. Ich lebe offenbar in dem Haus mit den unromantischsten Bewohnern der Welt.

Gut. Dann eben kein Buch. Vielleicht ein Film? Den könnte ich mir auf meinem Laptop anschauen. Und im Idealfall dabei einschlafen. Die DVDs habe ich neulich aufgeräumt, da war doch auch ein Schuber mit den angeblich schönsten Liebesfilmen aller Zeiten dabei. Wo habe ich den bloß hingestellt? Ein Blick in die Schublade unter dem Fernseher – ha! Da ist er! Wunderschön eingerahmt zwischen *Drei Nüsse für Aschenbrödel* und *Ice Age*. Ich nehme ihn in die Hand und überlege. *Lieber Frühstück bei Tiffany* oder *Pretty Woman*?

Zwei Minuten später liege ich mit Richard Gere und Julia Roberts im Bett. Herrlich! Ich habe den Film zwar schon siebenundzwanzigtausend Mal gesehen, aber ich freue mich immer noch, wenn Vivians Weinbergschnecke samt Kräuterbutter quer durchs Lokal fliegt und vom Kellner gefangen wird. Und natürlich wünsche ich mir jedes Mal aufs Neue, dass mich auch endlich jemand mit seiner Kreditkarte zum Shoppen schickt. Aber wenn Vivian sich schließlich eingesteht, dass sie sich in Edward verliebt hat und es noch sooo lange dauert, bis Edwards Eispanzer endlich schmilzt – dann schmelze auch ich dahin.

Nur müde macht es mich leider nicht. Im Gegenteil. Ich bin hellwach. Noch einen Film? *Frühstück bei Tiffany*? Och nö. Auf Dauer ist alleine Liebesfilme gucken auch doof. Ich überlege, wann ich das letzte Mal zu zweit im Kino war und einen Liebesfilm geschaut habe. Muss ewig her sein. Spontan fällt mir da nur *Rapunzel – Neu verföhnt* ein. Den habe ich mir mit Tessa angeschaut. Aber ich finde, Filme von Walt Disney zählen in diesem Zusammenhang nicht. An den letzten Kinobesuch mit Christoph kann ich mich leider nicht erinnern.

Dieser Gedanke macht mich schlagartig traurig. Sehr traurig sogar. Ich lehne mich zurück, ziehe mir die Decke bis zur Nasenspitze und starre an die Decke, als könnte ich dort die Lösung für mein Schlafproblem finden.

Auf einmal habe ich *die* Idee. Wenn ich schon nicht schlafen kann, dann mache ich jetzt, was ich eigentlich die ganze Zeit schon hätte tun sollen: Ich schreibe einen Brief für die Box, einen Brief an Christoph.

»Hallo, Nikola! Wann kommst du endlich ins Büro?«

Aysun brüllt förmlich ins Telefon, der Lautsprecher meiner Freisprecheinrichtung beginnt zu vibrieren. Nanu, ich werde doch sonst nicht so herbeigesehnt? Schon gar nicht um 8:20 Uhr. Ich komme eigentlich nie vor halb neun.

»Ich bin fast da. Noch ungefähr fünf Minuten. Wieso? Ist irgendetwas passiert?«

»Nicht direkt. Aber irgendwie auch doch. Du bist ja gleich da – dann siehst du es.«

Klick. Aysun hat aufgelegt. Sehr rätselhaft. Ich gebe Gas, ich will wissen, was mich im Büro erwartet. Vielleicht ein drei Meter langer Schriftsatz von der Staatsanwaltschaft wegen der Hanfplantage? Schreiben Staatsanwälte überhaupt vor der Hauptverhandlung? Mist. Ich hätte doch nicht *Pretty Woman* sehen, sondern stattdessen das Handbuch Strafverteidigung lesen sollen.

Immerhin finde ich direkt vor unserer Tür einen Parkplatz, was im Karoviertel Seltenheitswert hat. Ich springe aus meinem Auto, hechte zum Hauseingang – und mache an der ersten Treppenstufe eine Vollbremsung. Der gesamte Aufgang ist bedeckt mit Rosenblättern! Also, nicht nur ein oder zwei Blättchen – nein, ein regelrechter Rosenblätterteppich zieht sich hinter der Eingangstür hoch in Richtung unseres Büros. Was ist denn hier los? Hat Aysun Herrn Serafimides geheiratet? Und zwar in unserer Kanzlei?

Vorsichtig laufe ich über die Blätter, um nicht auf ihnen auszurutschen. Im ersten Stock angekommen, schließe ich unsere Kanzleitür auf. Aysun sitzt hinter ihrem Schreibtisch und guckt mich vorwurfsvoll an. Sehr vorwurfsvoll sogar. Aber immerhin trägt sie kein Brautkleid.

»Nikola, wir müssen reden. Ich finde, die Kanzlei ist nicht der passende Ort, um Beziehungsprobleme zu klären.«

Ich bin so überrascht, dass ich lachen muss.

»Beziehungsprobleme?«, frage ich nach. »Ich habe nicht mal eine Beziehung. Geschweige denn Probleme mit ihr.«

»Ach ja?« Aysun klingt sehr misstrauisch. »Und was ist dann mit diesem Herrn Felice? Ist das wirklich ein Mandant? Oder dein neuer Freund? Oder ein Stalker?«

Bei dem Namen Felice zucke ich zusammen.

»Ist Tiziano etwa hier?«

Aysun nickt. »Ich habe ihn in die Küche gesetzt. Er hat behauptet, dass er einen Termin hat. Der war aber nicht eingetragen. Und nach der Sache mit den Rosen glaube ich eher, dass der Felice ein Rad abhat. Dealt der nicht auch?«

»Nein! Das ist zwar das, was die Staatsanwaltschaft glaubt, aber es stimmt nicht. Herr Felice ist komplett unschuldig, und wir werden es beweisen.«

Aysun zuckt mit den Schultern. »Na, wie auch immer. Ich bin froh, dass wir sonst nur Zivilrecht machen. Im Strafrecht scheint es ja sehr viele Durchgeknallte zu geben.«

Hm. Irgendwie ärgert mich dieser Kommentar. Nur, weil irgendjemand Rosenblätter vor meiner Tür verstreut, muss er ja noch nicht verrückt sein.

»War sonst noch was?«, frage ich deshalb betont kühl. Aysun schüttelt den Kopf. »Nein. Alles noch ruhig hier.«

Ich wende mich zum Gehen, da fällt ihr doch noch etwas ein.

»Ähm, ist es okay, wenn ich die Blätter mal entsorge? Nicht, dass da noch jemand ausrutscht. Außerdem glaube ich, dass Alexander das nicht so lustig finden würde, wenn er gleich kommt.«

»Wieso? Der ist doch sonst nicht so spaßfrei.«

»Ist nur so ein Gefühl.«

»Ein Gefühl?« Was meint Aysun denn damit?

»Ja. Ein Gefühl. Mehr nicht. Also, okay, wenn ich fege?«

»In Ordnung. Mach mal.«

Ich lege meine Handtasche an meinem Schreibtisch ab, dann gehe ich in die Küche. Tatsächlich. Da sitzt er, mein Mandant. Tiziano Felice. Und er sieht nicht so aus, als ob er seine Rosenblatt-Aktion auch nur ansatzweise erklärungsbedürftig finden würde.

Ich atme tief durch.

»Herr Felice. Was soll das?«

»Prego?«

»Sie wissen genau, was ich meine. Was soll die Sache mit den Rosenblättern?«

Er grinst. »Ma, scusi! Sie haben gesagt, dass ich Sie nicht mehr privat stören darf. Und dass ich in Ihr Büro kommen soll, wenn ich mit Ihnen sprechen will. Das habe ich getan.«

»Aha. Das ist ja schon mal sehr schön. Aber – und das können Sie jetzt vielleicht nicht wissen – man streut keine Rosenblätter vor das Büro seiner Anwältin. Jedenfalls nicht in Deutschland.«

Tiziano grinst und offenbart dabei mal wieder seine makellosen Zähne.

»Ach ja? Also, ich würde sagen, wenn man seine Anwältin sehr, sehr schätzt, ist es erlaubt. Das hat mit Deutschland auch gar nichts zu tun. Sondern mit Mann und Frau. Als Mann darf ich überall Rosen verstreuen. Ich wollte Ihnen die Rosen gestern geben. Das wollten Sie nicht. Also habe ich sie Ihnen heute vor die Füße gelegt.«

Dieser Form von Logik bin ich irgendwie nicht gewachsen. Ich beschließe also, sie zu ignorieren und mich stattdessen auf das Berufliche zu beschränken.

»Was wollten Sie mir denn nun so dringend erzählen?«

»Gisela hat keine Schuld. Sie dürfen ihr nicht böse sein.

Seien Sie lieber auf Sergio und mich böse. Deswegen wollte ich Ihnen auch die Rosen geben. Weil Sergio und ich so viel Ärger zu Ihrer Familie gebracht haben. Aber nicht Gisela. Sie ist ein guter Mensch.«

Genau. Amen. Das Wort zum Sonntag. Und deswegen hat der mich gestern Nacht geweckt?

»Herr Felice, das hatte ich auch nicht anders angenommen. Gibt es noch etwas?«

Tiziano zögert kurz. »Ja. Ich glaube, es sind die alten Leute.«

»Es sind die alten Leute?«

Er nickt.

Ich verstehe kein Wort. »Könnten Sie mal ein bisschen konkreter werden? Was meinen Sie denn damit?«

»Sie wollen doch wissen, wer außer Gisela noch im Glashaus war. Das ist meine Antwort. Es sind die alten Leute. Die müssen hinter der Sache mit den Drogen stecken.«

Das wird ja immer doller. Vor meinem inneren Auge sehe ich bereits den Staatsanwalt, der sich bei dieser Aussage die Hände reibt.

»Sie wollen also sagen, dass verschiedene ältere Personen Zugang zu Ihrem Grundstück und Ihrem Gewächshaus hatten, und dass Sie vermuten, dass diese Personen für Anbau und Ernte des Hanfes verantwortlich waren und dass all dies völlig unbemerkt von Ihnen oder Herrn Ghedina geschah.«

Felice guckt mich treuherzig an und nickt.

»Aha. Na, dann müssen wir ja nur diese älteren Herrschaften finden, und die Sache ist geritzt. Ganz einfach«, ätze ich los.

»Richtig! Ich freue mich, dass Sie das auch so sehen! Ich glaube, damit sind wir allen Ärger los«, freut sich Tiziano.

Ich schnappe nach Luft. »Mensch, Herr Felice, das habe

ich ironisch gemeint! Nichts ist einfach! Ohne Beweise für Ihre Behauptung wird niemand glauben, dass sich nun ausgerechnet in Howe Deutschlands erster Senioren-Drogenring zusammengetan hat. Wie kommen Sie überhaupt darauf?«

Felice überlegt kurz. Wahrscheinlich denkt er darüber nach, wie er diese Räuberpistole so umfrisieren kann, dass auch seine böse Anwältin ihm glaubt.

»Also, es ist so …«

Mir schwirrt der Kopf. Ich muss mich sammeln, sonst kann ich den heutigen Arbeitstag auch gleich beenden. Was um 9:30 Uhr ja auch nicht der wahre Jakob ist. Oder sogar sehr. Wie man's nimmt. Tiziano Felice ist wirklich der Meinung, dass Sergio und er Opfer einer Verschwörung sind. Nur sind sie nicht den üblichen Verdächtigen zum Opfer gefallen, also CIA, Freimaurerloge oder Weltschattenregierung, sondern einer Gruppe norddeutscher Rentner, die in Oma Witthöfts Garten ein geheimes Drogenlabor installiert haben. Beweise dafür? Gibt es nicht. Nur Tizianos Bauchgefühl und die Tatsache, dass in den letzten Monaten häufiger mal der ein oder andere grauhaarige Nachbar bei den beiden Neuankömmlingen vorbeigeschaut hat. Was meiner Meinung nach ein völlig normales Verhalten der ländlichen Bevölkerung ist.

Als ich vor vier Jahren mit den Kindern aus der Stadt auf Giselas Hof zog, hatten wir auch alle zwei Tage spontanen Nachbarschaftsbesuch – Stichwort: *Kiek mal wedder in!* Aber das kann Tiziano nicht wissen, und alle meine Beteuerungen, dass dies noch nicht Anzeichen einer Verschwörung, sondern eher freundlicher Neugier seien, wurden mit Verweis auf die deutsche Reserviertheit abgewiegelt: *»Avvocatessa, bitte, kein Deutscher schaut uneingeladen einfach vorbei! Wir sind hier nicht* *in Italien! Nein – diese alten Menschen wollten etwas ganz Bestimmtes bei uns!«*

Um die Diskussion zu beenden und meinem Mandanten das Gefühl zu geben, dass ich ihn ernst nehme, habe ich Tiziano schließlich versprochen, in den nächsten Tagen mit ihm nach den fraglichen Rentnern Ausschau zu halten. Falls er im Dorf den ein oder anderen wiedererkennt, kann ich ja tatsächlich mal ein paar Fragen stellen. Vielleicht kommt doch etwas dabei heraus – immerhin könnten aufmerksame Nachbarn irgendetwas bemerkt haben, was uns weiterhilft.

Apropos *weiterhelfen*: Ich überlege, was mir in meiner derzeitigen Verfassung weiterhelfen könnte. Die wirren Verschwörungstheorien von Tiziano und mein Schlafdefizit von heute Nacht ergeben eine fatale Mischung, und ich möchte nicht zum zweiten Mal innerhalb einer Woche am Arbeitsplatz einschlafen. Vielleicht ein richtig starker Kaffee?

Aber auch der richtet es nicht. Jetzt bin ich nicht nur müde, sondern habe zudem noch Magenschmerzen. Nein, so wird das alles nichts. Ich muss mal an etwas völlig anderes denken.

Ich stehe auf, gehe zum Fenster und öffne es ganz weit. Ein angenehmer Sommerwind weht mir entgegen. Unten auf der Straße haben die kleinen Cafés und Restaurants ihre Tische und Bänke auf den Bürgersteig gestellt. Menschen frühstücken und plaudern angeregt miteinander. Dort habe ich auch immer gern mit Christoph gesessen und über neue Fälle gesprochen.

Es fröstelt mich auf einmal ein bisschen, und ich schließe das Fenster wieder. Zurück am Schreibtisch krame ich in meiner Handtasche, bis ich in der Hand halte, was ich suche. Ich ziehe den Brief heraus, lehne mich in meinem Stuhl zurück und lese noch einmal ganz in Ruhe, was ich gestern Nacht zu Papier gebracht habe.

Lieber Christoph,

ich kann heute Nacht nicht schlafen, weil ich dich auf einmal sehr vermisse. Was nicht heißen soll, dass ich dich sonst nicht mehr vermisse. Aber der Alltag mit den Kindern und der Kanzlei lässt wenig Zeit für solche Gefühle. Fast glaube ich, dass mir die Hektik ganz recht ist – keine Zeit, über irgendetwas nachzudenken … Aber jetzt gerade, da dachte ich, wie schön es doch wäre, wenn du einfach neben mir im Bett liegen würdest. Und ich würde mich über dich ärgern, weil du schon wieder schnarchst oder ich vom Licht deiner Leselampe wachgehalten werde – du hättest doch garantiert wieder vergessen, sie auszuknipsen, bevor du selbst eingeschlafen wärst! Glaube mir, ich könnte mir gerade keinen schöneren Grund für meine Schlaflosigkeit vorstellen. Aber leider ist es nicht so. Ich liege hier und bin allein. Und dass du nicht da bist, macht mein Herz gerade unendlich schwer.

Ich wollte, dass du das weißt. Wo auch immer du jetzt bist.

In Liebe
Deine Nikola

Ich hole tief Luft, dann greife ich zum Hörer.

»Aysun, bilde ich mir das ein, oder habe ich um 10 Uhr einen Termin? Ach ja, stimmt. Florentine Rothenberger. Die kannste gleich zu mir reinschicken, wenn sie kommt.«

FÜNFZEHN

Kannst du dir das vorstellen? Zehn Jahre war ich mit diesem Mann zusammen. *Zehn* Jahre!«

Florentine hat Schaum vorm Mund. Während sie vor meinem Schreibtisch auf und ab trabt, fuchtelt sie mit den Armen in der Luft herum, als würde sie einen Omnibus in eine sehr kleine Parklücke einweisen.

»Ich meine – ich bin die Mutter seiner Kinder! Unfassbar, es ist einfach unfassbar!«

Jetzt hält Florentine an, sinkt in den Stuhl vor meinem Schreibtisch und schlägt die Hände vors Gesicht.

»Nikola, ich kann es einfach nicht glauben. Was habe ich diesem Mann eigentlich getan, dass er mich so behandelt?«

Von der arrogant wirkenden Supermutti aus der Bärchen-Gruppe ist nur noch ein Häuflein Elend übrig geblieben. Ich lange über den Tisch und lege eine Hand auf Flos Schulter. Sie tut mir wirklich leid.

»Mal der Reihe nach – was genau hat dein Mann denn gemacht? Mein letzter Stand ist das Anwaltsschreiben, von dem du mir an dem Abend mit Gisela erzählt hast.«

Florentine kramt ein Taschentuch aus ihrer Handtasche und schnäuzt laut hinein.

»Ich habe es so gemacht, wie du es mir erklärt hast. Ich habe dem Anwalt geschrieben, dass mir ein Trennungsunterhalt zusteht und mir Ulf nicht einfach die Konten sperren kann. Tja, und dann kam das hier.«

Sie kramt noch etwas tiefer in ihrer Tasche und zieht schließlich einen Brief heraus, den sie mir gibt. Offenbar ein neues Schreiben von Ulfs Anwalt. Ich überfliege es kurz und kann Florentines Stimmungslage sofort verstehen. Was ich da lesen muss, ist eine bodenlose Unverschämtheit.

Sehr geehrte Frau Rothenberger,
ich muss Ihnen leider mitteilen, dass Ihr Ehemann als selbstständiger Unternehmensberater nur über sehr unregelmäßige Einkünfte verfügt. In den letzten Monaten haben sich seine Geschäfte bedauerlicherweise sehr schlecht entwickelt, so dass derzeit aufgrund des meinem Mandanten zustehenden Selbstbehalts neben den Unterhaltsleistungen für die gemeinsamen Kinder keine weiteren Zahlungen an Sie möglich sind. Ich bedaure, Ihnen keine bessere Mitteilung machen zu können.
Hochachtungsvoll
Dr. H. Schleitheimer
Rechtsanwalt

»Was mache ich denn jetzt bloß?« Florentine fängt an zu weinen. »Ich bin pleite, ich habe keinen Job, ich weiß einfach nicht mehr weiter. Die Kinder sind auch schon völlig von der Rolle. Ihr Vater zieht Hals über Kopf aus, und ihre Mutter heult den ganzen Tag.«

»Uns wird schon etwas einfallen«, gebe ich mich optimistisch.«

»*Uns?* Das glaube ich nicht. Wenn, dann dir als Anwältin. Ich bin am Ende mit meinen Ideen.«

Gut, da hat Florentine Recht. Ich denke kurz nach.

»Hast du noch irgendwelche Unterlagen von Ulf? Kontoauszüge? Steuerbescheide? Kundenkontakte? Irgendetwas?«

Sie schüttelt den Kopf. »Nein. Das hat Ulf immer alles im Büro aufbewahrt. Wozu brauchen wir das denn?«

»Wir müssen irgendwie nachweisen«, erkläre ich ihr, »was dein Mann in den letzten Jahren im Durchschnitt ungefähr verdient hat. Dass er jetzt versucht, sich mal eben arm zu rechnen – damit kommt er nicht so einfach durch. Aber um ihn zu fassen zu kriegen, brauchen wir eine halbwegs beweisbare Einkommenseinschätzung.«

Florentine zuckt mit den Schultern. »Ich weiß nicht. Geld war eben immer da. Ich habe mich nie darum gekümmert. Mein Aufgabengebiet waren die Kinder und das Haus.« Sie schweigt einen Moment und seufzt dann. »Ich war so ein Schaf, Nikola. Wie konnte ich mich nur so von ihm abhängig machen?«

Das ist zwar eine interessante Frage, sie bringt uns aber in der Sache überhaupt nicht weiter. Ich streiche ihr noch einmal über die Schulter.

»Florentine, es war eben eure Abmachung und eure gemeinsame Entscheidung. Dass Ulf davon jetzt nichts mehr wissen will, ist nicht deine Schuld. Und über verschüttete Milch brauchen wir auch nicht mehr zu sprechen. Lass uns lieber überlegen, wie wir den Kerl dingfest machen können. Du sagst, er hat alle Unterlagen im Büro. Aber vielleicht kennst du irgendwelche Kunden namentlich?«

Nachdenklich runzelt Florentine die Stirn. »Hm. Also, so spontan nicht. Er berät Stiftungen und Unternehmen. Aber keine, die man vom Namen her kennt. Also, nicht Siemens oder Lufthansa oder so etwas. Manchmal war ich natürlich bei Geschäftsessen dabei. Ich könnte mal durch unsere Fotoalben blättern, da kleben auch ein paar Bilder von solchen Events drin. Vielleicht fallen mir dann Namen ein, oder vielleicht erkenne ich einen Schriftzug?«

»Super, Florentine«, lobe ich sie. »Das ist eine ausgezeichnete Idee. Wenn wir ein paar Namen von Ulfs Kunden herausfinden, dann haben wir schon mal etwas in der Hand, mit dem wir arbeiten können.«

Offensichtlich bin ich nicht wirklich überzeugend, denn Florentine sieht noch nicht sehr viel glücklicher aus als vor fünf Minuten.

»Gibt's noch etwas?«, will ich deshalb von ihr wissen.

»Ja, also, hm … ich … du weißt ja, dass ich schon nach einem Job suche, aber …«, sie stockt und holt tief Luft, »aber noch habe ich keinen. Ich kann dich deswegen momentan gar nicht bezahlen. Das ist mir sehr unangenehm. Es war mir auch ziemlich peinlich, als Gisela gleich sagte, dass du das als Freundschaftsdienst mal eben so übernimmst. Vor allem, wo wir uns noch kaum kannten, geschweige denn Freundinnen waren. Da hast du dich bestimmt drüber geärgert. Zu Recht.«

Florentine schlägt die Augen nieder und betrachtet sehr intensiv ihre Fingernägel. Und ich fühle mich ein bisschen schlecht, denn genau so war es ja.

»Ach was«, beeile ich mich deswegen zu versichern. »Mach dir darum keine Gedanken. Erstens werden wir deinen angehenden Exmann mit Sicherheit bald zur Kasse bitten. Und was das Thema *Freundschaftsdienst* betrifft – wenn man nach einer Flasche Himbeergeist *und* einer Flasche Eierlikör nicht von einer tiefen Frauenfreundschaft sprechen kann, dann weiß ich auch nicht!«

Ich grinse, und zum ersten Mal, seit ich Florentine kenne, höre ich sie richtig laut lachen. Na also, geht doch!

Nachdem sie aufgebrochen ist, schaut Alexander in meinem Büro vorbei.

»Wow, wer ist denn da gerade rausgerauscht? Die jüngere Schwester der Begum?« Er pfeift. Anerkennend, wie ich mir einbilde.

»Äh, nee. Das war Florentine. Hilf mir mal auf die Sprünge – wer war noch gleich die Begum?«

Alexander schüttelt den Kopf. »Nikola, echt jetzt! Du willst mir nicht erzählen, dass du die Begum nicht kennst.«

»Also, persönlich jetzt nicht. Aber ich glaube, ich habe schon mal von ihr gehört. Die ist doch irgendwie mit so einem reichen älteren Herrn … verheiratet? Oder liiert?«

Wieder Kopfschütteln.

»Nä! Geschieden mittlerweile. Und abgefunden mit der Rekordsumme von 60 Millionen Euro.«

»Wahnsinn! Woher weißt du das denn? Hast du sie etwa bei der Scheidung vertreten? Und warum hast du mir nichts davon gesagt? Dann wäre unsere Sozietät ja jetzt reich, und wir bräuchten dringend neue Büroräume an der Alster.«

»Haha, sehr witzig. Nein, leider beziehe ich meine Kenntnisse nicht aus der Prozessakte, sondern aus den Lesezirkelexemplaren, die Aysun immer so nett in unserem Wartebereich im Flur drapiert. Solltest du vielleicht auch mal lesen. Ist gut für deine Allgemeinbildung.«

Pah! Ich schnaube verächtlich. Was soll das denn für eine Allgemeinbildung sein?

»Ich finde eher, du könntest mal öfter die NJW lesen. Das wäre gut für *deine* Allgemeinbildung.« Die *Neue Juristische Wochenzeitung* ist *das* Fachblatt für alle Juristen. In ihr finden sich jede Woche die wichtigsten Urteile, Fachaufsätze und auch Stellenanzeigen. Also eigentlich ein Muss für jeden Anwalt, obwohl ich zugeben muss, dass der Klatsch-und-Tratsch-Teil sehr überschaubar ist: Wenn nicht gerade Caroline von Monaco vorm BGH ein Revolverblatt verklagt, findet man in der NJW rein gar nichts über Promis.

»Ja, ja, mach ich, wenn ich mal gaaanz viel Zeit und Langeweile habe.« Alexander wedelt mit der Hand, als wolle er schon den bloßen Gedanken an die Lektüre einer langweiligen Fachzeitschrift verscheuchen. »Aber noch mal zu meiner Ausgangsfrage: Wer war denn die rasante Erscheinung, die gerade aus deinem Büro kam?«

»Florentine Rothenberger. Tatsächlich auch eine Familiensache. Leider sieht es momentan aber nicht so aus, als könnten wir ihrem abhandengekommenen Ehemann 60 Millionen aus den Rippen leiern. Ich bin schon froh, wenn wir den Mindestunterhalt bekommen.«

»Ach, wie schade! Dann brauchst du mir ihre Telefonnummer doch nicht zu geben.« Alexander grinst, ich hingegen hebe den Zeigefinger und gucke streng.

»Na hör mal! Wer wird denn hier so materialistisch sein? Und überhaupt: Ich dachte, du liebst nur mich!«

Alexander stutzt kurz.

»Ja, da hast du natürlich völlig Recht. Ich liebe nur dich.«

Hoppla, das klang fast eine Spur zu ernst! Sicherheitshalber breche ich in fröhliches Gelächter aus und fühle mich sofort besser, als Alex genauso fröhlich einstimmt. Immer noch lachend verabschiedet er sich aus meinem Büro.

»Ich gehe dann mal wieder die *Gala* lesen. Vielleicht finde ich ja doch noch einen Promi, der bei seiner Scheidung dringend von uns vertreten werden will.«

»Ja, mach das. Und falls ein gutaussehender Prinz dabei ist, sag mir bitte Bescheid!«

Der Rest des Tages entwickelt sich leider nicht ganz so lustig. Kaum ist Alex abgezogen, bereitet mich Aysun auf ein Telefonat der unangenehmeren Sorte vor.

»Nikola, ich habe hier die Direktorin von Tessas Schule

unterm Knöpfchen. Eine Frau Dr. Meinerzhagen. Kann ich zu dir durchstellen?«

O nein, womit hab ich das verdient? Die olle Meinerzhagen ruft doch sicher nicht an, um mir zu sagen, dass sie Tessa für hochbegabt hält und dringend empfiehlt, das Kind gleich an der Uni Hamburg einzuschreiben. Ich sammle mich innerlich und hole Luft.

»Okay, Aysun, stell durch.« Auf in den Kampf!

»Frau Petersen, gut, dass ich Sie gleich erwische!«, kommt mir die Stimme der Meinerzhagen so laut aus dem Hörer entgegen, als stünde sie direkt neben mir und brüllte mir ins Ohr. Frau Direktor ist offensichtlich ungehalten.

»Grüß Sie, Frau Dr. Meinerzhagen, wie schön, von Ihnen zu hören«, flöte ich betont freundlich. Vielleicht hilft eine Charmeoffensive meinerseits? Ich weiß zwar noch nicht, was Tessa verbrochen hat, aber der Stimmlage ihrer Direktorin nach reicht es mindestens für einen Schulverweis.

»Sie wissen, dass ich gerade bei Ihrer Tochter immer ein Auge zudrücke«, brüllt Frau Meinerzhagen unbeeindruckt von meiner Lieblichkeit weiter, »aber das geht nun eindeutig zu weit. Schwierige Familienverhältnisse hin, schwierige Verhältnisse her – das kann keine dauerhafte Entschuldigung für diese ständigen gewalttätigen Ausbrüche sein. Wir als Schule können und werden das nicht mehr hinnehmen.«

Schluck. *Ständige gewalttätige Ausbrüche?* Bei meinem Tessilein? Und was heißt hier überhaupt *schwierige Familienverhältnisse*? Meint die damit etwa uns? Ich bin sprachlos.

»Frau Petersen?« Die Stimme wird etwas ruhiger. »Sind Sie noch da?«

Ich räuspere mich. »Äh, ja, ja, ich bin noch dran. Ich bin nur gerade völlig überrascht. Was genau ist denn passiert?«

»Glauben Sie mir, es ist besser, wenn ich Ihnen das im persönlichen Gespräch erkläre. Ich sage nur so viel: Ich hoffe, wir bekommen die Kuh noch vom Eis, sonst haben wir ein echtes Problem. Am besten wäre es, Sie kämen gleich vorbei.«

Ich gucke auf meine Uhr. Erst kurz nach elf. Unglaublich. Ich hätte schwören können, dass es mindestens schon zwei Uhr ist. Ist aber auch kein Wunder: Erst Tiziano mit seiner Rosenblattattacke und der Verschwörungstheorie, dann Florentine und das Ehedrama – dafür, dass ich erst zweieinhalb Stunden im Büro bin, ist schon reichlich viel passiert. Zu viel für meinen Geschmack, wenn man den Anruf von Frau Dr. Meinerzhagen dazunimmt.

Ein kurzer Blick auf den Aktenstapel auf meinem Schreibtisch. Ganz oben liegt immer noch Bauer Feddersen. Mist, um den muss ich mich endlich kümmern, sonst fährt der hier demnächst mit dem Trecker vor, um nach dem Rechten zu sehen. Er war neulich schon etwas ungehalten, als ich ihm immer noch nichts zu seinem Fall erzählen konnte. Okay, den verarzte ich noch, dann fahre ich zur Schule.

»Frau Meinerzhagen, ich habe hier noch eine dringende Sache zu erledigen, dann kann ich mich für ein Stündchen frei machen. Ich denke mal, so gegen halb eins könnte ich bei Ihnen sein.«

»Ja, das ist gut«, murmelt die Meinerzhagen, dann verabschieden wir uns, und ich schnappe mir endlich die Akte Feddersen.

Ein kurzes Querlesen, dann greife ich zum Telefon und rufe meinen schon sehnsüchtig wartenden Mandanten an.

»Moinsen, Herr Feddersen. Hier ist Nikola Petersen. Sagen Sie, sind Sie ganz sicher, dass Sie zu Herrn Bendixen lediglich *du Wischer* und nicht etwa *du Wichser* gesagt haben?«

Ein kurzes Gebrummel ist die Antwort.

»Ach verstehe. *Wischer*, weil der Herr Johannsen immer so schön sein Auto poliert. Gewissermaßen ein freundschaftlicher Kosename. Hm, nee, klar. Und dass Ihr Zeuge, der Herr Johannsen, das auch wirklich so bestätigen wird, da sind Sie sich ganz sicher? Weil … der stand ja ungefähr zweihundert Meter entfernt, wenn er gerade aus seiner Haustür kam, als Sie mit Herrn Bendixen im Gespräch waren.«

Wieder Gemurmel.

»Genau das dachte ich mir auch schon, Herr Feddersen. Vielleicht sollten wir über die Schmerzensgeldforderung der Gegenseite doch noch mal nachdenken. Immerhin ist damit das Strafverfahren vom Tisch.«

Brummel, Brummel.

»Ja, aber natürlich glaube ich Ihnen. Das hat damit gar nichts zu tun. Ich fürchte nur, der Richter könnte Herrn Johannsen nicht glauben, dass er so wahnsinnig gute Ohren hat.«

Ein langer Feddersen'scher Seufzer, dann die Einsicht.

»Danke, Herr Feddersen. Das mache ich. Ich rufe die Gegenseite an und werde versuchen, sie von 300 auf 150 Euro runterzuhandeln. Sind schließlich schwere Zeiten in der Landwirtschaft.«

SECHZEHN

Vor dem Zimmer der Direktorin sitzt ein mir sehr bekanntes Häufchen Elend: Tessa ist völlig in sich zusammengesunken und starrt zu Boden, sie merkt nicht einmal, dass ich mich neben sie setze.

»Hallo, Schatz!« Ich tippe ihr kurz auf die Schulter. »Sag mal, was ist denn bloß passiert? Oder geht es immer noch um die Ohrfeige? Der Meinerzhagen werde ich was erzählen!«

Tessa richtet sich langsam auf und guckt mich an. Sie ist total verheult. »Hallo, Mama. Nein, um die Ohrfeige geht es nicht. Ich habe Luna heute Morgen aus Versehen die Haare abgeschnitten.«

»Du hast *was*?« Ich kann es nicht glauben! Tessa zuckt zusammen.

»Ich habe Luna heute im Kunstunterricht aus Versehen die Haare abgeschnitten. Jetzt hat sie nicht mehr ganz lange Haare, sondern eher einen Bob. Steht ihr aber auch nicht schlecht, finde ich.«

Auweia! Das darf doch nicht wahr sein! Erstens hatte Luna neulich noch sehr schöne, fast Po-lange blonde Haare, von denen sie sich garantiert nicht trennen wollte. Und zweitens kommt es selbst mir als Löwenmutter relativ unwahrscheinlich vor, dass man jemandem *aus Versehen* die Haare abschneiden kann. Das riecht doch eher nach Vorsatz. Und das ist dann echt ein Ding! Ein Unding!

»Tessa! Bist du verrückt geworden? Das arme Mädchen! Wie konntest du so etwas nur tun?«

Tessa verzieht den Mund.

»Wie ich schon sagte, Mama – es war aus Versehen.« Sie sinkt wieder in sich zusammen und starrt weiter auf den Boden.

O nein! Diese Mitleidnummer zieht bei mir nicht! Ich greife ihr mit einer Hand ans Kinn und drehe ihren Kopf zu mir, damit sie mir direkt in die Augen sehen muss.

»Jetzt ist aber Schluss mit dem Unsinn, mein Fräulein! Was hast du gemacht? Du hast der armen Luna die Haare abgeschnitten, Punkt! Und jetzt komm mir nicht mit so einer schwachsinnigen Ausrede. *Aus Versehen!* Wie soll das denn gehen?«

Tessa schiebt meine Hand unter ihrem Kinn weg und funkelt mich trotzig an.

»Aber genau so war es! Wir hatten Kunst, und als Luna …«

Bevor Tessa noch weiter ausbreiten kann, wie es ihrer Meinung nach war, öffnet sich die Tür zum Direktorenzimmer, und Frau Dr. Meinerzhagen schaut heraus.

»Guten Tag, Frau Petersen! Gut, dass Sie es so schnell einrichten konnten! Kommen Sie bitte herein.«

Zu Tessa sagt sie gar nichts, sondern bedeutet ihr mit einer unwirschen Handbewegung, uns zu folgen. Sofort springt mein Löwenmutterinstinkt wieder an – wie behandelt die mein armes Kind? Ich werfe Frau Meinerzhagen einen bösen Blick zu, den sie allerdings komplett ignoriert. Hoch erhobenen Hauptes marschiere ich also an ihr vorbei – die soll mal nicht denken, dass Familie Petersen hier in Sack und Asche antrabt!

In ihrem Zimmer angekommen, bröckelt meine stolze Haltung allerdings etwas. Denn hier sitzen bereits Luna und ihre Eltern am Besprechungstisch. Luna wird von Weinkrämpfen geschüttelt. Ich sehe auch sofort den Anlass ihres Kummers. Anstatt einer blonden Wallemähne trägt Luna nun etwas auf dem Kopf, was man wohlwollend als asymmetrischen Pagenkopf, realistischerweise aber wohl als völlig verschnittene Frisur bezeichnen muss.

Lunas Mutter springt auf und stürzt in Richtung Tessa, ich mache einen Schritt nach vorne, um sie zu bremsen. Ich kenne Sabine und ihren Mann Michael von dem ein oder anderen Glas Wein nach Elternabenden ganz gut, und eigentlich ist sie eine sehr nette und besonnene Frau. Dass sie jetzt fuchsteufelswild ist, kann ich sogar verstehen, trotzdem würde ich gern verhindern, dass sie mein Kind nun unangespitzt in den Boden rammt. Sabine zögert kurz, dann schreit sie los:

»Was hast du dir dabei gedacht, Tessa Petersen? Wie konntest du Luna nur so etwas antun? Warum? Sag mir sofort, warum du das gemacht hast!«

Frau Dr. Meinerzhagen räuspert sich. »Frau Braun, ich kann Ihre Aufregung völlig verstehen, aber wir sind ja nun alle hier, um aufzuklären, wie genau sich dieser Vorfall zugetragen hat. Seien Sie versichert, dass das disziplinarische Folgen haben wird.«

Sabine schüttelt den Kopf, setzt sich dann aber wieder neben ihren Mann. Die Meinerzhagen nickt ihr freundlich zu und bietet mir und Tessa einen Platz am anderen Ende des Tisches an. Ist wahrscheinlich eine kluge Idee, wer weiß, wie lange sich Sabine noch beherrschen kann.

»So, nun ist ja auch Tessas Mutter da. Luna, würdest du bitte erzählen, wie das aus deiner Sicht war?«, fordert Frau Dr. Meinerzhagen sie auf.

»Was heißt denn hier *aus Lunas Sicht*?«, erbost sich jetzt

Michael. »Bei dieser Ungeheuerlichkeit kann es doch wohl nur eine Sicht der Dinge geben!«

Tessa wird neben mir immer kleiner, so als wolle sie sich am liebsten unter dem Tisch verstecken. Ich beschließe, von Mutter auf Strafverteidigerin umzuschalten.

»Michael, ich kann natürlich verstehen, dass ihr geschockt seid. Glaub mir, das bin ich auch. Trotzdem gebietet es wohl die Fairness, dass beide Kinder den Vorfall schildern, meinst du nicht auch?«

Aber statt zu antworten, springt Michael auf und fuchtelt mir mit seinem Finger vor der Nase herum.

»Nein, das meine ich überhaupt nicht! Ich glaube nämlich, dass du die Lage nicht erkennst, liebe Nikola! Deine Tochter ist völlig von der Rolle. Letzte Woche die Ohrfeige und jetzt das. Du willst es wahrscheinlich nicht wahrhaben, aber unsere Kinder sind jetzt in der Pubertät, und bei euch scheint da einiges schiefzulaufen. Liegt wahrscheinlich daran, dass Tessa ohne Vater aufwächst, der mal klare Kante zeigen könnte. Das tut mir auch leid, aber wenn mein eigenes Kind darunter leiden muss, hört der Spaß eindeutig auf.«

Ach daher weht der Wind! Schlagartig wird mir klar, woher Luna auf einmal ihre seltsamen Ansichten hat – genau so hatte es mir Tessa ja auch geschildert. Der Mist stammt vom lieben Michael! Obwohl meine Halsader gerade mächtig schwillt, versuche ich, ruhig zu bleiben.

»Ist dir schon einmal der Gedanke gekommen, dass es Tessa ist, die hier leidet? Weil du nämlich deiner Tochter zu Hause so einen Unsinn erzählst? Ich wollte dich schon nach der Ohrfeige anrufen, weil es nämlich im Grunde genommen Notwehr war. Aber Tessa wollte nicht, dass ich mich einmische. Hätte ich es mal getan!«

»Notwehr? Das ist doch Anwaltsgeschwafel! Ich bin garantiert nicht in meiner Mittagspause hierhin gerast, um mir dieses Gequatsche anzuhören. Ich hab nämlich eigentlich überhaupt keine Zeit, meine nächste Besprechung fängt schon in zwanzig Minuten an, was ich kaum noch schaffen werde. Es ist so, wie ich sage: Der Vater fehlt, die Mutter kümmert sich nicht, und die Großmutter verwöhnt das Gör, anstatt es zu erziehen. Das Ergebnis ist bekannt.«

Okay, ich schwöre, ich habe es versucht – aber mein Zweitname ist nicht Jesus. Schon eher Zorro. Und deswegen hält es mich nach diesen Unverschämtheiten nun auch nicht mehr auf dem Stuhl.

»Da hat der liebe Michael anscheinend Psychologie studiert, dass er sich so gut auskennt mit einer Kinderseele. Komisch, ich dachte bisher immer, du seist Spediteur und darauf spezialisiert, deine armen osteuropäischen Lastwagenfahrer zu schikanieren. Insofern verständlich, dass du eher mit der groben Kelle austeilst.«

Sabine und Michael schnappen gleichzeitig nach Luft, was sehr komisch aussieht und bei mir Assoziationen an Synchronschwimmer weckt. Tessa lächelt zum ersten Mal, seit ich in die Schule gekommen bin. Die Miene von der ollen Meinerzhagen hingegen wirkt wie versteinert, wahrscheinlich geht das Gespräch aus ihrer Sicht in die ganz falsche Richtung. Ist mir völlig egal, ich lege noch einen drauf.

»Bei so einem Vater wundert es mich auch überhaupt nicht, dass Luna von einem netten Mädchen mittlerweile zu einer fiesen Mobberin mutiert ist. Das hat sie anscheinend alles zu Hause gelernt, Respekt!«

»Was fällt dir ein?«, brüllt Michael mich an. »Euch werde ich fertigmachen! Ich rufe die Polizei, und zwar sofort!«

»Mach das. Ich frage mich nur, was du denen erzählen willst«, entgegne ich, jetzt wieder halbwegs gelassen.

»Na, das mit den Haaren natürlich! Das ist Körperverletzung!«

Ich zucke mit den Schultern. »Mag sein. Allerdings ist Tessa nicht strafmündig, das wird die Polizei also nicht weiter interessieren.« Am liebsten würde ich noch *Ätsch* hinzufügen und ihm die Zunge rausstrecken, lasse es aber bleiben. Mittlerweile ist auch Frau Meinerzhagen wieder aus ihrer Schockstarre erwacht.

»Ich muss doch sehr bitten, Herr Braun, Frau Petersen. Wie sollen die Kinder denn lernen, Konflikte konstruktiv zu lösen, wenn Sie sich hier so aufführen? Nun setzen Sie sich bitte mal wieder hin.«

Michael funkelt mich noch einmal richtig böse an, dann setzt er sich wieder neben seine Frau. Ich nehme neben Tessa Platz und freue mich, dem doofen Braun ein paar verpasst zu haben. Kindisch, ich weiß. Aber zu schön.

»Also noch mal von vorn. Luna, was ist aus deiner Sicht passiert?«, fragt die Meinerzhagen erneut. Luna schluchzt noch einmal kurz auf, dann beginnt sie zu erzählen.

»Wir stellen in Kunst gerade Plakate her. So für fiktive Ausstellungen oder Theaterstücke. Und deswegen haben wir so eine Papierschneidemaschine im Kunstraum stehen. Das ist so eine Art Hebel mit einer scharfen Klinge, damit wir die Pappen zurechtschneiden können. Sammi und ich haben da so ein bisschen herumgealbert. Und weil Tessa schon die ganze Zeit schlecht drauf war, wollten wir sie aufmuntern.«

»Das stimmt doch gar nicht!« Nun ist es Tessa, die aufspringt. »Ihr habt mich die ganze Zeit voll verarscht und …«

»Tessa!«, ruft Meinerzhagen sie zur Ordnung. »Du bist gleich an der Reihe. Nun lässt du erst mal Luna zu Ende erzählen, und dann kannst du uns deine Sicht der Dinge erzählen. Luna, fahre bitte fort.«

»Ähm, ja. Also, wie gesagt, wir wollten Tessa aufmuntern. Hat aber nicht geklappt. Sie ist richtig böse geworden. Und das hat dann wiederum uns geärgert. Weil man mit Tessa in letzter Zeit gar keinen Spaß haben kann. Deswegen hat Sammi auf ihr neues Plakat einen kleinen Witz gemalt. Also, nichts Wildes oder so. Einfach, um Tessa mal ein bisschen locker zu machen. Aber als die das Plakat gesehen hat, ist sie voll ausgerastet und hat sich total aufgeführt. Wir mussten uns richtig gegen sie wehren. Tja, und dann hat sie auf einmal meinen Pferdeschwanz gepackt, hat ihn in die Schneidemaschine gezogen und die Klinge nach unten gehauen. Und dann waren meine Haare ab.«

Luna bricht wieder in Tränen aus. Ist ja auch nicht schön – eben noch Rapunzel und auf einmal Rumpelstilzchen! Ihre Mutter streicht ihr über den Kopf, und Michael sieht aus, als würde er Tessa und mich liebend gern mal eine Zeit lang in einem seiner Tiefkühltransporte verstauen. Ich für meinen Teil hoffe sehr, dass mein herzallerliebstes Töchterlein eine wirklich gute Erklärung für den Vorfall hat. Denn unabhängig von der Tatsache, dass Michael Braun sich hier gerade als völliger Knallhuber entpuppt hat, schneidet man seinen Mitschülern natürlich nicht ungefragt die Haare ab.

»Gut, so weit habe ich das verstanden.« Frau Meinerzhagen lassen die Tränen offensichtlich einigermaßen kalt. »Tessa, nun erzähl du uns bitte, wie es deiner Meinung nach war.«

Tessa holt tief Luft. »Also, das war so: Sammi und Luna sind schon seit Tagen richtig fies zu mir. Dabei sind wir doch eigentlich BFFs.«

An dieser Stelle gucken Michael, Sabine und die Meinerzhagen so richtig schön ratlos, und ich kann mit meinem neu erworbenen Wissen ein bisschen angeben.

»Best friends forever«, ergänze ich schnell.

Tessa und Luna nicken.

»Aber in letzter Zeit lassen mich die anderen beiden nicht mehr mitmachen. Und so war es auch heute Morgen. Eigentlich waren wir nämlich von Frau Hilpert in eine Gruppe eingeteilt worden. Ich bin los, um noch mehr Pappe aus dem Materialraum zu holen. Und als ich wiederkam, hatten die beiden sich an unserem Tisch so ausgebreitet, dass ich gar keinen Platz mehr hatte. Als ich gesagt habe, dass ich das doof finde, haben die beiden mich ausgelacht. Deswegen habe ich mich an den Tisch mit der Schneidemaschine gesetzt. Einen anderen gab es ja nicht mehr. Luna und Sammi kamen dann immer wieder zu mir und haben blöde Sprüche gemacht. Ich habe gesagt, dass sie mich in Ruhe lassen sollen. Aber sie kamen immer wieder. Und dann hat mir Luna das Poster gezeigt, das Sammi und sie gemalt haben. Mit einem ganz fiesen Spruch. Luna hat sich darüber schlapp gelacht. Da bin ich ausgerastet. Ich habe sie gepackt und ihren Pferdeschwanz in die Maschine gezogen. Und dann habe ich die Klinge runtergehauen. Ich konnte in dem Moment nicht anders. Das war also echt ein Versehen. Gewissermaßen.«

Ach du Sch … Leider keine gute Erklärung! Ich kann die triumphierenden Blicke von Michael und Sabine förmlich spüren. Mir wird sehr, sehr warm. Ich räuspere mich.

»Aber Schätzchen, ein fieser Spruch ist nicht schön, aber doch kein Grund, einem anderen Mädchen die Haare abzuschneiden!«

Tessa schnappt empört nach Luft. »Na hör mal, du weißt ja gar nicht, was auf dem Plakat stand!«

Ich schüttle den Kopf. »Nein, weiß ich nicht. Das ist aber auch egal, denn deine Reaktion war völlig überzogen.«

»Tja, Nikola, ich hab's dir ja gesagt«, mischt sich Michael ein, »deine Tochter ist völlig von der Rolle. Letzte Woche angeblich Notwehr, jetzt ein *Versehen*. Da bin ich aber mal gespannt, wie sie das wiedergutmachen will. Na, Tessa?«

Wie von der Tarantel gestochen, springt Tessa von ihrem Stuhl. »Gar nicht will ich das wiedergutmachen! Überhaupt nicht! Ihr seid alle total bescheuert. Ich hasse euch! ICH HASSE EUCH!!!«

Dann stürzt sie aus dem Zimmer und knallt die Tür hinter sich zu. Ich bin völlig perplex. Was ist bloß mit Tessa los?

Frau Meinerzhagen, der alte Profi, hat sich am schnellsten wieder im Griff. Und offenbar auch eine Idee. »Warten Sie bitte einen Moment. Ich bin gleich wieder da.« Dann verlässt auch sie den Raum.

In den paar Minuten, in denen sie draußen ist, sagt niemand von uns ein Wort. Warum auch? Auf Small Talk mit Sabine und Michael lege ich in dieser Situation nun wirklich keinen Wert.

Als Frau Dr. Meinzerhagen mit einem grünen Stück Pappe in der Hand zurückkehrt, bin ich heilfroh.

»Luna, Frau Hilpert sagt, das ist das Poster, an dem ihr gearbeitet habt. Stimmt das, Luna?«

»Äh, also …«, windet sich Luna.

»Ob das stimmt, will ich wissen.« Die Meinerzhagen klingt so ruhig, dass selbst mir angst und bang wird.

»Äh, ja. Aber ich kann das erklären! Wir …«

»Du sollst das nicht erklären«, unterbricht die Meinerzhagen sie, »du sollst vorlesen, was ihr da geschrieben habt.«

Luna räuspert sich, dann fängt sie an zu flüstern.

»Lauter! Wir wollen es alle hören!«

Puh, die Meinerzhagen kann ich mir auch gut als Gefängnisdirektorin oder in leitender Funktion auf einer Galeere vorstellen. Luna schluckt, dann beginnt sie noch einmal zu lesen.

»Alle Väter haben einen Pimmel. Nur Tessas nicht. Der ist im Himmel. Alle Väter machen Quatsch. Nur Tessas nicht. Der ist schon Matsch.«

Mir bleibt der Mund offen stehen. Ich kann nicht glauben, was ich da höre.

Michael schiebt langsam seinen Stuhl zurück. Dann steht er auf, geht zu seiner Tochter – und verpasst ihr eine schallende Ohrfeige.

SIEBZEHN

Wo steckt Tessa? Vor dem Zimmer von Frau Dr. Meinerzhagen steht sie jedenfalls nicht. Und auch vor der Schule: Fehlanzeige. Sie ist wie vom Erdboden verschluckt. Ihr Handy ist ausgeschaltet, keiner der Schüler, die ich nach ihr frage, hat sie gesehen. Ein Anruf zu Hause – da ist sie auch noch nicht angekommen. Ratlos gehe ich zum Schulsekretariat zurück, wo die Meinerzhagen und Familie Braun vor dem Direktorenzimmer herumstehen und so betroffen wirken, als hätten sie gerade eine Selbsthilfegruppe für irgendeine ganz schlimme Krankheit gegründet. Erst sagt niemand ein Wort, dann ringt sich Sabine zu einer Frage durch.

»Findest du sie nicht?«

Ich schüttle den Kopf.

»Nein, ich weiß auch nicht, wo ich noch nach ihr suchen könnte. Ich habe gerade mit meiner Schwiegermutter telefoniert, aber bei der ist sie auch nicht.«

»Nikola, das tut mir so leid – ich weiß gar nicht, was ich sagen soll!« Michael Braun klingt aufrichtig. Das bringt mich aber ehrlich gesagt überhaupt nicht weiter, denn langsam fange ich an, mir Sorgen zu machen.

Frau Meinerzhagen allerdings scheint gerade ein guter Gedanke gekommen zu sein. Jedenfalls atmet sie kurz durch und bekommt einen sehr energischen Gesichtsausdruck.

»Luna, wo könnte deine Freundin stecken? Es gab hier

doch in letzter Zeit irgendwelchen Ärger mit einem Jungen. Wer ist das?«

Luna druckst ein wenig herum, bis ihrem Vater der Geduldsfaden reißt. »Luna, verdammt noch mal! Hast du nicht gehört, was dich Frau Dr. Meinerzhagen gefragt hat?«

»Ähm, also vielleicht«, beginnt Luna zu stottern, »vielleicht ist sie zu Tom Czichowitz. Die Jungs hängen in der Pause immer hinten bei den Fahrradständern rum. Da könnte sie sein. War ja gerade Pause.«

»Fahrradständer?« Fragend gucke ich die Meinerzhagen an. »Die sind doch vor der Schule, da habe ich schon geguckt. Da steht niemand.«

Die Direktorin schüttelt den Kopf.

»Nein, nein, wir haben ganz hinten auf dem Schulhof auch noch welche, weil dort der Nebeneingang ist. Tatsächlich ist das ein beliebter Treffpunkt der Achtklässler. Tom ist ja in der 8c, soweit ich weiß. Ich könnte mir vorstellen …«

Was sich Frau Dr. Meinerzhagen vorstellen könnte, warte ich nicht mehr ab. Ich bin schon unterwegs zum Schulhof. Und tatsächlich – ganz am Ende, hinter einer Baumgruppe, finde ich sie: die Fahrradständer, den Jungen und vor allem: Tessa! Sie sitzen nebeneinander im Gras, völlig ins Gespräch vertieft.

»Tessa! Warum läufst du einfach weg?«

Meine Tochter starrt mich finster an, sagt aber kein Wort. Stattdessen steht der Junge auf und grüßt mich freundlich.

»Hallo, Frau Petersen. Ich bin übrigens Tom Czichowitz, ein Freund von Tessa.«

Obwohl mir momentan nicht besonders lustig zumute ist, muss ich schmunzeln. So ein wohlerzogenes Kerlchen! Sage noch einer, die jungen Leute könnten sich alle nicht mehr benehmen. Auf diesen Tom trifft das definitiv nicht zu.

»Hallo, Tom. Nett, dich kennenzulernen. Ich weiß ja nicht, was Tessa dir erzählt hat, aber sie ist gerade wutentbrannt aus dem Zimmer der Direktorin gestürmt, ohne uns die Chance zu geben, vernünftig miteinander zu reden. Was ich sehr schade finde, denn ich hätte ihr gern noch etwas dazu gesagt.«

Tessa würdigt mich mittlerweile keines Blickes mehr, Tom grinst verlegen. Dann hat er offenbar eine Idee.

»Vielleicht erzählen Sie es einfach mir? Ich kann es dann ja Tessa sagen.«

Ich lächle.

»Gut, machen wir es so. Die Kurzfassung lautet: Luna und Sammi haben etwas sehr Hässliches mit Tessa gemacht. Aber bevor wir das noch aufklären konnten und Luna sich entschuldigen konnte, ist Tessa schon abgehauen. Wäre sie dageblieben, hätte sie zum einen mitbekommen, dass ich ihr nicht böse bin. Und zum anderen hätte sie auch das große Finale erlebt – wie nämlich Herr Braun seine Tochter, äh, ich will mal sagen: deutlich zur Ordnung gerufen hat.«

Tessa schreckt hoch.

»Echt? Luna hat Ärger bekommen? Von ihrem eigenen Vater?«

Tom stupst sie in die Seite. »Siehste, hab ich dir doch gesagt. Du hättest es den Erwachsenen gleich so erzählen sollen, wie es passiert ist, dann hätte es den ganzen Ärger nicht gegeben. Die Meinerzhagen ist ja nicht blöd.«

Für jemanden, der vermutlich erst vierzehn ist, klingt Tom schon sehr besonnen. Netter Junge. Tessa schaut mich noch etwas zweifelnd an. »Also hat Herr Braun sich Luna wirklich geschnappt.«

»Ganz genau. Hast du jetzt leider verpasst. Aber schön, dass du wieder mit mir redest.«

»Was genau hat Herr Braun denn gesagt?«, erkundigt sich Tessa neugierig.

»Die Details, mein Töchterlein, bekommst du von mir leider nicht. Strafe muss sein.« Ich grinse.

»Ach, die finde ich schon noch selbst raus.«

Tessa klingt, als wäre alles wieder in Ordnung. Zumindest für den Moment. Mein Gefühl sagt mir allerdings, dass es hier noch ein ganz grundsätzliches Problem gibt. Ich nehme mir also vor, deswegen einen Termin mit Frau Dr. Meinerzhagen zu machen und mich auch noch einmal in Ruhe mit Sabine und Michael zu unterhalten.

»So, meine Liebe. Ist es okay, wenn ich jetzt wieder ins Büro fahre? Oma ist zu Hause und wartet schon auf dich.«

Tessa nickt.

»Völlig okay. Fahr los, ich komm schon klar.«

Ich flitze also kurz ins Sekretariat und sage Bescheid, dass ich Tessa gefunden habe und mich gern zu einem späteren Zeitpunkt noch einmal über den Vorfall unterhalten würde – ein Gedanke, der bei Frau Dr. Meinerzhagen auf überaus fruchtbaren Boden fällt, denn sie quittiert ihn mit einem für ihre Verhältnisse euphorischen »Eine hervorragende Idee!«.

Ja, manchmal macht auch eine Rabenmutter wie ich pädagogisch wertvolle Vorschläge …

Simon Rupprecht trommelt mit seinen Fingern auf dem Küchentisch in unserer Kanzleiküche herum. Ich habe ihn aus dem Auto angerufen und mich mit ihm verabredet, um ihn über Tizianos Verschwörungstheorie zu informieren. Schließlich spricht sein eigener Mandant Sergio so schlecht Deutsch, dass er sie ihm kaum erläutert haben wird. Was wohl Verschwörung auf Italienisch heißt?

»Nikola, Sie wohnen doch selbst in Howe: Haben Sie

nicht Zugang zum Inner Circle und können unauffällig überprüfen, ob an der Geschichte irgendwas dran sein könnte?«

Inner Circle? Simon Rupprecht schaut anscheinend zu viel *Navy CIS* oder *Breaking Bad* oder sonst eine hippe US-Fernsehserie. Howe besteht nämlich im Wesentlichen aus drei Straßenzügen am Elbdeich, so etwas wie einen Inner Circle sucht man dort vergebens. Oder umgekehrt: Es gibt so wenige Einwohner, dass alle der Inner Circle sind.

Ich seufze. »Na, das ist es ja gerade, was mir zu denken gibt: Von so einer Geschichte habe ich bisher nicht einmal gerüchteweise gehört. Und Gisela auch nicht. Das hätten wir aber bestimmt, wenn da auch nur ein Fünkchen Wahrheit dran wäre.«

Rupprecht verzieht das Gesicht. »Mist. Ich will ehrlich sein: Besonders gute Karten haben wir nicht. Selbst wenn wir erzählen, dass Gisela die Jungs in den letzten Wochen mit durchgefüttert hat und die beiden nie in dem Gewächshaus waren, weil sich Gisela um alles, was mit Pflanzen zu tun hatte, gekümmert hat – damit erreichen wir höchstens, dass der Staatsanwalt darüber nachdenkt, auch noch Gisela wegen Beihilfe dranzukriegen. Das sollten wir also schön lassen.«

Ich überlege laut: »Der Einzige, dem ich mal ein wenig auf den Zahn fühlen könnte, ist Gorch Feddersen. Ein Uralt-Mandant von mir. Seine Familie lebt seit mindestens fünfhundert Jahren in Howe, also ungefähr so lange wie die Familie Petersen. Er ist mit meinem Schwiegervater Hinnerk zur Schule gegangen. Seit Hinnerks Tod flirtet er sehr erfolglos mit Gisela, aber er gibt nicht auf. Zu Feddersen muss ich nachher sowieso, weil ich noch eine andere Sache für ihn betreue. Er hat den Nachbarhof auf der anderen Seite – also wir wohnen links von Felice und Ghedina, und er wohnt rechts von ihnen. Vielleicht kann der mir ja etwas erzählen, das uns weiterhilft.«

»Ja, tun Sie das. Wir müssen momentan leider nach jedem Strohhalm greifen. Immerhin wird die Sache vor dem Schöffengericht verhandelt. Vielleicht können wir die Schöffen mit dieser Verschwörungsgeschichte ja beeindrucken. Der Richter wird sich eher totlachen, aber die beiden Schöffen könnten ihn überstimmen. Dafür brauchen wir aber irgendeine Art Beweis. Und sei er noch so windig.«

»Gut. Ich frage Feddersen.«

»Tun Sie das. Apropos fragen … ich wollte Sie auch noch was fragen.« Rupprecht grinst schief und wirkt fast verlegen. Nanu, was kommt denn jetzt?

»Gern. Schießen Sie los.«

»Was halten Sie davon, wenn wir demnächst mal zusammen essen gehen?«

»Sie meinen, mittags in der Gerichtskantine? Warum nicht.«

Rupprecht zögert und windet sich etwas.

»Nee, ich hatte mehr an abends gedacht. Also, eher Filet Mignon als Stammessen 2.«

Jetzt bin ich es, die grinsen muss. Zugegeben, ich freue mich über seinen Vorschlag. Ein Abend mit Rupprecht ist bestimmt sehr unterhaltsam. Ein bisschen möchte ich ihn aber dennoch zappeln lassen.

»Wie? Schmeckt es Ihnen etwa in der Kantine nicht?«

»Doch, doch – aber ich finde, jetzt, wo wir so eng zusammenarbeiten und so viele, äh, wichtige Dinge zu besprechen haben, da wäre ein etwas, ähem, intimerer Rahmen … na ja …«

»Ein *intimerer* Rahmen?«

Ich lege den Kopf schief und betrachte Rupprecht, der sich

nun ganz offensichtlich ein bisschen unwohl fühlt. Sehr interessant. Ist er vielleicht doch nicht ganz so selbstbewusst, wie er immer wirkt?

»Ach, *intim* ist vielleicht der falsche Ausdruck. Ich meinte eher so etwas wie *geschützt*. Genau, das ist es. Ist ja nicht ganz unwichtig, immerhin sprechen wir über unsere Prozesstaktik.«

Ich setze eine ernste Miene auf und wiege betont bedächtig den Kopf. »Verstehe. Ein abendliches, streng vertrauliches Gespräch unter Kollegen über die richtige Taktik.«

Simon Rupprecht guckt mittlerweile so gequält, als sei ihm sein Anzug mindestens eine Konfektionsgröße zu klein.

»Ja, also, vielleicht ist die Idee doch nicht so gut. Wir können uns ja auch ganz wunderbar tagsüber besprechen. Ist ja perfekt hier. Ich meine, abends ist für Sie wahrscheinlich auch blöd. So mit kleinen Kindern muss schließlich auch irgendwann mal Feierabend sein.« Er seufzt. »Also, ähm, blöder Vorschlag, das mit dem Essen. Ziehe ich hiermit zurück. Fahren Sie mal zu Feddersen, und wenn Sie etwas herausfinden, rufen Sie mich einfach kurz an.«

Oh nein! Ich könnte mich in den Hintern beißen. Die Idee war doch super! Wieso habe ich nicht einfach ja gesagt? Zappeln lassen – so was Blödes. Wir sind doch keine zwölf mehr. Aber nun ist der Moment vorbei, so schnell fragt mich Rupprecht bestimmt nicht wieder. Und wenn ich ihn jetzt frage? Ich überlege kurz, aber in diesem Moment steht Rupprecht auch schon vom Küchentisch auf und nickt mir zu.

»Ich geh mal wieder rüber. Wir hören dann voneinander.«

Noch bevor ich etwas sagen kann, ist Rupprecht schon durch die Tür. Ich bleibe am Küchentisch sitzen und ärgere mich über mich selbst. Da habe ich mich doch tatsächlich selbst um eine nette Verabredung gebracht.

ACHTZEHN

Nikola Petersen, dich kann man schicken! Du bist man echt 'ne plietsche Deern!«

Gorch Feddersen ist begeistert. Und das völlig zu Recht. Immerhin habe ich ihn vor einem Strafverfahren wegen Beleidigung gerettet, und das zu dem sensationell günstigen Kurs von 150 Euronen. Ich kann es eben einfach. Nikola Petersen, die Spitzenjuristin. In der Wohnküche von Bauer Feddersen sitzend, sonne ich mich einen Moment lang im Glanze meines eigenen Könnens. Dann allerdings komme ich zu der Sache, wegen der ich eigentlich hier bin.

»Danke, Herr Feddersen. Habe ich gern gemacht. Wenn Sie mir jetzt noch versprechen, sich in Zukunft nicht ständig mit Ihrem Nachbarn zu streiten, dann ist alles gut.«

Feddersen grinst.

»Na gut. Ich versuch's.«

»Und wo wir gerade von Nachbarn sprechen: Sie kennen doch Howe wie Ihre Westentasche, oder?«

»Klar. Die Familie Feddersen wohnt hier schon seit fast sechshundert Jahren.«

Oh, da habe ich mich sogar um hundert Jahre verschätzt. Wenn das nicht alteingesessen ist, weiß ich es auch nicht.

»Gut. Meine nächste Frage kommt für Sie wahrscheinlich überraschend – aber könnten Sie sich vorstellen, dass hier irgendjemand mit Drogen handelt? Insbesondere mit Marihuana?«

Feddersen reißt die Augen auf. Ganz offensichtlich kann er es sich nicht vorstellen.

»Drogen? Hier? Die beiden Italiener, richtig? Die kamen mir gleich so windig vor. Ich hab schon zu Gisela gesagt: Gisela, hab ich gesagt, lass die Finger von diesen Zugezogenen. Die machen den ganzen Tag so komische Musik, kann mir sehr gut vorstellen, dass die Drogen nehmen. Das hält man ohne kaum aus, so ein Lärm ist das.«

Gut, das war jetzt nicht exakt das, was ich hören wollte, und ich hoffe sehr, dass der Staatsanwalt nicht auf die Idee kommt, Gorch Feddersen auf die Zeugenliste zu setzen. Wahrscheinlich ist der Alte ein bisschen eifersüchtig auf Tiziano. Es wird ihm nicht verborgen geblieben sein, dass Gisela der neue Nachbar sehr ans Herz gewachsen ist.

»Und dann war doch da vor ein paar Wochen auch die Polizei auf dem Hof. Gleich morgens um halb sechs waren die da. Ich hab's gesehen, als ich gerade ganz zufällig mit dem Hund spazieren war. Also, nicht dass ich denen hinterherspionieren würde, ich habe es eben zufällig gesehen. Haben den beiden Heiopeis das Gewächshaus ausgeräumt. Sehr seltsam, wirklich sehr seltsam!«

Wie ich schon sagte – auf dem Land bleibt nichts verborgen! Und wer sich einmal verdächtig gemacht hat, kann danach mit Dauerüberwachung rechnen. Wenn ich also Gorch Feddersen nun von dem Gewächshaus erzähle, wird die Sache aus seiner Sicht klar sein: Die neuen Nachbarn sind Drogendealer. Aber es hilft nichts. Wenn ich eine klare Antwort will, muss ich eine klare Frage stellen.

»Also, Herr Feddersen, ich will einmal andersherum fragen: Können Sie sich vorstellen, dass Erika Witthöft in ihrem Gewächshaus irgendetwas Ungewöhnliches angebaut hat? Etwas Verbotenes gar?«

Feddersen bricht in schallendes Gelächter aus. »Eka Witthöft? Etwas Verbotenes? In ihrem Gewächshaus? Behaupten das die Italiener? Das ist völlig lächerlich. Ich kannte Eka mein ganzes Leben. Die konnte kein Wässerchen trüben, eine grundanständige Person war das.«

Ich kann zwar nicht sagen, dass mich diese Antwort überrascht, aber so schnell gebe ich nicht auf.

»Natürlich ist diese Hypothese ungewöhnlich, Herr Feddersen. Aber waren Sie jemals im Gewächshaus von Erika? Können Sie also mit Sicherheit ausschließen, dass dort vor dem Zuzug von Herrn Ghedina und Herrn Felice etwas angebaut wurde, was in einem Gewächshaus eigentlich nichts zu suchen hat? Denken Sie bitte genau nach. Ehrlicherweise könnten Sie mit der Antwort auch Gisela helfen. Die hat wegen der ganzen Sache nämlich auch ein kleines Problem.«

Gut, das entspricht jetzt nicht ganz der Wahrheit, aber ganz gelogen ist es auch nicht, und ich hoffe, dass der Verweis auf eine Gisela in Schwierigkeiten Gorch Feddersens Erinnerungsvermögen ein bisschen auf die Sprünge hilft.

Ein nachdenklicher Blick, Feddersen kratzt sich am Kopf. »Nee, min Deern – also, wenn du so fragst: Ausschließen kann ich das natürlich nicht. Ich meine, dieses Gewächshaus steht ja nun nicht direkt an der Straße, sondern ein Stück zurückgesetzt. Was immer da drin gewuchert hat, ich weiß es nicht. Habe nicht so genau hingesehen, war mir auch egal.«

»Gibt es in Howe noch irgendjemand anderen, der vielleicht Zugang zu dem Haus hatte? Mit wem war Erika denn besonders gut befreundet?«

»Tja, mit meiner Mutter, natürlich. Meine Mutter war nach dem Krieg mit ihrer Familie aus Pommern geflohen. Hat dann hier meinen Vater kennengelernt. Mit Eka hat sie sich gleich gut verstanden.«

Inge Feddersen ist eine mittlerweile hochbetagte Dame, die trotzdem noch jeden Morgen früh aufsteht, um ihre Hühner zu füttern. Ich sehe sie häufiger, wenn ich morgens um halb acht mit meinem Auto am Feddersen-Hof vorbeifahre. Sie wohnt gemeinsam mit ihrem ebenfalls steinalten Mann im gleichen Haus wie Gorch Feddersen. Umgekehrt könnte man auch sagen, dass Herr Feddersen noch bei seinen Eltern wohnt. Kein Wunder, dass er bei Gisela nicht landen kann – ein Mann, der mit Mitte sechzig noch nicht zu Hause ausgezogen ist, darf wohl zu Recht als Ladenhüter bezeichnet werden. Wahrscheinlich macht ihm Mutter Feddersen auch noch die Wäsche.

»Könnte ich Ihre Mutter mal sprechen? Ist sie zu Hause?«

Gorch Feddersen zuckt mit den Schultern. »Weiß nicht. Glaub schon. Moment mal.« Er verschwindet in den Flur, von dem eine Treppe abgeht.

»Mutti«, höre ich ihn rufen, »bist du oben? Kommst du mal?«

Es rumpelt. Ich gehe ebenfalls in den Flur. Eine sehr zerbrechlich wirkende weißhaarige Frau kommt die Stufen herunter.

»Was gibt's denn, Gorch?«

»Hallo, Frau Feddersen«, grüße ich sie freundlich.

»Ach, die Nikola! Na, hat Gorch wieder irgendetwas angestellt?« Inge Feddersen blickt zwischen ihrem Sohn und mir hin und her. Der wird ziemlich rot. Ist ja auch peinlich, als Senior noch wie ein unreifer Bengel behandelt zu werden.

»Mutti, wie kommst du denn darauf? Nein, Frau Petersen hat nur eine Frage wegen dem alten Gewächshaus von Eka. Genauer gesagt, wegen dem, was das drin wächst.«

Bilde ich mir das ein, oder schnappt Inge kurz nach Luft?

Ich mustere sie. Aber falls es keine Einbildung war, hat sie sich jetzt schon wieder im Griff. Jedenfalls klingt ihre Stimme ganz ruhig, als sie anfängt zu sprechen.

»Welches Gewächshaus denn, Frau Petersen?«

»Das kleine Gewächshaus, das etwas zurückgesetzt von der Straße steht. Links vom Haus.«

Sie überlegt kurz. »Ach, das. Und was ist mit dem?«

»Haben Sie eine Ahnung, was Erika Witthöft da angebaut haben könnte?«, frage ich sie. Inge schüttelt ihr weißhaariges Haupt.

»Nein, tut mir leid. Keine Ahnung. Ich war zwar häufiger bei Eka zu Besuch, aber in das Glashaus habe ich nie einen Blick geworfen.«

»Schade«, bedaure ich. »Waren Sie denn vielleicht in letzter Zeit mal bei den neuen Nachbarn?«

Wer weiß, vielleicht gehört Inge ja zu den Rentnern, von denen Tiziano sich verfolgt fühlt.

»Also, ich …« Noch bevor sie ihren Satz zu Ende gebracht hat, ruft Gorch Feddersen plötzlich laut: »Tee!«

Inge und ich gucken ihn beide erstaunt an.

»Möchtest du Frau Petersen einen Tee anbieten?«, erkundigt sich Inge.

Feddersen schüttelt den Kopf. »Nee, das meine ich nicht. Ich meine, vielleicht hat sie da den Tee angebaut.«

»Welchen Tee?«, will ich wissen.

»Eka hatte so eine ganz spezielle Teemischung. Hatte sie angeblich selbst angebaut. Und da Tee hier schließlich nicht einfach auf dem Acker wächst, hat sie ihn vielleicht im Gewächshaus angebaut.«

Inge zieht die Augenbrauen hoch. »Mein Junge, ich weiß nicht, wovon du redest.«

»Doch, doch«, insistiert Gorch. »*Ekas Mischung*. So hieß

der. Du hattest auch immer eine Dose von dem im Haus. Vater trinkt den doch so gern. Er schwärmt regelrecht davon und sagt, dass Eka den grünen Daumen für Tee hatte. Der in diesen schwarzen Teedosen. Daran musst du dich doch erinnern.«

Kopfschütteln bei seiner Mutter. »Nein. Tut mir leid. Daran kann ich mich nicht erinnern. Von *Ekas Mischung* habe ich noch nie vorher gehört.«

Ich würde mich wirklich nicht für die intuitivste Person auf diesem Planeten halten, aber gerade jetzt habe ich das ganz starke Gefühl, dass Inge Feddersen lügt. Und zwar wie gedruckt!

»Haben Sie vielleicht noch eine solche Teedose im Haus, Herr Feddersen?«

Statt seiner antwortet seine Mutter. Und zwar klar und deutlich: »Nein! Haben wir mit Sicherheit nicht. Ich habe doch schon gesagt, ich habe eine solche Dose noch nie gesehen. Und was soll überhaupt die Frage? Eka ist schon fast ein Jahr tot, welche Rolle spielt es denn da, ob sie mir irgendwann mal eine Teedose gegeben hat?«

Gorch Feddersen guckt seine Mutter erstaunt an. »Mutti, was wirst du denn so heftig? War doch nur eine ganz einfache Frage.«

»Ich bin doch nicht heftig! Ich sage nur, dass ich leider nicht weiterhelfen kann. Du musst im Übrigen gleich deinen Vater vom Arzt abholen. Ich fürchte also, wir müssen Frau Petersen jetzt verabschieden.« Sie reicht mir die Hand. »Auf Wiedersehen, Frau Petersen.«

Etwas überrumpelt schüttele ich ihr die Hand und gehe Richtung Tür. Na, wenn das mal kein Rauswurf erster Güte war.

Die Kinder sind längst im Bett, als ich in der Küche noch eine Flasche Rotwein öffne und Gisela und mir zwei Gläser einschenke. Ich habe ihr eben von dem seltsamen Auftritt von Inge Feddersen und von Ekas Teemischung erzählt. Ersteren findet Gisela auch befremdlich, von Letzterer hat sie leider noch nie gehört. Ich trage die Gläser in die Wohndiele und stelle sie auf den kleinen Tisch am Sofa.

»Hier, bitte schön.«

»Danke, Nikola.«

»Prost!« Ich setze mich neben sie. »Ich bin todmüde! Was für ein anstrengender Tag. Nach dem Glas muss ich definitiv in die Falle. Hat Tessa eigentlich noch irgendetwas zu dir gesagt?«

Gisela schüttelt den Kopf. »Nein. Ich habe sie kurz darauf angesprochen, aber sie hat nur gemeint, jetzt sei alles wieder in Ordnung. Tja.« Sie seufzt. »So ist das in der Pubertät – man erkennt die Kinder einfach nicht wieder. Ich hoffe nur, dass diese beiden furchtbaren Mädchen Tessa nicht weiter das Leben schwer machen. Mein armes Kind!«

»Hm«, nachdenklich nippe ich an meinem Weinglas. »Aber ich verstehe es auch nicht: Luna und Sammi sind eigentlich gar nicht furchtbar, sondern im Gegenteil ganz nette Mädchen. Was ist bloß in die gefahren? Irgendetwas stimmt da nicht. Wenn ich bloß wüsste, was!« Ich muss gähnen, und zwar ausgiebig. »Tut mir leid, Gisela, ich glaube, ich schaffe meinen Wein gar nicht. Ich gehe ins Bett.«

»Ja, schlaf schön. Ich räume noch kurz die Küche auf und gehe dann auch in die Falle. Gute Nacht!«

Ich bin auf dem halben Weg ins Bett, als es sehr energisch an der Tür poltert. Habe ich da gerade ein Déjà-vu? Das ist doch hoffentlich nicht wieder Tiziano Felice mit einem Rosenstrauß, der sich nicht mehr traut, Kieselsteine zu werfen und deshalb nun lieber die Haustür eintritt, um mich am Schlafen zu hindern. Wenigstens habe ich diesmal kein Nachthemd an! Ich mache kehrt, um zur Haustür zu gehen.

Nein. Es ist nicht Tiziano, der in der bereits von Gisela geöffneten Tür steht. Es ist Gorch Feddersen. Und er hält keine Rosen, sondern eine schwarze Dose in seiner Hand. Eine Teedose.

NEUNZEHN

Überquellende Aschenbecher, ein Stapel Pizzakartons, leere Weinflaschen, Berge von Bierdosen – vielleicht hat Gisela doch nicht gelogen, als sie gesagt hat, sie habe nur ab und zu bei den Jungs vorbeigeschaut. Hier, in der großen Küche von Sergio und Tiziano, war sie jedenfalls schon länger nicht mehr. Anders ist dieses Chaos nicht zu erklären, denn solche Zustände würde Gisela niemals dulden! Es sieht sogar schlimmer aus als in der Studenten-WG von Alexander und Christoph. Eigentlich müsste hier mal RTL II vorbeischauen, um mit seiner Einrichtungsberaterin zwei offensichtliche Messis vor dem sicheren Untergang zu retten. Wahlweise wäre ein Kammerjäger wahrscheinlich nicht schlecht.

Tiziano stört das allerdings überhaupt nicht. Unbekümmert fegt er mit einer Hand einen Haufen schmutziger Socken von dem Stuhl, den er mir anbietet.

»Bitte sehr, Nikola, setzen Sie sich!«

Ich zögere einen Moment. Eine Socke ist auf der Sitzfläche liegen geblieben – oder ist es doch eher eine dreckige Unterhose? So genau kann ich das im Stehen nicht sehen, und in die Hand nehmen, um Gewissheit zu haben, möchte ich das Wäschestück eigentlich nicht. Ich seufze. Vorsichtshalber nur innerlich, ich will nicht unhöflich sein.

»Danke, ich stehe lieber. Es ist ja auch schon spät, ich will Sie gar nicht lange stören.«

»Na, so spät ist es auch nicht. Sie stören überhaupt nicht! Zwar ist es ein bisschen überraschend – aber eine schöne Überraschung!«

Tiziano strahlt mich an, seine blauen Augen funkeln. Im Gegensatz zu mir hat er offenbar gegen spontanen Besuch nach 22 Uhr nichts einzuwenden. Ich hätte natürlich auch bis morgen warten können, aber Gorchs Entdeckung der Teedose hat mich elektrisiert. Zwar war sie leider leer und sauber, trotzdem ist sie die heißeste Spur, die wir bisher haben. Um nicht zu sagen: die einzige. Ich muss unbedingt wissen, ob bei Sergio und Tiziano auch solche Dosen zu finden sind. Also habe ich mich gleich auf den Weg zu meinen italienischen Nachbarn gemacht und Gorch und Gisela mit der Flasche Rotwein allein gelassen, was Gorch sehr recht zu sein schien. Gisela wäre zwar am liebsten mitgekommen, war aber dann doch freundlich genug, Gorch nicht einfach wieder hinauszukomplimentieren. Schließlich hatte er offenbar das ganze Haus seiner Eltern nach einer Teedose abgesucht – heimlich, versteht sich.

»Also, mal sehen«, Tiziano zieht eine Schublade unter der Anrichte auf und wühlt darin herum, »ich habe Pfefferminz oder Earl Grey. Welchen Tee wollen Sie trinken?«

Ich muss lachen.

»Schön, dass ich nicht störe. Aber das mit dem Teetrinken haben Sie falsch verstanden, ich wollte …«

»Ah, sehr gut! Ich habe mich schon gewundert. Dann uno momento, ich bin gleich wieder da.«

Bevor ich ihm noch erklären kann, dass ich keinen Tee trinken will, sondern eine Teedose suche, verschwindet er durch die Tür, die wieder in die Diele führt. Kurz darauf ist er wieder da, in der Hand eine Flasche, die verdächtig nach Prosecco aussieht, jedenfalls hat sie ein italienisches Etikett.

»Ecco là! Viel besser als Tee!«

»Ja, aber ich wollte …«

Plopp! Tiziano öffnet die Flasche, dann fischt er hinter dem Riesenstapel Pizzakartons tatsächlich zwei hoffentlich saubere Sektgläser hervor. Zwei Sekunden später halte ich eines davon gut gefüllt mit etwas Prickelndem in der Hand.

»Salute, Signora Avvocatessa! Ich bin sehr glücklich, dass Sie nicht mehr böse auf mich sind!« Er nimmt einen kräftigen Schluck. Ach, was soll's – ich trinke auch etwas, ich will ja keine Spaßbremse sein.

Der Prosecco ist perfekt gekühlt und schmeckt ausgezeichnet, wirklich kein Vergleich zu Giselas Eierlikör von neulich. Während es sonst mit der Ordnung hier ganz offensichtlich hapert, scheint man in Bezug auf die optimale Getränkeversorgung bestens organisiert zu sein.

»Hm, lecker!«, bedanke ich mich artig. »Prosecco ist natürlich keine schlechte Alternative zu Pfefferminztee.«

»Aber nein!«, ruft Tiziano entsetzt. »Das ist doch kein Prosecco, das ist ein Franciacorta!«

»Ach«, stottere ich, »aber der prickelt doch.«

»Nikola«, kommt es nun in sehr strengem Ton, »nicht alles, was aus Italien kommt und prickelt, ist Prosecco. Franciacorta ist genau die gleiche Methode wie Champagner – Flaschengärung, nicht aus dem Tank. Das ist viel mehr Arbeit, schmeckt aber viiieeel besser!«

»Aha.« Mehr fällt mir dazu nicht ein. Aber was will man auch von einer Frau erwarten, die Asti Spumante lange Jahre für den Gipfel italienischer Geselligkeit hielt? Davon konnte ich auf Studentenpartys glatt eine Flasche allein trinken. Eine echte Weinkennerin bin ich danach nie mehr geworden, wahrscheinlich hat das süße Gesöff meine Geschmacksnerven irreparabel geschädigt. Wobei, dass das hier ganz was

Feines ist, merke ich auch. Ich nehme noch einen Schluck, dann komme ich endlich zum eigentlichen Grund meines Besuchs.

»Herr Felice, haben Sie hier irgendwo im Haus Teedosen gesehen? Also, ich meine so kleine schwarze wie diese hier.« Ich krame die Dose von Gorch Feddersen aus meiner Handtasche und zeige sie Tiziano. Der nimmt sie in die Hand und dreht sie hin und her.

»Hm. Ich bin mir nicht sicher. Vielleicht ja, vielleicht nein. Wenn ich mal wieder aufräume, kann ich aber danach suchen.«

Wenn ich mal wieder aufräume? In seinem Fall doch wohl eher: *Falls* ich mal wieder aufräume. Nee, nee, auf dieses seltene Naturschauspiel können wir leider nicht warten – ich brauche die verdammten Dosen jetzt!

»Herr Felice, das ist jetzt wirklich sehr wichtig. Können wir nicht gleich danach suchen?«

»Gleich?« Tiziano schaut verwirrt. So viel Aktivismus am späten Abend ist ihm offenbar suspekt.

»Ja. Besser wäre noch: Sofort.« Ich stelle mein Glas ab, das tatsächlich schon leer ist. Tiziano betrachtet es finster. Gerade scheint ihm zu dämmern, dass ich nicht gekommen bin, um etwas mit ihm zu trinken, sondern es tatsächlich einen beruflichen Anlass gibt. Und diese Erkenntnis scheint ihm überhaupt nicht zu gefallen.

»Na ja, ein Gläschen können wir natürlich noch trinken. Der Franciacorta schmeckt wirklich sehr gut«, schiebe ich schnell hinterher. Ich will hier schließlich nicht als völlig spaßfreie Büroklammer dastehen. Und eigentlich finde ich die Idee auch sehr nett.

Sofort hellt sich Tizianos Miene auf, und er greift noch einmal zur Flasche, um uns beiden nachzufüllen. Wieder bietet er mir mit einer Handbewegung einen Platz am Tisch an, und diesmal setze ich mich einfach auf das, was möglicherweise ein Schlüpper ist.

»Ach, es freut mich, dass Sie ihn mögen. Es ist wirklich ein ganz besonderer Spumante. Wir haben ihn im Restaurant meiner Schwester nur zu ganz besonderen Anlässen serviert. Ganz besondere Anlässe!« Er setzt sich ebenfalls und greift dann unter den Tisch, um aus einer Schublade eine Kerze herauszuziehen. Kaum steht sie zwischen unseren Gläsern, da fischt er auch noch Streichhölzer hervor und zündet die Kerze an.

»E allora! Candle-Light-Dinner! Cincin!«

Er lächelt verschmitzt und hebt sein Glas, ich proste ihm etwas hilflos zu. Mist, wie komme ich denn jetzt wieder zu meiner Teedose? Ich nehme einen großen Schluck Prickelndes – vielleicht trinken wir einfach schnell die Flasche leer und suchen dann. Allerdings merke ich, dass mir der Alkohol langsam zu Kopf steigt. Das ist ungünstig, denn leider werde ich im angeduselten Zustand gern mal anhänglich. So von wegen »alle Menschen werden Freunde«. Das könnte Tiziano Felice dann vielleicht falsch verstehen. Es muss also ein unverfängliches Gesprächsthema her.

»Sind Sie gelernter Restaurantfachmann?«

»Was?«

Okay, der offizielle Begriff für die Fachkraft des Gastgewerbes hat sich bis zum Gardasee anscheinend noch nicht herumgesprochen. »Kellner. Haben Sie Kellner gelernt?«

Tiziano schüttelt den Kopf. »Nein. Ich habe Musik studiert. Am Konservatorium in Padua, Konzertgitarre. Ganz klassisch.«

»Wow!«, rufe ich, ernsthaft beeindruckt. »Hatten Sie nicht neulich etwas von Countrymusic erzählt?«

Tiziano lacht. »Ja. Aber ich kann auch anders. Momento!« Er springt von seinem Stuhl auf und verschwindet, um kurz darauf wiederzukehren – im Arm tatsächlich eine Gitarre. Jetzt bin ich aber gespannt. Wie wohl Gitarre »ganz klassisch« klingt?

Ein paar Augenblicke später weiß ich es. Es klingt einfach großartig! Tiziano sitzt mittlerweile wieder auf seinem Stuhl, aber anstatt sich dort locker herumzufläzen, ist er völlig auf sein Instrument konzentriert. Er spielt eine Melodie, die ich noch nie vorher gehört habe. Ein bisschen traurig, ein bisschen wehmütig, mal sanft, mal bestimmt, zieht mich die Musik mit sich. Vielleicht liegt es auch am Spumante, aber ich fühle mich so berührt wie schon lange nicht mehr.

Als die letzten Töne verklungen sind, legt Tiziano die Gitarre zur Seite und schaut mich an. Sein Gesichtsausdruck hat sich verändert. Er sieht nun nicht mehr verschmitzt, sondern fast schüchtern und in sich gekehrt aus.

Ich räuspere mich. »Das war wunderschön, vielen Dank!«

»Eine Etude von Carcassi. Ich liebe sein Werk.«

»Ja, das war toll!«

Einen Moment schweigen wir beide. Um irgendetwas zu tun, greife ich nach meinem Glas, wobei ich versehentlich mit meinem Arm Tizianos Hand streife. Sofort hält er mich fest, und plötzlich hat sein Gesichtsausdruck so gar nichts Schüchternes mehr. Mir wird warm. Sehr, sehr warm. Meine Haut beginnt unter Tizianos Hand zu prickeln, aber es ist kein unangenehmes Gefühl. Überhaupt nicht.

»Nikola, ich …«

Plötzlich muss ich wie aus heiterem Himmel an Christoph denken. Daran, wie er das erste Mal meine Hand gehalten hat. Ich ziehe meinen Arm langsam, aber bestimmt zurück.

»Also, Carcassi …«, säusele ich, »von dem habe ich ja noch

nie gehört.« Ich lächle Tiziano an. Falls er nun irritiert ist, lässt er es sich nicht anmerken. Er lächelt zurück und streichelt mit seiner nun freien Hand die Gitarre.

»Die Musik ist meine Berufung. Deswegen auch die Band mit Sergio. Ist leider schwer, damit Geld zu verdienen. Also habe ich im Restaurant gearbeitet. Macht mir aber Spaß. Ich habe gern mit Menschen zu tun.«

»Ich dachte, der Job bei Ihrer Schwester war so schrecklich?«

Tiziano lacht. »Ja, das war er wirklich. Aber das lag an meiner Schwester. Sie ist ein …«, er überlegt einen Moment, »… ein Besen. Genau. Sie ist ein echter Besen. Ich habe aber auch schon mal im Danieli in Venedig gearbeitet und im Park Hilton in München.«

Ich pfeife anerkennend. »Wow, also nur die ersten Adressen!«

»Certo, certo! Lauras Hotel ist gar nichts dagegen. Leider führt sie sich trotzdem so auf wie Direttore Generale.« Er macht eine hysterische Handbewegung, als wolle er eine imaginäre Küchenbrigade dirigieren, und nun müssen wir beide lachen. Tiziano schenkt noch einmal nach, mittlerweile ist mir schon ein bisschen schummerig. Wie viel Spumante wohl noch in der Flasche ist? Aber wie wahrscheinlich ist es, dass wir heute Abend noch nach Teedosen suchen, wenn die Flasche erst mal leer ist?

Bevor ich mir über diesen Punkt Gedanken oder gar Sorgen machen kann, kommt es zu einem dieser sehr, sehr seltenen Momente von Gedankenübertragung zwischen Anwalt und Mandant: Tiziano trinkt sein Glas aus, stellt es ab und sieht mir tief in die Augen.

»Was ist das für eine Dose, die ich suchen soll? Warum ist die wichtig?«

»Das ist so, Herr Felice: Sie hatten doch die Theorie, dass die eigentlichen Hanfbauern und Dealer alte Leute aus der Nachbarschaft sind.«

Tiziano nickt. »Certo. So muss es sein. Glauben Sie mir endlich?«

»Moment – dazu komme ich gleich. Weil ich eine gewissenhafte Anwältin bin, die ihrem Mandanten jede mögliche Unterstützung gewährt, habe ich ein bisschen recherchiert. Und siehe da: Gorch Feddersen ist tatsächlich etwas aufgefallen.«

»Ja?« Tiziano setzt sich mit einem Ruck aufrecht hin.

»Genau. Er sagt, dass Oma Erika immer eine eigene Teemischung an die Nachbarn verschenkt hat. Und zum Beweis hat er mir besagte Teedose mitgebracht.«

»Ach so.« Tiziano, der eben noch sehr hoffnungsfroh aussah, sackt wieder in sich zusammen. »Tee. Na, das ist bei einer alten Dame doch nichts Besonderes. Sie sagen doch immer, wir brauchen etwas, was den Richter überzeugt. Also, das überzeugt nicht mal mich.«

Ich schüttle den Kopf. »Nun lassen Sie mich doch mal erklären. Erstens ist sich Gorch ziemlich sicher, dass Erika diesen Tee selbst angebaut haben soll. So jedenfalls hat sein Vater ihm das erzählt, der diesen Tee immer gern getrunken hat.«

»Na und?« Tiziano guckt immer noch sehr skeptisch.

»Mensch, Herr Felice, überlegen Sie mal! Tee! In Norddeutschland! Hier ist es doch viel zu kalt!«

»Ja, das finde ich auch. Ich friere immer. Aber was hat das damit zu tun?«

Ich muss kichern, und das liegt nicht am Franciacorta.

»So meine ich das doch nicht – dem Tee ist es zu kalt. Der wächst hier doch nicht einfach so. Wenn überhaupt, bräuchte der ein Gewächshaus. Auf eurem Grundstück gibt es aber nur eines – und in dem wucherte der Hanf.«

»Hm. Verstehe. Aber zu kalt ist es hier trotzdem. Nicht nur für Tee. Außerdem: Vielleicht hat Signor Gorch das falsch verstanden.«

»Und genau das bringt mich zu zweitens: Gorch war sich hundertprozentig sicher, aber seine Mutter versuchte gleich, mich abzuwimmeln. Die weiß irgendetwas, das war total auffällig. Und immerhin hat Gorch dann tatsächlich die Dose gefunden, von der seine Mutter angeblich noch nie etwas gesehen oder gehört hatte.«

»Hm.«

Mehr sagt Tiziano nicht, stattdessen gießt er sich noch ein Glas Franciacorta ein. Ich bin enttäuscht. Da komme ich endlich mit einer richtig heißen Spur, aber anstelle von Euphorie ernte ich lediglich ein *Hm*?

»Herr Felice, ich finde, Sie könnten ruhig ein bisschen begeisterter sein. Immerhin war Ihre Theorie eben noch einfach eine sehr wilde Geschichte – und jetzt bekommt die Sache durch meine Recherche Hand und Fuß. Wenn wir hier auf dem Hof irgendwo noch Teedosen mit Marihuana finden, ist das zusammen mit Gorchs Aussage wie ein Sechser im Lotto, verstehen Sie?«

»Claro. Ich bin ja nicht blöd. Aber irgendwie habe ich das Gefühl, dass Sie das denken. Signora, Sie nehmen mich nicht ernst. Und das ärgert mich!«

Ups. Signore Felice ist beleidigt!

»Wenn ich Ihnen von den Rentnern erzähle«, fährt er fort, »dann ist es eine *wilde Theorie* von einem verrückten Italiener. Aber wenn irgendein Bauer das erzählt, dann glauben Sie ihm sofort.«

Korrigiere mich: Er ist nicht beleidigt, er ist *sehr* beleidigt.

Dabei ist da überhaupt nichts dran! Na gut. Fast nichts. Also, vielleicht ein klitzekleines bisschen doch. Okay, erwischt. Ich nehme ihn tatsächlich nicht ganz ernst. Dafür ist Tiziano Felice auch einfach zu chaotisch. Und ....ähm ... zu *niedlich*. Ein Typ mit so blauen Augen und einem so sonnigen Gemüt kann unmöglich noch mit großen analytischen Fähigkeiten ausgestattet sein. Auch wenn er Gitarre spielt wie Carlos Santana persönlich. Auweia! Ich bin offenbar Sexistin! Hoffentlich kann ich das wieder geradebiegen, ohne ein Geständnis ablegen zu müssen.

»Herr Felice, das tut mir leid!«, zeige ich mich reumütig. »Vielleicht stand ich Ihren Schilderungen wirklich nicht ganz aufgeschlossen gegenüber. Aber werten Sie das nicht als Missachtung Ihrer Person. Es ist eher so eine Art *Berufskrankheit* von mir. Genau – das ist es! Ich ziehe erst einmal alles in Zweifel, was mir Mandanten so erzählen und mache mir dann ein eigenes Bild. Ist sicherer!«

Tiziano zieht erst die Augenbrauen zusammen, dann lächelt er. »Wenn das so ist, dann sollten wir gleich mit der Suche beginnen.«

Uff, Kuh vom Eis! Jetzt müssen wir nur noch eine Teedose randvoll mit Hanf finden, dann war mein Spontanbesuch ein voller Erfolg.

ZWANZIG

Nach zwei Stunden haben wir wirklich jeden Stein im Häuschen und im angrenzenden Schuppen von Erika Witthöft umgedreht. Ergebnis: Nichts, nada, niente. Keine Teedose weit und breit. Keine schwarze und auch keine andere. Ich bin frustriert – dabei war meine Idee doch so gut! Ob sich Gorch Feddersen doch geirrt hat? Das hieße, wieder bei null anzufangen. Keine schöne Vorstellung!

Ich gähne und werfe einen Blick auf meine Uhr. Schon halb eins, das wird eine kurze Nacht.

»Ach, Mist«, seufze ich, »ich glaube, es hat keinen Sinn, weiterzusuchen. Wenn es hier nicht noch irgendwo ein geheimes Versteck gibt, dann habe ich leider gar keine Hoffnung mehr.«

Tiziano zuckt mit den Schultern.

»Vielleicht im Garten? Im Dunkeln hat das keinen Sinn, aber morgen kann ich dort weitersuchen, zusammen mit Sergio.«

Ich nicke. Ein Fünkchen Hoffnung bleibt also noch.

»Apropos – wo steckt Ihr Mitbewohner eigentlich?« Bei unserer Hausdurchsuchung habe ich nicht nur keine Teedose, sondern auch keinen Sergio Ghedina entdeckt.

»Och, der hat eine Verabredung. Ein Rendezvous!« Tiziano grinst, und seine Stimme bekommt einen verschwörerischen Ton. »Mit einer Dame! Sergio ist ein Freund der Frauen.«

Das wundert mich. Ich hätte eher gedacht, Tiziano sei der Freund der Frauen. Stichwort: Rosenattacke und Händchen halten. Sergio hingegen wirkt immer so schüchtern und zurückhaltend, von seinen völlig mangelhaften Deutschkenntnissen gar nicht zu reden, dass ich mir kaum vorstellen kann, wie er hier überhaupt Frauen kennenlernt.

»Wo hat er die denn aufgegabelt?«, will ich also wissen. Mann, Mann, Mann – ich klinge schon fast wie Gisela! Der Franciacorta hat offenbar eine enthemmende Wirkung auf mich, normalerweise würde ich mir Fragen zum Privatleben eines Quasi-Mandanten verkneifen.

»Aufgegabelt?« Tiziano schaut verwirrt.

Ich muss grinsen. »Na, wo hat er die Dame auf einmal her? Hier in Howe ist die Auswahl recht übersichtlich. Ich glaube, die einzigen Singlefrauen sind derzeit Gisela und ich. Und dass ich es nicht bin, merken wir schon daran, dass ich hier gerade mit Ihnen sitze, anstatt mit Sergio in einem netten Restaurant oder wo auch immer. Und Gisela liegt bestimmt schon im Bett und schläft den Schlaf der Gerechten. Also muss es ja jemand anderes sein, und ich frage mich: Wer ist die Glückliche?«

»Äh …«, stottert Felice, und man kann ihm an der Nasenspitze ansehen, dass ihm diese Frage unangenehm ist.

»Äh?«, hake ich also nach.

»Ich … äh … also, ich weiß eigentlich gar nicht …«

»Jemand aus dem Integrationskurs?«

Schweigen.

»Hm. Also jemand anderes.«

Und ich kenne sie offensichtlich, sonst würde Tiziano wohl kaum so einsilbig werden. Nun bin ich richtig neugierig geworden.

»Herr Felice, jetzt seien Sie doch nicht so – das ist doch

bestimmt kein Staatsgeheimnis! Oder ist es etwa doch Gisela? Ich meine, das wäre natürlich ...«

In diesem Moment rumpelt es an der Tür, Sergio scheint nach Hause zu kommen. Und er ist offensichtlich nicht allein, denn ich höre eine Frauenstimme.

»No, I have to go home now. It's late. Spät, verstehst du? Ich muss morgen früh raus.«

Die Stimme kenne ich in der Tat. Und eine Sekunde später sehe ich auch die Person, der sie gehört, denn Sergio und Begleitung stolpern in die Küche. Das darf doch nicht wahr sein! Das ist ja .... einen Moment lang bin ich zu überrascht, um etwas zu sagen. Aber nach zwei, drei Sekunden habe ich wieder Zugang zu meiner Muttersprache und begrüße die beiden freundlich.

»Hallo, Herr Ghedina, hallo, Aysun. Hattet ihr einen schönen Abend?«

»Nun komm schon, Nikola. Sag mir einfach, dass du genervt bist von mir. Aber schweig mich nicht die ganze Zeit an. Das ist ja der reinste Liebesentzug hier.«

Aysun steht vor meinem Schreibtisch und will mir ein Gespräch aufzwingen. Dabei kann hier von Liebesentzug gar keine Rede sein. Den lehne ich als Disziplinarmaßnahme schon deshalb ab, weil meine eigene Mutter darin ungeschlagene Meisterin ist und sie mich noch heute bei unseren eher seltenen Telefonaten gern mal anschweigt, wenn ihr etwas nicht passt. Also alles, bloß kein Liebesentzug! Ich habe nur einfach viel zu tun und demzufolge keine Zeit für ein kleines Pläuschchen. Na gut, und ein bisschen verstimmt bin ich vielleicht auch. Aber wirklich nur minimalst.

Ich schiebe einen Stapel Akten zur Seite, schaue Aysun an und hole tief Luft.

»Aysun, ich bin nicht genervt von dir. Schließlich kann und will ich dir nicht vorschreiben, was du in deiner Freizeit machst. Tatsächlich finde ich es aber einigermaßen ungünstig, wenn du dich jetzt mit Sergio triffst.«

Aysun verschränkt die Arme vor der Brust. Wenn hier jemand genervt ist, dann ist es ganz offensichtlich sie selbst.

»Warum findest du das *ungünstig*?«

»Das liegt doch wohl auf der Hand: Sergio ist möglicherweise mit unserem Mandanten in eine Straftat verstrickt. Daraus können sich alle möglichen Interessenkonflikte ergeben.«

»Nämlich welche?«

Ich rolle mit den Augen – Aysun kann so unglaublich stur sein!

»Nehmen wir zum Beispiel mal an, Tiziano wäre unschuldig, Sergio aber nicht. Durch dich würde aber Sergio Sachen über unsere Prozesstaktik erfahren, mit denen er Tiziano in die Pfanne hauen könnte.«

Aysun zieht die Augenbrauen hoch. »In die Pfanne hauen? Womit denn? Ich denke, der ist unschuldig. Zumindest in deinem Beispiel. Außerdem – wenn du so misstrauisch bist, wieso machst du dann eine Sockelverteidigung mit Rupprecht? Das macht doch dann erst recht keinen Sinn. Oder darf Rupprecht unsere Akten nicht sehen? Damit er unseren Mandanten nicht in die Pfanne hauen kann?«

Menno, ich will am frühen Morgen kein Problemgespräch führen! Ich bin doch noch gar nicht richtig wach und in Verteidigungsbereitschaft!

»Das mit der Sockelverteidigung ist etwas ganz anderes, weil … äh … ja weil es eben etwas anderes ist.«

Jetzt grinst Aysun auch noch. Unverschämtheit!

»Merkst du jetzt selbst, oder?«, sagt sie. »Dass das irgendwie Quatsch ist? Ich glaube nämlich eher, du bist sauer, weil wir euch bei eurem romantischen Abend gestört haben.«

»Romantischer Abend?« Ich muss prusten. »So ein Unsinn! Das war ein Mandantengespräch!«

Es fehlt nicht viel, und Aysun würde sich auf dem Boden wälzen vor Lachen. Was, bitte, ist daran so witzig?

»Sicher, ein Mandantengespräch! Ihr sitzt bei Kerzenschein in der Küche, auf dem Tisch eine Flasche Schampus, die Gitarre liegt auch daneben – und führt Mandantengespräche! Und ich heirate morgen Herrn Serafimides!«

Es schüttelt sie regelrecht – und ich werde langsam doch sauer.

»Aysun, jetzt ist aber Schluss! Wenn ich sage, dass ich ein Mandantengespräch geführt habe, dann habe ich eins geführt. Was kann ich denn dafür, dass Tiziano die Klampfe rausholt und den Champagner köpft? Ich wollte mit ihm nur nach Beweisen für seine Verschwörungstheorie suchen, mehr nicht. Und das hat leider nicht geklappt.«

»Das wundert mich nicht. Beweise suchen beim Candle-Light-Dinner? Vielleicht hättet ihr einfach mal das Licht anmachen sollen – da hättet ihr bestimmt viel besser sehen können und möglicherweise auch etwas gefunden.«

»Als ihr dazukamt, hatten wir bereits gesucht. Und zwar bei Festbeleuchtung zwei Stunden lang! Den Sekt habe ich nur aus Höflichkeit getrunken, ich wollte Tiziano nicht vor den Kopf stoßen.«

Ein tiefer Seufzer. »Dann ist es ja noch schlimmer, als ich dachte.« Aysun schüttelt den Kopf und schaut mich so bedauernd an, als habe sie gerade erfahren, dass ich an einer schlimmen Krankheit leide.

»Was, bitte, ist noch schlimmer?«

»Dass du mit einem Zuckerstück wie Tiziano Felice nur

aus *purer Höflichkeit* nachts bei Kerzenschein ein Glas Sekt trinkst. Ich hätte nicht gedacht, dass es so schlimm um dich steht. Dann bist du also nicht sauer auf mich, sondern einfach unterbewusst gehemmt und daher frustriert über dein ödes Privatleben, an dem du allerdings selbst schuld bist.«

Hä? Watt?

»Aysun, ich versteh kein Wort. Mag daran liegen, dass ich weniger als vier Stunden Schlaf und drei Kaffee hatte, aber was meinst du denn mit *unterbewusst gehemmt und frustriert*?«

»Na, ist doch ganz einfach: Eigentlich wärst du gern mal mit Tiziano verabredet. Dann kommt es tatsächlich dazu, aber weil du unterbewusst gehemmt bist, lässt du dich nicht darauf ein, torpedierst es selbst und bist deswegen frustriert. Und dann kommen Sergio und ich vorbei, du erkennst, dass wir einen netten Abend hatten, den du selbst auch gern gehabt hättest und ja auch hättest haben können, und dann bist du noch frustrierter. Und anschließend sauer auf mich, obwohl du im Grunde sauer auf dich selbst bist.«

Wow! Ich bin zutiefst beeindruckt von dieser sehr komplizierten Erklärung. Auf so etwas muss man erst mal kommen.

»Sag mal – du hast nicht zufälligerweise in letzter Zeit heimlich Psychologie studiert?«

Aysun strahlt mich an. »Nein, aber ich lese regelmäßig das Psycho-Dossier der *Cosmopolitan*. Das plus meine enorme Menschenkenntnis im Allgemeinen und meine enorme Nikola-Kenntnis im Besonderen – schon weiß ich genau, wie der Hase läuft. Hundert Prozent!«

Das Psycho-Dossier der Cosmopolitan? *Die hat sie doch nicht mehr alle! Ich bin nicht gehemmt und frustriert! Im Grunde meines Herzens bin ich sogar wild und gefährlich! Ich komme bloß so selten dazu.* Ich seufze.

»Okay, Aysun, lass mal gut sein. Ich verspreche dir, nicht

mehr sauer zu sein, auch wenn ich gar nicht sauer war, aber versprich du mir, dass du aufhörst, mich zu analysieren. Und mir stattdessen noch einen starken Kaffee kochst.«

Aysun grinst. »Aye, aye, Ma'am! Wird erledigt.«

Sie schwirrt ab und lässt mich allein mit einem Stapel Akten und der Frage, ob ich wirklich gehemmt und frustriert bin. Ich kaue auf einem Bleistift herum und überlege. Bin ich etwa? Nee, oder? Hm. Obwohl da diese Pleite mit der Beinahe-Verabredung mit Simon Rupprecht war. Mit dem ich doch eigentlich sehr gern mal ausgegangen wäre. Stattdessen versemmele ich es schon im Ansatz. Oder gestern Abend: Eigentlich war es mit Tiziano sehr schön. Jedenfalls war es alles andere als unangenehm, als seine Hand auf meinem Arm lag. Warum ich mich da nicht einfach mal treiben lassen hab, wo ich doch Nikola-Wild-und-Gefährlich-Petersen bin – keine Ahnung! Vielleicht sollte ich mir auch mal die *Cosmopolitan* kaufen. Da kann ich vielleicht noch etwas über mich lernen.

Mein Telefon klingelt, auf dem Display erscheint Aysuns Durchwahl.

»Na, willste mir den Kaffee telefonisch übermitteln?«, witzle ich.

»Nee, ich habe den Herrn Felice auf der anderen Leitung, er klingt seeehr aufgeregt! Vielleicht noch eine Nachwirkung von eurem unromantischen Abend?«

Tiziano Felice? Aufgeregt? Wenn es das bedeutet, was ich vermute, wäre das einfach sensationell!

EINUNDZWANZIG

Innerlich mache ich Luftsprünge, aber äußerlich versuche ich, mit professioneller Coolness auf diesen Sensationsfund zu reagieren. Ich hatte tatsächlich Recht! Die Holzkiste vor mir ist randvoll mit schwarzen Teedosen. Ich nehme eine heraus und betrachte sie eingehend – sie sieht genauso aus wie die Dose, die Gorch bei seiner Mutter gefunden hat.

»Sehr schön, Herr Felice! Das ist eindeutig ein Treffer.«

Tiziano strahlt mich an. »Ja, ich hatte irgendwie das Gefühl, dass die Dosen hier sein könnten. Ich war zwar vorher noch nie hier drin, aber ich hatte so eine Ahnung.«

»Wieso? Ich meine, was hat Sie denn auf die Idee gebracht, hier zu suchen?«

»Na ja, der Schuppen hier steht in der Nähe des Gewächshauses. Es ist so ziemlich der einzige Ort auf unserem Grundstück, an dem man von uns unbemerkt die Ernte hätte verarbeiten können.«

Er öffnet die Tür des Schuppens und zeigt nach draußen. Tatsächlich steht das alte Glashaus nur ungefähr zwei Meter rechts von dem windschiefen Verschlag, in dem sich neben besagter Holzkiste noch ein klappriger Tisch, eine völlig eingestaubte Werkbank und ein Turm aus alten Reifen befinden. Tiziano hat völlig Recht – in diesen Schuppen konnte man ganz einfach und mit weniger als drei Schritten die Hanfernte schaffen. Ich sehe mich um und entdecke direkt über unseren Köpfen eine alte Wäscheleine.

»Sehen Sie mal, Herr Felice – hier hätte man den Hanf auch gut trocknen können.«

Er nickt. »Stimmt. Allerdings haben die Polizisten den Schuppen damals auch durchsucht, aber anscheinend nichts gefunden. Ich meine jedenfalls, dass sie nur die Pflanzen aus dem Gewächshaus mitgenommen haben. Die Teedosen hier sind ihnen wahrscheinlich gar nicht weiter aufgefallen. Die sehen auch sehr harmlos aus.«

Ich zucke mit den Schultern. »Na ja, vielleicht war gerade nichts geerntet worden. Oder der oder die Täter waren schon vorsichtiger geworden und haben den Hanf woanders verarbeitet. Auf alle Fälle ist das die erste richtig heiße Spur, die wir haben. Sehr gut gemacht, Herr Felice!«

»Danke! Dann wird jetzt alles gut, no?«

»Na ja. Fast. Also, bisher haben wir aus Sicht des Richters nur einen Haufen Teedosen. Der Verdacht, dass in ihnen Marihuana geschmuggelt wurde, liegt für uns zwar auf der Hand, aber schöner wäre es, wenn wir dafür einen richtigen Beweis hätten.«

»Certo.« Tiziano atmet tief durch. Für einen Moment sieht er sehr enttäuscht aus, dann fährt er sich mit beiden Händen durch seinen Schopf, und sein Gesichtsausdruck wird sehr nachdenklich.

»Allora, wir müssen die alten Leute dazu bringen, sich zu bewegen. Wir müssen einen Stein ins Wasser schmeißen.«

Ein sehr poetischer Ansatz. Aber falls er damit meint, was ich vermute, könnte etwas dran sein. Tiziano holt zu einer Erklärung aus.

»Was halten Sie davon, wenn wir …«

Bevor er weitersprechen kann, stolpert Simon Rupprecht zu uns in den Schuppen.

»Guten Tag allerseits und vielen Dank für die Nachricht!

Ich bin so schnell gekommen, wie ich konnte. Also, was haben Sie gefunden?«

Tiziano greift noch einmal in die Kiste, nimmt eine Dose heraus und gibt sie Rupprecht.

»Hier. Mit diesen Dosen muss Erika das Marihuana verteilt haben.«

Rupprecht dreht die Dose in der Hand hin und her und kratzt sich am Kopf.

»Hm. Irgendwie hatte ich mir Ihre Entdeckung etwas spektakulärer vorgestellt. Haben wir noch irgendetwas, was ein bisschen hieb- und stichfester aussieht? Der Richter könnte sonst denken, dass Erika ihre Rente mit einem kleinen Teehandel aufgebessert hat – in Hamburg ist Teehändler ein sehr ehrenhafter Beruf mit langer Tradition. »

Ich schüttle den Kopf. »Nein, einen besseren Beweis haben wir nicht. Noch nicht. Aber ich bin mir sicher, dass wir auf der richtigen Spur sind.«

Jetzt nickt Tiziano heftig und klinkt sich in das Gespräch ein. »Ah, Signore Avvocato – deswegen wollte ich Signora Petersen auch gerade erklären, welche Strategie ich mir …«

Wieder wird er durch Rupprecht unterbrochen. Und zwar durch sein Lachen. »Strategie? Von Ihnen?«

Rupprecht lacht immer noch. Er scheint allein die Vorstellung, dass Tiziano einen strategischen Gedanken entwickelt haben könnte, enorm unterhaltsam zu finden.

»Das ist wirklich ganz reizend von Ihnen, aber Gott sei Dank nicht nötig! Dafür«, er legt mit einer Geste, die mich entfernt an einen Großwildjäger erinnert, seinen Arm um meine Schultern, »haben Sie ja Ihre fantastische Anwältin und mich. Seien Sie ruhig weiter Künstler, wir kümmern uns um den Rest.«

Tiziano starrt ihn an, und auch ich ringe um Fassung. Was

ist denn mit dem los? Ich winde mich aus seiner Umarmung. Zugegeben – mein Vertrauen in Tizianos taktisches Geschick ist auch nicht über die Maßen ausgeprägt, nicht umsonst bin ich gestern Abend in das entsprechende Fettnäpfchen getappt. Aber so unverblümt wie Rupprecht habe ich das hoffentlich nicht formuliert. Abgesehen davon, höre ich mir Vorschläge meiner Mandanten immer an – manchmal ist etwas richtig Gutes dabei, auf das man als Fachmann im Leben nicht gekommen wäre. Kurz: Ich bin sehr erstaunt über Rupprechts Verhalten. So hätte ich ihn nicht eingeschätzt.

Ich räuspere mich. »Ähm, natürlich kümmern wir uns. Aber vielleicht lassen wir Herrn Felice trotzdem kurz erzählen, was er sich überlegt hat?«

Tiziano schenkt mir einen dankbaren Blick, Rupprecht guckt immer noch belustigt. Das finde ich jetzt ein bisschen überheblich, ja, irgendwie sogar unsympathisch. Was ist denn heute bloß los mit dem Kollegen?

»Also«, beginnt Tiziano und klingt nun etwas verunsichert, »wenn wir Bewegung in das Spiel bringen wollen, dann müssen wir uns bewegen. Wir sollten etwas tun, was die eigentlichen Täter überrascht.«

»Aha.« Rupprechts Gesichtsausdruck wandelt sich von belustigt zu sehr belustigt. »Und lassen Sie mich raten: Ihnen ist beim nächtlichen Rendezvous mit Ihrer Strafverteidigerin im romantischen Kerzenschein auch schon etwas ganz Überraschendes eingefallen.«

Aus seinen Worten tropft der Sarkasmus nur so heraus, und sein Grinsen ist mittlerweile dermaßen breit, dass Rupprecht damit mühelos eine Banane quer verspeisen könnte. Aber damit täuscht er mich keine Sekunde, denn mein zweiter Name ist Menschenkenntnis. Rupprecht ist nicht gut gelaunt, er ist schwer genervt. Und nach seinen jüngsten Ausführungen ist auch völlig klar, warum: Aysun hat ihm offenbar nicht nur ausgerichtet, dass er dringend nach Howe kommen soll, sondern ihm auch ihre Version meines gestrigen Abends mit auf den Weg gegeben. Und die scheint dem Herrn Doktor nun überhaupt nicht zu gefallen. Wahrscheinlich ärgert er sich, dass ich mich mit ihm nicht treffen wollte und mich stattdessen zum Tête-à-Tête mit Tiziano verabredet habe. Auch wenn es so ja überhaupt nicht war!

Ob ihm Aysun bei der Gelegenheit auch gleich von ihrer Verabredung mit Sergio erzählt hat? Sicher nicht, sonst hätte es Rupprecht jetzt bestimmt schon erwähnt. Ich glaube, ich werde mir Aysun doch noch mal vornehmen, wenn ich nachher wieder im Büro bin. Den Kollegen Rupprecht hingegen strahle ich jetzt einfach mal mit einem hoffentlich bezaubernden Lächeln an. Der soll bloß nicht denken, dass sich hier irgendjemand von seinen dummen Sprüchen einschüchtern lässt.

Tiziano bekommt davon allerdings nichts mit – im Gegenteil, Rupprechts letzte Bemerkung scheint ihn vollends aus dem Konzept gebracht zu haben.

»Kerzenschein?«, erkundigt er sich ratlos. »Ich verstehe nicht ganz.«

»Herr Rupprecht hat nur einen Scherz gemacht«, beruhige ich Felice. »Aber erzählen Sie nur weiter, ich finde Ihren Ansatz sehr interessant.«

Fehlte ja gerade noch, dass Rupprecht meinen armen Mandanten hier noch weiter verwirrt! Und außerdem: Selbst *wenn* ich ein romantisches Date mit Tiziano Felice gehabt hätte, wüsste ich nicht, was das meinen geschätzten Kollegen anginge. Sockelverteidigung kann ja nicht bedeuten, dass ich mein Tanzkärtchen künftig von Simon Rupprecht abzeichnen lassen muss. Also, wenn ich denn eins hätte …

»Allora – wo war ich? Ach so: überraschen, ja. Wir sollten etwas tun, was die wirklichen Täter überrascht. Vielleicht kommen sie dann aus ihrem Versteck, no?«

Rupprecht atmet tief durch, dann hat er offenbar wieder zu seinem professionellen Ich gefunden und fragt nun ganz sachlich: »Und an welche Art Überraschung hatten Sie da gedacht?«

»Ganz einfach: Wir handeln wirklich mit Erikas Mischung.«

Er strahlt, Rupprecht wirkt fassungslos.

»Sie meinen damit hoffentlich nicht das, was ich gerade denke.«

»Ich weiß nicht – was denken Sie denn?« Tiziano strahlt, er ist wieder ganz der Alte.

»Ich denke, dass Sie gerade vorgeschlagen haben, mit Drogen zu handeln. Um mal zu gucken, was passiert.«

»Si!« Tiziano nickt begeistert. »Genau so ist es.«

Rupprecht schnappt nach Luft. »Keine gute Idee! Überhaupt keine gute Idee!«

»Nein?« Mein Mandant klingt sehr enttäuscht.

»Nein! Mein lieber Herr Felice – Sie stehen gerade unter verschärfter Beobachtung. Eine falsche Bewegung, und Sie wandern in U-Haft! Gehen wir mal davon aus, dass Sie wirklich unschuldig sind: Das Blödeste, was Sie jetzt machen können, ist, hier eine Falle zu stellen, in die Sie nachher selbst tappen. Wir müssen vor Gericht vor allem eine Botschaft ganz klar rüberbringen: Sie und Sergio haben nichts mit Drogen zu tun. Hatten Sie nie und werden Sie nie. Ist das klar?!«

Tiziano scheint kurz zu überlegen, ob er auf diese Frage hin die Hacken zusammenschlagen soll, dann entscheidet er sich für ein knappes »Ja«.

Schade eigentlich. Ich fand die Idee gar nicht so schlecht.

»Aber tatsächlich ist es ja so, wie Sie eben selbst schon gesagt haben«, wende ich deshalb ein: »Ein hieb- und stichfester Beweis, dass in Wirklichkeit Oma Erika mit irgendwelchen Komplizen die Hanfbäuerin war, wäre schon sehr schön. Insofern ist die Idee, mal einen Stein ins Wasser zu werfen und zu sehen, was passiert, eigentlich ziemlich gut.«

Rupprecht seufzt. »Das mag sein. Ich bin aber strikt dagegen, dass sich unsere beiden Mandanten hier als Steinewerfer betätigen. Wenn Sie da jemand anderen finden – gern! Ich rate auch dringend davon ab, es selbst zu tun. Wäre doch jammerschade, wenn Sie Ihre Anwaltszulassung verlören und künftig all Ihre Mandanten von Aysun vertreten werden müssten.«

Jetzt bin ich es, die grinst. »Nee, ich selbst werfe keinen Stein. Aber ich kenne jemanden, der geradezu der perfekte Steinewerfer wäre. Nein, viel besser: Ich kenne sogar das ideale Steinewerfer-Team.«

»Na, da bin ich aber gespannt!«

Simon Rupprecht mustert mich erwartungsvoll, und auch Tiziano schaut mich mit großen Augen an.

»Tut mir leid, die Herren, ich muss Sie noch ein bisschen auf die Folter spannen!«

ZWEIUNDZWANZIG

»Aschong watt?«

Gorch Feddersen schaut mich völlig verständnislos an.

»*Agent provocateur*. Ein Lockspitzel.«

Gisela zieht die Stirn kraus.

»Lockspitzel klingt irgendwie nach Stasi. Ich weiß nicht, ob ich bei so etwas mitmachen will. Ich glaube, das entspricht nicht meinen Grundsätzen von moralischer Integrität.«

O nein. Das gibt's doch nicht! Ich war mir ganz sicher, dass Gisela und Gorch sofort Feuer und Flamme für meine Idee wären. Deswegen habe ich die beiden direkt nach meinem Ortstermin im Schuppen von Tiziano zu einem konspirativen Treffen in unsere Küche gebeten. Da sitzen sie mir nun gegenüber und gucken mich mit sehr großen Augen an. Vielleicht war *agent provocateur* aber auch einfach zu unverständlich. Ich nehme einen neuen Anlauf.

»Okay, vielleicht habe ich mich da falsch ausgedrückt. Also, ich meine Agent nicht im Sinne von *Stasi*, sondern eher im Sinne von *James Bond*.«

Gorchs Miene hellt sich schlagartig auf.

»James Bond? Also, so'n büschen wat Verwegenes hab ich ja sowieso.« Er streicht sich durch seine immer noch sehr vollen Haare und streckt das Kreuz durch. Gisela bedenkt ihn allerdings mit einem Blick, der klar erkennen lässt, dass *verwegen* nichts ist, was sie mit Gorch Feddersen in Verbindung gebracht hätte. Was mich nicht wundert. Jedenfalls wäre mir nicht bekannt, dass James Bond noch bei seiner Mutter lebt. Aber – diese Diskrepanz zwischen Fremd- und Selbstwahrnehmung könnte meine Chance sein, den beiden meine Idee doch noch schmackhaft zu machen.

»Verwegen ist ein gutes Stichwort!«, gebe ich Gorch deswegen Recht. »Es geht darum, Sergios und Tizianos Unschuld zu beweisen, und dafür brauche ich jemanden mit guten Nerven und Mumm in den Knochen.«

Gorch nickt, setzt eine ernste Miene auf und streckt mir über den Tisch feierlich die Hand entgegen.

»Min Deern, da bist du bei Gorch Feddersen genau an der richtigen Adresse! Was soll ich tun?«

Gisela rollt mit den Augen, aber das ignoriere ich einfach. Stattdessen schlage ich ein und antworte mindestens ebenso feierlich: »Gorch Feddersen, so gefallen Sie mir! Ich bin mir ganz sicher, dass wir mit Ihrer Hilfe beweisen können, dass Sergio und Tiziano unschuldig sind und jemand anderes hinter der Hanfplantage im Glashaus steckte. Das muss doch auch in deinem Interesse sein, Gisela!«

Da habe ich offenbar genau den richtigen Knopf gedrückt, denn jetzt streckt auch Gisela ihre Hand über den Tisch.

»Na gut, wenn das so ist, bin ich natürlich auch dabei. Ich weiß ja, dass die Jungs nichts damit zu tun haben. Und wenn ich dabei helfen kann, es zu beweisen – umso besser!«

Ich drücke ihre Hand. »Klasse, das freut mich.«

»Gisela, wir beide werden bestimmt ein Spitzenteam!« Gorch strahlt über das ganze Gesicht. Ich hätte ihm vermutlich auch vorschlagen können, durch ein Becken voller Piranhas zu schwimmen – um Gisela zu beeindrucken, hätte er auch das getan. Vorausgesetzt, seine Mutter erlaubte es ihm …

»Also, erzähl! Wie ist der Plan?«, will er nun wissen. »Und was hat das mit diesem Agenten auf sich?«

»Ganz einfach: Ein *agent provocateur* ist jemand, der einen anderen zu einer Straftat provoziert. Eine Mischung aus Lockvogel und verdecktem Ermittler. Ich glaube, wenn Sie und Gisela als solche Agenten arbeiten würden, dann hätten wir ruck, zuck die wahren Täter.«

»Meinen Sie?« Feddersen guckt nachdenklich.

»Auf alle Fälle! Ihr Tipp mit der Teedose war schon mal goldrichtig – wir haben dreißig Stück davon in einem Schuppen neben dem Glashaus gefunden. Ich bin mir sicher, so wurde der Stoff verteilt, getarnt als die harmlose Teemischung einer noch harmloseren Rentnerin. Und irgendjemand hat nach Erikas Tod mit dieser tollen Geschäftsidee weitergemacht. Schließlich ist der Hanf noch geerntet worden. Wir müssen also die wahren Drogenbarone aus der Reserve locken. Und zwar dadurch, dass wir selbst ins Teegeschäft einsteigen. Also *wir* im Sinne von Sie und Gisela. Verstanden?«

»Wir sollen Drogen schmuggeln? Ausgerechnet Gorch und ich?« Gisela ist schockiert.

»Gisela, ihr seid einfach perfekt dafür! Überleg doch mal – ihr kennt Howe wie eure Westentasche, und es scheint ja so, als hätte sich Erika damals auf einen eher älteren Kundenstamm spezialisiert. Außerdem sollt ihr natürlich nicht wirklich dealen, sondern nur so tun, als ob.«

Gisela zieht die Augenbrauen hoch. »*Dealen!* Allein wie das schon klingt!«

»Ach, komm schon, Gisela!« Gorch Feddersen knufft sie in die Seite. »Wir sollen das Zeug schließlich nicht am Hauptbahnhof verticken. Und überhaupt – kannst du dich noch erinnern, wie wir 1975 mit dem Schützenverein aus Kirchwerder in Amsterdam waren? Ich sehe dich noch im Coffeeshop sitzen, meine Liebe. Wir haben dich kaum wieder hinausbekommen, so breit warst du!«

Er lacht, Gisela wird rot und schlägt die Augen nieder. Ich starre sie an.

»Habe ich das gerade richtig verstanden? Du und Drogen?« Ich muss sagen, ich bin überrascht. Sehr überrascht!

»Was heißt hier Drogen? Ich habe vor vierzig Jahren mal einen Joint geraucht.«

»Immerhin. Ich habe nicht mal das. Außerdem hast du im Gewächshaus behauptet, du wüsstest nicht, wie Hanf riecht.«

Gisela bekommt hektische rote Flecken im Gesicht. Sie kann es überhaupt nicht leiden, auf Verfehlungen aufmerksam gemacht zu werden.

»Ich weiß auch nicht, wie Hanf riecht. Ich kann mich nicht mal mehr an den Ausflug nach Amsterdam erinnern.«

Gorch bricht in schallendes Gelächter aus.

»Kein Wunder, so stoned, wie du warst!«

Ich muss schon sagen: Ich wundere mich ein wenig über Gorch Feddersens Wortwahl. Vielleicht ist er doch nicht das Muttersöhnchen und Landei, für das ich ihn immer gehalten habe? Gisela sieht mittlerweile sehr verschnupft aus, offenbar nimmt sie Feddersen das Ausplaudern dieser kleinen Anekdote sehr übel. Das merkt auch Feddersen selbst, denn er legt seine Hand auf ihren Unterarm und startet eine Charmeoffensive.

»Gisela, du glaubst gar nicht, wie sympathisch dich das macht.«

Die so Umworbene schluckt. »Was? Dass ich mal gekifft habe?«

»Nein, dass du nicht vollkommen bist. Ich persönlich habe immer gern an unseren Ausflug gedacht. Du warst mit weitem Abstand die schönste Frau in unserer Clique.«

Gisela wird noch röter, aber diesmal lächelt sie dabei. »Ach Gorch, das ist doch schon so lange her!«

»Glaub mir, du hast dich aber kaum verändert.«

Ich räuspere mich. Es ist zwar niedlich, wie Gorch hier Süßholz raspelt, aber so kommen wir nicht weiter.

»Um noch mal zum eigentlichen Thema zurückzukommen: Wenn ihr beiden in Howe das Gerücht streut, dass ihr Erikas Teehandel wieder aufleben lasst, dann werden Erikas verbliebene Komplizen mit Sicherheit irgendwie reagieren. Sie werden Spuren hinterlassen, Fehler machen – und dann haben wir sie!«

Gorch und Gisela nicken, beide gucken jetzt grimmig entschlossen. Sehr gut!

»Eine Sache muss ich aber ehrlicherweise noch anmerken, Herr Feddersen.«

»Nämlich?«

»Ich hatte irgendwie den Eindruck, Ihre Mutter könnte mehr wissen, als sie uns sagen wollte. Wenn Sie nun also versuchen, ins Wespennest zu stechen, könnte das eventuell für innerfamiliären Ärger bei Ihnen sorgen.«

Er nickt. »Kann sein. Ich hatte auch so ein komisches Gefühl.«

»Und wollen Sie uns trotzdem helfen?«

Wieder ein Nicken. Ein sehr entschiedenes sogar.

»Wenn ich euch damit helfen kann, dann mach ich das.«

Ich sach's ja: Einmal durch das Piranha-Becken. Und zwar ohne Muttis Erlaubnis.

»Also, ich habe ihm das ganz sicher nicht erzählt, Nikola. Indianerehrenwort!« Aysun hebt die Hand zum Schwur. »Wie käme ich denn dazu? Ich habe Rupprecht nur gesagt, dass er ganz schnell nach Howe kommen soll, weil ihr bei Sergio und Tiziano etwas total Wichtiges entdeckt habt. Mehr nicht! Ehrlich!«

Ich bin, nachdem ich meine beiden Aushilfsagenten angeworben habe, gleich wieder in die Kanzlei gerast, und dort sitze ich nun mit Aysun in der Küche.

»Aber woher wusste er denn von der Sache mit dem angeblichen Candle-Light-Dinner?«

Es ist eigentlich wirklich völlig nebensächlich, trotzdem möchte ich wissen, wie Simon Rupprecht von den Umständen meines Abendtermins mit Tiziano erfahren hat. Wobei – so nebensächlich ist es auch wieder nicht: Wenn meine eigene Assistentin eine Plaudertasche wäre ... das wäre gar nicht gut für unsere weitere Zusammenarbeit, und das muss ich ganz dringend loswerden.

Schulterzucken bei Aysun.

»Keine Ahnung. Wahrscheinlich von Sergio. Der hat euch schließlich auch gesehen.«

»Siehst du! Und genau deswegen finde ich es auch so unglücklich, dass du dir ausgerechnet Sergio zum Flirtobjekt auserkoren hast!«

Aysun schnappt nach Luft. »Wie bitte? Ich soll nicht mit Sergio ausgehen, damit du ungestört mit Tiziano ausgehen kannst? Ein für alle Mal: Ich lasse mir von dir nicht vorschreiben, mit wem ich meine Freizeit verbringe!«

»Das habe ich doch auch gar nicht gemacht!«, belle ich zurück. Hui! Ehe wir beide noch wissen, wie uns geschieht, haben wir einen handfesten Streit. Und einen einigermaßen lautstarken noch dazu.

Alexander kommt in die Küche, wahrscheinlich wundert er sich, warum sich seine beiden Damen so angiften.

»Was ist denn hier los? Streitet ihr euch etwa?«

Ich schüttle den Kopf, Aysun nickt. Alexander grinst.

»Ja, was denn nun? Oder seid ihr euch auch darüber nicht einig?«

»Natürlich haben wir Streit. Nikola findet, ich darf mich nicht mit einem dieser Italiener treffen, die sie und Dr. Rupprecht in dieser Hasch-Geschichte verteidigen. Aber gleichzeitig trifft *sie* sich mit dem anderen, mit diesem Tiziano.«

Alexander zögert kurz, dann schlägt er sich auf meine Seite.

»Na ja, das ist aber auch ihr Mandant, Aysun. Mit dem muss sich Nikola treffen.«

»Schon klar. Aber auch abends bei Kerzenschein und Champagner?«

»Oh. So ist das also.«

Mit einem Mal sieht Alexander aus, als habe ihm jemand einen Schlag versetzt. Oder nicht jemand, sondern etwas. Nämlich anscheinend die Vorstellung, ich könnte mit Tiziano ein Glas Schampus schlürfen. Jungs, was ist hier eigentlich los? Erst Simon Rupprecht mit seiner schlechten Stimmung und jetzt auch noch Alexander? Steht der Mars in der Venus oder irgend so etwas? Können wir hier bitte mal alle einfach unseren Job machen? Ich atme tief durch.

»Zum letzten Mal: Es war kein Rendezvous bei Kerzenschein, sondern ein dienstliches Gespräch. Und von mir aus kann sich Aysun treffen, mit wem sie will. Aber dann achtet sie bitte darauf, dass ihr Job nicht darunter leidet. Genau so halte ich es übrigens auch. Mehr habe ich zu dem Thema nicht zu sagen.« Hugh! Ich habe gesprochen!

Alexander mustert mich, schweigt aber. In diesem Moment klingelt es an der Tür. Aysun steht auf.

»Oh, das ist dein nächster Termin, Nikola. Frau Rothenberger. Akte liegt schon auf deinem Schreibtisch.«

Ein Mandantengespräch, wie wunderbar. Nichts wie weg hier. Die spinnen doch alle!

DREIUNDZWANZIG

Florentine hat einen sehr, *sehr* dicken Umschlag dabei, und mit einem triumphierenden Lächeln legt sie ihn auf meinen Schreibtisch.

»Hier, guck mal! Hat zwar ein paar Tage gedauert – aber es hat sich gelohnt!«

Ich nehme den Umschlag und öffne ihn. In ihm stecken Fotos, Zeitungsausschnitte und einige gefaltete Zettel. Ich nehme alles heraus und breite es auf dem Schreibtisch vor mir aus.

»Was ist denn das?«, will ich von Florentine wissen.

»Beweise.«

»Beweise wofür?«

»Na, dafür dass Ulf nach wie vor bestens im Geschäft ist. Du hast doch gesagt, ich soll mal überlegen, ob ich nicht irgendwelche Mandanten persönlich kenne. Das habe ich gemacht und mal ein bisschen in unseren Fotoalben geblättert. Hier!« Sie deutet auf eines der Fotos. Ich erkenne Florentine, aufgedonnert wie für eine Gartenparty bei der Queen, einen jüngeren Typen im Smoking, vermutlich Ulf, und jede Menge ältere Herren.

»Und?«, frage ich noch mal nach, da sich mir die Brisanz des Fotos noch nicht ganz erschließt.

»Das sind Ulf und ich auf einem Empfang der Seelmann-Stiftung. Ulf berät die Stiftung seit Jahren, ich kenne den Stiftungsvorstand persönlich von vielen Feiern. Warum ich nicht gleich drauf gekommen bin – keine Ahnung! Aber als ich das Foto gesehen habe, wusste ich, wonach ich suchen muss. Und wurde auch gleich fündig!«

Zum ersten Mal, seit ich Florentine kenne, sehe ich sie über das ganze Gesicht strahlen. Ihre Entdeckung scheint ziemlich sensationell zu sein.

»In diesem Zeitungsartikel«, sie zieht ein Blatt aus dem Stapel, »ist die Rede von einem riesigen Neubauprojekt, das die Stiftung gerade angeschoben hat. Und mittendrin der liebe Ulf! Der Artikel ist noch keine vier Wochen alt.« Sie beginnt, laut vorzulesen:

Ein weiterer Meilenstein für das betreute Wohnen von jungen Psychiatriepatienten – die Seelmann-Stiftung legt den Grundstein für eine neue Einrichtung mit 50 Wohneinheiten. Dazu der Projektverantwortliche Ulf Rothenberger: »Nach der Einweihung unseres Mutter-Kind-Heimes in Barmbek im März ist dies schon das zweite Großprojekt binnen einem Jahr, mit dem die Seelmann-Stiftung neue Standards setzt beim Engagement für Kinder und Jugendliche in Schwierigkeiten. Hier fühlen wir uns unserem Stiftungsgründer, Ernst-Phillippus Seelmann, stets verpflichtet, dessen Leitspruch Alles für die Familie, alles für die Kinder *lautete. Ich sehe es genauso und bin deshalb stolz, im Rahmen dieses Projekts meinen eigenen kleinen Beitrag leisten zu können.«*

»Ha!« Florentine haut mit der flachen Hand auf den Tisch. »Alles für die Familie! Sein eigener kleiner Beitrag! Was für ein Wichser!«

Wow! Was Flo für schlimme Wörter kennt! Ich bin ein bisschen beeindruckt. Es ist noch nicht lange her, da hätte ich ihr das gar nicht zugetraut. Aber sie hat natürlich Recht.

Wichser trifft es haargenau. Öffentlich das Hohelied der Familie singen, aber in Wirklichkeit der eigenen Familie den Geldhahn zudrehen – wenn das keine Doppelmoral ist, weiß ich es auch nicht! Aber vielleicht ist genau das die Achillesferse von diesem Idioten, um mal nicht das böse W-Wort zu nehmen.

»Sehr gut, Florentine!«, lobe ich sie. »Damit können wir bestimmt etwas anfangen.«

»Super! Schreibst du jetzt an die Seelmann-Stiftung, dass sie mir sagen müssen, was Ulf dort verdient?«

»Hm«, ich lege den Kopf schief. »So einfach ist das leider nicht. Wenn ich dich und den Anwalt der Gegenseite richtig verstanden habe, dann ist Ulf selbständiger Berater, richtig?«

Florentine nickt.

»Ja, er arbeitet als Freiberufler für verschiedene Firmen.«

»Dann gilt die Stiftung nicht als Arbeitgeber, sondern als Kunde. Einen Auskunftsanspruch in Unterhaltssachen gibt es aber nur gegen den Arbeitgeber. Unbeteiligte Dritte müssen einem erst mal gar nichts sagen. Es sei denn, sie sind Zeugen vor Gericht. Aber so weit sind wir ja noch nicht.«

»Ach so.« Florentine klingt schwer enttäuscht. »Dann hätte ich mir die Mühe ja sparen können.«

»Falsch. Ich sagte, *noch* sind wir nicht so weit. Aber wir könnten ja irgendwann mal so weit sein, und dann würden wir natürlich ganz gern wissen, wie denn wohl die ladungsfähigen Anschriften der netten Herren auf diesem schönen Foto lauten.«

»Aber wir wollen doch nicht wissen, wo die wohnen!« Florentine klingt empört. »Ich will wissen, was Ulf da verdient!«

»Eins nach dem anderen«, versuche ich, meine anwaltliche Logik in normales Deutsch zu übersetzen. »Also, es ist so: Die Seelmann-Stiftung muss uns nicht sagen, wie viel

Ulf verdient. Das muss nur Ulf selbst. Wenn wir aber nachweisen können, dass er für die gearbeitet hat, dann wird er ja nicht leugnen können, dass er auch Geld dafür bekommen hat. Aysun macht jetzt also eine Kopie von dem Artikel und dem Foto, und dann wende ich mich an meinen werten Kollegen, den Anwalt von Ulf, und teile ihm mit, dass wir uns gezwungen sehen könnten, die Herren dazu zu befragen, ob Ulf denn tatsächlich als Projektleiter für die Stiftung tätig ist.«

»Aber dann können wir die Seelmann-Jungs doch auch gleich selbst fragen, was genau er verdient hat.«

Ich muss grinsen. Jura hat manchmal erschreckend wenig mit dem gesunden Menschenverstand zu tun.

»Nein, so direkt geht das nicht. Erst mal, weil das ein Ausforschungsbeweis wäre.«

»Hä?«

»Also, ein Beweis dient grundsätzlich nur dazu, die Tatsachen zu *beweisen*, die man selbst vor Gericht vorgetragen hat. Deswegen heißt der ja auch so. Die Tatsache an sich muss man aber schon selbst behaupten. Beim Ausforschungsbeweis ist das anders. Da will man erst durch die Beweiserhebung überhaupt Tatsachen herausfinden, nicht die behaupteten Tatsachen beweisen. Wir müssten den Seelmann-Vorstand also nach einer konkreten Summe fragen können. So etwas wie: *Stimmt es, dass Ulf Rothenberger 100.000 Euro bei Ihnen verdient hat?* Andersherum funktioniert es nicht. Wir können nicht einfach fragen, ob und wie viel Kohle da geflossen ist. Aber selbst wenn wir das könnten, wäre da immer noch das Zeugnisverweigerungsrecht, das ein Zeuge hat, wenn er ansonsten ein Betriebs- oder Geschäftsgeheimnis verraten würde. Und was ein Berater bei einem Unternehmen verdient, ist mit Sicherheit ein solches Geschäftsgeheimnis.«

Florentine seufzt und lässt den Kopf hängen. »Na toll! Aber dann verstehe ich nicht, warum du überhaupt an den Anwalt von Ulf schreiben willst. Wir haben doch den Zeitungsartikel. Um zu beweisen, dass Ulf für die Stiftung ein Projekt betreut, müsste der doch reichen.«

Ich nicke. »Ja, klar. Aber mein Brief dient eigentlich nicht dazu, die Adresse der Seelmann-Stiftung herauszufinden. Dafür brauche ich doch nur auf deren Homepage zu gucken. Nein, Ulf soll wissen, dass es demnächst sehr peinlich für ihn werden könnte. Wenn nämlich sein Kunde, die wahnsinnig familienfreundliche Seelmann-Stiftung, von dem Unterhaltsprozess Wind bekommt, der gegen den Herrn Top-Berater angestrengt wird, weil er seine Frau mit drei kleinen Kindern im Regen stehen lässt. Unangenehm so etwas! Vielleicht erhöht das seine Kooperationsbereitschaft ja ein bisschen.«

Florentines Miene erhellt sich schlagartig. »Ach so! Das ist natürlich eine geniale Idee!«

»Vielen Dank für die Blumen. Dann werde ich jetzt mal ein entsprechendes Schreiben an den Kollegen diktieren und deinem angehenden Exmann einen Schuss vor den Bug verpassen.«

»Nikola, du bist ein Engel!«

»Nee«, erwidere ich grinsend, »ich bin deine Anwältin!«

Ich bin völlig erledigt. Der heutige Tag war so anstrengend, dass ich am liebsten sofort ins Bett gehen würde. Der Sensationsfund im Schuppen, das Zusammentreffen mit Simon, der Streit mit Aysun und dann noch der Termin mit Florentine – das alles verschwimmt in meinem Kopf zu einem einzigen großen Knäuel. Ach ja – und dann war da ja noch mein Anwerbegespräch der beiden Neuagenten Gorch und Gisela.

Das hätte ich schon fast wieder vergessen. Ganz davon zu schweigen, dass ich nach dem nächtlichen Treffen mit Tiziano nur vier Stunden geschlafen habe.

Als ich zu Hause durch die Tür taumle, winke ich deswegen nur kurz ins Wohnzimmer, fest entschlossen, mich gleich in Richtung Schlafzimmer durchzuschlagen. Gisela sitzt mit Tessa und Max auf dem Sofa, Max guckt Sandmännchen, Tessa spielt mit ihrem Handy, und Gisela schreibt etwas in ein Heft.

»Hallo, meine Lieben!«, rufe ich den dreien zu. »Ich habe ganz schlimme Kopfschmerzen und lege mich schon mal hin.«

Noch bevor ich weiter zur Treppe huschen kann, springen alle auf und stürzen auf mich zu. Mist! Die haben anscheinend Gesprächsbedarf.

»Mama! Guck mal! Sieht das nicht toll aus?« Als Erstes erreicht mich Max, er strahlt von einem Ohr zum anderen. Ich mustere ihn. Wenn ich ehrlich bin, kann ich nichts Auffälliges an ihm entdecken. Alle Zähne sind noch drin, die Haare hat er sich auch nicht selbst geschnitten – also alles in Ordnung, soweit ich das beurteilen kann.

»Ja, ganz toll, Max. Aber was denn jetzt besonders?«

Empörtes Schnauben. »Mama, das Trikot!«

Ich schaue genauer hin. Stimmt. Das ist gar kein Schlafanzug-Shirt, sondern ein Fußballtrikot. Und zwar ein blaues.

»Richtig, mein Schatz. Ein Trikot. Und eine schöne Farbe hat das. Wo hast du das denn her?«

Er schmeißt sich in die Brust und setzt eine sehr wichtige Miene auf. »Von meinem Freund Tiziano. Deshalb ist es auch blau.«

Deshalb ist es blau? Weil Tiziano immer blau ist, oder wie? Wobei – stimmt ja gar nicht. Offenbar gucke ich gerade ziemlich ahnungslos aus der Wäsche, denn jetzt holt Max tief Luft und schlägt einen Tonfall an, den man sonst von sehr geduldigen Kindergärtnerinnen kennt. Also keinesfalls von Frau Schulze-Strickling.

»Mama, blau – verstehst du? Wegen Italien.«

»Italien«, echoe ich. »Italien?« Ich gucke noch einmal genauer hin. Ach ja – ich Trottel! Die Squadra Azzurra, die italienische Nationalelf! Tatsächlich prangt auf dem Trikot dick und fett das Emblem des italienischen Fußballverbandes, grün-weiß-rot und vier Sterne. Na gut, ich bin eben müde! Ich wuschle Max durch die Haare.

»Ganz toll, mein Schatz! Aber wieso schenkt dir Herr Felice denn ein Fußballtrikot?«

»Er meinte, weil du immer so viel Zeit mit ihm verbringen musst und dann weniger Zeit für mich hast. Und weil ich schon so gut Fußball spielen kann.«

»Aha. Und woher weiß Herr Felice, dass du so gut Fußball spielen kannst?«

»Na, er spielt ganz oft mit mir. Er ist doch mein Freund! Und mein Trainer!«

Das ist mir neu.

»Aber du trainierst doch beim SV Vierlanden. Arbeitet Herr Felice da?«

»Naahaaiin!«, kommt es daraufhin sehr gedehnt zurück. »Aber Tiziano ist mein Spezialtrainer. Solche Tricks wie er kennt Herr Fischer gar nicht!«

Ich seufze. »Gut zu wissen! Ich werde mich bei Herrn Felice dafür bedanken, dass er dein Talent so fördert. Aber jetzt geht es trotzdem gleich ab ins Bett, okay? Sandmännchen ist schon vorbei, Schlafenszeit. Übrigens auch für mich.« Ich gähne demonstrativ.

»Ach, ich wollte dir eigentlich auch noch etwas erzählen.«

Gisela wedelt mit ihrem Heft vor meiner Nase und klingt irgendwie staatstragend.

»Hat das nicht bis morgen Zeit? Ich bin wirklich völlig erledigt!«

»Wie du meinst. Gorch und ich haben schon eine Liste mit Observierungszielen erstellt und an unserer Strategie gearbeitet, aber wenn dich das nicht interessiert.«

Oha! Sie wechselt von staatstragend zu beleidigt. Jetzt nicht auch noch eine beleidigte Gisela!

»Natürlich interessiert mich das. Sehr sogar. Aber ich glaube, ich bin momentan zu müde, um mir das richtig anzuhören. Lass uns morgen darüber sprechen.«

»Na gut. Wie du meinst. Kommt, Kinder, geht schon mal Zähne putzen. Eure Mutter ist müde.«

Sie geht an mir vorbei zur Treppe nach oben, Max folgt ihr. Nur Tessa bleibt noch stehen und schaut unschlüssig. Ich atme kurz durch.

»Gibt's noch etwas, Schatz?«

Sie nickt. »Ja, ich muss etwas Wichtiges mit dir besprechen, Mama.«

Ich verdrehe die Augen. »Mausi, ich schiele schon, so müde bin ich. Also wenn es nicht um Leben und Tod geht, dann würde ich es lieber auf morgen verschieben. Okay?«

Tessa zögert kurz, dann nickt sie. Braves Mädchen! Und jetzt endlich, endlich ab in die Heia! Morgen ist schließlich auch noch ein Tag.

VIERUNDZWANZIG

Der nächste Tag beginnt allerdings auch nicht viel entspannter, als der letzte endete. Noch am Frühstückstisch präsentiert mir Gisela eine Namensliste von Personen, denen Gorch und sie mal richtig auf den Zahn fühlen wollen. Was genau sie darunter versteht – keine Ahnung, ich frage vorsichtshalber nicht nach. Wenn Gisela erst mal loslegt, hält man sich meiner Erfahrung nach besser raus und lässt sie machen. Das Ergebnis spricht in der Regel für sich. Sollte es also wirklich einen Drogenring in Howe geben, wird Gisela ihn aufspüren.

Eigentlich hatte ich auch vor, beim Frühstück noch mit Tessa zu sprechen. Was sie mir gestern wohl Wichtiges erzählen wollte? Aber dann herrscht wieder die übliche morgendliche Hektik – eine Mischung aus den verschwundenen fünf Minuten, die den ganzen Tag fehlen werden, noch nicht gemachten Hausaufgaben und einem Kindergartenkind, das trotz 15 Grad und Dauerregen nur mit dem Trikot der italienischen Fußball-Nationalmannschaft bekleidet das Haus verlassen will. Also sitze ich kurz darauf im Auto und weiß immer noch nicht, was Tessa auf dem Herzen hat. Mist! In meinem nächsten Leben werde ich endlich eine richtig gute Mutter!

Mein Handy klingelt, der Anruf landet in meiner Freisprecheinrichtung.

»Hallo, Nikola, hier ist Aysun! Wann kommst du denn?«

»Guten Morgen! So zwanzig Minuten werde ich wohl noch brauchen. Warum? Gibt's ein Problem? Hat Tiziano wieder Rosen verstreut?«

»Nee, aber ich muss mal mit dir reden. In Ruhe, bevor die ersten Termine anlaufen.«

»Aha. Klingt ja geheimnisvoll, worum geht es denn?«

»Wie gesagt, lass uns gleich mal in Ruhe sprechen. Bis dann!«

Hm, was hat das denn zu bedeuten? Ob Aysun immer noch sauer ist wegen meiner Haltung zu Sergio? Wobei – eingeschnappt klang sie nicht, und ich dachte eigentlich auch, wir hätten das geklärt. Was kann es denn sonst noch sein? Vielleicht möchte Aysun eine Gehaltserhöhung? Ich überlege kurz, wann sie die letzte hatte, und komme so spontan nicht drauf. Scheint also schon länger her zu sein und wäre demnach eine gute Idee, denn Aysun leistet wirklich gute Arbeit. Ich nehme mir vor, mit Alexander darüber zu sprechen, auch wenn Aysun jetzt etwas ganz anderes möchte. Aber was könnte das sein? Ich gebe Gas, denn jetzt bin ich richtig neugierig geworden.

Nur fünfzehn Minuten später komme ich in der Kanzlei an. Aysun sitzt an ihrem Schreibtisch und begrüßt mich freundlich.

»Ach, da bist du ja schon. Super – dann haben wir ja etwas Zeit. Kommst du gleich in die Küche?«

Ich nicke. »Mach ich, ich stell nur kurz meine Tasche ab. Kommt Alexander dazu?« Bei Gehaltsverhandlungen wäre das sinnvoll, schließlich ist er genauso Chef wie ich.

Aysun schüttelt den Kopf. »Nein, der ist heute Morgen gleich zum Landgericht gefahren. Und außerdem ist es mir fast lieber, wir sprechen erst mal allein.«

Uah! Es ist doch wegen Sergio! Ein sehr unangenehmes

Gefühl beschleicht mich. Ich wappne mich also innerlich für das Schlimmste, werfe meine Tasche auf meinen Schreibtisch und trabe in die Küche. Dort erwartet mich ein sehr nett gedeckter Tisch mit Kaffee, den »guten« Besprechungskeksen *und* einem äußerst liebevoll dekorierten Obstteller. Das sieht sehr aufwendig aus – ob es doch nicht um Sergio geht? Will Aysun mir beichten, dass sie sämtliche Gelder von unserem Kanzleikonto veruntreut und zur Spielbank getragen hat? Ich ziehe mir einen Stuhl heran und setze mich.

»So, jetzt mal raus mit der Sprache – was willst du mir erzählen? Ist es immer noch wegen Sergio, oder hast du unsere Kohle verzockt?«

Aysun schaut mich erstaunt an. »Nein, weder noch! Wie kommst du denn darauf?«

»Na ja, hier sieht es aus, als käme gleich der Bundespräsident. Oder George Clooney. Seit wann bekomme ich zu einer Besprechung einen Obstteller gereicht? Und die Delacre-Kekse lagern doch normalerweise auch im Tresor.«

»Ja, aber nur, weil Alexander sonst immer gleich alle auffuttert. Und das ist schlecht für die Kaffeekasse und Alexanders Figur.« Aysun grinst. »Nein, weder kommt George Clooney zu Besuch, noch habe ich Geld verzockt.«

»Sondern? Welche Neuigkeiten gibt es dann?«

Aysun holt tief Luft. »Ich habe beschlossen, Jura zu studieren. Und zwar ab dem nächsten Wintersemester. Wenn ihr mögt und ich einen Studienplatz in Hamburg bekomme, würde ich gern in Teilzeit bei euch weiterarbeiten. Falls das alles nicht geht, werde ich zu September kündigen.«

Hoppla. Das ist wirklich eine Überraschung. Eine ziemlich unangenehme. Denn wenn sie nicht gerade mit Sergio turtelt, ist Aysun die beste Rechtsanwaltsgehilfin der Welt.

»Weißt du«, fährt sie fort, »es macht wirklich Spaß, hier

mit euch zu arbeiten, und ich helfe euch auch gern – aber in letzter Zeit muss ich immer häufiger daran denken, wie es wäre, selbst als Anwältin vor Gericht zu stehen. Also, mein Einsatz vor dem Arbeitsgericht – das war echt toll!« Aysuns Augen beginnen zu strahlen. »Direkt nach dem Abi hatte ich überhaupt keine Lust zu studieren, sondern wollte endlich Geld verdienen. Mittlerweile denke ich, dass das ein Fehler war. Was meinst du?«

»Ähem«, räuspere ich mich, »ich weiß gar nicht so recht, was ich sagen soll.«

Ich überlege kurz. Kann man Aysun ernsthaft davon abraten, etwas zu tun, was für sie wahrscheinlich das Richtige ist, nur, weil es einem selbst nicht in den Kram passt? Nein, auf keinen Fall. Nicht, wenn man sie wirklich mag. Ich seufze und raffe mich zu einer ehrlichen Antwort auf.

»Doch, ich weiß. Ich finde es gut. Ich glaube, aus dir kann eine richtig gute Anwältin werden. Du bist schlau und tough, du wirst das schaffen. Für uns allerdings wäre es eine Katastrophe, wenn du gehst. Ich hoffe also, dass du uns wenigstens in Teilzeit erhalten bleibst, und ich denke, Alexander sieht das genauso.«

»Puh! Da bin ich aber erleichtert! Ich überlege schon seit ein paar Tagen, wie ich euch das schonend beibringen kann. Und dann noch unser kleiner Streit wegen Sergio – da passte es dann auch nicht richtig. Deswegen wollte ich auch erst mal mit dir allein sprechen. Also, um dir zu sagen, dass mein Entschluss damit gar nichts zu tun hat.«

Ich nicke. »Das hätte ich auch nicht angenommen.«

»Meinst du, Alex wird sauer sein?«

»Wie? Heißt das etwa, du hast vor ihm mehr Angst als vor mir? Da kennst du mich aber schlecht, mein Zorn ist furchtbar!« Ich wedele drohend mit dem Zeigefinger.

Aysun lacht. »Nein, ich werde es ihm ja auch noch sagen. Vielleicht lässt du einfach etwas von den Keksen übrig, dann hat Alexander gleich gute Laune, wenn er vom Gericht kommt.«

»Na gut, ich halte mich ans Obst. Ist sowieso gesünder.«

»Danke, Nikola.«

»Wofür? Dass ich jetzt einen Apfel anstelle eines Schokokekses esse?«

Aysun schüttelt den Kopf.

»Nein. Danke für dein Verständnis. Und für das Gefühl, dass du an mich glaubst.«

»Was fällt Ihnen ein, meinen Mandanten so zu bedrohen?« Mein geschätzter Anwaltskollege brüllt so laut, dass er vermutlich gar kein Telefon bräuchte. Laut seinem Briefkopf residiert seine Kanzlei am vornehmen Jungfernstieg. Das ist zwar imagemäßig Welten von der Karolinenstraße entfernt, in Wirklichkeit trennen uns aber keine zwei Kilometer.

»Herr Dr. Schleitheimer, beruhigen Sie sich bitte. Ich hatte Sie lediglich *collegialiter* um die ladungsfähige Anschrift von drei Zeugen gebeten, das ist doch wohl kein Grund, sich so aufzuregen.«

Ich gebe mich betont dröge, aber innerlich entzünde ich gerade ein kleines Freudenfeuerchen. Unser Brief ist bei Ulf Rothenberger offenbar eingeschlagen wie eine Bombe. Der Fisch hängt am Haken!

»Unsinn!«, schnaubt Schleitheimer. »Sie wollen meinen Mandanten vor seinen Kunden verleumden – das ist Nötigung!«

»Bitte? Das wüsste ich aber. Sie haben in Ihrem letzten Schreiben an meine Mandantin angegeben, dass Ihr Mandant momentan bedauerlicherweise gar keine Einkünfte hat. Und was soll ich sagen – da freue ich mich doch, wenn ich dem *Hamburger Abendblatt* entnehmen kann, dass es bei Herrn Rothenberger jetzt wieder aufwärtsgeht. Das ist doch eine schöne Nachricht für jemanden, der vier Personen gegenüber unterhaltspflichtig ist.«

»Mein Mandant *ist* für seine Exfrau nicht unterhaltspflichtig. Die soll sich gefälligst einen Job suchen.«

»Also *die* ist immer noch Frau Rothenberger. Und in dieser Eigenschaft die Ehefrau, nicht die Exfrau Ihres Mandanten. Ob und in welchem Umfang meine Mandantin irgendwann einmal einer Erwerbstätigkeit nachgehen wird, besprechen wir gern mit dem zuständigen Richter. Das ist jetzt doch etwas verfrüht.« Und basta! Grundsätzlich wird das zwar noch ein Problem werden, aber wenn der Typ glaubt, sich so aus der Nummer mit der Vermögensauskunft rauswinden zu können, täuscht er sich.

»Sie glauben doch nicht im Ernst, dass ich Ihnen die Adressen völlig unbeteiligter Dritter weiterleite! Das kommt überhaupt nicht in Frage!« Dr. Schleitheimer klingt immer noch so, als hätte ich von ihm verlangt, mir seinen Mandanten geteert und gefedert und verpackt in einem Postpaket in meine Kanzlei zu liefern.

»Na gut, ich wollte einfach nur einen möglichst dezenten Weg wählen, um an die Adressen meiner Zeugen zu kommen. Ich dachte, das sei ganz im Sinne Ihres Mandanten. Wenn ich mich da getäuscht haben sollte, mache ich jetzt einfach Folgendes: Ich werde mich an die Zentrale der Stiftung wenden, und zwar mit einem Schreiben des Inhalts, dass ich in der Unterhaltssache Rothenberger gegen Rothenberger die ladungsfähigen Anschriften der Mitglieder des Stiftungsvorstandes benötige. Wenn Ihnen das lieber ist – bitte sehr!«

Schleitheimer schnaubt. »Ich werde mich in der Angelegenheit mit meinem Mandanten besprechen und mich wieder melden.«

»Tun Sie das. Ich freue mich schon auf Ihren Anruf«, flöte ich zuckersüß in den Hörer.

Klack. Aufgelegt. Ohne Verabschiedung. Das ist aber nicht sehr höflich. Da ist wohl jemand richtig sauer auf uns.

Ich lehne mich in meinem Stuhl zurück und bin sehr zufrieden mit mir. Anwalt ist doch ein schöner Beruf!

»Die gute Nachricht ist: Einer der witzigsten und charmantesten Strafverteidiger der Stadt lädt Sie zum Essen ein. Die schlechte: Es geht in die Gerichtskantine. Auf den besonderen Wunsch einer einzelnen Dame.«

Simon Rupprecht ist vor meinem Schreibtisch aufgetaucht und macht anscheinend Anstalten, mich zum Mittagessen einzusammeln. Das ist endlich mal eine nette Überraschung!

»Wie? Habe ich etwa gesagt, dass ich nicht ins Vier Jahreszeiten gehen will?« Ich spiele die Entrüstete.

»Ja, haben Sie. Oder so etwas in der Art.«

»Dann widerrufe ich hiermit sofort. Ich *liebe* das Vier Jahreszeiten.«

Rupprecht grinst und schüttelt den Kopf. »Zu spät! Jetzt habe ich nicht genug Geld eingesteckt, und meine Kreditkarte hat meine Bank natürlich längst eingezogen.«

»Ach, dann sind Sie ein armer Schlucker?«

Er nickt. »Ja, leider, leider. Gehen Sie trotzdem mit?«

»Klar. Ich habe doch ein Herz für Sozialfälle. Fragen Sie meine Schwiegermutter.«

»Glück für mich! Gleich los oder etwas später?«

Ich rücke meinen Stuhl zurück und stehe auf.

»Prinzipiell kann ich gleich los – aber ich will kurz schauen, ob Alexander schon zurück ist. Ich muss heute unbedingt noch mit ihm sprechen und habe Angst, dass er mir entwischt.«

Ich habe Aysun nämlich versprochen, dass wir uns noch einmal zu dritt hinsetzen, sobald Alexander wieder vom Landgericht zurück ist. Da er dort heute aber gleich zwei Termine hintereinander hat, ist er vielleicht noch gar nicht wieder aufgetaucht. Und falls doch, hat er bestimmt auch Hunger.

»Soll ich Alexander fragen, ob er mitkommen will, falls er schon da ist?«, will ich deshalb von Rupprecht wissen.

Der zögert. Also eher nicht. Ich muss grinsen und beantworte mir meine Frage selbst: »Ach nee, der soll mal lieber arbeiten, falls er schon zurück ist. Einer muss hier schließlich Geld verdienen.«

Die Kantine im Strafjustizgebäude ist gerammelt voll. Rupprecht und ich sehen uns um, können aber beim besten Willen keinen freien Platz mehr entdecken. Da winkt uns von einem der hinteren Tische ein hageres Männlein zu. Offenbar kennt er Rupprecht und will uns einen Platz an seinem Tisch anbieten.

Der zuckt zusammen. »O nein! Staatsanwalt Neuhaus. Bloß nicht hinsehen! Der Kerl ist unerträglich!«, zischt er mir zu.

»Er scheint aber großen Wert auf Ihre Gesellschaft zu legen, der hört gar nicht mehr auf zu winken«, zische ich zurück und überlege gleichzeitig, woher ich den Namen Neuhaus kenne. Irgendwo ist der mir in letzter Zeit schon mal untergekommen.

»Egal! Ignorieren Sie ihn und folgen Sie mir unauffällig wieder nach draußen. Da gehen wir doch lieber ins Vier Jahreszeiten, und ich spüle im Anschluss Teller!«

Rupprecht zupft mich am Ärmel und will mich in Richtung Ausgang dirigieren, aber es ist zu spät. Jetzt ist das Männlein von seinem Platz aufgesprungen und kommt zu uns gelaufen.

»Herr Rupprecht, kommen Sie mit Ihrer Begleitung doch an meinen Tisch! Da sind gerade zwei Plätze frei geworden.«

»Ach, äh, vielen Dank, aber wir wollten gerade ...«

»Hehehehe!« Das Männlein stößt ein meckerndes Gelächter aus. »Sie wollten mit der Dame allein speisen? Na, da sind Sie hier aber falsch! Die Kantine hält schließlich keine Separées vor, hehehe! Kommen Sie, kommen Sie!«

Jetzt greift er sogar nach Rupprechts Schulter und zieht ihn ein Stück an sich heran. Spontan schließe ich mich Rupprechts Urteil an: Der Typ ist wirklich unerträglich.

»Wirklich, Herr Kollege, eine ganz zauberhafte Idee von Ihnen, aber Frau Petersen und ich haben noch so einiges zu besprechen, und da wollen wir Sie diesmal aus naheliegenden Gründen nicht dabeihaben«, wehrt sich Rupprecht tapfer, und ich frage mich, was er mit naheliegenden Gründen meint.

Auch Männlein Neuhaus scheint über diesen Ausdruck zu stolpern, denn jetzt zieht er seine Augenbrauen zusammen und starrt mich an. Kurz darauf geht ihm offenbar ein Licht auf, denn jetzt klatscht er in die Hände und macht einen kleinen Luftsprung.

»Ach nee! Nikola Petersen! Die Sockelverteidigung!«

Mir schwant Böses. Dieser seltsame Kauz ist offenbar der zuständige Staatsanwalt in der Strafsache Tiziano Felice. Kein Wunder, dass mir sein Name so bekannt vorkam: Ich habe ihn in der Anklageschrift gelesen.

»Ähem, ja, Nikola Petersen, sehr angenehm, Herr ...äh ... Neuhaus«, stelle ich mich einigermaßen holprig vor.

Neuhaus glotzt mich weiter an, als sei ich ein Kalb mit

zwei Köpfen. »Na, so macht Strafrecht Spaß, Herr Kollege«, bringt er schließlich raus und klopft Rupprecht auf die Schulter. »Jetzt weiß ich auch, nach welchen Kriterien Sie die Kollegin ausgesucht haben, Rupprecht. Denn eine Strafverteidigerin sind Sie ja nicht, Frau Petersen, oder?«

Auf diese Unverschämtheit fällt mir leider nichts ein, ich bin zugegebenermaßen sprachlos angesichts von so viel Chauvinismus.

»Ich muss Sie leider enttäuschen, Herr Neuhaus«, springt Rupprecht mir bei. »Lassen Sie sich von der Schönheit der Kollegin nicht blenden. Frau Petersen ist eine der gewieftesten Taktiker, die wir hier in Hamburg – ach, was sage ich: in Deutschland – haben. Sie hat die letzten fünf Jahre bei *Smith & Wesson* in New York gearbeitet. Mehr muss ich wohl nicht sagen, oder? Mit ihr als Gegnerin können Sie sich schon mal ganz warm anziehen, Neuhaus, ganz warm! Und jetzt entschuldigen Sie uns.«

Er macht auf dem Absatz kehrt, lässt Neuhaus einfach stehen und läuft zum Ausgang. Ich stolpere hinterher. *Smith & Wesson?* In New York? Ich, Nikola Petersen aus Howe?

FÜNFUNDZWANZIG

Als mir klar wird, welches Restaurant Simon Rupprecht ansteuert, zögere ich ein wenig: Früher war ich häufiger mit Christoph bei dem kleinen Italiener nicht weit von den Gerichten, aber seit seinem Tod war ich nicht mehr dort.

»Stimmt etwas nicht?«, erkundigt sich Rupprecht, der mein Zögern bemerkt hat.

Ich schüttle den Kopf und nehme an dem Tisch Platz, den uns der Kellner anbietet.

»Nein, nein, alles in Ordnung. Ich habe nur gerade überlegt, wie viel Zeit ich noch bis zum nächsten Termin habe«, behaupte ich, um nicht die Wahrheit sagen zu müssen.

»Ach, hier geht es eigentlich immer schnell. Und es ist sehr lecker. Ich frage mich, warum ich nicht gleich auf die Idee gekommen bin. Dann wäre uns der durchgeknallte Neuhaus erspart geblieben. Mann, Mann, Mann!«

Ich lache. »Ja, der war wirklich speziell. Ich war ein bisschen entsetzt, muss ich zugeben. Ich dachte, bei der Staatsanwaltschaft arbeiten lauter toughe, aufgeräumte Typen.«

»Das kann auch nur jemand denken, der sonst Zivilrecht macht und Strafprozesse nur aus amerikanischen Serien kennt. Der unbeugsame Staatsanwalt, unterstützt durch den findigen FBI-Agenten, richtig?«

Ich muss grinsen. »Na ja, fast. Mir ist es übrigens auch gelungen, zwei Special Agents anzuwerben. Die Steinewerfer, von denen ich berichtet habe.«

»Ah, sehr gut! Um wen handelt es sich?«

»Um meine Schwiegermutter und einen Nachbarn. Gorch Feddersen, einen intimen Kenner der Szene. Hat Howe meines Wissens noch nie länger als für zwei Wochen am Stück verlassen.«

Rupprecht nickt anerkennend. »Klingt gut. Ihrer Schwiegermutter trau ich alles zu.«

»Zu Recht. Gisela ist ein Killer. Apropos Killer: Wie sind Sie denn eben auf die Idee mit *Smith & Wesson* gekommen?«

»Ach, ich habe mich einfach über den Monster-Macho-Spruch von dem Deppen geärgert und wollte ihm gleich mal eins verplätten. Außerdem ist Neuhaus so ein Fachidiot, der hat unter Garantie nicht gemerkt, dass ich ihn gerade hochnehme. Wahrscheinlich hockt er jetzt in seinem Fünf-Quadratmeter-Büroloch und durchforstet das Internet nach einer amerikanischen Anwaltskanzlei namens *Smith & Wesson*. Das gönn ich dem!«

Ich bin überrascht – Simon Rupprecht ist ein Frauenversteher! Oder mindestens ein mitfühlender Zeitgenosse.

»Mensch, Sie sind ja richtig sensibel, Herr Doktor! Nach Ihrem jüngsten Auftritt im Schuppen von Sergio und Tiziano hätte ich das gar nicht vermutet.«

»Wieso? Habe ich mich da irgendwie danebenbenommen?«

»Also, gerade freundlich waren Sie nicht. Sinngemäß haben Sie dem armen Herrn Felice mitgeteilt, er möge das Denken bitte seinen Anwälten überlassen.«

Rupprecht legt den Kopf schief und grinst.

»Habe ich das? Das tut mir leid! Eigentlich bin ich für meine hervorragenden Manieren bekannt. Es sei denn …« Er macht eine Pause, als wolle er die Spannung erhöhen.

Ich tue ihm den Gefallen und frage nach: »Ja?«

»Es sei denn, Sie fragen meine Exfrau.«

»Ach so. Sollte man die besser nicht fragen?«

»So isses. Ich glaube, sie hält mich bis heute für einen ungehobelten, unsensiblen Klotz.«

»Tja, vielleicht hat sie ja Recht«, gebe ich zu bedenken.

»Quatsch. Ich würde vielmehr sagen, ich verstehe es besonders gut, meine empfindsame Seele unter einer rauen Schale zu verbergen.«

Ich seufze. »Wenn Sie es sagen …«

»Wie war denn Ihrer so?«

»Ihrer?«

»Na, Ihr Mann. Auch ein Klotz?«

Ich starre Simon Rupprecht an. Das hat mich noch nie jemand gefragt. Normalerweise machen Leute um das Thema Christoph einen riesigen Bogen, nachdem sie erfahren haben, dass ich Witwe bin. Ganz so, als sei es ihnen unangenehm. Das ist bei Simon Rupprecht aber ganz offensichtlich nicht der Fall.

»Wie kommen Sie denn darauf? Warum wollen Sie das wissen?«

»Das liegt doch auf der Hand: Ich möchte wissen, wie der Mann war, in den Sie sich verliebt haben. Und den Sie sogar geheiratet haben.«

Puh – was soll das denn werden?

»Ich, äh …« Was sage ich denn dazu bloß? Gott sei Dank kommt jetzt der Kellner mit den Getränken, ich sage also einfach nichts mehr, sondern greife hektisch nach meinem Wasserglas. Leider lässt Rupprecht nicht locker.

»Also, auch ein Klotz?«

Ich schüttle den Kopf.

»Nein. Eher ein Fels. Mein Fels in der Brandung.« Ich muss schlucken.

Rupprecht guckt betroffen. »Tut mir leid! Das war doof von mir. Distanzlos.«

Ich schüttle den Kopf. »Nein, gar nicht. Ich bin das so nur noch nie gefragt worden. Es überrascht mich, aber unangenehm ist es mir nicht. Also – wie war Christoph?« Ich lege den Kopf in den Nacken und denke nach. »Das mit dem Fels stimmt schon. Wenn ich immer aufgeregter wurde, wurde er immer ruhiger. Er war aber nicht schüchtern, er ruhte einfach in sich. Aber manchmal, wirklich nur manchmal, wenn ihm der Geduldsfaden riss – da konnte er richtig explodieren. Dann haben die Wände gewackelt. Er hat sich aber auch schnell wieder beruhigt. Und nachtragend war er schon gar nicht. Lustig war er, er hatte einen sehr feinen Humor. Wenn ich mal schlecht drauf war, hat er mich immer zum Lachen gebracht.«

Simon Rupprecht mustert mich. »Sie waren ziemlich glücklich.«

»Ja, das waren wir. Sehr glücklich sogar. Leider erkennt man etwas so Schönes erst richtig, wenn es vorbei ist. Als ich mit ihm zusammen war, kam es mir normal vor. Jetzt weiß ich, dass es das nicht war.«

Rupprecht sagt nichts dazu – kein Wunder, was soll er dazu auch sagen?

Nikola, du musst die Stimmung irgendwie wieder auflockern! Vielleicht ein kleiner Scherz? Ich räuspere mich.

»Andererseits – wer weiß, wie Ihre Frau heute über Sie sprechen würde, wenn Sie nicht von ihr geschieden, sondern einfach gestorben wären.«

Rupprecht starrt mich an. Entsetzt, wie mir scheint.

Auweia, was rede ich denn da für einen Unsinn? Ich fühle mich sehr unwohl in meiner Haut.

»Wenn ich gestorben wäre?«

»Ähm, nein! Ich meine: ja! Ach Quatsch – ich meine, verzeihen Sie! Ich wollte ja nur sagen, also, weil Sie doch sagten, dass sie sagte, also mit dem Klotz, sagten Sie …«

»Sagte sie, sagte ich, sagte sie?« Rupprecht lacht.

»Ich fürchte, Sie haben Unrecht: So tot, dass meine Ex etwas Nettes über mich sagen würde, könnte ich gar nicht sein.«

Er ist also doch nicht so entsetzt, und ich fühle mich sofort besser. Zum Glück taucht in diesem Moment der Kellner mit unserem Essen auf und verhindert, dass wir dieses sehr merkwürdige Gespräch fortsetzen. Und ich nehme mir fest vor, mit Simon Rupprecht in Zukunft wirklich nur noch in die Gerichtskantine zu gehen. Sicher ist sicher!

»Nikola, ich sage dir: Halb Howe hängt da mit drin! Mindestens. Vielleicht auch ganz Howe. Also, außer uns und Sergio und Tiziano. Und natürlich Gorch. Aber schon bei seiner Mutter bin ich mir nicht mehr so sicher. Die hat irgendwie Dreck am Stecken.«

Gisela fuchtelt beim Erzählen so sehr mit den Armen, dass ich ein bisschen auf Abstand gehe, um nicht gleich einen Treffer zu kassieren. Ich habe heute in der Kanzlei tatsächlich mal ein bisschen früher Schluss gemacht und Max selbst aus dem Kindergarten abgeholt. Und jetzt sitze ich mit Gisela im Garten, die mir von ihrem neuen Leben als Special Agent Petersen berichtet, während Max in seinem Italiendress mit einer imaginären Mannschaft Fußball spielt.

»Du hättest mal sehen sollen, wie sie geguckt hat, als Frau Puttfarken sich bei Gorch nach dem Tee erkundigt hat. Solche Augen hat die gemacht!« Gisela reißt in einem Anflug großer Schauspielkunst die Augen ganz weit auf.

»Was war denn mit Frau Puttfarken?«

Helene Puttfarken ist eine reizende Dame Anfang 70, die trotz ihrer zarten Erscheinung nun schon seit einigen Jahren ihre schwerkranke Tochter Maike pflegt, die ungefähr fünf Jahre älter ist als ich und an Multipler Sklerose leidet.

»Na, Gorch hat heute Mittag eine Gemüsekiste bei Puttfarkens abgeliefert und Hinnerk Puttfarken so ganz nebenbei erzählt, dass er demnächst auch Ekas Spezialtee im Sortiment hätte. Das hat er heute schon einigen Nachbarn beim Kistenausliefern erzählt. Ich habe ihm dabei geholfen, um alles genau zu beobachten. Die meisten Leute haben darauf gar nicht reagiert – schienen damit nichts anfangen zu können oder taten zumindest so. Aber Hinnerk ist richtig zusammengezuckt. Und kaum war ich mit Gorch wieder auf dem Hof, da kam schon Helene angerannt und sagte, sie wolle unbedingt bestellen. Gorch hat sie dann ein bisschen hingehalten und gesagt, er mache jetzt erst mal eine Liste. Schließlich wollen wir ja möglichst viele Beweise sammeln und noch ganz viele Steine ins Wasser schmeißen. Jedenfalls hat Gorchs Mutter fast der Schlag getroffen, als sie das mitbekommen hat. Das konnte ich ganz deutlich sehen. Sie hat zwar nichts dazu gesagt, aber wahrscheinlich nur, weil ich dabei war. Und dann haben noch zwei weitere Nachbarn bei Gorch wegen einer Bestellung angerufen. Wer das im Einzelnen war, weiß ich aber noch nicht. Ich bin gespannt, was Gorch nachher erzählt, wenn wir uns zur großen Lage treffen.«

»Große Lage?«

»Na, wie bei der Kripo! Da gibt's 'ne große und 'ne kleine Lagebesprechung. Wenn das Team sich untereinander bespricht – also Gorch und ich –, dann ist das eine kleine Lage. Und wenn gewissermaßen die Heeresführung – also du – dazukommt, dann ist das eine große Lage. Verstanden?«

»Ach so. Und die große Lagebesprechung findet wo statt?«

»In unserer Küche. Die ist jetzt unser Hauptquartier.«

Aha.

»Was koche ich denn jetzt bloß für so viele Leute?«

»Moment mal – wer nimmt denn außer uns dreien noch an der Lagebesprechung teil?«

»Also auf alle Fälle Herr Dr. Rupprecht. Ihr verteidigt die Jungs ja schließlich gemeinsam. Dr. Rupprecht hat auch schon zugesagt. Er fand, das sei eine sehr gute Idee von mir. Dann natürlich noch Aysun, die muss als deine Assistentin ja auch Bescheid wissen. Dann Alexander, weil er doch dein Sozius ist, und natürlich Sergio und Tiziano. Mit den Kindern zusammen also zehn Personen. Ich habe schon zwei Stühle aus dem Keller geholt.«

»Was? Du hast auch noch Aysun und Alexander eingeladen? Und Rupprecht? Und Sergio und Tiziano?«

»Also genau genommen habe ich auch noch Florentine mit ihren Kindern eingeladen. Weil die doch immer so traurig ist. Ich dachte, das heitert sie vielleicht auf.«

»Heitert sie vielleicht auf?«, echoe ich.

»Ja, ja, ich weiß schon, was jetzt wieder kommt. Anwaltsgeheimnis und so. Aber keine Sorge – ich habe erst Sergio und Tiziano gefragt. Die hatten nichts dagegen. Tiziano sagte, eine schöne Frau sei ihm immer willkommen.«

»So. Sagte er das?«

»Ja, sagte er. Und schön ist Florentine doch, das hatte ich ihm natürlich vorher erzählt. Ach, ich freu mich schon. Das wird ein toller Abend. Endlich mal wieder viele Gäste. Ich glaube, ich mache Coq au Vin. Das kann man so gut vorbereiten.«

Kein Zweifel – Gisela ist verrückt geworden. Vielleicht war es doch keine gute Idee, sie zum Agenten zu machen. Nein, es war ganz sicher keine gute Idee.

SECHSUNDZWANZIG

»Aber du hast doch beim Frühstück gesagt, dass du heute Abend Zeit für mich hast!« Tessa ist gerade erst nach Hause gekommen und schwer genervt.

»Ja, Schatz, das habe ich gesagt. Da wusste ich aber auch noch nicht, dass deine Großmutter hier ganze Heerscharen zum Essen einladen würde«, erkläre ich.

»Na und? Die können ja wohl auch ohne dich essen. Seit wann braucht Oma denn bei so was deine Hilfe?«

Okay, aus *genervt* ist *patzig* geworden.

»Es ist keine normale Essenseinladung – es geht um einen meiner Fälle. Ich muss also dabei sein. Und Oma jetzt helfen, denn die Gäste kommen schon in zehn Minuten.«

»Siehst du! Immer geht deine Arbeit vor! Nie hast du richtig Zeit für mich!«

Und aus *patzig* wird *anklagend*.

»Stimmt doch gar nicht!«, verteidige ich mich. Allerdings nur halbherzig, denn ich habe ein verdammt schlechtes Gewissen. Tessa hat schließlich Recht. Ich habe zu wenig Zeit für sie. Das muss ich ganz dringend ändern – aber nicht jetzt! Keine Zeit!

Tessa sagt jetzt gar nichts mehr, sondern dreht brummelnd ab. Wahrscheinlich sucht sie ihr Handy, um ihren Freundinnen mit schlimmen Worten mitzuteilen, was für eine schreckliche Mutter sie hat.

»Hey«, rufe ich ihr hinterher, »kannst du bitte mal beim

Tischdecken helfen? Wir werden sonst nicht rechtzeitig fertig mit allem.«

Tessa sieht nur kurz über ihre Schulter. »Keine Zeit!«

Zehn Minuten später ist wie von Geisterhand trotzdem alles vorbereitet – Gisela ist einfach ein Organisationstalent. Außerdem hat sie den frisch geduschten Nachwuchsfußballer zum Helferdienst eingeteilt, und als der erste Gast an die Tür klopft, ist der Tisch gedeckt. Zwar auf etwas unkonventionelle Art und Weise, aber immerhin mit allem, was dazugehört. Max hat aus den Servietten sogar kleine Bötchen gefaltet.

Ich öffne die Tür, vor der Simon Rupprecht steht. Lässig sieht er aus. Offensichtlich hat er zwischen Kanzlei und Lagebesprechung noch einen Boxenstopp eingelegt, denn er trägt nicht mehr den dunklen Anzug von heute Mittag, sondern Jeans und T-Shirt, was ihm ganz ausgezeichnet steht.

»So schnell sieht man sich wieder, Frau Kollegin!«, begrüßt er mich fröhlich und überreicht mir einen Strauß bunter Blumen.

»Oh, danke! Wäre aber nicht nötig gewesen, ist ja eine Dienstbesprechung.«

»Für eine Dienstbesprechung riecht es aber unglaublich köstlich hier. Schon ungefähr einen Kilometer vorher, übrigens, ich sabbere wahrscheinlich schon!«

Ich gucke ihn an. »Nein, noch geht es. Ich reiche Ihnen aber gern ein Taschentuch, wenn es so weit ist. Als Mutter eines Kindergartenkindes habe ich so etwas selbstverständlich immer dabei.«

Rupprecht nickt. »Ja, ich erinnere mich dunkel an diese Zeit. Feuchttücher waren auch nicht schlecht.«

Gisela kommt aus der Küche. »Herr Doktor Rupprecht, wie schön!«

Bevor sie ihm noch die Hand geben kann, drücke ich ihr die Blumen in selbige. »Hier, Gisela, für dich!«

»Oh, vielen Dank! Die stelle ich gleich mal ins Wasser.«

Gisela wetzt wieder in Richtung Küche, und Rupprecht guckt ein bisschen kariert.

»Meine Schwiegermutter ist die Köchin, nicht ich«, erkläre ich ihm deshalb.

»Die waren aber trotzdem für Sie«, beharrt Rupprecht. »Ums Kochen ging es mir … nur in zweiter Linie.«

»Und in erster Linie?«

»In erster Linie wollte ich mal einen guten Eindruck machen. Sie haben ja Recht – mein Auftritt neulich im Schuppen war seltsam. Ich weiß auch nicht, was mich da geritten hat. Dann unser verunglückter Ausflug in die Kantine – ich finde, es war jetzt mal an der Zeit für einen Blumenstrauß.«

Ich muss lachen. »So gesehen haben Sie natürlich Recht.«

»Okay, dann renne ich mal schnell hinter Ihrer Schwiegermutter her und nehme ihr die Blumen wieder weg.«

In gespieltem Entsetzen schlage ich die Hände über dem Kopf zusammen. »Bloß nicht! Gisela ist hier der Chef! Wenn Sie bei der unten durch sind, nutzt auch der beste Eindruck bei mir nichts mehr. Dann bekommen Sie hier Hausverbot, und unsere Zusammenarbeit muss ich dann natürlich auch sofort beenden.«

»Das klingt ja, als wäre Gisela der Pate.«

»Haargenau. So isses auch. Gisela ist wie Don Corleone. Nur ohne Schnurrbart.«

Es klingelt. Sergio und Tiziano. Ebenfalls mit Blumen bewaffnet. Allerdings kein bunter Strauß, sondern ein Riesengebinde der fast schon obligatorischen Rosen.

»Buona sera, Signora Avvocatessa!«, begrüßt mich Tiziano euphorisch und überreicht mit großer Geste die Blumen.

Rupprecht zieht die Brauen hoch. »Wo haben Sie denn diese tollen Blumen her? Doch hoffentlich nicht geklaut. Dann machen Sie meine Kollegin mit der Übergabe zur Hehlerin.«

Tiziano schaut verwirrt, und ich knuffe Rupprecht in die Seite. »Fangen Sie etwa schon wieder damit an? Ich dachte, Sie wollten heute einen guten Eindruck machen?«

Er grinst und klopft Tiziano gönnerhaft auf die Schulter. »Nur ein Scherz, Herr Felice, nur ein Scherz. Wirklich tolle Rosen haben Sie da mitgebracht, ich bin beeindruckt.«

»Äh, grazie! Sie sind aus unserem Garten. Erika hatte riesige Rosenbeete angelegt, manchmal verkauft Gorch Feddersen sie auf dem Wochenmarkt.«

Wie aufs Stichwort erscheint in diesem Moment Gorch. Auch er hat Blumen dabei. Langsam komme ich mir vor wie auf einer Beerdigung.

»Moinsen, min Deern! Gisela hat zwar was von einer Lagebesprechung gesagt, aber wie ich sie kenne, gibt das wieder was sehr Leckeres zu essen.«

»Hallo, Herr Feddersen. Stimmt genau, Gisela ist in der Küche. Gehen Sie ruhig durch.«

Als er an mir vorbeigegangen ist, schließe ich die Tür erst gar nicht wieder, denn als Nächstes kommt Alexander mit – richtig: Blumen. Und auch er: Rosen. Und zwar ganz schön viele, ganz schön langstielige weiße und rote. Ein ganz toller Strauß!

»Was denn? Züchtet der etwa auch Rosen in seinem Garten?«, flüstert Rupprecht mir zu, und nun ist es Tiziano, der die Brauen hochzieht. Die Herren beäugen sich höchst misstrauisch.

»Guten Abend, Alexander! Finde ich ja nett, dass du dir auch Zeit nimmst für unsere Lagebesprechung.« Ich bitte ihn ins Haus.

»Hallo, Nikola! Bitte sehr, für dich!«

»Oh, die sind aber wunderschön! Danke!«

»Freut mich, dass sie dir gefallen. Ich dachte mir, schöne Blumen für eine schöne Frau.«

Auweia. Das ist jetzt aber ein bisschen dick aufgetragen. Offenbar hat Alexander überhaupt keine Übung mehr in der Ansprache des weiblichen Geschlechts. Fragt sich nur, warum er gerade bei mir wieder damit anfängt. Offensichtlich war heute etwas im Grundwasser. Anders ist auch diese Blumenschwemme kaum zu erklären.

Ich nehme ihm den Strauß ab. Zusammen mit den Blumen von Sergio und Tiziano habe ich jetzt gefühlt fünfzig Kilo Rosen im Arm. Fühlt sich aber gar nicht schlecht an! Ich wuchte meine Beute in die Küche und überlege kurz, wo hier noch Vasen sein könnten. Da ich fast nie Blumen geschenkt bekomme, habe ich nicht die geringste Ahnung, wo Gisela die Vasen aufbewahrt. Ich lege das Blumenmeer also erst mal in die Spüle.

Auf dem Weg ins Esszimmer rufe ich nach meiner schlechtgelaunten Ältesten.

»Tessa, kommst du bitte mal in die Küche und kümmerst dich um die Blumen?«

Keine Reaktion. Wo steckt die eigentlich?

»Tessa! Nun sei doch nicht mehr beleidigt! Ich verspreche dir hoch und heilig, mich um dein Problem zu kümmern, sobald die Gäste weg sind, okay? Aber jetzt komm bitte helfen.«

Immer noch nichts. Egal. Ich kann mich jetzt allerdings nicht mit dem Besänftigen übellauniger Teenager beschäftigen, denn schon stehen die nächsten Gäste vor der Tür. Aysun und Florentine sind zeitgleich eingetroffen.

»Hallo, Mädels, kommt rein. Ich suche eigentlich gerade Tessa. Max schläft schon, also könnte sich die junge Dame jetzt mal ein bisschen um deinen Kleinen kümmern, Florentine.«

»Nicht nötig! Ich habe einen Babysitter engagiert. Meine Nachbarin passt auf. Heute hab ich frei, juchhu!« Sie strahlt mich an.

»Perfekt. Ich kann hier zwar nur eine dröge juristische Besprechung bieten, aber wenn dir das reicht, wunderbar! Das Catering ist allerdings mit Sicherheit hervorragend, Gisela ist eine exzellente Köchin.«

»Völlig egal. Du könntest auch aus dem Telefonbuch vorlesen und mir Magerquark servieren – das ist mein erster Abend ohne Kinder seit langer Zeit, und ich werde ihn genießen.«

»Na, dann wird es doch auf alle Fälle lustig!«, meint Aysun und kommt einen Schritt näher, um mich mit Küsschen links und rechts zu begrüßen. »Hast du Alexander eigentlich schon etwas erzählt?«

»Nein, ich habe ihn in der Kanzlei gar nicht mehr erwischt. Du kannst es aber theoretisch gleich selbst tun, denn Gisela hat ihn ebenfalls eingeladen.«

»Was denn erzählen?«, erkundigt sich Florentine neugierig.

»Ich habe beschlossen, Jura zu studieren, und will deswegen meine Stunden in der Kanzlei reduzieren. Aber psst! Alexander weiß noch nichts davon, ich habe es erst heute Morgen mit Nikola besprochen.«

Florentine nickt

»Ich schweige wie ein Grab!«

»Es haben heute schon drei Leute angerufen, die den Tee bestellen wollten«, berichtet Gorch Feddersen, während wir alle Giselas zugegebenermaßen köstlichen Coq au Vin genießen. »Helene Puttfarken ist sogar extra vorbeigekommen, und Peter Breckwoldt hat sich bei mir gemeldet, obwohl ich es ihm selbst gar nicht erzählt habe. Das scheint also wirklich Kreise zu ziehen.«

Tiziano nickt begeistert. »Allora – es ist so, wie ich gesagt habe! Man muss einen Stein ins Wasser werfen.«

»Gut, der erste Schritt ist also schon mal geglückt. Fragt sich nur, wie wir jetzt weitermachen«, überlegt Rupprecht laut. »Die Kunden reichen uns noch nicht. Die werden uns gegenüber kaum zugeben, dass sie wirklich Marihuana kaufen wollten, wenn wir sie danach fragen.«

»Ich bin nun kein Strafrechtler und deswegen auch nicht so mit dem Milieu vertraut – aber denken Sie, die wahren Dealer werden irgendwie reagieren, wenn sie von der angeblichen *Teelieferung* Wind bekommen?«, will Alexander wissen.

Rupprecht nickt. »Klar. Ich denke schon. Das ist ja der Grund für den Undercover-Einsatz von Frau Petersen und Herrn Feddersen. Normalerweise lässt sich kein Dealer sein Revier streitig machen. Ich sage deshalb einschränkend *normalerweise*, weil wir hier natürlich besondere Umstände haben. Schließlich war Erika Witthöft auch nicht gerade der Hanfzüchter, wie er im Strafrechtslehrbuch steht. Es ist also schwer zu sagen, was für ein Kaliber ihre Mittäter sind. Umso wichtiger ist es, die Info vom Teehandel ganz breit zu streuen, damit es auch die richtigen Leute hören.«

Gisela verteilt die letzten Hähnchenkeulen und wendet sich dann an Rupprecht. »Genau so machen wir es auch. Gorch, wenn er seine Gemüsekisten ausliefert, und ich haben es heute den anderen Nachbarn beim Plausch über den Gartenzaun erzählt.«

»Und wie geht es jetzt weiter?«, fragt Gorch. »Bisher habe ich alle Tee-Interessenten vertröstet. Ich hab gesagt, dass es noch ein paar Tage dauert, bis wir liefern können. Schließlich haben wir ja gar kein Marihuana, das wir verteilen könnten.«

»Tja«, Rupprecht streicht sich durch die Haare, »wir müssen also hoffen, dass Erikas alte Mitstreiter schnell reagieren und wir sie über ihre Reaktion identifizieren können. Sonst wird es schwer.«

»Mal ein praktischer Vorschlag«, mischt sich Aysun ein. »Vielleicht sollten wir das Glashaus rund um die Uhr beobachten. Wenn ich ein Dealer wäre, würde ich als Erstes nachgucken, ob dort tatsächlich wieder Gras angebaut wird.«

»Ein guter Punkt«, pflichtet Rupprecht ihr bei. »So sollten wir es machen. Wenn tatsächlich jemand kommt, wissen wir wahrscheinlich, mit wem wir es zu tun haben. Sehr gut, Frau Bilgin! Sie sind eine echte Spitzenkraft – ich sollte versuchen, Sie abzuwerben.«

»Nix da!«, lacht Alexander. »Die geben wir nicht her – nur über meine Leiche!«

Auch Aysun und ich lachen, allerdings etwas gequält. Vielleicht wird Alexander die Nachricht von Aysuns bevorstehender Bildungsoffensive doch nicht so gut aufnehmen. Ich mache mir gedanklich einen Knoten ins Taschentuch: Wir sollten uns beizeiten um eine neue Unterstützung kümmern. Wird nicht leicht sein, Aysun zu ersetzen.

Gisela klatscht in die Hände. Ein untrügliches Zeichen dafür, dass sie einen Plan gefasst hat, der Arbeitsanweisungen für ihre Mitmenschen enthält.

»Also brauchen wir eine Dauerwache am Gewächshaus. Rund um die Uhr, vierundzwanzig Stunden am Tag, sieben Tage die Woche. Gott sei Dank sind wir ja genug Leute, ich mache gleich nach dem Essen einen Dienstplan.«

Alexander räuspert sich. »Also, ich habe nicht die Muße, mich jeden Tag drei Stunden neben ein Gewächshaus zu stellen. Aber hier gibt es doch ein paar Menschen mit viel Tagesfreizeit. Ich finde, Herr Felice und Herr Ghedina sollten sich auf die Lauer legen – zumal sie auch die direkt Betroffenen sind.«

»Das fände ich nicht so günstig«, widerspricht Rupprecht. »Mit den beiden Angeklagten kann ich als Zeugen nichts anfangen. Besser sind unbeteiligte Dritte.«

»Aber wenn nur Gorch und ich mitmachen, klappt das nicht. Mit nur zwei Leuten können wir keine Dauerobservierung organisieren.« Gisela klingt schwer enttäuscht. »So kriegen wir die wahren Täter ja nie!«

»Also, ich mache auch mit«, meldet sich mit Aysun die erste Freiwillige. Sie wirft Sergio ein sehr bezauberndes Lächeln zu, der revanchiert sich mit einem in die Luft gehauchten Kuss. Mann, Mann, Mann, muss Liebe schön sein …

»Wenn die Kinder im Kindergarten und in der Schule sind, kann ich auch helfen«, bietet Florentine an. »Dann wären wir schon vier.«

Alexander seufzt. »Na gut. Wenn ich zuvor oder im Anschluss mit einem Glas Rotwein im Hause Petersen entlohnt werde, schließe ich mich dem Team in den Abend- oder Nachtstunden an. Von mir aus nehme ich auch die Frühschicht in Kombination mit einem leckeren Frühstück. Ich hoffe, wir müssen das nicht tagelang durchhalten.«

»An der Verpflegung soll es nicht scheitern,« sage ich, als mir noch eine Idee kommt. »Wir könnten doch auch eine Überwachungskamera installieren. Natürlich sind Zeugen aus Fleisch und Blut besser, aber bevor wir irgendwas verpassen, tut's ein Videobeweis vielleicht auch.«

»Kamera iste gute Idee!«, gibt mir Sergio Recht. »Kann ich maken. Hab ich gemakt auch für Maria Laura.«

Ich muss zugeben, dass Sergio nicht der Erste gewesen

wäre, den ich gebeten hätte, sich um etwas technisch so Anspruchsvolles zu kümmern. Ob der das wohl hinbekommt? Ich nehme mir vor, noch mal nach einer Fachfirma zu googeln. Aber trotzdem – langsam bekommt das Ganze ein Gesicht!

Auch Gisela nickt zufrieden. »Sehr schön! Dann haben wir uns doch jetzt alle ein Dessert verdient. Zu Ehren unserer beiden Nachbarn habe ich ein Tiramisu vorbereitet.«

Hm, lecker! Und weil das ein Lieblingsgericht meiner Tochter ist, beschließe ich, noch einmal nach ihr zu sehen. Vielleicht kann ich sie mit der Aussicht auf etwas Süßes wieder aus dem Schmollwinkel locken.

Ich laufe nach oben. Vor Tessas Zimmer angekommen, muss ich herzhaft lachen. An ihrer Tür hängt ein riesiger Zettel:

ERWACHSENE DRAUSSEN BLEIBEN!!!
VOR ALLEM MÜTTER!!!
VOR ALLEM, WENN SIE NIKOLA PETERSEN HEISSEN!!!

Anders als erwartet, läuft keine laute Musik, und ich höre Tessa auch nicht telefonieren. Vorsichtig öffne ich die Tür einen Spalt und linse ins Zimmer. Tessa liegt auf ihrem Bett, die Decke über den Kopf gezogen. Entweder sie schläft, oder sie ist immer noch tödlich beleidigt. Na gut, vielleicht lasse ich das Töchterlein dann besser mal in Ruhe und bewahre ihm ein Stück Tiramisu zum Frühstück auf. Das schmeckt morgen schließlich auch noch. Ich hauche ihr ein Küsschen zu und schließe die Tür wieder.

SIEBENUNDZWANZIG

Woran man merkt, dass ein Kind in die Pubertät kommt? Stimmungsschwankungen, erste Pickel, Abgrenzungsbedürfnis – alles richtig. Aber dann gibt es da noch eine Sache, die aus meiner Sicht gar nicht so schlecht ist: Kinder schlafen plötzlich lang. Und zwar freiwillig. Tessa zum Beispiel hat uns als Kleinkind mit schöner Regelmäßigkeit morgens um halb sechs geweckt. Egal, wie spät wir sie ins Bett gebracht haben, spätestens um Viertel vor sechs war sie hellwach. Und ihre armen Eltern somit auch. Wochenende, Ferien – völlig egal. Was hätte ich darum gegeben, mal einen Tag ausschlafen zu dürfen!

Seit einem halben Jahr aber hat sich Tessas Schlafrhythmus völlig geändert: Bis zehn Uhr schläft sie jetzt locker, wenn man sie lässt. Ich habe neulich irgendwo gelesen, dass das an der Hormonumstellung liegt. Woran auch immer – ich find's prima. Max war nämlich noch nie ein Frühaufsteher, und so können wir an einem Samstag wie heute alle einfach mal ein bisschen länger liegen bleiben.

Nachdem ich ausgeschlafen hatte, habe ich den Abwasch von Giselas gestriger Lagebesprechung erledigt und die Küche aufgeräumt. Ich schaue auf die Uhr. Kurz vor elf. Na gut. Jetzt wecke ich Tessa doch mal. Und zwar mit einem Teller, auf dem sich ein großes Stück Tiramisu befindet. Als Zeichen meines guten Willens gewissermaßen.

An Tessas Tür angekommen, klopfe ich. Keine Reaktion.

Schläft anscheinend noch tief und fest. Ich öffne die Tür und stelle mich mit dem Teller neben ihr Bett. Dort liegt sie immer noch langgestreckt, die Decke über dem Kopf.

»Guten Morgen, mein Schatz!«

Nichts. Ich stelle den Kuchenteller auf den Nachttisch, ziehe mit einem Ruck die Bettdecke weg – und starre auf eine sorgsam zusammengerollte Wolldecke und einen Fußball. Was ist das? Und wo ist Tessa? Es dauert ungefähr fünf Sekunden, bis mein Gehirn in der Lage ist, diese Information zu einem logischen Gedanken zu verarbeiten: Tessa ist weg. Ich habe gestern Abend wahrscheinlich einer Wolldecke einen Gutenachtkuss zugehaucht.

Für einen Moment bin ich wie erstarrt, und es fühlt sich an, als bliebe mein Herz stehen. Als ich mich wieder bewegen kann, stürze ich aus dem Zimmer und renne zur Treppe.

»Gisela! Komm mal schnell!«

»Was gibt's denn?«, ruft Gisela von unten. »Ist Tessa krank? Die soll einfach mal aufstehen, dann fühlt sie sich bestimmt schon besser.«

»Nein! Sie ist weg!«

»Weg?« Sofort kommt Gisela die Treppe hochgestolpert. »Was meinst du mit *weg*?«

»Weg. Verschwunden. Sie ist nicht mehr da.«

»Ja, aber ... wo ist sie denn hin?« Gisela steht neben mir und sieht völlig verwirrt aus.

Mir gehen die Nerven durch. »Das weiß ich nicht! Ich dachte, sie wäre noch im Bett, aber da liegt nur eine Attrappe!«

»Eine Attrappe?«

»Ja, verdammt! Eine zusammengerollte Wolldecke, mit Max' Fußball als Kopf.«

»Aber du warst doch gestern Abend noch einmal bei ihr. War sie denn da auch schon weg?«

»Verstehst du nicht, was ich sage? Ich glaube, Tessa hat eine Art Puppe gebaut, damit ich nicht merke, dass sie gar nicht in ihrem Bett liegt. Ich weiß nicht, wann sie verschwunden ist. Vielleicht war sie gestern Abend noch da, vielleicht war sie da schon weg. ICH WEISS ES NICHT!« Bei den letzten Worten schreie ich Gisela so an, dass sie unwillkürlich einen Schritt zurückweicht.

»Kind, nun beruhige dich doch! Sicherlich ist das alles nur ein Dummer-Jungen-Streich, in diesem Fall von einem dummen Mädchen. Bestimmt taucht Tessa gleich wieder auf.«

»Ja«, erwidere ich lahm, aber schon während ich das sage, weiß ich, dass es nicht so ist. Tessa will uns keinen Streich spielen. Ich habe mich nicht um sie gekümmert. Deswegen ist sie weggelaufen. Tränen steigen mir in die Augen. Ich fühle mich grauenhaft.

Gisela streicht mir über die Schulter.

»Nikola, nun komm! Wir suchen jetzt mal nach ihr. Bestimmt steckt sie irgendwo im Haus oder im Garten.«

Nach einer halben Stunde haben wir jeden Winkel im Haus durchkämmt und im Garten jeden Stein umgedreht. Selbst Max hat überall nach seiner Schwester gesucht. Aber: Fehlanzeige. Tessa bleibt wie vom Erdboden verschwunden. Ihr Handy lässt sich auch nicht orten. Ich bin ratlos und mittlerweile auch verzweifelt. Wo steckt das Kind?

Wir stehen wieder dort, wo wir die Suche begonnen haben: in Tessas Zimmer. Gisela legt den Arm um mich. Falls mich das trösten sollte, bewirkt es leider das Gegenteil. Ich kann die Tränen nicht mehr zurückhalten und heule wie ein Schlosshund.

»Ich bin eine schlechte Mutter«, bringe ich mühsam hervor. »Tessa will mir schon seit Tagen etwas erzählen, aber nie habe ich Zeit. Immer ist irgendetwas wichtiger. Und jetzt ist Tessa weg.« Weiter komme ich nicht, mich schüttelt ein regelrechter Weinkrampf.

Gisela starrt mich an, wahrscheinlich überlegt sie, ob sie mir eine scheuern soll oder auf welche Weise sie mich sonst am besten beruhigen kann. Sie entschließt sich für eine weniger rabiate Methode, drückt mich sanft auf Tessas Bett und setzt sich neben mich. Da hocke ich nun neben dem Fußball und der Wolldeckenrolle und kann nicht aufhören zu weinen.

»Nikola, das ist doch nicht deine Schuld! Du hast eben viel zu tun! Wenn du ein Mann wärst, würdest du dir darüber keine Gedanken machen. Dann wäre es doch völlig normal, dass du die Brötchen verdienst und deswegen nicht so viel Zeit hast. Nun mach dir doch deswegen keine Vorwürfe!«

»Ich bin aber kein Mann!«, schluchze ich. »Ich bin eine Mutter, die nie da ist. Meine Kinder werden groß, und ich bekomme nichts davon mit. Weil ich ständig in dieser Scheißkanzlei hocke.«

»Kindchen, Kindchen, das ist doch Unsinn.«

Also, so nennt Gisela mich wirklich nur im äußersten Notfall. Wenn sie denkt, dass ich gleich überschnappe und womöglich was Verrücktes anstelle. In den Tagen und Wochen nach Christophs Tod hat sie mich manchmal so genannt, wenn sie mich trösten wollte. Eigentlich kaum zu glauben: Es ging Gisela selbst so schlecht, und trotzdem hat sie noch versucht, mich zu trösten. Ich muss an Christoph denken, und auf einmal werde ich … ja, ich werde verdammt sauer! Warum, beschimpfe ich ihn in Gedanken, warum hast du uns alleingelassen? Warum hängt jetzt alles an mir? Warum?!

Ich weiß, dass diese Gedanken absurd sind. Und ich weiß auch, dass sie normal sind. So hat es mir jedenfalls die Traumatherapeutin erklärt, zu der ich im ersten Jahr nach Christophs Tod einmal in der Woche gegangen bin. Sie hat mit mir über die Phasen der Trauer gesprochen – Schock, aufbrechende Gefühle, Neuorientierung und Finden des inneren Gleichgewichts. Und sie hat mir erzählt, dass sich neben Angst, Traurigkeit und Verzweiflung auch immer wieder Wut eine Bahn brechen wird. Ich muss sagen, dass ich schon lange keinen Gefühlsausbruch dieser Art mehr hatte. Aber jetzt, in diesem Moment, fühle ich mich fast wieder so hilflos wie in diesem schrecklichen ersten Jahr als Witwe.

Gisela hingegen geht das Problem mit gewohntem Pragmatismus an.

»Also, lass uns doch mal nachdenken: Wo könnte Tessa denn hinverschwunden sein? Ich meine, sie wird sich ja nicht in Luft aufgelöst haben. Und diese Konstruktion mit dem Ball beweist doch, dass sie nicht entführt worden ist, sondern dass sie abgehauen ist. Bestimmt hat sie bei irgendeiner Freundin geschlafen. Lass uns mal die Klassenliste holen und bei ihren Freundinnen anrufen.«

Ich nicke. »Ja, das sollten wir wahrscheinlich tun. Die Liste hängt unten am Kühlschrank. Vielleicht hat Tessa auch noch eine auf ihrem Schreibtisch liegen.«

Gisela steht wieder auf, geht zum Schreibtisch und blättert in den Unterlagen, die dort wild verstreut herumflattern. Tessa hat nämlich meinen nicht vorhandenen Ordnungssinn geerbt.

»Ha!«, schreit sie auf einmal, als habe sie etwas Sensationelles entdeckt. »Guck mal! Keine Telefonliste, aber das hier!« Okay, offenbar *hat* sie etwas Sensationelles entdeckt. Sie hält mir einen Briefumschlag unter die Nase. *»Für Mama«* steht dort in Tessas Krakelschrift geschrieben. Sofort reiße ich Gisela den Umschlag aus der Hand, öffne ihn und ziehe ein Blatt Papier heraus.

Liebe Mama,
ich weiß, du willst dich immer gut um uns kümmern, auch wenn du ganz viel zu tun hast. Und auch Oma gibt sich viel Mühe mit Max und mir. Aber ich mache euch trotzdem immer nur Ärger. Ich glaube deshalb, es ist für alle besser, wenn ich mich jetzt um mich selbst kümmere. Dann habt ihr auch mehr Zeit für Max. Der braucht euch mehr, der ist ja noch ein Baby. Macht euch also keine Sorgen. Ich komm schon klar.

Alles Liebe
Tessa

Ich lasse den Brief sinken. Es stimmt also – Tessa ist weggelaufen, weil ich zu wenig Zeit für sie habe. Und das Schlimmste: Sie ist nicht mal böse auf mich, sondern will mir damit einen Gefallen tun! Weil sie denkt, dass sie für mich eine Belastung ist.

Wieder fange ich an zu weinen. Aber diesmal tröstet mich Gisela nicht, sondern knufft mich ziemlich unbarmherzig in die Seite.

»Wirklich, Nikola! Jetzt reiß dich mal zusammen. Tessa ist abgehauen. Ja, nicht schön, aber noch kein Weltuntergang. Jugendliche machen so etwas nun mal, und Heulen bringt uns da nicht weiter.«

»Die Polizei! Wir müssen sofort die Polizei anrufen!«

»Und was willst du denen erzählen? Sie ist ganz offensichtlich freiwillig weggelaufen. Lass uns erst alles versuchen, um sie schnell selbst wieder einzufangen. Wenn wir dann in zwei Stunden immer noch keine Ahnung haben, wo sie stecken könnte, können wir ja eine Vermisstenanzeige aufgeben. Also, lass uns die blöde Telefonliste holen und alle Familien anrufen, bei denen sie sein könnte. Mehr würde die Polizei im ersten Schritt auch nicht machen.«

Wahrscheinlich hat Gisela Recht. Auch wenn mir nicht danach zumute ist, laufe ich runter in die Küche und nehme die Liste vom Kühlschrank. Ich werfe einen Blick auf die Namen. Normalerweise würde ich es jetzt bei Luna und Sammi versuchen, aber wenn ich ehrlich bin, weiß ich nicht, ob die Mädchen nicht immer noch Streit haben.

Eine tolle Mutter bist du, höre ich wieder meine innere Stimme. *Du weißt noch nicht mal, an wen sich deine Tochter in der Not wenden würde. Mach dir nichts vor, Nikola Petersen – du hast keine Ahnung, wo du nach Tessa suchen sollst. Es ist alles deine Schuld!*

Sei endlich still! Ich weiß ja, dass du Recht hast, würde ich die Stimme am liebsten anschreien. Aber dann fällt mir ein, dass ich vielleicht doch eine Idee habe. Ich glaube, ich weiß, wo ich mehr über Tessas Verschwinden erfahren könnte. Warum bin ich nur nicht gleich darauf gekommen? Ich muss sofort los! Ich drücke Gisela die Telefonliste in die Hand und schnappe mir den Autoschlüssel.

Auf dem Weg fahre ich fast Gorch Feddersen über den Haufen, der mit einer Schubkarre voller Grünzeugs unterwegs ist. Ich kurble die Fensterscheibe hinunter.

»Tschuldigung, Herr Feddersen. Bin etwas in Eile!«

»Dat merk ich schon, min Deern! Fahr mal vorsichtig, so schnell kann ja kein Schutzengel fliegen!«

»Ja, mach ich.«

»Ach, und noch eins – sind die Italiener zu Hause?«

Ich überlege kurz. »Ich glaub schon, warum?«

»Na, wegen dem Plan.«

»Welcher Plan denn?«

»Mit unserer Observa .... der Observi ... äh, also wegen dem Überwachen von dem Haus, nech?«

»Tut mir leid, aber ich bin gerade in Gedanken ganz woanders – helfen Sie mir kurz auf die Sprünge?«

Gorch nickt und zeigt auf seine Schubkarre. Jetzt erst sehe ich, dass es sich bei dem Grünzeug bei genauerem Hinsehen wohl um … nein! Das darf doch nicht wahr sein!

»Herr Feddersen, haben Sie da etwa Hanfpflanzen in Ihrer Schubkarre?«

Er grinst. »Sieht so aus, wat?«

Ich bin schockiert. Eigentlich will ich ganz dringend weiter, aber in diesem Fall muss ich nun leider doch aussteigen, um das Schlimmste zu verhindern. Gorch Feddersen hat das mit dem *Agent Provocateur* offenbar in den falschen Hals bekommen: Er soll Straftaten provozieren, nicht sie selbst begehen!

»Wo wollen Sie denn damit hin?«

»Ist doch wohl klar. Die stelle ich den Jungs jetzt wieder ins Gewächshaus. Damit dat nich leer ist, wenn der große Unbekannte gucken kommt, nech?«

»Sind Sie wahnsinnig geworden? Sie können doch da nicht wieder eine Hanfplantage anlegen. Wollen Sie Sergio und Tiziano auf direktem Weg in den Knast bringen?«

Gorch Feddersen lacht sich scheckig.

»Herr Feddersen! Das ist *nicht* lustig! Weg mit dem Zeug! Am besten auf Ihren Kompost und dann verbrennen!«

»Ach wat, min Deern! Nu beruhig dich man. Das ist doch kein echter Hanf. Sieht nur so ähnlich aus. In Wirklichkeit sind das Spinnenblumen, bei denen ich die Blüten gekappt habe. Dann sehen die aus wie Hanfpflanzen. Zum Verwechseln ähnlich, wie du selbst siehst. Na ja, bist ja 'n Stadtkind, nech?«

Ach so. Ich tue, wie mir geheißen, und fahre mich wieder auf Betriebstemperatur runter.

»Gisela und ich können doch nicht rumrennen und überall erzählen, dass wir die *Teeproduktion* wieder gestartet haben – und wenn mal einer guckt, dann ist da nix. Da fliegen wir doch sofort auf, nech?«

Ich nicke. »Da haben Sie natürlich völlig Recht. Das ist eine Superidee. Tut mir leid. Ich bin heute nicht so gut drauf.«

»Was ist denn los?«, erkundigt sich Gorch neugierig.

»Tessa ist abgehauen, und ich mache mir große Sorgen um sie.«

Gorch wiegt den Kopf hin und her. »Na, ich habe ja selbst keine Kinder – aber das kommt doch in den besten Familien vor, oder nicht? Mach dir mal nicht so viele Sorgen. Die kommt schon wieder. Spätestens wenn das Sparschwein leer ist und der Magen knurrt.«

Ich nicke. Aus Höflichkeit, nicht aus Überzeugung. »Ja, hoffentlich haben Sie Recht. Aber jetzt muss ich schnell weiter.«

Ich springe wieder in mein Auto und fahre los. Durch das offene Fenster höre ich noch, wie Gorch mir »Viel Glück« hinterherruft. Ja, das kann ich jetzt zur Abwechslung mal wirklich gebrauchen!

ACHTUNDZWANZIG

Auf dem Friedhof ist es ganz ruhig und leer. Offenbar haben die meisten Menschen an einem Samstagmittag andere Dinge zu tun, als verstorbene Angehörige zu besuchen. Mir geht es da nicht anders, ich bin samstags normalerweise eher mit dem Wochenendeinkauf beschäftigt – wenn ich nicht sogar noch einen Arbeitstag in der Kanzlei einlege.

In die Mitte von Christophs Grabstelle hat der Gärtner seit meinem letzten Besuch neue Blumen gepflanzt. Ich hatte mir etwas Buntes gewünscht, geworden sind es nun Begonien, ziemlich viele davon, natürlich alle gelb. Okay, vielleicht muss ich irgendwann mal die Gärtnerei wechseln. Aber das ist jetzt unwichtig.

Als ich beim Grabstein angelangt bin, greife ich dahinter und hole die Briefbox hervor. Ob ich richtigliege mit meiner Vermutung? Mein Herz klopft schneller, als ich sie öffne. Tatsächlich. Ein neuer Brief. Und eindeutig in Tessas Handschrift verfasst.

Ich nehme ihn vorsichtig heraus und lege die Box auf den Boden neben mich.

Lieber Papa,

ich habe dir schon lange nicht mehr geschrieben. Aber Mama sagt, ich soll es ruhig wieder tun. Also mache ich es. Papa, ich weiß nicht mehr weiter, und vielleicht kannst du mir helfen. Mit einem Rat oder so? Damit du weißt, was ich meine: Ich habe neulich ein Buch gelesen, Percy Jackson hieß das, da bekam ein Junge nämlich immer Zeichen von seinem Vater. Na ja, der war nicht tot, sondern ein Gott. Also, ein griechischer – Poseidon. Aber ist ja auch egal, worauf ich hinauswill: Kannst du mir nicht vielleicht auch ein Zeichen geben? Wahrscheinlich wunderst du dich jetzt, warum ich nicht einfach Mama frage. Aber Mama muss immer so viel arbeiten, die hat keine Zeit. Also, es ist so: Ich glaube, ich bin verliebt. Nein, ich bin mir ganz sicher – ich liebe Tom Czichowitz aus der 9a. Er ist der tollste Junge, und zwar nicht nur in Hamburg, sondern auf dem gesamten Planeten. Und das Beste: Er liebt mich auch. Aber niemand hier darf das wissen. Denn Tom war vorher mit Sammi zusammen. Und die ist eigentlich meine beste Freundin. Und uneigentlich eine richtig blöde Kuh. Ich weiß nicht, was ich früher so toll an der fand. Als sie mit Tom Schluss gemacht hatte, durften Luna und ich nicht mehr mit ihm sprechen. Und dabei habe ich mich immer richtig gut mit Tom verstanden. Wahrscheinlich zu gut für Sammis Geschmack, und deswegen hat sie auch Schluss gemacht. Jedenfalls weiß ich, dass sie durchdrehen würde, wenn sie von Tom und mir wüsste. Und Luna ist kein Stück besser. Also, die machen mir auch ohne Tom schon das Leben zur Hölle. Seit der Sache mit Lunas Haaren ja sowieso – obwohl die blöde Kuh da selbst schuld war! Jedenfalls: Tom und ich lieben uns so – wie können wir das weiter geheim halten? Deswegen meine Frage: Meinst du, Tom und ich können schon allein leben? Also, woanders als in Hamburg? Ich meine – die Julia aus »Romeo und Julia« war doch auch erst 14, als sie Romeo geheiratet hat. Und ich bin immerhin schon 13. Mir ist klar, dass Mama nicht begeistert wäre. Aber denkst du, sie könnte es vielleicht auch ein bisschen verstehen? Lieber Papa, mit Mama zu sprechen hat keinen Sinn, das habe ich schon versucht. Also bitte, bitte – kannst du mir ein Zeichen geben? Was soll ich machen? Sollen Tom und ich es nicht einfach mal versuchen? Ich halte es jedenfalls so nicht länger aus – jeden Morgen wache ich mit dem Gefühl auf, dass es mir gleich das Herz zerreißen wird. Ich glaube, das Beste wird sein, wir hauen einfach zusammen ab.

Ich hab dich lieb

Deine Tessa

Ich lasse den Brief sinken. Wie kann es denn sein, dass ich davon nichts gemerkt habe? Dass ich keinen blassen Schimmer von dem Herzschmerz meiner Tochter hatte? Dabei hatte ich gleich so ein Gefühl, dass hinter dem Zickenalarm an der Schule noch mehr steckt. Warum bin ich diesem Gefühl nicht nachgegangen? *Weil du nie Zeit hast!*, schimpfe ich wieder mit mir selbst. Ich atme tief durch. Meine Selbstvorwürfe bringen mich jetzt nicht weiter. Wenn ich Tessa finden will, muss ich nach Tom suchen – so viel ist mal klar. Und zwar schnellstens! Ich fahre sofort nach Hause.

»Czichowitz, hallo?«

Die Männerstimme am anderen Ende der Leitung klingt warm und freundlich.

»Ja, hallo, hier spricht Nikola Petersen. Ich bin die Mutter von Tessa, einer Schulkameradin von …«

»Ah, hallo, Frau Petersen! Tessas Mutter, ich weiß, ich weiß! Was kann ich für Sie tun?«

Herr Czichowitz scheint Tessa persönlich zu kennen – ich bin überrascht. Sollte Tom sie schon einmal mit nach Hause gebracht haben? Ich bin mir ziemlich sicher, dass Tom noch nie bei uns war, nehme mir aber vor, Gisela gleich mal danach zu fragen. Ich räuspere mich.

»Also, äh, ist meine Tochter zufälligerweise gerade bei Ihnen?«

»Nein, tut mir leid. Aber Tom ist an diesem Wochenende auch gar nicht da. Er ist beim Fußballcamp. Trainingslager der B-Jugend.«

»Ach so.« Ich zögere kurz, weil meine nächste Frage wahrscheinlich etwas komisch klingt. »Ähm, könnten Sie mir bitte mal die Telefonnummer von diesem Camp geben? Und die Adresse? Vielleicht ist Tessa ja mitgefahren.«

Czichowitz lacht. »Wie meinen Sie das denn? Ist das ein Fahndungsaufruf?«

»Äh, gewissermaßen. Ich bin mir gerade tatsächlich nicht sicher, wo Tessa steckt. Und da ich weiß, wie sehr sie Ihren Sohn mag, kann ich nicht ausschließen, dass sie einfach mitgefahren ist.«

Ein Seufzer. »Diese Kinder! Na gut, ich muss die Adresse raussuchen, und ich werde auch gleich mal versuchen, meinen Sohn zu erreichen. Ich rufe gleich zurück.«

Tatsächlich habe ich Czichowitz keine fünf Minuten später wieder an der Strippe.

»Also, im Camp ist Tessa nicht. Tom hab ich zwar nicht direkt erreicht, der hat nämlich sinnigerweise sein Handy hier liegen lassen. Aber Ben, sein älterer Bruder ist mit, und der sagt, er hat Tessa nicht gesehen. Haben Sie einen Stift? Ich gebe Ihnen jetzt die Adresse vom Camp – falls Sie selbst nachsehen wollen. Bis Malente fahren Sie aber bestimmt eine gute Stunde.«

»Ja, aber wenn ich sie hier nicht finde, werde ich das wohl machen müssen. Danke jedenfalls! Und falls Sie doch noch etwas hören …«

»… dann rufe ich Sie selbstverständlich sofort an. Viel Glück! Aber bestimmt taucht die junge Dame gleich wieder auf und hat sich einfach beim Shoppen vertrödelt oder so.«

»Ihr Wort in Gottes Ohr!«, verabschiede ich mich und

hoffe gegen jede Wahrscheinlichkeit, dass der Mann Recht hat.

Nach dem Telefonat mache ich mich auf die Suche nach Gisela und finde sie in der Küche, wo sie in aller Seelenruhe einen Kaffee aufsetzt. Aber vielleicht ist das auch nur ihre Methode, sich zu beruhigen. Als sie mich sieht, hält sie inne.

»Und?«, will sie von mir wissen.

Ich schüttle den Kopf. »Nichts. Tom ist bis morgen Abend in einem Fußballtrainingslager. Da steckt sie angeblich nicht. Czichowitz hat mir aber die Adresse gegeben. Vielleicht fahre ich da einfach mal hin.« Ich seufze. »Aber als Erstes rufe ich jetzt die Polizei an. Es wäre auch toll, wenn du vielleicht noch einmal über unsere Suche nachdenken könntest, statt über das nächste Kaffeekränzchen.«

»Nikola, nun beruhige dich bitte. Tessas Brief vom Friedhof ist doch eindeutig: Sie ist nicht entführt worden, sondern vor lauter Liebeskummer abgehauen. Der Kaffee ist für die Nachbarn, die ich hergebeten habe, damit sie uns bei der Suche helfen. Ich habe ein aktuelles Foto von Tessa ausgedruckt zusammen mit einer Beschreibung, welche Kleidung sie vermutlich gerade trägt.«

Ich atme tief durch. »Entschuldige bitte. Das ist eine gute Idee von dir. Gib mir mal den Zettel, dann fahre ich zur Polizei. Damit können die vermutlich mehr anfangen als mit einem panischen Telefonanruf meinerseits.«

Auf dem Weg zum Auto stoße ich fast mit Tiziano zusammen, der offensichtlich Giselas Aufruf zur Nachbarschaftshilfe folgen will.

»Salute, Signora Petersen! Ich habe schon von Tessa gehört – es tut mir sehr leid! Aber bestimmt werden wir sie schnell finden, wenn wir alle zusammen suchen. Sergio kommt auch gleich.«

»Danke, das ist sehr nett! Ich werde jetzt zur Polizei fahren und eine Vermisstenanzeige aufgeben, damit wir keine Zeit verlieren.« Bei den letzten Worten bildet sich ein Riesenkloß in meinem Hals, und ich merke, dass ich kurz davor bin, wieder in Tränen auszubrechen.

Tiziano merkt das offenbar auch. Jedenfalls streift er ganz sanft mit der Hand meine Schulter und versucht, aufmunternd zu lächeln.

»Hey, Nikola – alles wird gut! Bestimmt! Kommen Sie, ich fahre Sie zur Polizei.«

Ich schüttle den Kopf. »Danke, es geht schon.« Aber mein Schniefen und die Tränen, die mir über die Wangen laufen, strafen meine Worte Lügen.

»Sie können doch so gar nicht richtig sehen. Allora, geben Sie mir die Schlüssel. Ich bringe Sie sicher hin und wieder zurück, versprochen! Als Autofahrer bin ich viel besser als als Mandant.«

Er grinst und hält mir die Hand vor die Nase. Tatsächlich muss ich jetzt auch lächeln – über diesen schrägen Vergleich oder über die Fürsorglichkeit in seiner Stimme, ich weiß es gerade selbst nicht. Jedenfalls drücke ich ihm schließlich den Autoschlüssel in die Hand. Und wenn ich ehrlich bin, bin ich froh, jetzt nicht allein zur Polizei fahren zu müssen, sondern eine freundliche Seele an meiner Seite zu wissen. Sehr froh sogar!

Auf unserem zuständigen Polizeikommissariat in Hamburg-Bergedorf herrscht an diesem Samstagmittag alles andere als Hochbetrieb, und so kann ich mein Anliegen sofort vorbringen. Ein jüngerer Beamter hört sich die ganze Geschichte an, nickt mir immer wieder aufmunternd zu, wenn ich ins Stocken gerate, und lässt sich ansonsten nicht anmerken, ob er mich für völlig überbesorgt hält. Ab und zu kann ich nur mühsam ein Schluchzen unterdrücken, und Tiziano, der auf dem Stuhl neben mir sitzt, nimmt dann immer kurz meine Hand, was ich überraschend angenehm und tröstend finde.

Als ich am Ende meiner Schilderung angekommen bin und den von Gisela entworfenen Zettel auf den Tisch gelegt habe, kann ich trotzdem nicht verhindern, dass eine Träne auf das Papier tropft. Peinlich berührt krame ich in meiner Handtasche nach einem Tempo, finde aber keines. Aber erstaunlicherweise hat Tiziano eins griffbereit. Er gibt es mir, und ich tröte hinein wie Benjamin Blümchen.

»Entschuldigen Sie bitte, ich hoffe, Sie halten mich jetzt nicht für hysterisch«, wende ich mich dann wieder an den Polizisten. Der schüttelt den Kopf.

»Nein, überhaupt nicht. Wenn ein Kind verschwindet, nehmen wir das sehr ernst. Vermisste Minderjährige gelten immer als potentiell gefährdet, ganz egal, ob sie einen Abschiedsbrief hinterlassen oder nicht. Ich habe das jetzt alles aufgenommen, Ihr Zettel mit dem Foto und der Beschreibung ist sehr hilfreich. Der gesamte Vorgang geht nun zum LKA, die Kollegen dort sind ab jetzt zuständig und werden entscheiden, wie weiter vorzugehen ist, also ob sie zum Beispiel schon öffentlich nach Tessa suchen oder erst mal nicht.«

»Zum Landeskriminalamt?«, frage ich nach. Das klingt nicht gut! Ich muss schlucken, Tiziano drückt wieder meine Hand.

»Äh, ja, aber das ist eine reine Zuständigkeitsfrage«, beruhigt mich der Polizist deshalb schnell. »Das heißt um Himmels willen nicht, dass wir von einem Verbrechen ausgehen. Im Gegenteil, die meisten vermissten Kinder tauchen schon nach kurzer Zeit wieder auf, und ich bin sehr guter Dinge, dass Sie Tessa sehr bald ganz munter wieder begrüßen können.«

»Meinen Sie?«, frage ich unsicher.

»Ja, tatsächlich sind die allermeisten Kinder nach zwei Tagen wieder wohlbehalten zu Hause. Ach, eines noch: Hat Tessa ein Handy? Dann können wir versuchen, sie zu orten. Sobald sie es anschaltet, wissen wir dann ziemlich genau, wo sie ist. Dafür brauchen wir auch keinen richterlichen Beschluss, weil es hier um Gefahrenabwehr geht.«

»Also, Tessa hat zwar ein Handy, aber anscheinend hat sie es ausgeschaltet. Ich habe mal so eine Ortungsfunktion drauf installiert, aber ich kann sie damit momentan nicht finden. Die Nummer schreibe ich Ihnen natürlich auf.«

Ich ziehe einen Stift aus meiner Handtasche und kritzele Tessas Nummer auf Giselas Zettel.

»Danke. Ich habe hier auch noch etwas für Sie.« Der Polizist schiebt mir eine Visitenkarte über den Tisch. »Da steht unsere Telefonnummer. Unser PK ist rund um die Uhr besetzt. Falls Ihnen noch etwas einfällt, rufen Sie einfach durch. Und wenn ich weiß, wer Sie beim LKA betreut, bekommen Sie die Nummer natürlich auch gleich.«

Ich nicke matt. Es dürfte mittlerweile ungefähr ein Uhr mittags sein, aber es fühlt sich für mich an wie drei Uhr nachts. Offensichtlich merkt man mir meine Erschöpfung deutlich an, denn jetzt hat der Polizist noch einen speziellen Vorschlag. Interessanterweise an Tiziano Felice.

»Wissen Sie, Ihre Frau sieht ziemlich geschafft aus. Was halten Sie davon, wenn Sie mit ihr jetzt erst mal eine Kleinigkeit essen gehen oder einen Kaffee trinken. Sobald wir etwas Neues herausfinden, rufen wir Sie selbstverständlich an.«

»Das ist gar nicht mein …« Weiter komme ich mit der Erläuterung meines Familienstandes nicht. Denn jetzt legt

Tiziano sehr fürsorglich und familienvaterhaft seinen Arm um meine Schultern und schiebt mich mit einem »Komm, Schatz, das ist doch eine gute Idee« aus der Tür.

Draußen angekommen, muss ich erst mal tief durchatmen. Tiziano Felice betrachtet mich nachdenklich.

»Ich glaube, der Polizist hat Recht.«

»Damit, dass alles wieder gut wird?«

»Ja, das auch. Aber vor allem die Idee mit dem Kaffee war gut. Sie sind so weiß wie eine Wand.«

Ich lege den Kopf schief.

»Ich bezweifle, dass ein Kaffee daran etwas ändern wird.«

»Abwarten. Jetzt kommen Sie erst mal. Das Café da drüben sieht doch ganz in Ordnung aus.«

Widerstandslos lasse ich mich von ihm in das nächste Café schieben. Als Tiziano zwei Minuten später unsere Bestellung aufgibt, muss ich trotz der Umstände lächeln. Irgendwie ist dieser Felice schon süß. Und enorm praktisch veranlagt. Seine Bestellung lautet: zwei Stück Erdbeerkuchen, zwei Kaffee. Und einen doppelten Cognac.

NEUNUNDZWANZIG

Den halben Tag suchen wir nun schon nach Tessa, und noch immer kein Lebenszeichen von ihr. Und jetzt, wo die Wirkung des Cognacs nachlässt, bin ich leider wieder völlig aufgelöst. Mein Kind ist ganz allein unterwegs – was, wenn ihm etwas zustößt? In meinem Kopf spielen sich die schlimmsten Horrorszenarien ab.

Gorch Feddersen kommt wieder in unsere Küche, die sich mittlerweile zur Kommandozentrale *Sucht Tessa!* verwandelt hat.

»Und?«, will ich von ihm wissen.

Er schüttelt den Kopf.

»Nee, die Deern hat in Howe niemand gesehen. Aber ich habe die Zettel auch in Kirchwerder verteilt. Da ist heute ein Reitturnier, kommen viele Leute aus ganz Hamburg – vielleicht haben wir ja Glück.«

Ich sinke wieder in mich zusammen.

»Denken wir doch mal ganz logisch«, beginnt Gisela. »Vielleicht haben wir ja irgendeinen Hinweis übersehen. Also, eigentlich wollte Tessa mit diesem Tom durchbrennen. Der ist aber nicht da. Ihre Klassenkameraden haben wir schon alle angerufen – die wissen auch nicht, wo Tessa stecken könnte.«

»Ich habe auch gerade mit meinen Eltern telefoniert: Fehlanzeige«, berichte ich. »Bei meinem Bruder ist sie ebenfalls nicht aufgetaucht. Wen kennt Tessa noch? Wohin könnte sie unterwegs sein?«

Es klingelt an der Tür. Ich schieße hoch, stürze zum Eingang und reiße die Tür auf – aber es ist nur Aysun.

»Oh«, begrüße ich sie.

»Oh? Wie wär's mit: *Hallo, schön, dich zu sehen!* Immerhin bin ich hier, um an meinem eigentlich freien Tag meine Observationsschicht anzutreten. Und das, obwohl mich Sergio, der mir eigentlich Gesellschaft leisten wollte, versetzt hat. Der Knalli ist doch tatsächlich nicht zu Hause. Deswegen dachte ich mir, ich schnorre schnell mal einen Kaffee bei dir.«

Ich öffne die Tür und bitte Aysun mit einer Handbewegung in den Flur. »Sergio ist unterwegs und verteilt Zettel«, erkläre ich ihr dann.

»Was denn für Zettel?« Aysun schaut verständnislos.

»Tessa ist verschwunden. Tiziano und Sergio helfen suchen. Gisela hat einen Handzettel entworfen und kopiert. Den verteilen die Jungs gerade an allen Plätzen, an denen sich Jugendliche hier so treffen.«

»Ach du Scheiße!«, entfährt es Aysun. »Seit wann ist sie denn weg?«

»Ich glaube, seit gestern Abend. Ganz sicher bin ich mir nicht. Als ich ihr Gute Nacht sagen wollte, dachte ich, sie würde schon schlafen. Aber anscheinend hatte sie ihr Bett so präpariert, dass es nur so aussah, als läge sie drin.«

»Okay, aber wenn sie abgehauen ist, dann ist es ja nicht so schlimm.«

»Was, bitte, ist daran *nicht so schlimm*?«

»Na ja, dann wurde sie schließlich nicht entführt oder so. Ich bin früher total oft abgehauen. Das macht man doch so in dem Alter.«

»Das macht man so? Also, vielleicht, wenn man einen autoritären Vater hat, der einen sonst nicht vor die Tür lässt. Ich bin ehrlich gesagt nie abgehauen.«

»Hey, Nikola, komm mal runter – so war das gar nicht gemeint. Außerdem kennst du meinen Vater gar nicht. Ich frage mich, wie du auf die Idee kommst, er sei ein autoritärer Patriarch. Weil wir aus der Türkei stammen?«

Ich seufze. Jetzt bitte keine Grundsatzdiskussion über Integrationspolitik, auch wenn ich selbst dran schuld bin.

»Tut mir leid, ich bin einfach völlig von der Rolle«, entschuldige ich mich. »In der Küche gibt's tatsächlich Kaffee, lass uns mal einen trinken.«

Dort angekommen, wird Aysun von Gorch und Gisela freundlich begrüßt, mit Kaffee versorgt und von Gisela über den Stand der bisherigen Fahndung nach Tessa aufgeklärt.

»Hm«, sagt Aysun nachdenklich, »also wollte sie eigentlich mit diesem Tom durchbrennen, aber ist jetzt doch alleine los. Das ist in der Tat seltsam.«

Wenn Aysun das so ausspricht, rutscht mir wieder das Herz in die Hose.

»Herr Czichowitz hat mir versprochen, sich zu melden, wenn er etwas von Tessa hört.«

»Vielleicht ist Tessa Tom ja heimlich gefolgt. Also, ich meine, unbemerkt von den Betreuern«, überlegt Aysun laut.

»Die Idee hatte ich auch schon. Ist aber leider auch keine heiße Spur. Toms Vater hat schon Toms älteren Bruder angerufen, der auch mit im Fußballlager ist, und ihn gebeten, die Augen aufzuhalten. Bisher ohne Erfolg.«

Mein Handy klingelt. Es ist Simon Rupprecht, der wissen will, ob wir schon angefangen haben, das Gewächshaus zu beobachten.

»Nein«, erkläre ich ihm, »wir haben hier leider gerade ganz andere Sorgen.« Und dann berichte ich ihm von Tessas Verschwinden, meinem Besuch bei der Polizei und unserer bisher vergeblichen Suche.

»O Gott, das ist ja furchtbar! Soll ich vorbeikommen?«

»Ich weiß nicht. Ich weiß momentan überhaupt nichts mehr. Es ist einfach ein Alptraum.«

»Okay, ich bin gleich da.«

Tatsächlich steht Rupprecht schon eine halbe Stunde später auf der Matte. Leider ist er nicht allein, sondern in Begleitung einer mir bekannten, allerdings eher ungeliebten Dame: Flöckchen. Sie sitzt neben ihm auf der Fußmatte und sabbert selbige voll. Igitt!

»Tut mir leid, ich musste sie mitnehmen. Sie war heute schon so lange allein, da hätte sie mir die Bude verwüstet.«

Ich schlucke, gebe mich aber tapfer. »Ach, das macht doch nichts. Bringen Sie sie ruhig mit rein.«

»Danke! Und wer weiß – vielleicht ist sie ja ein ganz hervorragender Spürhund.« Er lächelt, und irgendwie tröstet mich das etwas. »Sagen Sie mir einfach, wie ich helfen kann. Soll ich vielleicht etwas mit Max spielen?«

Ich schüttle den Kopf. »Nein, den habe ich vorhin schon zu Florentine gebracht, ihr Sohn geht ja mit Max in eine Kindergartengruppe. Außerdem hat sie noch die Zwillinge, die auch nur zwei Jahre älter sind. Max wird dort übernachten und seine erste Pyjama-Party feiern. Ich wollte nicht, dass er mitbekommt, wie aufgescheucht ich gerade bin.«

»Okay, bestimmt ein guter Gedanke. Und was ist sonst zu tun?«

»Hm, also Sergio und Tiziano verteilen schon Zettel mit einem Foto und einer Beschreibung von Tessa, Gisela bewacht das Telefon, und Aysun ist gerade mit Bauer Feddersen noch mal zum Gewächshaus rüber.«

»Aber da wird sich Tessa doch wohl kaum verstecken.«

»Natürlich nicht – aber Gorch hatte heute Vormittag

Spinnenblumen zur Tarnung für das Gewächshaus besorgt. Die sehen tatsächlich ein bisschen wie Hanfpflanzen aus. Er und Aysun pflanzen die jetzt auf die Beete im Glashaus, damit die Story, dass Gisela und er wieder ins Geschäft einsteigen, auch glaubwürdig rüberkommt. Jedenfalls, wenn irgendjemand von außen einen Blick drauf wirft.«

»Ich hoffe sehr, *irgendjemand* ist nicht die Polizei.«

Ich zucke mit den Schultern. »Und wenn schon. Ist ja schließlich nicht verboten, etwas anzubauen, was nur so aussieht wie Marihuana. Wenn die beiden fertig sind, wird Aysun die erste Wache übernehmen. Vielleicht kann Sergio ja später schon die Kamera installieren. Ich habe zwar momentan wirklich keinen Kopf dafür, aber es hilft ja nichts: Gisela und Gorch haben das Feuer an die Lunte gehalten, und nun brennt sie. Und ich habe keine Ahnung, wann es *Rrrrumms* macht. Besser, wir sind darauf vorbereitet!«

»Sehr pflichtbewusst!«, lobt mich Rupprecht. »Dann lassen Sie uns mal überlegen, was wir am besten machen, während die anderen die Lunte bewachen.«

»Ich würde gern zu dem Fußballcamp fahren, in dem Tessas Herzblatt gerade trainiert. Ich habe das Gefühl, ich muss persönlich mit dem Jungen sprechen. Vielleicht weiß er ja doch etwas. Vielleicht hat sich Tessa dort auch einfach versteckt.«

»Okay. Wissen Sie, wo das Camp ist?«

Ich nicke. »Ja, Toms Vater hat mir die Adresse gegeben. Das Trainingslager ist irgendwo in Malente.«

»Malente? Okay, eine Stunde werden wir da bestimmt brauchen, jetzt ist es kurz nach fünf. Ich würde sagen, dann mal los! So erwischen wir die Nachwuchsstars noch, bevor sie ins Bett müssen. Kann Flöckchen mitkommen, oder haben Sie Angst mit ihr im Auto?«

Ich muss lächeln. »Aber nein! Wie kommen Sie denn auf die Idee?«

Unter normalen Umständen ist eine Fahrt durch die Holsteinische Schweiz eine sehr reizvolle Angelegenheit. Sanfte grasgrüne Hügel wechseln sich ab mit kleinen Wäldchen, immer wieder fährt man an einem See vorbei. Dazu noch reetgedeckte Katen, bunte Holsteiner Kühe – fertig ist das Urlaubsidyll. Heute aber fehlt mir für diese Schönheit der Blick. Immer wieder starre ich auf mein Handy in der Hoffnung, Tessa könnte sich melden.

»Waren Sie schon mal dort?« Während er fährt, guckt Rupprecht kurz über seine Schulter.

»Wo?«, frage ich verständnislos.

»Na, in Malente. In dem Fußballcamp.«

Ich schüttle den Kopf. »Nein, warum?«

»Das ist ja ziemlich bekannt. Haben sie doch jetzt irgendwie nach Uwe Seeler benannt. Mein Sohn war mit seinem Verein auch schon mal dort.«

»Hm«, antworte ich nur, in Gedanken immer noch bei Tessa.

»Okay, Max ist natürlich noch ziemlich klein. G-Jugend, richtig? Oder spielt der gar kein Fußball?«

»Was?«

»Tut mir leid, ich will Sie nicht mit Smalltalk quälen.«

»Nein, nein – tun Sie gar nicht. Also … ob Max Fußball spielt? Ja, tut er. Mit großer Leidenschaft. Er ist jetzt auch im Fußballverein. Und Sie hätten ihn sehen sollen, als ihm Tiziano Felice den Dress der italienischen Nationalmannschaft geschenkt hat. Leuchtende Kinderaugen …«

»Aha. Herr Felice spielt anscheinend eine große Rolle im Leben der Familie Petersen«, stellt Rupprecht betont spöttisch fest, und ich ärgere mich, dass ich die Sache mit dem Trikot erwähnt habe.

»Na ja, er ist schließlich unser Nachbar. Stört Sie das?«

»Nein!«, kommt es wie aus der Pistole geschossen. Und dann, nach einem Seufzer: »Na ja, eigentlich schon.«

Ich schaue ihn erstaunt an. »Haben Sie das gerade wirklich gesagt, oder höre ich Stimmen?«

Rupprecht sieht mich wieder von der Seite an und grinst. »Nein. Keine Einbildung. Hab ich wirklich so gesagt. Weil – als mir mein Mandant das mit dem Candle-Light-Dinner erzählt hat, habe ich den Herrn Felice schon ziemlich beneidet. Und dass der jetzt auch noch bei Ihrem Sohn so beliebt ist, ist für mich ein schwerer Schlag!«

Auch wenn ich dafür momentan gar keinen Kopf habe, finde ich diese Bemerkung doch ziemlich süß.

»Aber immerhin«, erwidere ich deshalb lächelnd, »durften Sie uns schon zum Friedhof fahren und mich in die Gerichtskantine ausführen. Es gibt also keinen Grund zur Klage.«

»Pffff! Man kann sich immer beklagen! Und ich finde, ich habe Herrn Felice gegenüber noch einen gewissen Aufmerksamkeitsrückstand bei Ihnen aufzuholen. Aber darüber reden wir, wenn wir Tessa wiedergefunden haben, okay?«

»Das ist eine gute Idee. So machen wir das.«

In Malente angekommen, finden wir das Camp schnell, denn der *Uwe-Seeler-Fußballpark* ist gut ausgeschildert. Kurz darauf stehen wir auf dem Parkplatz und gucken auf einen langgezogenen zweistöckigen Häuserblock. Wir marschieren auf den Teil des Gebäudes zu, der uns der Eingang zu sein scheint. Noch vor der Tür spricht uns ein älterer Herr an und will wissen, ob er uns weiterhelfen kann. Als er unser Anliegen gehört hat, deutet er auf einen Mann in den Zwanzigern, der ein paar Meter von uns entfernt an der Hauswand lehnt und raucht – ein tolles Vorbild für angehende Leistungssportler! Wir steuern auf ihn zu.

»Hallo, sind Sie Herr Kramer? Der Trainer vom SC Vierlanden?«, spreche ich den jungen Mann im Trainingsanzug an, auf den der Pförtner eben gezeigt hat.

Er dreht sich zu mir um und nickt. »Ja, der bin ich. Adrian Kramer. Warum?«

»Nikola Petersen mein Name«, stelle ich mich vor. »Ich bin auf der Suche nach Tom Czichowitz. Er ist ein Freund meiner Tochter, die beiden gehen in Hamburg zusammen zur Schule. Ich muss Tom etwas sehr Wichtiges fragen.«

Adrian Kramer schaut mich überrascht an. »Sind Sie deswegen extra aus Hamburg gekommen?«

»Ja«, bestätige ich, »wie ich schon sagte: Es ist wirklich wichtig.«

Kramer seufzt. »Na, den Weg hätten Sie sich sparen können. Tom ist gar nicht mitgekommen. Er ist überraschend krank geworden. Fragen Sie seinen Bruder Ben. Der hat ihn gestern abgemeldet.«

DREISSIG

Hey, ich hab's ihm halt versprochen. Ich konnte mein Versprechen doch nicht einfach brechen, und außerdem brauchen Sie sich gar keine Sorgen zu machen. Die wissen schon, was sie tun.«

Bitte? Jetzt platzt mir aber gleich der Kragen! Vor mir steht ein siebzehnjähriger Bengel, der mir kaum in die Augen gucken kann, und erzählt mir, dass es völlig in Ordnung ist, wenn meine dreizehnjährige Tochter mit seinem fünfzehnjährigen Bruder durchbrennt.

»Jetzt hör mir mal gut zu, mein Freundchen! Wenn du denkst, dass die Geschichte hier für dich ohne Folgen bleibt, dann hast du …«

Ehe ich noch weiter ausführen kann, was Ben dann hat, legt Simon Rupprecht seine Hand auf meine Schulter.

»Ganz ruhig, Nikola. Es bringt nichts, den Jungen hier unangespitzt in den Boden zu rammen. Davon kommt Tessa nicht wieder. Er wollte seinen Bruder nicht verraten, das kann man doch verstehen. Viel wichtiger ist, ob er irgendeine Ahnung hat, wo Romeo und Julia jetzt stecken könnten.«

»Romeo und Julia?« Verständnislos zieht Ben seine Augenbrauen nach oben.

»Sinnbildlich gesprochen«, erklärt Rupprecht. »Also, hast du eine Ahnung, wo die beiden hinwollten?«

Ben Czichowitz schüttelt den Kopf.

»Nee, hat mir Tom nicht gesagt. Muss aber ein bisschen

weiter weg sein, denn er sagte, sie würden ein bisschen Vorsprung brauchen.«

»Vorsprung brauchen?« Jetzt bin ich diejenige, die verständnislos guckt.

»Klar, es sollte nicht gleich auffallen. Damit die schon mal ein Stück weit weg wären. Deswegen auch die Idee mit dem Camp. Also, dass Tom schon abends abhaut und ich Adrian sage, dass er krank geworden ist. Und Papa aber glaubt, Tom sei mitgefahren. Hat ja auch super geklappt. Obwohl erst gar nicht klar war, ob sie es überhaupt machen. Denn Tessa war so hin- und hergerissen. Ich glaube, sie wollte noch mal mit Ihnen sprechen. Was hat sie denn gesagt?«

»Nichts. Wir haben nicht mehr miteinander gesprochen.« *Weil ich mal wieder keine Zeit hatte*, füge ich in Gedanken hinzu, verbiete mir diese Selbstgeißelung aber gleich wieder, weil sie uns momentan nicht weiterbringt.

»Tja, dann weiß ich auch nicht, was Ihnen weiterhelfen könnte. Ich weiß nur, dass wir gestern Abend um 18 Uhr ins Lager gefahren sind und Tom nicht mitgekommen ist. Er hatte sich nachmittags mit Tessa getroffen. Sie wollte dann noch mal nach Hause – um mit Ihnen zu sprechen oder zu packen oder was auch immer. Keine Ahnung. Ich glaube jedenfalls, sie sind schon gestern Abend los.«

»Hat dein Bruder ein Handy mitgenommen?«, fragt Rupprecht ihn. Ben schüttelt den Kopf.

»Nee. Dann kann man doch geortet werden. Das weiß doch jedes Kind.«

Rupprecht schaut ihn durchdringend an. »Nicht mal so ein Prepaid-Teil?«

»Äh, nein.«

Das kam jetzt zögerlich. Auch Rupprecht hat es bemerkt, denn jetzt fühlt er Ben noch mal richtig auf den Zahn.

»Also, du willst mir allen Ernstes verklickern, dass ein Teenager, der sein Handy wahrscheinlich bisher für einen Teil seines Körpers hielt, nun gewissermaßen amputiert in ein großes Abenteuer aufbricht. Also ohne SMS, Whatsapp, Internet, Instagram, Facebook und was sonst noch so im Leben wichtig ist? Ja?«

»Ähem, ja. Also, es ist eben Liebe. Da macht man so etwas, verstehen Sie? Na ja, wahrscheinlich sind Sie schon zu alt dafür.«

Unglaublich, wie selbstgefällig man mit siebzehn klingen kann! Jetzt platzt der Papierkragen tatsächlich. Erstaunlicherweise aber nicht mir, sondern Rupprecht. Der packt Ben am Arm und brüllt los.

»Pass mal auf, du Jüngelchen – erzähl du mir hier nichts von Liebe! Ich will jetzt sofort die Handynummer von deinem Bruder! Also besser, du gibst sie mir freiwillig, sonst schüttle ich sie gleich aus dir raus!«

Wow, was für ein Ausbruch! Ich gebe zu, dass ich ein bisschen beeindruckt bin. Ben Czichowitz offensichtlich auch, denn er starrt Rupprecht mit weit aufgerissenen Augen an, weicht einen Schritt zurück und reibt sich den Oberarm.

»Hey, Mann, chill mal!«, schnaubt er empört, aber schon nicht mehr ganz so selbstsicher.

»Die Nummer!« Rupprecht klingt wieder ganz ruhig. Aber enorm gefährlich. Wie der Weiße Hai, bevor er zubeißt. Also, wenn der sprechen könnte. Tom seufzt, zieht ein Handy aus der Hosentasche und tippt darauf herum. Dann hält er es Rupprecht unter die Nase.

»Hier. Nummer steht im Display.«

Simon Rupprecht greift nach dem Telefon, zieht sein eigenes aus der Tasche und gibt die Nummer ein. Dann dreht er sich wieder zu Ben. »So, mein Freundchen, du siehst hier eine Mutter, die sich wahnsinnige Sorgen um ihre Tochter macht. Wenn ich mitbekomme, dass du deinen Bruder warnst und wir die beiden deswegen nicht finden, dann schwöre ich dir, dass wiederum ich *dich* ganz schnell finde. Verstanden?«

Ben schaut ihn finster an, nickt aber. »Geht klar, Meister.«

Kaum wieder ins Auto gestiegen, tippe ich Simon Rupprecht auf die Schulter.

»Ich will jetzt sofort wissen, wo die Kinder stecken! Kommen Sie, Rupprecht, wir rufen da jetzt an!«

»Das halte ich für keine gute Idee, wir wollen die beiden Turteltäubchen doch nicht aufschrecken.«

»Sie müssen doch nicht sagen, wer Sie sind. Bitte, rufen Sie an! Ich will doch nur wissen, ob es den beiden gut geht!«

»Frau Petersen«, antwortet Rupprecht streng, »das merken die Kinder sofort – die sind doch nicht doof. Wenn Tom mitkriegt, dass wir seine neue Handynummer haben, wird er das Handy ausschalten, und dann kann die Polizei das Handy nicht mehr orten. Wir sollten lieber bei der Polizei anrufen und denen schon mal die Nummer geben.«

Ich seufze, sage aber nichts mehr und krame stattdessen in meiner Handtasche nach der Visitenkarte des Polizisten. Tatsächlich habe ich wenig später denselben Polizeibeamten an der Strippe, der auch unsere Anzeige aufgenommen hat. Er ist begeistert von unserer Findigkeit. Obwohl es mittlerweile Samstagabend um sieben ist, verspricht er uns, dass seine Kollegen vom Landeskriminalamt sofort einen Ortungsversuch unternehmen werden.

»Also, wenn das Handy nicht ausgeschaltet ist, dann loggt es sich immer in die nächste Funkzelle ein«, erklärt er. »Und die wiederrum können wir dann lokalisieren.«

Das klingt beruhigend, auch wenn ich es nicht ganz verstanden habe.

»Was genau ist denn eine Funkzelle?«, frage ich nach.

»Mit einer Mobilfunkzelle sind die Bereiche gemeint, die ein Sendemast abdeckt. Das Handy kommuniziert immer automatisch mit dem nächstgelegenen Sendemast. Und deswegen können wir bei einer Ortung ziemlich genau sagen, wo sich das Handy gerade befindet. Und mit dem Handy meist auch der Handybesitzer. Keine Sorge, Frau Petersen, die haben wir bestimmt gleich.« Der Polizist klingt, als würde er mich durch den Hörer hindurch aufmunternd anlächeln. Wahrscheinlich steht irgendwo im Großen Polizeihandbuch, dass die Eltern verschwundener Kinder stets mit ansteckendem Optimismus zu behandeln sind.

Schweigend fahren wir danach weiter Richtung Hamburg. Ich denke an Tessa als kleines Mädchen. Widerspenstig war sie eigentlich schon immer. Manchmal ein richtiger Sturkopf. Aber sehr hilfsbereit und früh selbständig. Meine Mutter pflegt immer zu sagen »Krause Haare, krauser Verstand« – und obwohl der Spruch natürlich unglaublich altmodisch ist, passt er zu Tessa mit ihren wilden Locken. Die hat sie eindeutig von Christoph geerbt. Und auch seine großen blauen Augen mit den langen, geschwungenen Wimpern. Ich habe ihn früher immer damit aufgezogen, dass sowohl Wimpern als auch Haare an einen Mann völlig verschwendet wären. Aus Tessa machen sie allerdings ein sehr hübsches Mädchen, es wundert mich nicht, dass sich dieser Tom offenbar Hals über Kopf in sie verliebt hat. Allerdings ist das kein Grund, gleich mit ihr durchzubrennen!

Das Klingeln meines Handys reißt mich aus meinen Gedanken. Die Rufnummer ist unterdrückt – vielleicht die Polizei?

»Petersen!«

»Schweikert vom LKA Hamburg, guten Tag.«

Ich bekomme sofort Herzrasen. »Ja?«

»Wir haben das Handy Ihrer Tochter in der Nähe von Wittstock geortet. Haben Sie irgendeine Idee, wo sie sich dort aufhalten könnte? Vielleicht irgendwelche Verwandte? Eine Tante etwa? Oder Freunde?«

»Wittstock? Wo ist denn das überhaupt?«

»Das ist im Nordwesten von Brandenburg, an der Grenze zu Mecklenburg-Vorpommern. Direkt an der A 24.«

»Nein, überhaupt keine Idee. Tut mir leid!«

»Okay. Wir werden jetzt die Kollegen in Brandenburg um Unterstützung bitten. Dann wissen wir bald, wo Tessa steckt.«

»Sagen Sie mir dann gleich Bescheid?«

»Natürlich, Frau Petersen. Das machen wir.«

Zu Hause angekommen, wartet Gisela schon vor der Tür auf uns.

»Und?«

»Dieser Tom ist gar nicht erst im Fußball-Camp angekommen«, erzähle ich ihr. »Offenbar sind die beiden wirklich zusammen abgehauen – und zwar schon gestern Abend. Herr Rupprecht hat aber immerhin Toms Bruder eine Handynummer von Tom abgerungen, so dass die Polizei die beiden nun orten kann.«

Bei der Erwähnung von Simon Rupprecht lächelt Gisela.

»Ach, Herr Dr. Rupprecht, das ist ja klasse! Wollen Sie vielleicht noch mit reinkommen? Wir müssen hier doch nicht so ungemütlich vor dem Haus stehen.«

Rupprecht zögert kurz und schaut mich an. Ich nicke ihm zu. »Also, ich würde mich auch freuen.«

»Ich müsste Flöckchen aber mit ins Haus nehmen. Und ich will Ihnen auch nicht auf die Nerven fallen. Sie sind bestimmt völlig erschöpft.«

»Nein, nein, das tun Sie nicht. Ehrlicherweise kann ich Ihren moralischen Beistand gerade sehr gebrauchen.«

»Na, das hätte ich ja nicht gedacht – dass ich Ihnen noch mal moralischer Beistand sein darf.«

Er grinst, und ich muss lachen.

»Kommen Sie, holen Sie Flöckchen aus dem Auto. So langsam werde ich noch zur Hundefreundin!« Letzteres ist zwar total gelogen, denn ich habe immer noch einen Heidenrespekt vor dem riesigen Viech, aber da ich im Grunde meines Herzens doch eine Tierfreundin bin, will ich auch nicht, dass Flöckchen allein im Auto hocken muss.

Wir gehen zusammen in die Küche und setzen uns an den großen Tisch, Flöckchen trottet hinterher und legt sich darunter. Gisela hat schon eine Flasche Rotwein geöffnet und gießt mir und Simon Rupprecht ein Glas ein.

»Oh, danke, aber mir reicht ehrlicherweise ein Wasser.« Rupprecht schiebt das Glas zurück in ihre Richtung. »Ich muss schließlich Flöckchen und mich noch sicher zurück in die Innenstadt kutschieren.«

»Das ist aber wirklich sehr verantwortungsbewusst von Ihnen! Ich hole Ihnen gleich ein Mineralwasser.«

Gisela klingt so tief beeindruckt, als sei das Autofahren unter Alkoholeinfluss bei mir eine Selbstverständlichkeit. Aber so ist meine Schwiegermutter eben: Sie ist der festen Überzeugung, dass man einen Mann gar nicht genug loben kann, vor allem, wenn man ihn mag, und ganz offensichtlich mag sie Simon Rupprecht. Ich stehe dieser These zwar eher kritisch gegenüber, aber momentan ist wahrlich nicht der richtige Zeitpunkt, um das mit Gisela auszudiskutieren. Um nicht zu sagen: Ist mir gerade völlig wurscht. Und deswegen schnappe ich mir Rupprechts Glas und proste Gisela zu.

»Umso besser – dann teile ich mir die ganze Flasche mit dir. Oder trinke sie allein. Mir ist gerade danach.«

Gisela guckt tadelnd, beschließt aber offenbar, angesichts meiner momentanen Verfassung nichts zu sagen.

»Ja, dann *prost Wasser*, Herr Doktor Rupprecht! Ich bin übrigens die Gisela!«

»Angenehm und vielen Dank, ich heiße Simon.«

Nun bin ich diejenige, die indigniert guckt. Wie kann es denn sein, dass Gisela in dieser Situation noch die Nerven hat, Simon Rupprecht das Du anzubieten? Mir ist schon klar, dass sie ihn spitzenklasse findet und sich wahrscheinlich kaum noch entscheiden kann, ob nun Tiziano oder Dr. Rupprecht toller ist. Aber deswegen hier die große Vertraulichkeitsoffensive zu starten, während die eigene Enkeltochter vermisst wird – das geht doch etwas zu weit!

Ich werfe Gisela einen bösen Blick zu, den diese aber völlig ignoriert. Stattdessen knufft sie mich in die Seite und flötet:

»Ach, komm, Nikola, nun sei mal nicht so förmlich!«

Ich seufze. Widerstand ist bei Gisela einfach zwecklos, also halte ich Rupprecht mein Glas hin.

»Tja, dass ich Nikola heiße, wissen Sie vermutlich schon.«

Er nickt und stößt mit seinem Wasserglas an. »Vielen Dank, Nikola.«

»Ähm, keine Ursache – und ich danke Ihnen … äh … dir wegen Malente. Es war wirklich nett von dir, dass du heute mitgefahren bist.«

»Ehrensache! Und jetzt werde ich dich mal ganz schnell auf andere Gedanken bringen: Was macht denn eigentlich unsere Glashausobservation, Agentin Gisela?«

Gisela kichert. »Hach, Simon – du glaubst ja nicht, wie viel

Spaß mir meine Agententätigkeit mittlerweile macht! Leider ist uns der Fisch bisher noch nicht ins Netz gegangen. Aber ich bin zuversichtlich, dass es bald so weit sein wird.«

»Sehr gut!«, lobt Simon sie. »Es wäre auch an der Zeit für einen schönen Fahndungserfolg, denn die Hauptverhandlung ist schon nächste Woche, und noch stehen wir ein bisschen unbewaffnet da.«

»Du kannst auf mich zählen, Simon.«

Gisela klingt ganz aufgeregt und hat sogar ein wenig rote Wangen bekommen. Aber vielleicht liegt das auch nur am Wein.

»Sergio hat vorhin schon eine kleine Kamera gegenüber der Gewächshaustür angebracht«, fährt sie fort. »Wenn sich also jemand am Haus zu schaffen macht, sehen wir das. Außerdem schieben wir auch reihum Wache. Ich glaube, jetzt ist gerade Tiziano dran.«

»Wunderbar.« Simon lächelt. »Dann kriegen wir den wenigstens auch mal zum Arbeiten.«

Okay. Dieser Boshaftigkeit nach ist es kein Lächeln, sondern wohl eher ein Grinsen. Gisela schaut irritiert.

»Also, der Herr Felice ist ein sehr netter, fleißiger Mann. Er hatte mit seiner Kunst einfach bisher nicht den Erfolg, den er eigentlich verdient«, verteidigt sie ihren Schatz Nummer eins. Schatz Nummer zwei zuckt mit den Schultern.

»Kann sein. Ich habe keine Ahnung von Countrymusic. Und es geht mich auch nichts an, was er so den ganzen Tag treibt. Hauptsache, er baut keinen Hanf an, und wir können das beweisen.«

Eins steht fest: Tiziano ist eindeutig nicht Simons Lieblingsitaliener.

Ich nehme noch einen großen Schluck aus meinem Glas und fülle anschließend etwas Wein nach. Frei nach dem Motto *Viel hilft viel.* Dann ziehe ich einen weiteren Stuhl neben mich, lege meine Füße darauf und atme tief durch. Zum ersten Mal seit Tessas Verschwinden komme ich etwas zur Ruhe. Ich stelle fest, dass ich wirklich todmüde bin. Tatsächlich fallen mir kurz die Augen zu, und ich zucke zusammen, als Flöckchen an meinen Händen schleckt, die mir anscheinend vom Schoß gerutscht sind. Ob ich von Rotwein auf Kaffee umsteigen sollte? Bevor das LKA nicht anruft, kann ich sowieso nicht ins Bett gehen, und hier vor Simon einzuschlafen ist auch nicht das Wahre.

In diesem Moment nimmt mir mein Handy die Entscheidung ab, und der Klingelton macht mich sofort wieder hellwach.

»Petersen!«, brülle ich regelrecht in den Hörer.

»Ja, hier wieder Schweikert. Frau Petersen, leider noch keine guten Nachrichten.«

O nein! Ich merke, wie mir das Blut in die Knie sackt, und meine Ohren beginnen zu rauschen.

»Keine guten Nachrichten?«

»Nein. Wir haben zwar das Handy gefunden, aber von den Kindern fehlt nach wie vor jede Spur. Das Telefon lag in einer leeren Plastiktüte unter dem Tisch eines Schnellrestaurants in der Nähe der Autobahn. Die Kollegen sagen, es sah so aus, als hätte es jemand vielleicht sogar absichtlich dort liegen lassen.«

EINUNDDREISSIG

»Diese kleine Ratte! Aus dem mache ich Hackfleisch!« Simon Rupprecht ist auf Zinne. Die Erkenntnis, dass Ben Czichowitz anscheinend nichts Besseres zu tun hatte, als seinen Bruder sofort zu warnen, trifft ihn hart.

»*Geht klar, Meister*, sagt der noch zu mir! Der soll bloß nicht glauben, dass er noch mal heil die Landesgrenzen der Hansestadt passieren kann! Den schnapp ich mir!«

Gisela räuspert sich. »Ähem, na ja, so sind Kinder eben«, versucht sie zu beschwichtigen.

»*Kinder???* Das ist kein Kind mehr! Das ist ein pickliger, verzogener Halbstarker, dem man mal klarmachen muss, wo der Hammer hängt!«

Während Simon sich weiter aufregt und dabei wie eine Mischung aus Rumpelstilzchen und Bud Spencer herumspringt, denke ich nach. Und zwar über die Frage, was in aller Welt Tom und Tessa in Wittstock wollten.

»Simon?«

»Ja?« Er hält kurz inne und wischt sich den imaginären Schaum vom Mund.

»Weißt du, an welcher Autobahn Wittstock liegt? Der Typ vom LKA erwähnte eine Autobahn, aber ich weiß nicht, welche.«

Rupprecht überlegt kurz. »Hm, ich glaube, das liegt an der A 24.«

Die A 24! Na klar! Das ist die Autobahn von Hamburg

nach Berlin! Da ist er endlich, der Geistesblitz: Tessa und Tom wollen nach Berlin. Denn da wohnt der einzige erwachsene Mensch, den Tessa für cool und verständnisvoll hält: mein Bruder Christian.

Ich springe von meinem Stuhl auf. »Ich muss sofort nach Berlin!«

Simon und Gisela starren mich verständnislos an.

»Die A 24 führt nach Berlin. Wahrscheinlich sind Tessa und Tom getrampt. Und als Ben Tom gewarnt hat, haben sie das Handy beim nächsten Stopp einfach liegen lassen. Ich bin mir sicher, dass die beiden zu Christian wollen.«

»Wer ist denn Christian?«, erkundigt sich Simon.

»Mein kleiner Bruder. Er ist DJ in Berlin, und Tessa bewundert ihn sehr. Wenn es einen Erwachsenen gibt, dem sie sich anvertrauen würde, dann ist er es. Ich meine, sie brauchen ja irgendwann Hilfe und ein Dach über dem Kopf. Nur mit dem Sparschwein unter dem Arm kommen sie schließlich nicht weit.«

»Stimmt«, gibt mir Gisela Recht. »Das könnte hinhauen. Aber hattest du nicht schon mit Christian telefoniert?«

»Ja, ich hatte ihm und auch meiner Mutter Bescheid gesagt. Aber nur prophylaktisch, falls sich Tessa bei ihnen melden sollte. Da hatte ich ja noch keine Ahnung, dass sie tatsächlich Richtung Berlin unterwegs ist. Ich rufe ihn gleich noch mal an.«

Aber wie es sich für einen erfolgreichen DJ an einem Samstagabend gehört, geht er natürlich weder an sein Festnetz noch an sein Handy. Klar, der legt gerade in irgendeinem angesagten Club auf. Unwahrscheinlich, dass er dort das Klingeln seines Handys hört. Ist aber auch egal, dann kampiere ich einfach ein paar Stunden vor seiner Haustür, irgendwann wird Tessa schon dort auftauchen.

»Ich packe schnell ein paar Sachen, und dann fahre ich los. Wenn ich gut durchkomme, bin ich noch vor Mitternacht da. Gisela, kannst du Max morgen früh bei Florentine abholen? Er darf dort übernachten.«

»Moment mal, du willst dich doch jetzt nicht völlig übermüdet und mit einer halben Flasche Rotwein intus hinters Steuer setzen!«

Gisela scheint von meinem Plan nicht überzeugt. Jedenfalls nicht restlos. Aber das ist mir wurscht. Ich laufe aus der Küche und klaube meine Handtasche von der Garderobe im Flur, Simon und Gisela folgen mir.

»Gisela hat Recht, du bist wirklich nicht in der Verfassung, um jetzt 300 Kilometer über die Autobahn zu brettern.«

»Simon, niemand wird mich davon abhalten, jetzt sofort zu meinem Kind zu fahren. Ich bin mir sicher, dass sie bei Christian auftauchen wird – falls sie nicht sogar schon da ist.«

Simon seufzt und geht wieder Richtung Küche. »Flöckchen!«, höre ich ihn rufen: »Komm, bei Fuß! Wir müssen nach Berlin.«

Offenbar habe ich während der Autofahrt ein etwas längeres Nickerchen gemacht. Als ich wieder aufwache, sind wir jedenfalls schon auf der Avus in Berlin.

»Guten Morgen, Frau Kollegin! Ich hoffe, du hast gut geschlafen. Ich glaube, wir sind gleich da.«

Ich gähne. »Oh, das ging aber schnell! Ich hoffe, ich habe nicht geschnarcht.«

Rupprecht lacht. »Das nicht. Aber du hast im Schlaf geredet.«

O nein! Wie peinlich!

»Wirklich? Was habe ich denn erzählt?«

»Na, du hast mir deine heimliche Liebe gestanden und mir

versprochen, mit mir auszugehen, wenn wir Tessa wohlbehalten wieder nach Hamburg gebracht haben.«

Ich ziehe die Augenbrauen hoch. »So, habe ich das?«

»Allerdings. Großes Indianerehrenwort!« Simon nimmt eine Hand vom Lenkrad und hebt sie wie zum Schwur.

»Na gut. Wenn ich das versprochen habe, dann halte ich mich natürlich daran. Aber erst mal müssen wir Tessa finden. Ich fürchte, vorher gehe ich nirgendwohin.«

Vor Christians Haus angekommen, stellt Simon seinen Wagen einfach ins Halteverbot.

»Und jetzt?«, erkundigt er sich dann. »Bleiben wir im Auto und beobachten den Hauseingang?«

Ich schüttle den Kopf. »Nein. Vielleicht sind die Kinder schon in der Wohnung.«

»Hm. Meinst du nicht, dein Bruder hätte dich dann gleich angerufen?«

»Ich weiß es nicht. Er ist ab und zu ein ziemlicher Kindskopf. Es ist nicht ausgeschlossen, dass er ähnlich bekloppt reagiert wie dieser Ben, auch wenn er fünfzehn Jahre älter ist. Besser, wir klingeln gleich mal. Wenn keiner da ist, warte ich lieber vor dem Haus.«

»Du willst vor dem Haus warten? Möglicherweise stundenlang?«

»So ist es.«

Simon guckt erstaunt, und deswegen schiebe ich noch eine Erklärung hinterher. »Ehrlich gesagt finde ich den Gedanken, noch ein paar Stunden mit dem müffelnden Flöckchen im Auto zu sitzen, nicht besonders angenehm. Es ist ja nicht nur der Geruch – ich habe einfach Angst vor Hunden und fühle mich unwohl in ihrer Gegenwart.«

Simon grinst und schüttelt den Kopf. »Liebe Nikola, wenn aus uns beiden noch etwas werden soll, musst du mal über eine Bernhardiner-Aversionstherapie nachdenken. Ich habe jedenfalls nicht vor, mich von Flöckchen zu trennen. Sie ist bisher die treueste Frau in meinem Leben.«

»Wenn aus uns beiden etwas werden soll?« Ich starre Simon mit weit aufgerissenen Augen an.

Er legt kurz seine Hand auf meine. »Nikola, das war ein Scherz, okay? Ein Witz, haha! Ich wollte die Situation etwas auflockern, mehr nicht. Aber gegen deine Hundeangst solltest du vielleicht wirklich mal etwas unternehmen.«

»Ich überlege es mir«, antworte ich und steige aus dem Auto aus. Natürlich öffnet auf mein Klingeln niemand. Unschlüssig stehe ich vor dem Haus und schaue nach oben. Es ist ein Jugendstilaltbau mit einer Fassade, die mal wieder ein bisschen Farbe vertragen könnte. Aber wahrscheinlich empfindet mein kleiner Bruder dieses Abgeranzte als besonders szenig. Wenn ich mich richtig erinnere, wohnt er im fünften Stock links. Dort ist alles dunkel, und natürlich ist nachts um halb eins auch nicht die ideale Uhrzeit, um bei den Nachbarn zu klingeln und zu fragen, ob sie möglicherweise zwei Teenager gesehen haben, die versucht haben, ins Haus zu kommen.

»Ich wäre ja schwer dafür, dem LKA langsam mal von deiner Berlin-Idee zu erzählen.« Simon ist auch ausgestiegen und steht nun neben mir.

»Um diese Uhrzeit werden die auch nichts mehr machen. Ich rufe morgen an, okay?«

Nach ein paar Minuten steuert ein junges Pärchen auf den Hauseingang zu. Ob die wohl ins Haus wollen? Das wäre unsere Chance, da auch reinzukommen. Dann könnten wir drinnen warten, bis entweder Christian nach Hause kommt oder Tessa und Tom aufkreuzen, und müssten uns nicht vor dem Haus die Beine in den Bauch stehen. Vorausgesetzt natürlich, das Pärchen schlägt uns nicht die Tür vor der Nase zu, weil wir aussehen wie zwei Aushilfseinbrecher bei ihrem ersten Beutezug.

»Los!« Ich zupfe Simon am Ärmel. »Lass uns möglichst unauffällig wirken und hinter denen ins Haus huschen.«

»Unauffällig wirken? Wie soll das denn gehen? Wir stehen hier mitten in der Nacht vor einem fremden Haus ...«

Herr im Himmel! Wenn der weiter so lamentiert, kommen wir bestimmt nicht rein!

Das Pärchen ist schon fast in Hörweite, da schlinge ich kurzentschlossen meine Arme um Simons Hals und ziehe ihn an mich, als wolle ich ihn küssen. Simon wirkt erst verdutzt, dann spielt er mit. Allerdings ein bisschen zu engagiert für meinen Geschmack, denn jetzt landen seine Lippen tatsächlich auf meinen. Fühlt sich nicht einmal schlecht an, aber als das Pärchen durch die Tür ist, winde ich mich sofort aus der Umarmung und schlüpfe in den Hauseingang. Wir sind schließlich nicht zum Spaß hier!

Simon stolpert hinter mir her.

»Fünfter Stock!«, flüstere ich ihm zu und warte kurz, bis das Pärchen im Dunkeln des Treppenhauses verschwunden ist. Dann mache ich mich auf den Weg nach oben.

Warum müssen diese Altbauten eigentlich immer so verflucht hoch sein? Im dritten Stock nehme ich mir vor, in Zukunft mehr Sport zu machen. Auch Simon keucht ganz schön, während er hinter mir herstapft.

Als ich zwischen dem vierten und fünften Stock um die Kurve biege, bleibt mir die Luft vollends weg. Das liegt allerdings ausnahmsweise nicht an meinem mangelnden Training, sondern an der Aussicht, die sich mir bietet. Auf dem Treppenabsatz vor Christians Wohnung liegen, zusammengerollt wie zwei Kätzchen und anscheinend friedlich schlafend, Tessa und Tom.

ZWEIUNDDREISSIG

Zwei Seelen wohnen, ach, in meiner Brust! Einerseits würde ich gern noch hier im Hausflur das flammende Schwert aus meiner Handtasche ziehen und eine ebensolche Ansprache an die beiden Ausreißer halten. Andererseits bin ich so erleichtert, Tessa offenbar gesund und munter wiedergefunden zu haben, dass mir schon wieder Tränen in die Augen steigen.

Simon tritt einen Schritt näher an die beiden heran und beäugt sie. »Hm. Schlafen tief und fest«, stellt er dann fest und gähnt. »Gegen ein Bett würde ich mich auch nicht wehren. Was machen wir denn jetzt? Die Delinquenten wecken, ordentlich durchschütteln und dann wieder ab nach Hamburg? Oder hier übernachten? Wann kommt denn dein Bruder?«

Ich schlucke meine Tränen hinunter und antworte schniefend und mit brüchiger Stimme: »Weiß nicht, schätze mal, vor fünf Uhr früh wird der nicht nach Hause kommen.«

Simon kommt auf mich zu, zögert kurz – und nimmt mich in den Arm. »Hey, Nikola, alles ist wieder gut! Die Kinder sind gesund, wir haben sie gefunden, und jetzt bringen wir die beiden Kapeiken nach Hause. Morgen ist ein neuer Tag, und zwar ein richtig guter, okay?«

Er drückt mich tröstend an sich, ich bringe nicht mehr als ein genuscheltes *Hmmmhhh* als Antwort hervor. Ich würde mich in diesem Moment gern als starke Frau präsentieren, aber das klappt einfach nicht. Im Gegenteil, ich fühle mich wie ein Häufchen Elend, es ist, als hätte ich meine letzte Energie verloren. Simon streicht mir sanft über den Kopf.

»Ich glaube, es ist am besten, wir packen die Kinder ein und fahren wieder nach Hamburg. Um diese Uhrzeit noch nach einem Hotel zu suchen ist ein bisschen mühsam, deinen Bruder kriegen wir jetzt nicht zu fassen, und wir wollen doch nicht hier vor seiner Tür kampieren. Also, was meinst du dazu?«

Ich löse mich aus seiner Umarmung und zucke mit den Schultern. »Weiß nicht. Kannst du denn noch fahren? Bist du nicht viel zu müde?«

»Also, um diese Uhrzeit kommen wir jedenfalls gut durch. Wir könnten in zweieinhalb Stunden in Howe sein. Wäre schön, wenn wir uns auf der Fahrt ein bisschen unterhalten könnten, damit ich nicht einschlafe. Und vielleicht trinke ich an der nächsten Tanke einen starken Kaffee. Ansonsten ist alles prima. Ich bin nämlich ein verdammt harter Hund, musst du wissen!« Er grinst mich breit an – und endlich kann ich auch wieder ein bisschen lächeln.

»Na gut, so machen wir es. Dann wecke ich die beiden jetzt.« Ich hole tief Luft, dann gehe ich zu Tessa, knie mich neben sie und rüttle sie an der Schulter. Sie gähnt und reibt sich die Augen.

»Onkel Christian?«, murmelt sie dann. »Boah, endlich! Hat Mama dich schon angerufen? Egal, was sie gesagt hat – so war es nicht!«

Ich gucke sie an und warte, bis sie die Augen richtig geöffnet hat. »Hallo, Schatz. Wie war es denn dann? Bist du in Wirklichkeit gar nicht abgehauen?«

»Oh!« Mit einem Satz ist Tessa auf den Beinen. »Mama! Was machst du denn hier?«

Ich schwanke kurz, dann entscheide ich mich doch für das

Flammenschwert. »Was glaubst du denn, mein Fräulein? Ich suche dich! Weißt du eigentlich, was für Sorgen Oma und ich uns gemacht haben? Ich bin heute den ganzen Tag kreuz und quer durch die Gegend gefahren – zur Polizei, zum Fußballcamp, nach Berlin, sogar mit dem Landeskriminalamt habe ich telefoniert! Und du stehst hier und fragst mich, was ich hier mache?!«

Die letzten Worte habe ich so gebrüllt, dass Tessa regelrecht zusammenzuckt. Nun ist auch Tom wach geworden und hat sich hochgerappelt.

»Äh, hallo, Frau Petersen! Bitte seien Sie nicht so sauer auf Tessa, es war ja auch meine Idee.«

Ich fahre zu ihm herum. »Du kommst auch gleich noch dran, lieber Tom! Die Nummer mit dem Handy war ja wohl das Allerletzte!«

Tom hebt beschwichtigend die Hände. »Was hätten wir denn machen sollen? Als mein Bruder mich anrief, war mir klar, dass wir nicht besonders weit kommen, wenn die Bullen das Teil erst mal geortet haben. Was …äh … hat mein Vater übrigens dazu gesagt? War der jetzt auch schon bei der Polizei?«

Ach du Sch … in diesem Moment fällt mir siedend heiß ein, dass ich Toms Vater noch überhaupt nicht informiert habe, dass sein Sohn gemeinsam mit Tessa durchgebrannt ist. Ich war so mit den Gedanken an mein eigenes Kind beschäftigt, dass ich auf diese naheliegende Idee überhaupt nicht gekommen bin. Herr Czichowitz wähnt seinen Filius also noch im Fußballlager. Ich räuspere mich.

»Also, dein Vater weiß noch nichts von seinem Glück. Ich habe es nicht mehr geschafft, ihn anzurufen, bevor wir nach Berlin gefahren sind.«

In Toms Augen leuchtet so etwas wie Hoffnung auf. »Er

denkt, dass ich noch in Malente bin? Oh bitte, Frau Petersen, dann sagen Sie es meinem Vater nicht! Bitte!« Tom bedenkt mich mit einem Blick, der einem Dackel alle Ehre machen würde. In Sachen traurig und lieb gucken könnte sich Flöckchen noch eine Scheibe von ihm abschneiden. Aber vielleicht haben Bernhardiner ihn auch gar nicht drauf, den Dackelblick.

Bevor Tom noch anfangen kann, Männchen zu machen oder zu jaulen, knufft ihn meine Tochter ordentlich in die Rippen.

»Hey, Tom, jetzt schleim hier mal nicht so bei meiner Mutter rum! Wir hatten doch Recht mit dem Abhauen. Außerdem: Wenn ich vor meiner Ma dazu stehen kann, dann kannst du das bei deinem Vater doch wohl auch! Ich dachte, du hättest auch einen Brief hinterlassen?«

Sie funkelt ihn böse an, Tom zieht den Kopf zwischen die Schultern. »Das wollte ich noch machen. Von unterwegs. Ich dachte halt, ich nutze die Sache mit dem Camp für einen kleinen Vorsprung.«

»Sicher? Oder wolltest du es dir noch mal überlegen, falls es mit uns in den nächsten Tagen nicht so geklappt hätte? Du bist so ein Weichei!«

»Quatsch, das stimmt doch gar nicht! Ich wollte …«

»Kinder«, mischt sich nun Simon ein, »nicht streiten! Nikola ist heilfroh, euch gefunden zu haben. Ich übrigens auch. Jetzt ist es ein Uhr nachts, und wenn wir hier weiter diskutieren, wachen bald die ersten Nachbarn auf. Ich schlage vor, wir steigen in mein Auto und fahren nach Hamburg zurück. Wenn wir morgen – oder besser: heute – alle wieder wach sind, ist noch ausreichend Gelegenheit, sich mal ernsthaft über die ganze Geschichte zu unterhalten.« Er kreuzt beide Arme über seiner Brust. »Howgh, ich habe gesprochen.«

Beinahe muss ich kichern. Häuptling Rupprecht spricht ein Machtwort! Bei den Indianern regt sich allerdings Widerstand.

»Nee, ich will nicht wieder nach Hause!« Tessa funkelt mich böse an. »Und ehrlicherweise weiß ich auch gar nicht, warum Mama mich da unbedingt haben will. Die hat ja doch keine Zeit für mich.«

»Das stimmt überhaupt nicht, Tessa! Wenn es ernst ist, nehme ich mir immer Zeit für dich!«, verteidige ich mich.

»Ach ja? Aber wann es ernst ist, bestimmst du allein, oder wie?«

Hui, da ist aber jemand immer noch mächtig auf Krawall gebürstet. Ich seufze und streiche Tessa über den Kopf.

»Mausi, ich weiß, ich bin als Mutter nicht perfekt. Aber ich habe mir wirklich riesige Sorgen gemacht. Und überhaupt – wie habt ihr euch das denn vorgestellt? Ihr beiden hier allein in einer riesigen Stadt wie Berlin? Ohne Geld, ohne Freunde?«

»Also, das mit dem Geld ist ja kein Problem«, meldet sich nun Tom zu Wort. Offenbar hat ihn Tessas Vorwurf, dass er ein Weichei sei, schwer getroffen, und er muss nun dringend beweisen, dass er aus ganz hartem Holz geschnitzt ist. »Ich suche mir hier einen Job. Ich weiß auch schon genau, was ich machen kann: DJ. Genau wie Tessas Onkel. Mit seinen Verbindungen ist das bestimmt kein Problem. Mein Musikgeschmack ist mega – ich werde tolle Jobs an Land ziehen! Und dann miete ich für Tessa und mich eine Wohnung an. Zur Schule gehen kann sie auch hier. Und ich habe sowieso keine Lust mehr auf diese lahme Veranstaltung.«

Simon kann sich ein Grinsen jetzt nicht mehr verkneifen. »Ein Spitzenplan«, sagt er belustigt. »Schon mal was von Schulpflicht gehört?«

Tom schüttelt trotzig den Kopf. »Die ist mir egal. Mich kennt hier ja keiner. Wenn Sie uns nicht dazwischengefunkt hätten, wäre der Plan wirklich super gewesen. Also, wir fahren nicht wieder mit nach Hamburg. Wir bleiben hier und schaffen es in Berlin.«

»Jetzt pass mal auf, Jung-Siegfried: Du nimmst jetzt deine Sachen und steigst in meinen Wagen. Aber sofort!« Simons Tonfall hat sich schlagartig von belustigt zu bedrohlich gewandelt. »Wenn du nicht in drei Sekunden Platz genommen hast, dann werde ich a) sofort deinen Alten anrufen und dich b) höchstpersönlich in mein Auto schleifen. Du hast Tessas Mutter schon genug Sorgen gemacht, ich würde sagen, dein Maß ist für heute mehr als voll. Und du«, er wendet sich an Tessa, »überlegst mal, wie viele Nächte deine Mutter wegen dir noch weinen soll und ob sie das wirklich verdient hat. Und was wir eigentlich deinem kleinen Bruder erzählen sollen, wenn seine Schwester nicht mal bald wieder auftaucht. Also, ich kann mich nur widerholen: Ihr könnt, sollt und müsst mit euren Eltern über eure Probleme reden. Aber nicht um diese Uhrzeit in einem Berliner Hausflur. Und deswegen fahren wir jetzt wieder nach Hamburg.«

Bei der Erwähnung von Max zuckt Tessa zusammen. Wortlos klauben sie und Tom ihre Siebensachen vom Boden und trotten dann vor uns her die Treppe herunter. Ich werfe Simon einen Blick von der Seite zu: Ob sein Sohn auch schon mal abgehauen ist? Das hier war jedenfalls gerade recht eindrucksvoll.

Obwohl mir fast die Augen zufallen, bemühe ich mich tapfer, mit Simon ein sinnvolles Gespräch zu führen, damit er nicht hinter dem Lenkrad einschläft. Auf der Rückbank seines Wagens haben sich Tessa und Tom an Flöckchen gekuschelt, die auf dem mittleren Sitz vor sich hin schnarcht. Auch unsere beiden Ausreißer schlafen tief und fest, und ich würde es ihnen zu gern gleichtun. Eigentlich müsste ich doch ein bisschen fitter sein, immerhin habe ich auf der Fahrt nach Berlin eine Mütze Schlaf bekommen. Aber der Tag war wohl insgesamt zu aufregend für mich, ich bin völlig platt auf der Bereifung. Verstohlen gähne ich in meinen Ärmel.

»Hey, Petersen! Jetzt nicht auch noch gähnen! Sonst müssen wir doch noch einen Übernachtungsstopp einlegen, und das wäre hier im Nirgendwo garantiert ein Fernfahrermotel und nicht das Ritz Carlton.«

Ich bemühe mich, das nächste Gähnen zu unterdrücken, es gelingt mir mehr schlecht als recht. »Tut mir leid. Dann brauchen wir dringend ein spannendes Gesprächsthema.«

»Gern. Schlag eines vor, bei dem du wach bleibst und dich mit mir unterhalten kannst.«

»Okay.«

Ich überlege kurz. Was interessiert mich so sehr, dass es mich am Einschlafen hindert? Eines fällt mir tatsächlich ein. »Erzähl mal – wie war das mit deiner Exfrau?«

Simon wirft mir über die Schulter einen erstaunten Blick zu. »Wie kommst du denn jetzt auf die?«

»Na, du hast neulich in der Kantine erzählt, dass sie dich für einen ungehobelten, unsensiblen Klotz hält. Mit mir hast du allerdings gerade sehr heldenhaft zwei Ausreißer eingefangen und sanft ins Auto bugsiert, mit denen du nicht das Geringste zu tun hast. Fand ich gar nicht mal so ungehobelt und unsensibel. Da frage ich mich: Wie kommt deine Exfrau auf diese Einschätzung?«

»Möglichkeit 1: Kristina spinnt.«

Kristina. So heißt die also. Interessant. »Nein. Abgelehnt. Frauen spinnen nicht einfach.«

»Möglichkeit 2: Vielleicht ist das bei mir wie bei Dr. Jekyll und Mr Hyde.«

»Uah, muss ich jetzt Angst bekommen? Sitzt da gleich ein Wahnsinniger hinterm Steuer?«

»Nicht unbedingt. Denn da wäre auch noch Möglichkeit 3: Vielleicht habe ich mich ein wenig geändert.«

»Ich weiß nicht. Können sich Menschen wirklich ändern? Da bin ich immer ein bisschen skeptisch.«

»Frau Kollegin, das klingt aber sehr kulturpessimistisch! Natürlich können sich Menschen ändern! Nimm dich selbst – noch vor ein paar Jahren warst du bestimmt ein nettes, freundliches Mädchen, das keinem etwas Böses wollte. Und heute bist du Anwältin.«

»Haha. Sehr lustig. Aber jetzt mal im Ernst: Wie war das damals mit euch? Und warum hat deine Exfrau so eine schlechte Meinung von dir?«

»Okay, ich habe vielleicht ein bisschen übertrieben. Sooo schlecht ist ihre Meinung auch wieder nicht. Jedenfalls nicht mehr. Aber tatsächlich habe ich in unserer Ehe ein paar Sachen gemacht, die ich heute anders anfangen würde.«

»Nämlich?«

»Ich würde versuchen, weniger zu arbeiten, wenn ich kleine Kinder hätte. Karriere ist schön und gut, aber wenn man den Partner zu Hause mit allem alleinlässt, baut sich logischerweise ein ziemlicher Frust auf.«

»Hm. Weiß nicht. Ich fand es beim ersten Kind eigentlich ganz schön, mal eine Zeit lang zu Hause zu bleiben und mich um nichts anderes zu kümmern. Bei Max war dann ja sowieso alles anders, der war noch ein Baby, als Christoph starb.«

»Ja, aber ich glaube, Kristina fühlte sich von mir nicht mehr ernst genommen. Und vielleicht hatte sie auch ein bisschen Recht – ich hatte vor allem die Kanzlei im Kopf. Probleme mit Windelpilz und Blähungen fand ich nicht so spannend. Wir haben uns langsam, aber sicher auseinandergelebt. Kristina hatte ihren Bereich, ich meinen. Und irgendwann hatten wir gar keine Gemeinsamkeiten mehr.«

»Da war Christoph definitiv anders. Wenn er nach Hause kam, hat er mir Tessa, in die er ganz vernarrt war, immer abgenommen. Und im Haushalt hat er auch mit angepackt.«

Simon seufzt. »Okay, ich sehe es ein. Dein Mann war ein Superheld.«

Ich muss lachen. »Das war er. Definitiv. Und jeden Morgen habe ich ihm den roten Umhang und die blaue Strumpfhose rausgelegt.«

»Alles klar – da kommt kein Mann mehr ran. Ich zum Beispiel habe gar keinen Umhang, sondern nur eine Robe. Und bin kein Superheld, sondern nur Strafverteidiger. Allerdings ein richtig guter. Ich werde es dir nächste Woche in der Hauptverhandlung beweisen!«

»Ich bin gespannt!«

Eine Weile lang sagen wir beide nichts mehr. Ich denke an die Hauptverhandlung und an die Tatsache, dass wir immer noch nichts Richtiges in der Hand haben, um die Unschuld von Sergio und Tiziano zu beweisen. Klar, eigentlich müssen wir das auch gar nicht, der Staatsanwalt muss vielmehr ihre Schuld beweisen – aber mein Gefühl sagt mir, dass wir gut daran täten, noch ein Ass aus dem Ärmel zu zaubern.

»Wie müsste er denn sein?«

Simons Frage reißt mich aus meinen Gedanken. Ich weiß nicht gleich, wovon er überhaupt redet.

»Wer?«

»Na, der nächste Superheld.«

Ich gebe zu, die Frage überrumpelt mich etwas. Also sage ich erst mal nichts, sondern schweige vielsagend.

»Komm schon, Nikola – du musst doch irgendeine Vorstellung von ihm haben.«

»Ähm, nee, also, ich weiß nicht …«

»Na, also eher so wie dieser kleine Italiener – oder eher so wie ich?«

»Kleiner Italiener?« Ich bin mir nicht sicher, ob mir dieser Gesprächsverlauf so gut gefällt.

»Tiziano Felice. Gib zu – du magst ihn.«

Simon versucht, betont lässig zu klingen. Aber das gelingt ihm nur so mittelprächtig. Vielmehr wirkt er gerade ganz schön angespannt.

»Ja, Tiziano ist nett«, gebe ich mich nüchtern.

»Nur nett? Oder mehr?«

Okay. Simon hat hier offensichtlich Klärungsbedarf. Ich aber leider gerade gar nicht, dafür bin ich viel zu erledigt. Überhaupt fand ich schon immer, dass drei Uhr nachts nicht der richtige Zeitpunkt ist, um über den eigenen Beziehungsstatus nachzudenken, geschweige denn, ihn zu diskutieren. Finde ich Tiziano nett? Ja. Mehr als nur nett? Ich glaube nicht. Finde ich Simon nett? Ja. Mehr als nur nett? Ich glaube schon. Will ich jetzt mit ihm darüber sprechen? Eindeutiges NEIN! Das ist mir hier, mit zwei schlafenden Teenagern und einem müffelnden Bernhardiner auf der Rückbank, einfach zu unromantisch.

Ich gähne demonstrativ.

»Und? Bekomme ich noch eine Antwort?«

Herrje, der ist aber auch hartnäckig!

»Ich finde Tiziano nett und gutaussehend. Und schöne Blumen verschenkt er auch.« So. Bin ich halt bockig. Das hat Simon nun davon.

»Aha.« Simon klingt eingeschnappt, fragt aber nicht mehr nach.

Ich gucke aus dem Fenster und lese das Autobahnschild, an dem wir gerade vorbeifahren. Gleich kommt unsere Ausfahrt, von da sind es nur noch rund zwanzig Minuten, und darüber bin ich froh. Die Stimmung im Wagen scheint mir nämlich in den letzten zwei Minuten um zehn Grad gefallen zu sein. Mindestens.

Tatsächlich biegen wir zwanzig Minuten später bei uns auf den Hof. Ich werfe einen Blick auf die Uhr – halb vier. Was für ein Ritt! Die Kinder schlafen noch, der Hund ebenfalls. Ich werfe Simon einen Blick zu.

»Vielen Dank für alles!«

Er nickt kurz, sagt aber nichts. Abgesehen davon, dass er immer noch verschnupft wirkt, muss er völlig erschöpft sein. Ich überlege kurz.

»Sag mal, willst du vielleicht bei uns im Gästezimmer schlafen? Du kannst doch bestimmt kaum noch aus den Augen gucken.«

Er schüttelt den Kopf und versucht ein schiefes Grinsen. »Nee, lass mal. Das schaffe ich noch. Ich bin ja groß. Und neben dieser Vorliebe für Norditaliener hast du schließlich eine Bernhardiner-Aversion. Nicht, dass du da noch Albträume bekommst, wenn Flöckchen bei euch schläft. Ich fahre also lieber.«

Natürlich. Was hatte ich auch erwartet?

DREIUNDDREISSIG

»Guten Morgen, meine Liebe! Das musst du dir unbedingt ansehen! Unbedingt!« Gisela ist in mein Schlafzimmer gestürmt und reißt mich aus dem Tiefschlaf.

Ich setze mich auf, noch völlig benommen. »Morgen! Wie viel Uhr haben wir denn?«

»Schon sieben.«

Schon? Na gut, wer braucht schon mehr als drei Stunden Schlaf. Nur Weicheier. Und Nikola Petersen. Gisela braucht ihn jedenfalls ganz offensichtlich nicht, denn obwohl sie mich und die Kinder vor dreieinhalb Stunden in Empfang genommen und mir geholfen hat, Tessa und Tom sicher in verschiedenen Betten zu verstauen, ist sie schon wieder putzmunter.

»Und die Kinder?«

»Na, die schlafen natürlich noch. Brauchen doch ihre Ruhe nach der Aufregung! Gut, dass du mich noch aus Berlin angerufen hast – so konnte ich alles schon vorbereiten für die Kleinen, und sie konnten gleich ins Bettchen.«

Mit *die Kleinen* kann Gisela nur die beiden übellaunigen Teenager meinen, die wir vorhin aus dem Auto gezerrt haben. Das ist eben die Wahrnehmung einer Großmutter. Aber meine Rache an *der Kleinen* kommt noch: Wenn ich dereinst Enkelkinder habe, werde ich sie auch hoffnungslos verwöhnen.

»Apropos schlafen: Warum in aller Welt bist du denn schon wach?«, will ich von Gisela wissen. »Und noch wichtiger: Warum weckst du mich?«

»Na, deswegen!« Gisela wedelt mit einem hellgrünen Etwas vor meiner Nase herum. Eine Kiste oder so etwas.

»Was, bitte schön, ist das?«, frage ich.

»Auf den ersten Blick ein Vogelhäuschen.«

Tatsächlich. Bei näherem Hinsehen handelt es sich um ein hellgrünes Vogelhäuschen mit einem Dach in Zartrosa. Auweia, schön scheußlich. Will mir Gisela etwa mitteilen, dass sie unter die Kunsthandwerker gegangen ist und plant, auf dem nächsten Hamburger Trödelmarkt irgendwelchen armen Innenstädtern Vintage-Kitsch vom Land anzudrehen? Und falls ja, hätte sie mit dieser frohen Botschaft nicht noch drei Stunden warten können? Oder wenigstens zwei?

»Ähm. Ja. Sehr hübsch. Was willst du damit?«

»Mensch, Nikola! Ich sage *auf den ersten Blick*!«

»Ich hab's vernommen. Auf den zweiten übrigens auch.«

»Falsch! Auf den zweiten Blick siehst du ein hochkomplexes Überwachungstool.«

»Bitte was sehe ich?«

Gisela seufzt und schüttelt den Kopf, als hätte sie es mit einem besonders schwerfälligen Schüler zu tun. Dann legt sie das Häuschen auf meine Bettdecke, so dass ich es genauer betrachten kann.

»In dieses Vogelhäuschen hat Sergio eine Überwachungskamera mit Infrarotsensor eingebaut. Die filmt also auch im Dunkeln. Und dann hat er das Ganze in dem Baum direkt vor dem Glashaus platziert. Total unauffällig. T-O-T-A-L!«

»Wow!« Dass Sergio solche Geheimdienstmethoden draufhat, beeindruckt mich nun wirklich ein bisschen.

»Ja, *Wow* ist genau der richtige Ausdruck. Aber das ist noch nicht das Beste!« Sie macht eine kleine Kunstpause. »Der Vogel – um mal im Bilde zu bleiben – ist uns tatsächlich ins Netz gegangen.«

Und schon sitze ich senkrecht im Bett! »Nein! Wirklich?«

»Ja.«

»Wieso sagst du das nicht gleich?«

»Ja, was meinst du denn, warum ich dich extra wecke? Doch nicht, um dir ein Vogelhäuschen zu zeigen. Nein, Alexander kam eben mit dem Häuschen unter dem Arm vorbei. Er hatte Aysun um fünf Uhr von der Nachtschicht abgelöst. Und kurz darauf kam es, unser Vögelchen – Alexander hat es genau beobachtet, und die Kamera hat hoffentlich alles aufgezeichnet.«

»Wahnsinn!« Ich springe aus dem Bett. »Das will ich sehen! Ist Alexander noch da?«

»Ja. Sitzt unten in der Küche und trinkt seinen wohlverdienten Kaffee.«

»Gut, ich zieh mir schnell was an und komm runter.«

Fünf Minuten später sitze ich im Schlabberlook, die Haare auf halb acht, mit Alexander an unserem Küchentisch. Der scheint an seiner neuen Rolle als verdeckter Ermittler Gefallen gefunden zu haben, jedenfalls schildert er haarklein, wie er sich auf Aysuns Wachposten hinter einen Holunderbusch verzogen hatte, bewaffnet mit Feldstecher und Kaffee in der Thermoskanne. Wie dann erst mal eine ganze Stunde lang überhaupt nichts passiert sei. Wie er schon sehr daran gezweifelt habe, ob an der ganzen Geschichte überhaupt etwas dran sei und ob nicht doch vielmehr Sergio und Tiziano ... Ich unterbreche ihn freundlich, aber bestimmt.

»Alex, ich sitze hier völlig übermüdet und sehe aus wie Hulle. Wärst du so freundlich, einfach zu sagen, was du gesehen hast?«

Er grinst. »Erstens: Du siehst wie immer wunderschön aus. Zweitens: Ich habe tatsächlich gesehen, wie eine vermummte Person das Grundstück betrat, auf das Glashaus zuging, in das Glashaus hineinging – und wenig später mit einer Pflanze unter dem Arm wieder hinausging.«

»Ha! Es hat also funktioniert! Es interessiert sich jemand für unsere vermeintliche Hanfplantage!«

»Stimmt. Die Sache hat nur einen Haken: Ich konnte von meinem Versteck aus nicht erkennen, wer da ins Gewächshaus spaziert ist.«

»Okay, aber wahrscheinlich ist es sowieso niemand, den du kennst. Du bist ja nicht von hier.«

»Nein, so meine ich das nicht. Die Person trug eine Mütze und eine Sonnenbrille. Ich könnte nicht mal mit Gewissheit sagen, dass es weder Sergio noch Tiziano war. Das ist natürlich als Beweis ein bisschen dünne.«

Ich stöhne auf. »Ja, warum biste denn nicht hinterher?«

Alexander guckt pikiert. »Es war abgesprochen, dass ich das Häuschen beobachte. Von aktivem Einschreiten war nicht die Rede. Ein Festnahmerecht steht mir übrigens meiner Meinung nach in so einem Fall auch gar nicht zu.«

Gute Güte, Alexander ist aber auch ein Bedenkenträger! Zupacken geht anders. Ich kann mir nicht vorstellen, dass Simon den Vogel einfach so hätte davonflattern lassen. Aber der Zug ist durch den Bahnhof. Hoffentlich hält wenigstens Sergios Vogelhäuschen, was es verspricht. Mit ein bisschen Glück können wir auf dem Film ein bisschen mehr erkennen, als Top-Ermittler Alexander gesehen hat. Wenn denn die Kamera wirklich etwas aufgezeichnet hat.

»Na gut, schauen wir uns das Video an. Was brauchen wir dazu?«

Alex zuckt mit den Schultern. »Keine Ahnung. Moment mal.« Vorsichtig hebt er das Dach vom Vogelhaus. Zum Vorschein kommt etwas, das zunächst wie ein ganz normaler Fotoapparat aussieht. Alexander wirft von oben einen genaueren Blick drauf.

»Hm, hat USB-Anschlüsse. Also brauchen wir schätzungsweise einen Computer und ein Verbindungskabel.«

»Okay, hab ich.« Ich stehe auf und hole mein Laptop von der Wohnzimmercouch. In der Schublade unter dem Fernseher finde ich ein passendes USB-Kabel. Als ich wieder in der Küche ankomme, hat Alexander die Kamera schon aus dem Vogelhaus gefriemelt.

»Jetzt bin ich aber mal gespannt«, murmelt er, während er Kamera und Laptop mit dem USB-Kabel verbindet. »Mein Vertrauen in die technischen Fähigkeiten von diesem Sergio ist zwar etwas ... ähem ... aber wir werden sehen.«

Ich klappe das Laptop auf, fahre es hoch – und wenig später flimmert ein erstaunlich klares Bild über den Monitor. Das Glashaus ist sehr gut zu erkennen, die Aufzeichnung ist sogar in Farbe.

»Wer sagt's denn! Das sieht doch gut aus. Lass uns mal ein bisschen vorspulen«, schlage ich vor.

Da! Ein Schatten fällt auf das Glashaus, und den Bruchteil einer Sekunde später steht tatsächlich jemand davor. Alexander hat Recht – die Person ist schlecht zu erkennen. Ein langer, heller Mantel, eine Mütze und eine große, dunkle Sonnenbrille: Schwer zu sagen, ob sich hier ein Mann oder eine Frau an dem Gewächshaus zu schaffen macht.

»Stopp mal«, ruft Alexander, als der Film an der Stelle angelangt ist, an der die Person wieder aus dem Haus herauskommt. Ich halte den Film an. Tatsächlich sieht man den Eindringling nun von vorn.

»Guckst du einmal, Gisela?«, bittet Alexander meine Schwiegermutter. »Du bist doch quasi eine Eingeborene – erkennst du jemanden?«

Gisela setzt sich dicht vor den Monitor und studiert das Bild sehr gewissenhaft.

»Hm, schwer zu sagen. Ich denke, es ist eine Frau. Aber ansonsten …«

»Eine Frau?«, frage ich. »Kennst du das Gesicht?«

Sie schüttelt den Kopf. »Nein, es ist mehr so ein Gefühl. Die Person sieht nicht besonders groß aus und bewegt sich geschmeidig.«

»Also dann ist es doch wahrscheinlich Tiziano«, ätzt Alex.

Hey, was haben die eigentlich alle gegen meinen armen Mandanten?

»Quatsch, wieso sollte der denn in seine eigene Falle tappen? Tiziano ist unschuldig. Schau noch mal genau hin«, fordere ich Gisela auf. »Oder guck es dir wieder von vorn an.«

Ich spule zurück, Gisela kneift die Augen zusammen, um besser gucken zu können. Dann seufzt sie.

»Nein. Ich weiß es leider auch nicht. Aber wir sollten den Film auf alle Fälle Gorch zeigen. Vielleicht ist es einer seiner Kunden, denen er den Tee angeboten hat? Könnte doch sein, nicht?«

Ich nicke. »Gut, dann müssen wir eben noch ein bisschen warten.«

»Nein, nein«, widerspricht mir Gisela. »Ich rufe ihn eben an.«

»Gisela, du kannst doch nicht am frühen Sonntagmorgen bei Familie Feddersen anrufen – da fallen nachher noch Gorchs betagte Eltern aus dem Bett, und der arme Gorch kriegt Ärger mit Mutti!«

»Oh doch!« Gisela grinst. »Denn genau auf diesen Fall haben Agent Feddersen und ich uns gewissenhaft vorbereitet: Gorch hat auf seinem Handy für mich einen speziellen Klingelton reserviert *und* mich auf die VIP-Liste gesetzt.«

»VIP-Liste?«, erkundigt sich Alexander. »Was ist das denn?«

»Man merkt, dass du nicht mit Teenagern zusammenlebst«, erkläre ich Alexander. »Das bedeutet, dass das Handy bei einer bestimmten Nummer auch klingelt, wenn es eigentlich ausgeschaltet oder lautlos gestellt ist.«

»Genau«, bestätigt Gisela. »Und deswegen kann ich Gorch auch erreichen, wenn er eigentlich *nicht* erreichbar ist.«

Ich nicke Alexander bestätigend zu. So langsam glaube ich ja, dass Gisela und Gorch es mit Miss Marple und Mr Stringer aufnehmen wollen.

Tatsächlich sitzt Gorch Feddersen keine zehn Minuten später ebenfalls in unserer Küche.

»So, min Deern, nu zeich mir dat mol.« Sein selbst für seine Verhältnisse heute sehr breites Plattdeutsch verrät, dass auch Gorch ziemlich aufgeregt ist.

»Gern, Herr Feddersen. Es ist nicht besonders viel Material, aber vielleicht können Sie trotzdem etwas erkennen.«

Gorch nickt mir zu, zieht eine Brille aus seiner Jackentasche und schiebt sie auf die Nase. Ich drücke auf Start: Erst das Gewächshaus, dann der Schatten, die Person taucht im Anschnitt auf und …

»O nee, o nee – so'n Schiet!«

Ich drücke auf Stopp und schaue Gorch Feddersen verdattert an. »Ähm, die Person ist doch noch gar nicht ganz im Bild. Haben Sie etwa schon jemanden erkannt?«

Gorch schluckt und nickt. »Jau. Dat is min Mudder.«

Alex, Gisela und ich sagen nichts mehr, sondern starren ihn nur an. Dann räuspert sich Alex.

»Aber Herr Feddersen, eigentlich hat man noch nicht mal den Kopf gesehen. Wie kommen Sie denn darauf?«

»Da!« Feddersen zeigt auf den Bildschirm. »Die Gummistiefel. Die hebb ick ihr von der Hansepferd mitbracht. Ganz sicher. Solche Stiefel gift dat hier in Howe nich noch mol. Rot mit rosa Swine. Ganz sicher.«

Ich gucke noch mal hin, klebe mit der Nase nun schon fast am Bildschirm. Tatsache. Wenn man genau hinsieht, steckt der Fuß der Person, die ins Bild tritt, in einem roten Gummistiefel. Und die kleinen rosa Kringel, die auf dem Standbild zu erkennen sind, könnten auch Schweinchen sein.

Das ist ein dickes Ding! Sollte Inge Feddersen wirklich unser Mann sein? Beziehungsweise unsere Frau? Diese zerbrechlich wirkende achtundachtzigjährige Dame?

VIERUNDDREISSIG

Gorch, Erika war kein Dealer oder wie diese bösen Menschen heißen, die mit Rauschgift handeln! Sie wollte uns nur helfen. Uns und einigen anderen auch!«

Inge Feddersen hat unter normalen Umständen trotz ihrer Zartheit Haare auf den Zähnen. Und davon nicht zu knapp. Aber nun hockt sie wie ein Häuflein Elend vor uns und schnäuzt in ihr Taschentuch. Vor uns – das heißt vor mir, Gorch, Alexander und Simon. Letzterer hat sich trotz der Tatsache, dass er auch nicht allzu viel geschlafen haben kann, wieder nach Howe auf den Feddersen-Hof geschleppt, kaum dass ich ihm von den brandheißen Neuigkeiten erzählt hatte. Ob ich auch auf der VIP-Liste seines Handys stehe? Er ging jedenfalls sofort ran, als ich durchklingelte, und falls er noch verschnupft war, ließ er es sich nicht anmerken. Er trudelte genau in dem Moment ein, in dem Alexander, Gorch und ich wie die Spanische Inquisition bei Inge auftauchten. Womit ich meine: so entschlossen, nicht so katholisch.

Erst hat Inge noch geleugnet und so getan, als wisse sie überhaupt nicht, wovon wir sprechen. Aber dann stellte Simon nacheinander und sehr effektvoll die Teedose, die Gummistiefel und das Vogelhäuschen auf den Wohnzimmertisch, ich spielte ihr auf meinem Laptop die Videosequenz vor, und dann hatten wir auch noch eine von Gorchs Spinnenblumen dabei. Als Inge die sieht, bricht ihre Fassade endgültig wie ein Kartenhaus in sich zusammen. Sie glaubt anscheinend, dass es das Exemplar ist, das sie selbst mitgenommen hatte. Stimmt nicht ganz, die haben wir vorhin selbst ausgebuddelt – aber auch die Spanische Inquisition hat bestimmt mal zu dem ein oder anderen Taschenspielertrick gegriffen.

Mittlerweile ist Inge so aufgelöst, dass sie mir beinahe leidtut. Aber nur beinahe. Immerhin hätte sie seelenruhig zugesehen, wie mein armer Mandant in den Knast gewandert wäre. Auch Gorch Feddersen guckt seine Mutter immer wieder fassungslos an und schüttelt den Kopf. Die rutscht noch ein Stück tiefer in den großen blauen Ohrensessel, der in der guten Stube des Bauernhauses der Familie Feddersen steht.

»Mudder – mach dir nichts vor: Du verkaufst Drogen. Natürlich bist du ein Dealer. Und du hast versucht, es unbescholtenen Bürgern anzuhängen. Schäm dich!«

Weitere Tränen fließen in das Taschentuch, das schon ziemlich aufgeweicht sein dürfte. Simon, ganz Gentleman, reicht ihr ein neues.

»Hier, bitte schön, Frau Feddersen. Wenn es Ihnen etwas besser geht, würde mich allerdings brennend interessieren, was Sie mit Ihrer Bemerkung eben gemeint haben.«

Inge sieht ihn aus tränenverschleierten Augen an. »Mit welcher Bemerkung?«

»Na, dass Erika Ihnen nur helfen wollte. Ihnen und den anderen. So richtig verstehe ich das noch nicht. Wie meinten Sie das?«

Inge schnäuzt sich noch mal, dann antwortet sie mit zitternder Stimme.

»Dem Ewald, meinem Mann, geht es schon seit vielen Jahren schlecht. Er hat ja ganz schwer Arthritis. Die Schmerzen waren manchmal unerträglich. Dabei hat sein Arzt ihm schon alle möglichen Schmerzmittel verschrieben. Nichts hat wirklich geholfen. Dann habe ich in der *Apotheken Umschau* gelesen, dass Cannabis Arthritispatienten sehr helfen soll. Ich habe seinem Arzt davon erzählt. Der war erst skeptisch, aber dann hat er sich erkundigt – und tatsächlich: Patienten wie Ewald darf seit ein paar Jahren ein Medikament verschrieben werden, das so ein Zeugs enthält.«

Gorch horcht auf. »Stimmt. Dronabinol oder so hieß das. Ich hab's ein paarmal für Vaddern in der Apotheke besorgt.«

Inge nickt.

»Ja. Aber das hat leider nicht so gut geholfen, wie wir gehofft hatten. Dann hatte Ewalds Arzt eine andere Idee: Er hat eine Ausnahmegenehmigung für Ewald beantragt, mit der wir in der Apotheke richtige Cannabisblüten bekommen haben. Manchen Patienten hilft richtiges Marihuana nämlich besser als das Medikament mit dem künstlichen Wirkstoff. Es war ein unglaublicher Papierkrieg, aber am Ende hatten wir die Genehmigung für das Cannabis. Daraus habe ich Ewald einen Tee gekocht.«

»Bitte? Du hast Vaddern 'nen Drogentee gekocht?« Gorch ist entsetzt. »Warum hast du mir nie davon erzählt?«

Inge guckt ihn nachdenklich an. »Weil ich dachte, dass du genau das sagen würdest, was du gerade gesagt hast – dass dein Vater Drogen nimmt. Deswegen wollte ich nicht, dass du davon erfährst. Du solltest nicht den Respekt vor deinem Vater verlieren.«

Deswegen den Respekt verlieren? Inge hält ihren Sohn offenbar immer noch für ein Kind. Aber das ungeklärte Vater-Sohn-Verhältnis im Hause Feddersen interessiert mich momentan nur am Rande. Denn abgesehen davon, dass das hier natürlich auch eine Räuberpistole sein könnte, finde ich die Geschichte gerade ziemlich spannend.

»Und dann?«, frage ich also.

»Tja, dann geschah das Wunder: Es ging Ewald besser.

Von Tag zu Tag. Die Schmerzen waren wie weggeblasen. Gut, er war manchmal etwas schläfrig, aber ich war so glücklich, dass es ihm endlich besser ging.«

»Wie schön!«, pflichte ich ihr bei. »Was mir aber noch nicht so ganz einleuchtet – wenn Sie das Marihuana doch auf Rezept bekommen konnten, wo kam denn dann Erika ins Spiel?«

Ein langer Seufzer, Inge knetet ihre Hände. »Das Cannabis aus der Apotheke war auf Dauer so wahnsinnig teuer. Mit einem Gramm pro Tag ging es Ewald ganz gut, mit zwei Gramm noch besser. Manchmal brauchte er aber auch ein bisschen mehr. Also haben wir jeden Monat um die tausend Euro dafür ausgegeben. Und die Krankenkasse hat nichts davon übernommen. Das konnten wir auf Dauer nicht bezahlen. Ewald bekommt nur eine kleine Rente, ich fast gar keine. Und Gorch wollte ich nicht um Geld bitten. Der hätte doch gefragt, wofür wir regelmäßig so viel brauchen.« Sie holt tief Luft. »Irgendwann war das Geld auf meinem Sparkonto aufgebraucht. Also habe ich mir von meiner Freundin Erika Geld geliehen. Und ihr die ganze Geschichte erzählt. Erika hatte dann die Idee, den Hanf selbst anzubauen. Ist ja viel billiger. Sie hatte noch das alte Gewächshaus, da wollten wir es mal ausprobieren – bei uns auf dem Grundstück wäre es ja wegen Gorch nicht gegangen.«

Alexander schnappt nach Luft. »Wie bitte? Also Sie beiden alten Damen haben dann tatsächlich die Hanfplantage hochgezogen? Aber woher hatten Sie denn die Pflanzen oder den Samen oder was auch immer man dafür so braucht?«

Zum ersten Mal, seitdem wir Inge heute Morgen überfallen haben, lächelt sie.

»Junger Mann. Wir sind vielleicht alt, blöd sind wir nicht. Erika und ich sind zusammen nach Amsterdam gefahren.

Eine Busfahrt mit dem Seniorentreff Kirchwerder. Aber während die anderen eine Grachtenfahrt gemacht haben und im Museum waren, haben wir einen Coffeeshop besucht. Dort gab es alles, was wir brauchten: das Saatgut von der richtigen Sorte und fachkundige Beratung. Der sehr nette Verkäufer hat uns erklärt, worauf wir beim Anbau achten müssen. War aber sowieso nicht so schwierig. Erika und ich kommen schließlich aus der Landwirtschaft. Keine vier Monate später konnten wir schon das erste Mal ernten. Und ich sage Ihnen: Astreines Zeug haben wir da produziert – als Ewald seinen ersten selbstgeernteten Tee bekam, war er richtig high!«

»Da haben Sie wohl den grünen Daumen«, stellt Simon trocken fest. »Was mir aber noch nicht ganz einleuchtet – für ein, zwei Tässchen Tee am Tag braucht man doch kein ganzes Gewächshaus. Allein mit der von der Polizei sichergestellten Menge hätte Ewald sicherlich die nächsten 150 Jahre seinen Tee trinken können. Was haben Sie mit dem Rest gemacht?«

»Also anfangs haben wir viel weniger angebaut. Aber dann habe ich mich im Wartezimmer mal länger mit Frau Puttfarken unterhalten. Deren Tochter ist ja auch so schwer krank. Multiple Sklerose hat die. Und stellen Sie sich vor – die hat auch ein Medikament mit Cannabis bekommen, auch gegen die Schmerzen. Hat sie aber nicht besonders gut vertragen. Und weil mir die Deern so leidtat, habe ich ihrer Mutter eines Tages etwas von Ewalds Tee vorbeigebracht. Eine Woche später rief mich Frau Puttfarken ganz begeistert an und wollte wissen, was für ein toller Tee das gewesen sei, ihrer Tochter ginge es viel besser damit. Na ja, und so ging das dann langsam los mit *Erikas Mischung*. Es sprach sich halt rum. Die Leute waren verzweifelt und brauchten Hilfe. Was hätten wir denn machen sollen?«

»Wie viele Kunden hatten Sie denn am Ende so?«, erkundige ich mich.

Inge Feddersen denkt einen Moment lang nach. »Also, vielleicht so dreißig, vierzig.«

»Vierzig?!« Simon ist baff, ich bin es ehrlich gesagt auch. »Wenn die alle zwei Gramm am Tag gebraucht haben, war Oma Erika ja schwer beschäftigt.«

»Ja. Das war einiges an Arbeit.«

»Och, die Mühe haben Sie sich doch aber sicher auch vergolden lassen«, bemerkt Alexander süffisant. Inge Feddersen bedenkt ihn mit einem bösen Blick.

»Natürlich nicht! Wir wollten helfen, mehr nicht! Wir haben den Tee zum Selbstkostenpreis abgegeben, für einen Bruchteil von dem, was die Apotheke verlangt hat. Verdient haben wir daran ganz sicher nicht. Als Erika dann gestorben ist, habe ich auch daran gedacht aufzuhören. Es war mir eigentlich zu anstrengend. Aber das ging nicht – die Leute haben mich regelrecht angefleht weiterzumachen. Da hab ich's halt gemacht. Bin regelmäßig frühmorgens gekommen und habe mich um die Pflanzen gekümmert, geerntet und gepflanzt. So früh waren die Herren Italiener nie aus den Federn. Die haben mich also nie gesehen. Nur getrocknet und verarbeitet habe ich die Pflanzen nicht mehr in dem Schuppen neben dem Gewächshaus, sondern vorsichtshalber auf unserem Dachboden. Und fleißig gegossen hat Gisela den Hanf«, Inge kichert, »die hat gar nicht geahnt, was sie da gießt. Jedenfalls ging das immer so weiter. Bis zu dem Tag, an dem die Polizei die Plantage ausgehoben hat.«

»Sagen Sie, diese vierzig Leute – gewissermaßen Ihre Patienten – haben die vorher alle schon Cannabis oder entsprechende Medikamente auf Rezept bekommen?«, fragt Simon nach.

»Nein, nicht alle. Vielleicht zehn oder so. Die anderen waren aber auch alle krank. Wir haben es niemandem gegeben, der es nur so haben wollte. Da waren wir immer sehr gewissenhaft.«

»Hm.« Simon überlegt laut: »Zehn auf Rezept. Wissen Sie zufälligerweise, ob diese Rezepte alle in derselben Apotheke eingelöst wurden?«

»Wieso? Also, ich glaube schon. Das ist ja ein ziemlicher Papierkrieg, das macht nicht jede Apotheke. Wir sind zu einer gegangen, die uns unser Arzt empfohlen hat. Die Geißlein-Apotheke in Bergedorf. Dort waren bestimmt auch einige der anderen Patienten.«

»Aha.« Mehr sagt Simon nicht dazu, und ich frage mich, warum in aller Welt er das wissen will.

Gorch schüttelt immer noch den Kopf.

»Mudder, Mudder, wat heffst du dir dabei nur denkt? Und jetzt haben Sergio und Tiziano den ganzen Ärger!«

Inge schnäuzt noch einmal in ihr Taschentuch, dann seufzt sie tief.

»Ja, das ist natürlich schlimm. Aber ich mache es wieder gut.«

»Wow, das war nun wirklich mal ein erkenntnisreicher Morgen!« Ich bin verdammt gut gelaunt, als wir den Hof von Familie Feddersen verlassen.

»Ja, ich würde sagen – langsam bekommt unsere Verteidigungsstrategie für nächste Woche ein Gesicht. An ein paar Sachen müssen wir noch feilen, aber insgesamt bin ich zuversichtlich«, stimmt mir Simon zu. »Gut wäre, wenn wir nachweisen könnten, dass die ganze Hanf-Sause schon begonnen hat, lange bevor Sergio und Tiziano hier aufkreuzten.«

»Wozu?«, frage ich. »Wir haben doch jetzt Inges Aussage. Damit ist die Sache doch sofort vom Tisch.«

Simon runzelt die Stirn. »Sicher, Inges Aussage ist natürlich der Knaller. *Wenn* sie die denn vor Gericht so macht. Als alter Strafverteidiger-Hase sichere ich das aber lieber ab, falls sie sich die Sache noch anders überlegt. Wäre nicht die erste Zeugin, die noch mal 'ne Nacht drüber schläft, morgens aufwacht und feststellt, dass sie sich nicht selbst belasten will. Und dann können wir sie nicht zwingen, sie hat schließlich in eigener Sache ein Aussageverweigerungsrecht. Also vielleicht finden wir auch etwas, was Sergio und Tiziano entlastet, ohne dass wir Inge so unbedingt mit zu Gericht schleppen müssen. Und ich habe da auch schon eine Idee ...«

»Willst du auf einen Kaffee mit zu uns kommen? Dann können wir auch noch mal in Ruhe alles durchsprechen, und du kannst mir von deiner Idee erzählen«, schlage ich vor. Simon zögert kurz.

»Nee, ich fahr mal lieber. Ich habe Flöckchen einen langen Spaziergang an der Alster versprochen. Die trennt sich bestimmt von mir, wenn ich noch mehr Zeit mit dir verbringe. Lass uns morgen im Büro darüber sprechen. Vormittags habe ich Zeit.«

Hm. Schade. Er geht lieber mit seinem Hund spazieren, als mit mir einen Kaffee zu trinken? Ich gebe zu, ich bin enttäuscht. Aber dann eben nicht. Wer nicht will, der hat schon. Ich werde garantiert nicht versuchen, ihn zu überreden.

»Also, *ich* hätte nichts gegen einen Kaffee einzuwenden«, lädt Alexander sich in diesem Moment selbst ein. Ich zwinge mich zu einem Lächeln, ich will schließlich nicht unhöflich sein. Und einen Kaffee hat sich Alexander nach seiner erfolgreichen Frühschicht natürlich redlich verdient.

»Gern. Prima. Komm mit!«

Ich winke Simon kurz zum Abschied zu, dann stapfe ich mit Alexander wieder zu uns nach Hause. Dort stehen bereits vor unserer Tür: Gisela mit Max plus Florentine mit ihren Zwillingen und Arthur.

»Huhu, meine Liebe! Als Gisela eben Max abholen wollte und erzählte, dass Tessa wieder da ist, haben wir uns einfach selbst zum Frühstück eingeladen«, begrüßt uns Florentine fröhlich. »Bei uns gibt's nämlich auch gute Neuigkeiten, und ich habe extra eine Flasche Prickelndes mitgebracht.«

»Oh, hallo – das ist aber eine nette Idee! Ich fürchte nur, ich muss erst mal einen Kaffee trinken. Alkohol würde mich jetzt komplett aus den Socken hauen. Die letzten vierundzwanzig Stunden hatten es ziemlich in sich. Ich glaube, so viel ist in so kurzer Zeit vorher noch nie in meinem Leben passiert. Gott sei Dank – sonst würde ich mit Sicherheit doppelt so schnell altern wie ohnehin schon.«

Gisela kommt dazu und schließt die Tür auf. »So, dann kommt mal alle rein.«

Drinnen angekommen, gehe ich schnurstracks in die Küche und setze einen Kaffee auf. Florentine folgt mir.

»Wie gesagt, bei mir gibt es auch endlich gute Nachrichten«, erzählt sie mir, während ich das Kaffeepulver in den Filter häufe. »Gott sei Dank mal etwas richtig Positives.«

»Oh, super – was denn? Neuen Typen kennengelernt?«

Sie schüttelt den Kopf.

»Nee! Mit dem Thema Männer bin ich durch. Eher gehe ich ins Kloster, als mich noch mal zu verlieben!«

Eine interessante Alternative. Ich beschließe, Florentine daran zu erinnern, wenn es so weit ist.

»Okay, also nix mit Mann. Was dann?«

»In gewisser Weise doch: Ulf hat sich bei mir gemeldet.«

»Echt?«

»Ja – und stell dir vor: Dein Brief hat anscheinend Wunder gewirkt. Er wird jetzt zahlen, wenn wir uns im Gegenzug nicht bei der Stiftung melden. Er sagt, sein Anwalt wird sich morgen mit einem Angebot bei dir melden. Und als Zeichen seines guten Willens hat er mir schon Geld für die letzten zwei Monate überwiesen. Toll, oder?«

»Dem scheint ja mächtig die Muffe zu gehen – sehr gut! Da werde ich mit dem Herrn Kollegen morgen noch einmal ordentlich verhandeln, wenn die nun gerade die Spendierhosen anhaben.« Ich drehe mich zu Florentine und deute auf das Regal über der Spüle. »Du könntest übrigens schon mal ein paar Kaffeetassen mitnehmen.«

Florentine grinst. »Ach, wollen wir nicht doch lieber den Champagner trinken, den ich mitgebracht habe? Zum ersten Mal seit Wochen habe ich das Gefühl, dass das Leben doch weitergeht und ich es schon schaffen werde. Jetzt brauche ich nur noch einen Job, aber der wird sich auch noch finden. Apropos – fändest du es total doof, dir mal meine Bewerbungsunterlagen anzusehen?«

»Wieso? Willst du einen Tipp von mir, ob ich die in Ordnung finde?«

Florentine zögert kurz. Ich angele eine Tasse nach der anderen aus dem Regal und drücke sie Florentine in die Hand.

»Äh, nee, ich dachte, vielleicht könnt ihr ja in der Kanzlei Unterstützung gebrauchen, wenn Aysun anfängt zu studieren. Wenn sie Teilzeit arbeitet, könnte ich doch ihre restlichen Stunden übernehmen. Ich bin zwar keine Anwaltsgehilfin, aber gelernte Bürokauffrau. Und als Assistentin war ich immer ziemlich fit. Vielleicht könnte mich Aysun in den ganzen rechtlichen Kram einarbeiten – ich lerne wirklich schnell! Ich mache auch gern ein unbezahltes Praktikum, dann sehen wir, ob das Sinn hat. Also, nur für den Fall, dass

Aysun wirklich den Studienplatz bekommt und bei euch aufhört.«

»Wie bitte?« Alexander ist in die Küche gekommen. Leider von uns unbemerkt, denn wenn man zum Regal schaut, hat man die Tür zum Wohnzimmer genau im Rücken. Oh, Mist, das ist jetzt unschön! Alexander sieht auch überhaupt nicht glücklich aus.

»Aysun will bei uns aufhören und studieren? Und ich erfahre nichts davon? Sag mal, Nikola, was ist eigentlich bei uns los? Sind wir etwa keine Partner mehr, oder warum erzählst du mir so etwas Wichtiges nicht?«

»Äh, nein, ich wollte doch … ich hätte doch …«, versuche ich zu erklären, aber damit komme ich nicht weit.

»Weißt du was: Vielleicht gründest du lieber eine Sozietät mit Herrn Dr. Rupprecht. Ihr scheint euch ja blendend zu verstehen und arbeitet sowieso schon enger zusammen als wir beide.«

»Aber Alexander, das stimmt doch gar nicht! Nun lass uns doch erst mal den Kaffee …«

»Nee, echt nicht. Deinen Kaffee kannst du gern alleine trinken. Tschüss!«

Alexander schiebt sich an mir vorbei Richtung Hausflur. Noch ein Türklappen, dann ist er weg, mein Partner.

FÜNFUNDDREISSIG

Na, wie ist es mit der Ausreißerin weitergegangen?«, begrüßt mich Simon fröhlich, als ich am nächsten Tag in seinem Büro auftauche.

»Ach, ganz gut. Die Kinder haben bis mittags geschlafen, und dann haben wir lange geredet. Sie haben mir beide noch einmal von dem Zickenkrieg in ihrer Klasse berichtet und wer nun eigentlich mit wem befreundet und in wen verliebt und noch wichtiger – mit wem verfeindet ist. Ich bräuchte eigentlich mal ein Diagramm, um das alles zu verstehen. Egal – schon darüber zu sprechen hat Tessa gutgetan. Und mir natürlich erst recht. Ich denke, wir werden uns wieder zusammenraufen. Tja, und dann haben wir Tom so nach Hause gefahren, dass er zeitgleich mit seinem Bruder wieder zu Hause eingetrudelt ist. Ich habe ihm versprochen, ihn nicht zu verraten. Und Tessa und Tom haben mir versprochen, bei Problemen demnächst nicht gleich das Weite zu suchen.«

»Und Tessas Sorgen mit ihren Freundinnen?«, fragt Simon.

»Deshalb werde ich mich nächste Woche mal mit den Eltern von Sammi und Luna zusammensetzen und überlegen, wie wir die Situation zwischen den Mädchen verbessern können. Tessa fand diese Idee zwar furchtbar, aber so kann der Zickenkrieg nicht weitergehen, und ich habe das Gefühl, allein sind die Kinder mit dem Problem überfordert. Mit der

Beratungslehrerin der Schule habe ich heute früh auch schon gesprochen, ich bin momentan ganz zuversichtlich, dass wir gemeinsam eine Lösung finden werden.«

»Wunderbar – dann können wir uns endlich mit voller Kraft auf das Highlight der heutigen Woche stürzen: unsere Hauptverhandlung am Mittwoch.« Simon greift nach einer Akte auf seinem Tisch, zögert dann aber und mustert mich. »Ist auch wirklich alles in Ordnung bei dir? Du siehst offen gestanden ein bisschen mitgenommen aus.«

Genau genommen fühle ich mich nicht nur mitgenommen, sondern völlig gerädert. Ich habe nicht besonders gut geschlafen und ziemliche Kopfschmerzen. Ein Montagmorgen im Büro mit einem beleidigten Alexander, der tatsächlich nicht mehr mit mir zu sprechen scheint, hat auch nicht gerade dazu beigetragen, dass ich mich besser fühle. Aber ich habe keine Lust, Simon davon zu erzählen. Schließlich werde ich das Gefühl nicht los, dass es Alexander gar nicht so sehr um Aysun geht, sondern vielmehr um Simon. Und das will ich nun wirklich nicht mit Simon diskutieren. Ich schüttle also den Kopf.

»Nein, alles gut. Lass uns loslegen.«

»Okay, wie du meinst. Aber sag Bescheid, wenn du einen seeehr starken Kaffee brauchst. Erikas Teemischung habe ich leider nicht vorrätig, aber vielleicht tut's auch das gute, alte Koffein.«

»Danke. Mach ich.«

»Gut.« Simon schlägt nun doch die Akte auf und nimmt einen Zettel heraus. »Wir beide werden der Apotheke einen kleinen Besuch abstatten, in der Inge Feddersen und einige andere Patienten bis zu der Inbetriebnahme der Hanfplantage immer ihr Cannabis erhalten haben. Wie Frau Feddersen schon erwähnte, handelt sich dabei um die Geißlein-Apotheke in Bergedorf, Apotheker ist ein Herr Gollokowski. Da fahren wir beide gleich mal hin.«

»Warum?«

»Ganz einfach: Wir müssen irgendwie beweisen, dass nicht Tiziano und Sergio mit dem Cannabis gehandelt haben, sondern Oma Erika. Und zwar möglichst ohne die Aussage von Inge Feddersen. Ich habe kein so gutes Gefühl dabei, wenn sich eine alte Dame hier selbst in die Pfanne hauen soll. Auch wenn sie noch so edle Motive hatte – so viele Leute mit Hanf zu beliefern wird beim Staatsanwalt gar keinen guten Eindruck hinterlassen. Die Tasse Tee für Ewald: geschenkt. Der Rest: schwierig.«

Ich seufze. »Tja, da hast du vollkommen Recht. Es wäre natürlich großartig, wenn wir das hinkriegen würden. So betrachtet, würde ich auf Inges Aussage auch nur im Notfall zurückgreifen wollen – bevor unsere Mandanten unschuldig ins Gefängnis wandern …«

»Aber bisher wäre die Alternative nur, dass einer von uns beiden selbst als Zeuge für das auftritt, was Inge uns gestern erzählt hat.«

Ich schüttle heftig den Kopf. »Nein, das geht auf keinen Fall. Ich meine, unsere Kanzlei hat die Familie Feddersen schon so oft bei allen möglichen Sachen vertreten, ich bin mir nicht sicher, ob Inge gestern nicht dachte, dass sie die ganze Geschichte mir als ihrer Anwältin erzählt. Und zwar im Vertrauen. Also, selbst wenn ich in diesem Fall nicht zur Verschwiegenheit verpflichtet sein sollte und du und Alexander als meine Partner gleich mit – das können wir nicht bringen! Das fände ich komplett unethisch!«

»Ja, das sehe ich ganz genauso, manche Sachen gehen eben nicht«, gibt mir Simon Recht. »Deswegen hätte ich neben Inge aussagetechnisch auch lieber noch eine ganz sichere Bank. Eben weil das alles so verworren ist. Und wenn es jemanden gibt, der schon anhand seiner Unterlagen genau nachvollziehen kann, wann seine Patienten auf einen, sagen wir mal: Wettbewerber umgestiegen sind, dann ist das der Apotheker, der Erikas Kunden vorher mit Stoff versorgt hat.«

»Ach – deswegen hast du gestern nach der Apotheke gefragt? Du bist so schlau!«

Simon grinst. »Das hast du doch nicht etwa bezweifelt, oder?«

»Natürlich nicht. Ich bin nur immer wieder aufs Neue beeindruckt. Also, fahren wir nach Bergedorf …«

»… und fragen den Apotheker, ob er nachvollziehen kann, ab wann seine Patienten das Gras woanders gekauft haben. Ich meine, das muss der am Umsatz gemerkt haben, es geht hier ja um ein paar Tausend Euro mit einem einzigen Artikel. Und in der schönsten aller Welten liegt dieser Umsatzeinbruch lange vor dem Moment, in dem Sergio und Tiziano in Howe aufgetaucht sind. Und dann reicht es mir völlig, wenn Inge aussagt, dass Erika der Dealer war. Dafür muss sie sich nicht mal selbst belasten. So wäre das eine runde Sache.«

»Wieso *wäre*? Für mich klingt das nach einer perfekten Beweisführung.«

»Einen Haken hat die Sache: Falls meine Theorie mit dem Umsatzeinbruch stimmt, müssen wir den Apotheker immer noch überzeugen, am Mittwoch freiwillig mit zu Gericht zu kommen. Der Zeitraum ist zu kurz, um ihn noch über das Gericht als Zeugen zu laden. Und jetzt mit dieser doch sehr wilden Geschichte das Gericht dazu zu bewegen, die Verhandlung zu verschieben, um noch Zeugen zu laden – das kann klappen, muss aber nicht. Ich meine, jeder normale Mensch, dem du erzählst, dass Oma Erika der Kopf der ganzen Geschichte war, zeigt dir doch einen Vogel.«

Ich nicke. Simon hat Recht – zumal die Fantasiebegabung eines Durchschnittsjuristen möglicherweise noch ein klitzekleines bisschen unter der des deutschen Durchschnittsbürgers liegen dürfte. Ich stehe wieder von meinem Stuhl auf und schnappe mir meine Handtasche.

»Dann mal auf in die Apotheke, würde ich sagen. Müssen wir noch irgendetwas mitnehmen? Diktiergerät? Laptop? Flöckchen? Wo steckt die überhaupt?«

»Oh, Flöckchen macht bis Mittwoch Urlaub bei meiner Exfrau. Ich dachte, wo wir beide diese Woche doch wahrscheinlich viel Zeit miteinander verbringen, wäre das besser. Ich habe sie gestern Abend zu Kristina gebracht. Geteiltes Sorgerecht sozusagen. Insofern sind wir startklar. Es sei denn, du möchtest noch einen kürzeren Rock anziehen.«

Ich runzle die Stirn. »Wozu das denn? Stimmt was mit meinem Kostüm nicht?«

»Och, ich dachte, falls wir noch ein paar Argumente für Herrn Gollokowski brauchen, wären deine Beine schon mal zwei sehr überzeugende.«

Ich hole mit der Hand aus und versetze Simon, der mittlerweile neben mir steht, einen schnellen Schlag auf die Brust.

»Fünf Euro in die Chauvi-Kasse, aber sofort! Ach, was sag ich: zehn!«

Die Geißlein-Apotheke strahlt den nüchternen Charme eines Sechzigerjahre-Funktionsbaus aus. Rotklinker, Flachdach, ein spärlich dekoriertes Schaufenster – so weit, so unspektakulär. Wenn Herr Gollokowski so gestrickt ist, wie seine Apotheke aussieht, dann könnte ich statt meines Rocks auch einen breiten Gürtel tragen, es würde seine Aussagefreude nicht im Mindesten beeinflussen.

Als wir durch die gläserne Schiebetür gehen, kündigt ein

Gong unser Kommen an. Außer uns sind keine anderen Kunden da, was ich angesichts unseres Anliegens ungeheuer praktisch finde. Hinter der Theke steht in einem weißen Kittel eine sehr aparte Mittzwanzigerin mit Sommersprossen und roten Locken und begrüßt uns freundlich.

»Guten Tag, wie kann ich Ihnen helfen?«

»Hallo, Simon Rupprecht mein Name, und das ist Nikola Petersen. Ist Herr Gollokowski im Hause?«

Die junge Frau guckt ein wenig verwundert, fragt aber nicht weiter nach, sondern verschwindet mit den Worten »Einen Moment bitte« im hinteren Teil der Apotheke. Kurz darauf kehrt sie mit einem älteren Herrn zurück, offensichtlich Apotheker Gollokowski. Was soll ich sagen – meine Theorie über Gebäude und ihre Bewohner scheint sich zu bestätigen: Auch Herr Gollokowski sieht irgendwie grau und zweckmäßig aus.

»Womit kann ich Ihnen dienen?«

Simon stellt uns noch einmal vor und kommt dann gleich zum Wesentlichen.

»Herr Gollokowski, wir kommen in einer rechtlichen Angelegenheit zu Ihnen. Sie haben vor geraumer Zeit Cannabisprodukte an Patienten mit entsprechender Ausnahmegenehmigung abgegeben, richtig?«

Der Apotheker mustert uns. Misstrauisch, wie mir scheint.

»Sind Sie von der Bundesopiumstelle? Das hatte alles seine Richtigkeit. Ich kann die ordnungsgemäße Abgabe lückenlos dokumentieren.«

Ich schüttle den Kopf und bemühe mich um ein unglaublich freundliches Lächeln. »Nein, nein. Wir sind Anwälte und vertreten Mandanten, die fälschlicherweise des Handels mit Cannabis bezichtigt werden. Wir versuchen nun …«

Weiter komme ich mit meiner Erklärung nicht. Denn bevor ich noch erläutern kann, was wir eigentlich möchten, unterbricht mich Herr Gollokowski schon sehr rüde.

»Also, da kann ich Ihnen gar nicht weiterhelfen. Wenn Sie hier andeuten wollen, dass ich etwas mit irgendwelchen krummen Geschäften zu tun hätte, dann sind Sie bei mir ganz an der falschen Adresse. Hier läuft alles nach Vorschrift, verstehen Sie? Ganz nach Vorschrift!«

Simon räuspert sich. »Herr Gollokowski, natürlich handhaben Sie alles ordnungsgemäß, daran haben wir überhaupt keinen Zweifel. Worum es uns geht, ist Folgendes: Wir wissen, dass mindestens zehn Patienten in Ihrer Apotheke Cannabis erhalten haben. Und wir wissen auch, dass sich diese Patienten das Cannabis nach einiger Zeit auf anderen Wegen besorgt haben, was Sie, lieber Herr Gollokowski, gemerkt haben müssten. Uns ist nur wichtig, dass Sie uns sagen, zu welchem Zeitpunkt dies geschehen ist. Denn wahrscheinlich können wir schon anhand des Zeitpunktes beweisen, dass unsere Mandanten unschuldig sind. Also, wie lange ist das her? Können Sie es nicht anhand Ihrer Unterlagen irgendwie nachvollziehen?«

Herr Gollokowski sagt nichts, sondern schaut uns böse an. Falls er sich nur noch mühsam beherrschen kann, uns weiterzuhelfen, verbirgt er es jedenfalls sehr gut. Seine Helferin allerdings knetet nervös ihre Hände. Irgendetwas scheint sie umzutreiben. Ich starte einen weiteren Versuch. Diesmal aus der Abteilung Pathos.

»Bitte, Herr Gollokowski. Mein Mandant ist deswegen in größten Schwierigkeiten. Er ist angeklagt, ein ganzes Gewächshaus mit Hanf angebaut zu haben, und muss deshalb vielleicht ins Gefängnis. Dabei ist Herr Felice … äh … ich meine, mein Mandant, ein sehr liebenswerter, hilfsbereiter Mensch und hat damit garantiert nichts zu tun. Und Sie sind vielleicht der Mann, der seine Unschuld beweisen kann. Sie sollen ja keine Patientendaten rausrücken oder Ihre Schweigepflicht brechen – es geht uns nur darum zu erfahren, seit wann die Patienten das Cannabis nicht mehr bei Ihnen gekauft haben. Bitte, Herr Gollokowski!«

Mist! Mein Apell verfängt nicht! Gollokowski schüttelt entschieden den Kopf.

»Tut mir leid. Ich kann Ihnen da nicht weiterhelfen. Und jetzt entschuldigen Sie mich, ich habe zu tun.«

Er dreht sich auf dem Absatz um und verschwindet wieder nach hinten. Die Rothaarige dreht nervös an einer Locke.

»Tja, also, ich … äh … muss dann jetzt auch mal wieder …«

Ich überlege kurz. Irgendwas hat die doch! Ein Griff in meine Handtasche, dann ziehe ich eine Visitenkarte hervor und drücke sie der Rothaarigen in die Hand.

»Hier ist meine Telefonnummer. Falls Ihnen noch irgendetwas einfällt, bitte rufen Sie mich an! Am Mittwoch ist die Verhandlung. Wir haben nicht mehr viel Zeit.«

Wieder im Auto angekommen, lässt Simon den Kopf auf das Lenkrad sinken und seufzt tief. Dann rappelt er sich wieder auf und schaut mich an.

»So eine Scheiße! Was stellt der sich denn so an? Ich bin mir ganz sicher, der weiß ganz genau, was wir meinen. Alter Sturkopp!« Er atmet tief ein. »Na gut. Es hilft nichts. Wir werden also am Mittwoch einen äußerst wirren Beweisantrag stellen und mit einer Geschichte um die Ecke biegen, gegen die sich alle Verschwörungstheorien um den 11. September wie knallharte Tatsachenberichte ausnehmen. Ich hoffe, wir kommen damit durch, und der Richter bügelt uns nicht ab, weil er denkt, dass wir nur seinen schönen Prozess verschleppen wollen. Dann hätten wir immerhin die Chance, dass Gollokowski für einen neuen Termin als Zeuge geladen wird und dann endlich auspackt. Tja, und ansonsten …« Er zögert kurz. »… haben wir dann tatsächlich den besagten Notfall. Und brauchen unbedingt Inges Aussage.«

»Und die bekommen wir bestimmt auch«, versuche ich, Optimismus zu verbreiten. »Inge kann doch immerhin aussagen, dass Erika auf die Idee mit dem Gras gekommen ist. Selbst wenn sie nichts davon erwähnt, welche Ausmaße die ganze Geschichte nachher angenommen hat.«

Simon seufzt. »Na, dann wollen wir hoffen, dass sie das auch tut. Und dass der Richter einer 88-Jährigen glaubt, die das über ihre 93-jährige Nachbarin erzählt, die wiederum bereits tot ist und sich nicht mehr wehren kann.«

»Ach, bestimmt macht sie das. Ich meine, Inge Feddersen würde doch nicht sehenden Auges ihre armen Nachbarn in den Knast gehen lassen. Das hat sie doch auch selbst schon gesagt. Also, nicht wörtlich, aber so ähnlich. So tickt der Hower nicht! Der steht zu seiner Schuld!«

SECHSUNDDREISSIG

Gut. Vielleicht tickt der Hower doch so, und der Spruch mit dem Hemd, das einem näher ist als die Hose, gilt auch in diesem Landstrich Norddeutschlands. Wobei: Inge ist genau genommen ja gar keine Howerin. Ob es nun daran liegt oder nicht – Inge sieht das mit dem Stehen zur eigenen Schuld anscheinend nicht ganz so eng.

Ich hatte Simon nach unserem frustrierenden Apothekentermin gebeten, mich nach Hause zu fahren, schließlich ist Howe von Bergedorf aus nicht weit, und ich hatte immer noch Kopfschmerzen und keine Lust, im Büro wieder über den schlecht gelaunten Alexander zu stolpern. Soll ihm Aysun doch selbst erklären, warum sie auf einmal zu Höherem berufen ist. War ja nicht meine Idee! Zu Hause angekommen, stolperte ich dann als Erstes über Gorch Feddersen, der mir erklärte, seine Mutter sei heute *irgendwie komisch*, ob ich noch mal mit ihr reden könne.

Und jetzt sitzt mir Inge Feddersen mit durchgedrücktem Rücken gegenüber. Von dem verunsicherten Häufchen Elend von gestern ist leider rein gar nichts mehr übrig. Man könnte sagen: Inge ist wieder ganz die Alte. Verdammt!

»Nikola, verstehen Sie mich nicht falsch – das war für mich gestern wirklich ein schwieriger Moment. Es ging schließlich um meinen kranken Mann, und ich habe mich Ihnen anvertraut, weil Sie meine Anwältin sind. Aber ich werde mich durch solche Taschenspielertricks wie diese Sache mit dem

Vogelhäuschen nicht zu etwas verleiten lassen, das unklug wäre. Ich habe heute mal mit einem anderen Anwalt telefoniert. Und der sagt, ich muss überhaupt nichts sagen. Ich muss nicht mal bei Gericht erscheinen, wenn ich keine Ladung bekommen habe.«

Wieso zum Henker hat mittlerweile jeder auch noch so betagte Rentner hinterm Deich gleich einen neuen Anwalt, den er anrufen kann? Das sind ja amerikanische Verhältnisse! Gut, unter normalen Umständen würde ich das als Angehörige dieses Berufsstands durchaus begrüßen – aber doch nicht ausgerechnet in diesem Fall, verfluchte Axt!

Ich trinke meinen Kaffee aus und verabschiede mich dann höflich von Inge Feddersen. Man kann wohl ohne Übertreibung sagen, dass mein Versuch, sie zu einer Aussage zu bewegen, grandios gescheitert ist.

Immerhin scheint draußen die Sonne, es ist ein warmer Tag. Da werde ich doch gleich mal meinen Jüngsten früher aus dem Kindergarten abholen. Aktion »Supermutti« startet sofort! Leider fällt mir in diesem Moment ein, dass Supermutti ihr Auto bei der Kanzlei hat stehen lassen. Gisela ist auch gerade mit ihrem Auto unterwegs. Hm, vielleicht Fahrrad? Das hat allerdings keinen Kindersitz, sondern nur einen Korb am Lenker, in den ich Max beim besten Willen nicht setzen kann. Und das Kinderfahrrad von Max ist nicht im Kindergarten, sondern lehnt hier an der Wand. Neben mir herradeln ist also auch nicht. So was Doofes!

»Ciao, Nikola! Ist alles in Ordnung?« Tiziano kommt vorbeispaziert, offenbar bester Dinge.

»Ja, alles in Ordnung. Ich habe nur mein Auto in der Stadt stehen lassen und überlege gerade, wie ich Max aus dem Kindergarten abholen kann.«

»Oh, dann hole ich schnell mein Auto und fahre Sie.«

Seit wann hat der denn ein Auto? Das ist doch hoffentlich nicht gekl… *Nikola!*, schimpfe ich mit mir selbst. *Wie kannst du nur so über einen Mandanten denken?* Ich räuspere mich.

»Ach danke, ich will Ihnen aber keine Umstände machen. Wenn Sie gerade beschäftigt sind, will ich Sie nicht aufhalten.«

Tiziano macht eine abwehrende Handbewegung. »Ma no! Ich bin nicht beschäftigt. Ich wollte Sie besuchen, um zu fragen, was genau Inge Feddersen gestern erzählt hat. Ich habe schon Gisela gefragt, aber die wusste es auch nicht so genau. Sie hat nur gesagt, dass Inge und Erika wohl das Marihuana angebaut haben und dass Inge auf dem Film von Sergios Kamera war.«

»Richtig. Ich wollte Sie deswegen anrufen und mit Ihnen auch den Mittwoch besprechen, aber ich bin noch nicht dazu gekommen.«

»Kein Problem, dann erzählen Sie mir das doch einfach auf dem Weg zum Kindergarten.«

Kurz darauf steht Tiziano mit einem sehr alten Lieferwagen vor meiner Tür. Der hat doch tatsächlich den Uralt-Pritschenwagen von Oma Erika wieder aktiviert! Ob der überhaupt noch TÜV hat? Immerhin stand er meines Wissens die letzten zehn Jahre ungenutzt hinter Erikas Haus rum. Ich widerstehe der Versuchung, nach der Plakette zu suchen. Einem geschenkten Gaul schaut man schließlich nicht ins Maul, und außerdem wird sich Max riesig freuen, wenn ich mit seinem Fußballkumpel Tiziano im Kindergarten auftauche.

»Also, was gibt es Neues?«, will Tiziano wissen, als wir losgefahren sind.

»Wir wissen jetzt, dass tatsächlich Oma Erika den Hanf angebaut hat. Sie hat zusammen mit Inge so eine Art illegalen Medikamentenhandel gegründet. Cannabis wirkt anscheinend auch wie ein starkes Schmerzmittel, und zwar vor allem bei Leuten, die sehr krank sind und auf herkömmliche Medizin nicht mehr ansprechen.«

»Super!«, freut sich Tiziano. »Dann geht doch Mittwoch alles klar, und Sergio und ich müssen uns überhaupt keine Sorgen mehr machen!«

»Ähm. Fast. Wir haben noch ein klitzekleines Beweisproblem.«

»Wieso?«

»Ich fürchte, Inge Feddersen wird das so vor Gericht nicht aussagen.«

»Na und? Dann sagen Sie es eben dem Richter. Inge hat es Ihnen doch so erzählt, oder etwa nicht?«

Ich zögere. »Also, dazu kann ich Ihnen nichts Genaueres sagen. Wissen Sie, ich habe in der Vergangenheit auch schon oft als Anwältin für Inge gearbeitet, und deswegen will ich jetzt nicht einfach so als Zeugin gegen sie aussagen. Hätte ich gewusst, wie das alles zusammenhängt, ich hätte wahrscheinlich Ihren Fall erst gar nicht angenommen. Aber nun ist es so, und wir müssen das Beste daraus machen. Und das werden wir auch, keine Sorge. Herr Dr. Rupprecht arbeitet schon an einem Plan B.«

Tizianos Miene verfinstert sich. »Ein Plan A wäre mir lieber. Ich bin unschuldig!«

»Ich weiß. Und das werden wir auch beweisen. Vielleicht nicht schon am Mittwoch. Aber falls es übermorgen noch nicht klappt, werden Simon und ich einen neuen Termin beantragen, an dem wir die Sache niet- und nagelfest bekommen. Bestimmt!«

Ein tiefer Seufzer, aber keine weiteren Fragen zu meiner Verteidigungsstrategie mehr. Was mir auch ganz lieb ist –

denn so ganz genau weiß ich auch noch nicht, wie wir am Mittwoch die Kuh vom Eis bekommen werden. Gott sei Dank fahren wir schon kurz darauf vor dem Kindergarten vor, was die Wahrscheinlichkeit für ein problemorientiertes Gespräch mit meinem Mandanten auf null senkt.

Meine Vermutung, dass sich Max über den Überraschungsgast freuen würde, erweist sich als völlig richtig – kaum hat Max Tiziano und mich über den Zaun des Kindergartenspielplatzes hinweg erspäht, bricht er schon in lautes Triumphgeheul aus.

»Hurra, ich bin abgeholt, abgeholt, abgeeehoooolt!«

Meine besondere Freundin Frau Scholz-Strickling steht von der Gartenbank auf, von der aus sie über das Wohl und Wehe der Bärchengruppe wacht, und kommt ebenfalls zum Zaun.

»Hallo, Frau Petersen. Schön, dass Sie Max auch mal wieder selbst abholen.« Dann wirft sie einen Blick auf Tiziano. »Oh, hatten Sie nicht neulich einen anderen Begleiter?«

Wie bitte? Ich höre wohl nicht richtig – was fällt der denn ein? Als ob ich hier nie aufkreuze und wenn, dann jedes Mal mit einem anderen Typen. Frechheit! Ich merke, wie ich rot werde. Vor Tiziano ist mir diese Bemerkung doppelt unangenehm. Der bleibt allerdings ganz cool.

»Guten Tag, ich bin Tiziano Felice«, stellt er sich vor. »Anderer Begleiter? Kein Wunder, eine so attraktive Frau hat natürlich viele Verehrer. Aber«, und jetzt schenkt er der alten Zicke Scholz-Strickling ein wirklich umwerfendes Lächeln, »das kennen Sie doch aus eigener Erfahrung, oder?«

»Ich … äh … also …« Frau Strickliesel ist ob dieser Charme-Offensive so verwirrt, dass sie keine zusammenhängenden Sätze mehr hervorbringt. Schließlich fängt sie sich aber wieder.

»Danke, Herr … äh … Feli… Felix. Brauchen Sie denn jetzt auch eine Sitzerhöhung, oder haben Sie eine im Auto?«

»Sitzerhöhung?« Tiziano kratzt sich ratlos am Kopf. Ich glaube, dieses schöne deutsche Wort kennt er noch nicht.

»Oh, das wäre sehr nett, Frau Scholz-Strickling. Die nehmen wir gern. Ich bringe sie auch morgen wieder mit in die Kita.«

Max scharrt schon ungeduldig mit den Füßen im Sand.

»Mama, wann fahren wir denn endlich los? Kann ich zu Hause noch mit Tiziano Fußball spielen?«

An meiner Stelle antwortet Tiziano: »Na klar! Wenn deine Mutter es erlaubt, gehen wir in eurem Garten eine Runde kicken.«

»Von mir aus«, stimme ich zu. »Solange ich da nicht mitmachen muss, ist mir alles recht.«

Ich lege die Sitzschale, die mir Frau Scholz-Strickling in die Hand gedrückt hat, zwischen Tiziano und mich auf die Vorderbank, denn eine Rückbank gibt es in dem Lieferwagen nicht.

»Och, Mama, eigentlich kannst du aber wirklich mal mitmachen«, meckert Max, als ich ihn anschnalle. »Weißt du, es gibt auch Mädchen, die Fußball spielen. Und gar nicht mal so schlecht. Also, dafür, dass Mädchen Frauen sind.«

Mein Sohn, der Chauvi. Woher hat er denn den Spruch? Ich richte mich zu voller Größe auf und gucke ihn ernst an. »Hör mal, mein Kleiner, wenn ich mit dir Fußball spiele, musst du dich warm anziehen. Ganz warm, verstanden?«

Tiziano hat auf dem Fahrersitz Platz genommen und schaut zu mir herüber.

»Ich würde sagen, das probieren wir zu Hause gleich mal aus, Signora Petersen. Ich bin sehr gespannt auf Ihre Qualitäten als Fußballspieler!«

Okay, wer A sagt, muss auch B sagen. Huldvoll nicke ich ihm zu. »Ich nehme die Herausforderung an, Herr Felice!«

Eine Stunde später habe ich fiesestes Seitenstechen und bin von einem fünfjährigen Pimpf hingerichtet worden. Also, in sportlicher Hinsicht. Drei direkte Torschüsse meinerseits endeten zu null, aber kaum tauchte Max einmal vor meinem Kasten auf, zappelte der Ball auch schon im imaginären Netz. Ich hoffe nur, dass mein Sohn von meinen sportlichen Fähigkeiten nun nicht auf die anderer Frauen schließt.

»Pause!«, japse ich. »Ich brauche eine Pause!« Mir rinnt der Schweiß von der Stirn.

Tiziano hat ein Einsehen. »So, Max, jetzt übst du mal allein weiter Dribbeln, und deine Mutter und ich holen uns etwas zu trinken. Das hat sie sich redlich verdient!«

Danke, Trainer, schöner hätte ich es auch nicht sagen können. Ich wanke in die Küche, wo Gisela steht und etwas kocht, was extrem verlockend riecht. Boeuf Bourguignon? Zürcher Geschnetzeltes?

»Will Tiziano eigentlich später mitessen?«, fragt sie mich.

Ich zucke mit den Schultern. »Keine Ahnung. Jetzt brauchen wir erst mal etwas zu trinken.«

Ich greife mir eine Flasche Wasser und zwei Becher und verschwinde wieder in den Garten. Tiziano hockt im Schneidersitz am Rande des Rasens und guckt Max versonnen dabei zu, wie dieser mit dem Ball auf dem Fuß sehr geschickt große Kreise läuft. Irgendwie ein sehr süßer Anblick! Für einen Moment werde ich ein bisschen wehmütig. Ob es so wohl auch mit Christoph gewesen wäre? Aber hey – die Sonne scheint, das Kind ist glücklich! Kein Platz für trübe Gedanken!

Ich lasse mich neben Tiziano ins Gras sinken und drücke ihm einen Becher in die Hand.

»Hier, bitte sehr!«

»Danke!« Er nimmt einen großen Schluck. »Wissen Sie, was ich an einem neuen Verhandlungstermin am schlimmsten fände?«

»Klar, die nervliche Belastung eines Strafverfahrens ist enorm, da verstehe ich Sie völlig. Natürlich will man, dass das möglichst schnell vorbei ist.«

Tiziano lacht und schüttelt den Kopf. »Nein, es ist etwas völlig anderes.«

»Ach ja?«

»Ja. Sobald das hier vorbei ist, kann ich Sie endlich zum Essen einladen.«

Ich muss grinsen. »Also, mir ist nun wirklich kein Gesetz bekannt, das einem Mandanten verbietet, seinen Anwalt im laufenden Verfahren zum Essen einzuladen.«

Tiziano beugt sich vor und schaut mir genau in die Augen. »Ich will Sie aber nicht als Mandant einladen. Sondern als Mann.«

Hossa! Eine klare Ansage! Prompt verschlucke ich mich an meinem Mineralwasser und bekomme einen Hustenanfall. Tiziano nutzt die Gelegenheit und klopft mir sanft auf den Rücken. Sehr sanft!

»Störe ich?«

Ich blicke nach oben und sehe: Alexander. Was will der denn hier?

»Oh, hallo! Nein, überhaupt nicht. Warum?«

»Sah so kuschelig aus bei euch.«

Gut. Auf den ersten Blick könnte man tatsächlich denken, ich säße Arm in Arm mit Tiziano im Gras. Andererseits: Selbst wenn! Ich habe keinerlei Bedürfnis, mich vor Alexander zu rechtfertigen. *My home is my castle!*

»Im Gegenteil. Wir besprechen gerade unsere Verteidigungsstrategie für Mittwoch. Und was treibt dich hierher? Willste noch ein bisschen rumstänkern?«, frage ich ihn angriffslustig.

»Im Gegenteil. Ich bin gekommen, um mich in den Staub zu werfen.«

Tiziano räuspert sich.

»Ich glaube, ich muss auch mal wieder nach Hause.« Er steht auf und klopft sich das Gras von der Hose. »Sprechen wir noch mal wegen Mittwoch?«

»Ja, machen wir. Ich rufe Sie morgen an, in Ordnung?«

»Klar.« Ich bekomme noch ein Lächeln, mindestens so strahlend wie das, welches die olle Strickliesel bekommen hat, und dann ist er auch schon verschwunden.

Alexander schaut ihm finster hinterher. »Sag mal, will der was von dir?«

»Nein, natürlich nicht«, behaupte ich. »Der ist einfach nur nett. Aber zu dir: Staub klingt schon mal gut. Schieß los. Oder vielmehr: Wirf dich hinein!«

Mein Sozietätspartner holt tief Luft. »Nikola, es tut mir leid. Ich habe mich unmöglich benommen. Das wollte ich dir eigentlich heute im Büro sagen, aber du bist nach deinem Termin ja nicht mehr reingekommen, deswegen habe ich mich für einen kleinen Ausflug aufs Land entschieden. Ich wollt's dir eben gern persönlich sagen, nicht am Telefon.«

»Woher denn der plötzliche Sinneswandel? Gestern war ich noch die schlechteste Partnerin der Welt.«

Alexander legt den Kopf schief und seufzt. »Ach, weißt du, zum einen hat mir Aysun heute den Kopf gewaschen. Sie hat mir erklärt, wer wann wem was gesagt hat und mich eine beleidigte Leberwurst genannt. Und dann war noch Florentine da, der das Ganze wahnsinnig leidtat. Sie hat sich tausendmal bei mir entschuldigt und mir versichert, dass sie nur durch Zufall von Aysuns Plänen erfahren hat und du ihr sofort erklärt hättest, dass du das alles noch mit mir besprechen musst. Ich weiß nicht … als ich euch da in der Küche habe stehen sehen und euer Gespräch gehört habe – da kam ich mir eben irgendwie ausgeschlossen vor. Ich hatte den Eindruck, dass du einer unbeteiligten Dritten eher von Aysuns Plänen erzählst als mir. Und das hat mich wirklich geärgert. Gekränkt, ehrlich gesagt. Jetzt weiß ich, dass es nicht so war und Florentine ein bisschen vorgeprescht ist. Dabei ist ihre Idee eigentlich gut. Wir sollten das auf alle Fälle ausprobieren. Also, falls Aysun wirklich anfängt zu studieren.«

Er räuspert sich. »Tja. Und dann bin ich in mich gegangen und habe mir eingestanden, dass ich völlig überreagiert habe. Deswegen möchte ich mich in aller Form entschuldigen und hoffe, du nimmst meine Entschuldigung an.«

Wie ein Schuljunge steht Alexander da, die Schultern hochgezogen, der Blick mindestens so mitleiderregend wie der Dackelblick von Tom neulich in Berlin. Also, bevor er pampig wurde, meine ich. Was ist bloß los mit Alex?

»Schwamm drüber«, sage ich. »Ich bin froh, dass du nicht mehr sauer bist. Ich war gestern nur extrem überrascht über deine heftige Reaktion. Deswegen frage ich mich natürlich, ob da irgendwie noch mehr dahintersteckt. Bist du unzufrieden mit unserer Partnerschaft?«

Alexander will etwas sagen, zögert dann aber und setzt sich neben mich auf den Rasen.

»Nein, überhaupt nicht. Ich glaube nur, ich bin in letzter Zeit so … ach, ich weiß auch nicht.«

»Irgendwie eifersüchtig?«, rate ich.

»Nein!«, kommt es wie aus der Pistole geschossen. Und dann, dreißig Sekunden später und sehr leise: »Na ja, ein bisschen schon.«

»Aber warum? Was hat sich denn geändert?«

»Das fragst du nicht ernsthaft, oder?« Alexander lacht auf. »Du hängst ständig mit Simon rum. Klar, ihr habt einen gemeinsamen Fall. Aber warum hast du zum Beispiel mich nicht gefragt, ob ich mit dir nach Tessa suche? Ich wäre auch nachts mit dir durch die Gegend gefahren. Nach Berlin, nach Hinterposemuckel, sonst wohin. Ich dachte, ich bin dein bester Freund.«

»Bist du doch auch!«

Er schüttelt den Kopf. »Mittlerweile bin ich mir da nicht mehr so sicher. Und das macht mich eben … traurig.«

Ich knuffe ihn in die Seite.

»Hey – wird das hier ein Frauengespräch, oder was? Das nächste Mal, wenn es gilt, nachts renitente Teenager einzufangen, rufe ich dich sofort an. Mir war einfach nicht klar, dass das zu deinen Hobbys gehört.«

Wir lachen beide. Aber ich ahne, dass sich etwas zwischen uns verändert hat. Und dass es die Sache mit uns in Zukunft komplizierter machen wird.

Prima. Genau das, was ich brauche!

SIEBENUNDDREISSIG

Mittwochmorgen, neun Uhr. In genau einer Stunde beginnt unsere Hauptverhandlung. Ich gebe zu, ich bin nervös. Zum einen, weil dies meine erste Strafsache ist. Zum anderen, weil ich der Beweisaufnahme mit sehr gemischten Gefühlen entgegensehe. Im Grunde genommen haben wir nichts Überzeugendes in der Hand: Inge will nicht aussagen, Gisela ist eigentlich nur Zeugin vom Hörensagen, auf dem Video sieht man lediglich ein Paar rote Gummistiefel, der Apotheker hat sich nicht mehr gemeldet, und Gorch kann eigentlich nur aussagen, dass ein paar Leute bei ihm Tee bestellt haben. Seine Mutter will er natürlich auch nicht belasten, schließlich hat sie es getan, um seinem Vater zu helfen. Alles in allem können wir mit keinem sonderlich beeindruckenden Vortrag aufwarten. Staatsanwalt Neuhaus wird sich schlapplachen.

Simon hat den ganzen gestrigen Tag noch an seinem Beweisantrag in Sachen Geißlein-Apotheke gefeilt – falls Gorch und das Video dem Gericht nicht reichen und es auch Giselas Aussage, Sergio und Tiziano nie auch nur in der Nähe des Gewächshauses gesehen zu haben, völlig irrelevant findet. Wovon ich ganz stark ausgehe.

Ich muss an den Montagnachmittag mit Tiziano denken und an seine Idee, mich nach der Verhandlung zum Essen einzuladen. Hoffentlich gibt das nachher keine Saalverhaftung, ich bin mir nämlich ziemlich sicher, dass man in der

Gefängniskantine zum Essen keine Gäste mitbringen darf. Vielleicht ist es nur ein Anfall von Zweckpessimismus, aber gerade habe ich das Gefühl, Tiziano eine schlechte Anwältin zu sein und es irgendwie nicht richtig angefasst zu haben.

Noch ein Blick auf die Uhr: Viertel nach neun. Es klopft, und Aysun steckt ihren Kopf durch den Türspalt.

»Tiziano ist da. Kann ich ihn schon reinschicken?«

Ich nicke ihr zu und atme tief durch. *Los, Nikola, du musst jetzt maximale Zuversicht ausstrahlen!*, befehle ich mir selbst und zwinge mich zu einem Lächeln.

»Hallo, Signora Avvocatessa!« Umnebelt von einer Wolke edel duftenden Rasierwassers, schwebt mein Mandant auf mich zu und nimmt auf meiner Schreibtischkante Platz. Von schlechter Laune oder Nervosität keine Spur, Tiziano Felice ist bester Dinge. Ob er vielleicht selbst etwas von Erikas Wundertee getrunken hat? Und falls ja, ob er mir davon was abgibt?

»Guten Morgen, Herr Felice. Bereit für den Kampf?«

»Aber so was von bereit! Und ich habe noch eine schöne Überraschung für Sie.«

»Oh, was denn?«

»Moment. Sie wird gleich eintreffen.«

Hm. Mal wieder Blumen? Diesmal per Fleurop? Natürlich immer eine gute Idee, wobei es mir heute aber lieber wäre, Tiziano würde sich auf seinen Prozess konzentrieren. Er ist eben verspielt, der Italiener!

Dass das ein böses, durch nichts belegtes Vorurteil ist, wird mir nur zwei Minuten später klar, als Aysun wieder klopft.

»Äh, da ist Besuch für euch.«

»Nee, Aysun, das passt jetzt gar nicht. Wir müssen gleich rüber zu Simon und dann auch ins Gericht. Was denn überhaupt für Besuch?« Ich gehe in Gedanken kurz die Liste der drei nervigsten Menschen durch, die jetzt vor der Tür stehen könnten: auf Platz 1 meine Mutter, auf Platz 2 meine Mutter und auf Platz 3 die Steuerfahndung. Alles ziemlich unwahrscheinlich, zumal ich nicht mal bei meinen Taxiquittungen schummle, weil ich so ein Angsthase bin.

»Die Dame sagt aber, sie sei mit euch verabredet. Wegen der Verhandlung.«

Dame? Verabredet? Mit mir? Mysteriös!

»Also, ich weiß wirklich nicht, wer das sein könnte. Ich würde sagen ...«

»Das ist Marietta!« Tiziano ist vom Tisch aufgesprungen. »Bellissimo! Sie hat versprochen, rechtzeitig zu kommen. Auf deutsche Pünktlichkeit ist einfach Verlass.«

Ehe ich noch darüber nachdenken kann, was genau mein Mandant damit meint, schwingt die Tür zu meinem Büro ganz auf, und hinter Aysun erscheint: die Apothekenhelferin. Ohne weißen Kittel. Aber mit wirklich atemberaubenden roten Locken. Ich bin sprachlos.

»Hallo, Tiziano! Guten Tag, Frau Petersen. Erinnern Sie sich noch an mich? Ich bin Marietta Hansen aus der Geißlein-Apotheke.«

Sie streckt mir die Hand entgegen, ich schüttle sie mechanisch. Tiziano hingegen wird mit Küsschen links und rechts begrüßt. Aha. Man kennt sich. Ich muss mich kurz schütteln, um sicherzugehen, dass ich nicht halluziniere.

»Äh, ich ... guten Tag! Was ... äh ... wieso, also ich meine: Wie kann ich Ihnen helfen?«

Marietta Hansen lächelt schüchtern. »Nein, nein – ich will doch Ihnen helfen. Sie haben doch gesagt, wenn mir noch irgendetwas einfällt, soll ich mich melden. Und dass heute der Prozess ist.«

»Deswegen sind Sie gekommen?«

Sie nickt. »Als Sie in der Apotheke waren und nach dem Cannabis gefragt haben, da wusste ich eigentlich ziemlich schnell, worum es geht. Herr Gollokowski hat sich damals schließlich unglaublich geärgert, als er mitbekommen hat, dass unsere Patienten offensichtlich selbst anbauen. Ich konnt's fast verstehen, es war ja wahnsinnig teuer, das Zeug bei uns zu kaufen, und die meisten Patienten waren Rentner, die nicht so viel Geld hatten. Na, jedenfalls ist das Ganze bestimmt schon drei, vier Jahre her – da war ich nämlich gerade mit meiner Ausbildung fertig.«

Halleluja! Da ist sie endlich – die Aussage, die wir so dringend brauchen. Ich kann mein Glück kaum fassen.

»Aber warum haben Sie das nicht gleich gesagt?«

Sie guckt zu Boden. »Na ja, ehrlich gesagt, hat Herr Gollokowski damals anonym Anzeige bei den Bull… bei der Polizei erstattet. Und er wollte auf keinen Fall, dass das jemals rauskommt.«

Tiziano und ich schnappen gleichzeitig nach Luft – der war das also!

Marietta Hansen erzählt mit leiser Stimme weiter: »Also, die alte Frau Schaluppke, die immer ein bisschen tüddelig ist, die hatte ihm verraten, wo sie jetzt das Cannabis herbekommt. Es war schon ein bisschen gemein, das an die Polizei weiterzugeben, weil Frau Schaluppke ihm das ja im Vertrauen erzählt hat.« Marietta seufzt. »Er dachte jedenfalls, wenn die ganzen alten Leutchen jemals erfahren, dass er sie verpfiffen hat oder dass er sonst irgendwie mit der Geschichte zu tun hatte, dann sei er erledigt. Dann kämen auch die Rentner nicht mehr, die davon gar nicht betroffen waren. Also, aus Solidarität.«

»Aber das hätte er doch gar nicht erzählen müssen. Ich meine, dass er die Anzeige erstattet hat. Uns geht es doch nur um den Zeitpunkt, ab dem klar war, dass es einen anderen, sagen wir mal: Händler gibt.«

Marietta zuckt mit den Schultern. »Herr Gollokowski meint, man könne sich ganz schnell zusammenreimen, von wem die Anzeige stammt, wenn erst mal klar ist, dass er den illegalen Hanfhandel bemerkt hat. Also, mir hat er jedenfalls eingeschärft, kein Wort zu sagen.«

»Verstehe. Und warum haben Sie es sich jetzt anders überlegt?«

Nun lächelt sie und streicht sich eine rote Locke aus dem Gesicht. »Na, wegen Tiziano.«

»Wegen Tiziano?«

»Sie haben doch den Namen Ihres Mandanten genannt. Felice.«

»Stimmt. Da habe ich mich versprochen. Ich hatte gehofft, Sie hätten es nicht gemerkt.«

»Doch. Und das war wichtig. Denn da wurde mir klar, dass es um Tiziano gehen muss. Der hatte mir nämlich mal erzählt, dass er wegen einer ganz dummen Sache Ärger mit der Polizei hat und bald vor Gericht erscheinen muss. Da habe ich dann eins und eins zusammengezählt.«

Was für ein unglaublicher Zufall! Die beiden kennen sich? Ich schaue mich unauffällig im Raum um. Ist hier vielleicht irgendwo eine versteckte Kamera?

»Also, mal ehrlich – so einen Zufall kann es doch gar nicht geben.« Ich bin ansatzweise verwirrt. Tiziano schüttelt den Kopf.

»Nein, ich finde, es ist überhaupt kein großer Zufall. Das ist doch so auf dem Land: Hier in der Gegend gibt es genau einen guten Club, in den man gehen kann – die Bar *Verona*. Dort trifft man sie alle: die coolen Typen und die schönen Frauen aus dem Raum Bergedorf.«

Marietta strahlt ihn an.

Ach, daher weht der Wind!

»Also, ich war da noch nie, in der Bar *Verona*«, merke ich spitz an.

»Okay – man trifft *fast* alle schönen Frauen«, korrigiert Tiziano. »Und natürlich war mir die Signorina Hansen dort schon aufgefallen.«

»Natürlich.« Ich kann mir einen gewissen sarkastischen Unterton nicht verkneifen.

Diesen ignoriert Tiziano jedoch und fährt ungerührt fort: »Wir kennen uns ganz gut.«

Ich verkneife mir die Frage, *wie* gut, stattdessen werfe ich Marietta einen Blick zu.

Die nickt. »Genau. Gestern habe ich Tiziano angerufen und ihn gefragt, ob das wirklich sein Fall ist. Und deswegen bin ich heute hier: Weil ich nicht will, dass ein Unschuldiger ins Gefängnis muss.«

Ich nicke verständnisvoll. Die Bemerkung, dass es auch um einen Unschuldigen gegangen wäre, wenn mein Mandant nicht Tiziano, sondern Torsten geheißen hätte, spare ich mir. Warum Marietta nun hier ist – ob Tiziano oder der Wahrheit zuliebe –, ist mir völlig wurscht. Hauptsache, sie ist da! Ein Blick auf die Uhr: halb zehn.

»So, dann würde ich sagen: Auf in den Kampf! Wir sehen uns vor Gericht.«

ACHTUNDDREISSIG

Der Saal des Amtsgerichts Hamburg, in dem unsere Sache verhandelt wird, hat nicht die geringste Ähnlichkeit mit der Herrlichkeit, die der deutsche Fernsehzuschauer aus amerikanischen Justizthrillern gewohnt ist. Im Gegenteil: Falls ich jemals unter die Filmproduzentinnen gehe und noch eine gute Location für eine Reportage über die unspektakulärsten Räume der Welt suche – hier werde ich mit Sicherheit fündig. Ein Linoleumboden, der sich zwischen Hellrot, Orange und Braun nicht entscheiden kann, dunkle Tische und Stühle für Richter, Staatsanwälte und uns Verteidiger. Glatt verputzte weiße Wände, hellbraun gestrichene Türrahmen mit sandfarbenen Türen, im hinteren Teil des Saals ein paar Stühle für die Zuschauer – fertig ist der Sitzungssaal.

Schwer zu sagen, wie es bisher läuft: Sergio und Tiziano haben ihre Aussage schon gemacht und sich dabei wacker geschlagen, Sergio unterstützt durch einen Dolmetscher. Natürlich hat ihnen Neuhaus, der Staatsanwalt, ziemlich auf den Zahn gefühlt und bei den Fragen zu den wirtschaftlichen Verhältnissen der beiden genüsslich auf den Themen Hundepension und Countrymusic rumgeritten. Aber das war zu erwarten, weshalb Simon und ich die beiden darauf gut vorbereitet hatten. Sie dürften dabei also skurril, vielleicht naiv, keinesfalls aber verschlagen und unsympathisch rübergekommen sein. Selbstverständlich begegnete Neuhaus ihrer Aussage, dass Oma Erika den Hanf angebaut haben müsse, mit effektvollem Gelächter, aber das gehört zu einer guten Show einfach dazu. Trotzdem macht es mir den Knilch nicht sympathischer.

Egal. Viel wichtiger ist die Beweisaufnahme. Und die beginnt jetzt. Alle erschienenen Zeugen werden kurz vom Richter über ihre Rolle belehrt und dann nach draußen geschickt, damit sie nicht hören, was in der Verhandlung besprochen wird und was die anderen Zeugen sagen. Wir haben Gisela, Gorch und Marietta Hansen benannt. Gorch ist allerdings noch nicht da, was mich ein wenig nervös macht, schließlich soll er über seine Erkenntnisse als »Geheimagent« berichten. Aysun, die eigentlich zur moralischen Unterstützung für Sergio mitgekommen ist, verspricht, vor dem Sitzungssaal zu warten und uns ein Zeichen zu geben, sobald Gorch eintrudelt. Dann geht es los.

Zunächst mit den Polizeibeamten, die natürlich sämtlich bestätigen, aus dem Gewächshaus von Sergio und Tiziano Unmengen von Hanfpflanzen herausgetragen zu haben. Simon fragt sie nach dem Tippgeber – und tatsächlich: Es gab eine anonyme Anzeige. Ein Brief ohne Absender und Stempel war in den Postkasten des Kriminalkommissariats Bergedorf eingeworfen worden.

Dann ist Gisela an der Reihe, die bestätigt, dass sie den Jungs finanziell und mit heimlichen Lebensmittellieferungen unter die Arme gegriffen hat. Und dass sie es war, die sich um das Wässern der Pflanzen im Gewächshaus gekümmert hat, weil Tiziano und Sergio mit dem Grünzeug nichts am Hut hatten. Hier hakt Neuhaus natürlich nach.

»Sie haben die Pflanzen gegossen? Und Sie wollen nicht bemerkt haben, was für Pflanzen Sie da vor sich haben?«

Gisela nickt.

»Was waren Sie noch gleich von Beruf?«

»Lehrerin.«

Neuhaus schnaubt verächtlich. »Eine Lehrerin, die noch nie Marihuana gesehen hat und der auch der Geruch nicht aufgefallen ist? Wo haben Sie denn unterrichtet? In Schlumpfhausen?«

Ehe wir diese Bemerkung noch rügen können, geht Gisela schon zur Selbstverteidigung über.

»Nun werden Sie mal nicht frech, junger Mann! Ich habe an einer ordentlichen Schule unterrichtet. Da gab es keine solchen Probleme.«

»Ach kommen Sie, die gibt es doch überall«, hält Neuhaus dagegen.

Gisela zieht die Augenbrauen hoch. »Vielleicht da, wo Sie herkommen. Bei uns war alles in bester Ordnung. Ich kannte also Hanf nicht aus persönlicher Erfahrung und hielt die Gewächse für Zierpflanzen. Erika hat schließlich auch Rosen gezüchtet.«

Sie sagt das mit einer Bestimmtheit, als sei Neuhaus ihr dummer Schüler, den sie gerade beim Rauchen erwischt hätte. Der verzichtet dann auch auf weitere Nachfragen.

Ich schaue mich im Saal um. Aysun ist immer noch nicht reingekommen. Simon sieht meinen Blick.

»Feddersen wird schon noch kommen«, raunt er mir zu. »Aber mit etwas Glück macht die Aussage von Frau Hansen jetzt sowieso alles klar. Super, dass du die noch ausgegraben hast!«

Marietta Hansen wird vom Gerichtsdiener in den Saal gebeten und setzt sich an den für die Zeugen vorgesehenen Tisch. Sie spielt mit ihren Haaren und wirkt sehr nervös. Der Richter, ein leicht ergrauter Mittfünfziger, nimmt kurz ihre Personalien auf, einer der beiden Schöffen lächelt ihr aufmunternd zu.

Dann beginnt Hansen mit ihrer Aussage. Anfangs noch sehr leise, dann mit immer festerer Stimme schildert sie, wie der Stamm von Patienten, die über die Apotheke Cannabis kauften, immer mehr zu bröckeln begann und wie der Umsatz von einstmals fast zehntausend Euro monatlich irgendwann völlig ausblieb.

»Haben Sie sich gefragt, woran das liegen könnte?«, fragt der Richter sie.

Marietta nickt. »Ja, natürlich.«

»Und? Hatten Sie dafür eine Erklärung?«

»Ja. Wir haben vermutet, dass sich die Patienten das Cannabis auf anderem Wege besorgten.«

»In einer anderen Apotheke?«

»Nein, eher nicht. Die meisten unserer Patienten sind betagt und seit Jahren Stammkunden. Für ihre regulären Kassenrezepte kamen die betroffenen Patienten ja immer noch, nur das Cannabis haben sie nicht mehr bei uns bestellt.«

»Haben Sie die Patienten mal danach gefragt?«

»Nicht direkt. Eine Patientin hat uns aber erzählt, dass sie das Cannabis jetzt als Teemischung von einer Freundin aus Howe bekommt. *Erikas Mischung*. So soll der geheißen haben, der Tee. Da wurde uns klar, dass dort wohl jemand illegal Hanf anbaut. Und zwar jemand, der Erika heißt.«

»Können Sie uns sagen, wann dieses Gespräch ungefähr stattgefunden hat?«

»Also, das war kurz nach meiner Abschlussprüfung als Apothekenhelferin. Es müsste ungefähr drei Jahre her sein.«

Der Richter legt den Kopf schief und guckt zu uns Anwälten hinüber. »Wann genau sind die Angeklagten nach Hamburg gezogen?«

Ich tue so, als würde ich in meinen Unterlagen blättern. Dabei weiß ich die Antwort natürlich ganz genau, und es ist mir ein besonderes Vergnügen, sie dem doofen Staatsanwalt Neuhaus lächelnd zu geben: »Vor ungefähr neun Monaten. Im letzten Herbst.«

»Ach, das ist in der Tat interessant!« Der Richter macht sich eine Notiz, und auch die beiden Schöffen gucken mit einem Mal ganz munter. »Haben Sie noch Fragen an die Zeugin, Herr Staatsanwalt?«

Der guckt kurz und giftig in meine Richtung, dann nickt er. »Ja, hab ich.« Er bedenkt Marietta Hansen mit einem sehr unfreundlichen Blick. »Frau Hansen, das ist ja eine sehr interessante Geschichte. Allerdings berichten Sie hier nur vom Hörensagen. Sie erzählen uns von einer Frau, die angeblich eine Frau kennt, die mit Cannabis handelt. Seien Sie doch so freundlich und verraten Sie uns, wie die Dame heißt, die Ihnen diese abenteuerliche Geschichte erzählt hat.«

Marietta Hansen zögert kurz. »Das darf ich nicht. Ich bin unseren Patienten gegenüber zum Schweigen verpflichtet und bin davon auch nicht entbunden worden.«

Neuhaus grinst. »Haben Sie vielleicht irgendwelche Unterlagen aus der Apotheke mitgebracht? Abrechnungen, Rezepte?«

Sie schüttelt den Kopf. »Nein, das ist doch vertraulich!«

»Wie schade! Denn dann fällt das hier in die Kategorie Klatsch und Tratsch. Ist es schließlich nicht auch möglich und denkbar, dass die Patienten sich doch an eine andere Apotheke gewandt haben? Vielleicht, weil die nicht ganz so teuer war wie die Geißlein-Apotheke?«

Marietta zuckt mit den Schultern. »Na ja, denkbar ist alles. Ich sage ja auch nur, was ich gehört habe. Und Bergedorf ist in der Beziehung wirklich ein Dorf – wenn ein anderer Apotheker die Patienten versorgt hätte, hätte sich das auch zu uns rumgesprochen.«

»Hätte, hätte – reine Vermutung, meinen Sie nicht?« Neuhaus streicht sich mit dem Zeigefinger über die Lippen, was gerade besonders bösartig aussieht. »Aber apropos Dorf: Kennen Sie eigentlich einen der Angeklagten persönlich?«

O nein – diese Frage gefällt mir gar nicht!

Marietta Hansen räuspert sich. »Ja, ich kenne Herrn Felice.«

»Gut?«

»Na ja, was heißt schon gut?« Die Hansen wirkt verunsichert.

Neuhaus lacht belustigt auf. »Frau Hansen, das ist doch eine ganz einfache Frage – kennen Sie Herrn Felice gut? Sind Sie Bekannte, Freunde gar?«

»Wir sind gute Bekannte.«

»Wo haben Sie sich kennengelernt?«

»In einer Bar.«

»In einer Bar? Wie schön! Gute Musik, ein leckerer Cocktail – bestimmt eine nette Atmosphäre, um so einen attraktiven Mann wie Herrn Felice kennenzulernen.«

Marietta Hansen wird rot. »Was wollen Sie denn damit sagen?«

»Nichts. Ich stelle nur fest, dass Sie hier wie Kai aus der Kiste erscheinen und uns erklären, dass der Hanfanbau in Howe ja schon lange, lange vor der Ankunft der Angeklagten in Hamburg begonnen hat. Konkreter können Sie leider nicht werden. Im Grunde genommen also alles nur Gerüchte. Und mit dem Angeklagten Felice sind Sie zwar gut bekannt, aber das ist natürlich reiner Zufall.«

»Ja, ist es auch!«, entgegnet Marietta Hansen erbost. »So viele Möglichkeiten gibt es hier ja nicht, um nett auszugehen, da ist es doch kein Wunder, dass wir uns kennengelernt haben.«

»Genau. Das ist kein Wunder. Genau wie Ihre Aussage. Eine Frage noch: Kehrten die Patienten irgendwann im vergangenen Jahr mit ihren Cannabisbestellungen wieder zu Ihnen zurück?«

Kopfschütteln. »Nein.«

»Sicher nicht? Also, beispielsweise im letzten Sommer, nach dem Tod von Erika Witthöft, der angeblichen Hanfbäuerin? Da ging es nicht wieder los mit den Bestellungen bei Ihnen?«

»Nein. Die ersten Bestellungen kamen erst wieder vor ungefähr sechs Wochen.«

Neuhaus grinst. »Klar. Da war die Plantage ja auch ausgehoben worden. Nein, ich meine vorher: Gab es Bestellungen im Zeitraum vom letzten Herbst bis vor zwei Monaten?«

»Nein. Keine.«

»Danke. Ich habe keine weiteren Fragen.«

Tja. Da hat er natürlich den Punkt getroffen, der wirklich ein bisschen wackelig ist: Wer hat nach dem Tod von Erika mit dem Tee weitergemacht? Ich fürchte, das Gericht könnte auf den Gedanken kommen, dass Sergio und Tiziano auch in dieser Hinsicht Erikas Erbe angetreten haben. Wenn der Richter und die Schöffen nach der Befragung von Marietta nicht sowieso zu dem Ergebnis kommen, dass es sich um eine reine Gefälligkeitsaussage von einem verliebten Mädchen gehandelt hat.

Simon beugt sich zu mir herüber. »Hm, so richtig glücklich bin ich noch nicht. Ich glaube schon, dass wir beim Gericht Zweifel wecken konnten. Und das ist ja schon mal die halbe Miete. Aber eben nur die halbe. Jetzt wäre die Aussage von Gorch gut, dass auf seinen vermeintlichen Teehandel mit *Erikas Mischung* gleich mehrere Leute angesprungen sind. Das ist zwar auch nicht der Burner, aber damit können wir vielleicht irgendwie verdeutlichen, dass der *Teehandel* vorher mit Erika in Verbindung gebracht wurde, nicht jedoch mit Sergio und Tiziano. Denn auf die beiden hat Feddersen doch niemand angesprochen, richtig?«

»Genau. Das könnte passen. Aber nur, wenn Gorch endlich mal kommt. Wir haben schon kurz nach elf, ich verstehe nicht, wo der bleibt!«

In diesem Moment taucht Aysun neben unserem Tisch auf und tippt mir auf die Schulter. »Gorch ist draußen. Und ... also, vielleicht wäre es gut, wenn die Sitzung mal kurz unterbrochen würde.«

»Warum?«, will ich wissen.

Aysun rollt mit den Augen. »Nikola, frag nicht – mach!«

Ich räuspere mich und hebe die Hand. »Herr Vorsitzender, würden Sie bitte für einen Moment unterbrechen? Wir möchten uns kurz beraten. Wir müssen gegebenenfalls noch einen neuen Beweisantrag stellen.«

Der Richter wirft mir einen erstaunten Blick zu. Kein Wunder, ich bin ja selbst erstaunt. Aber dann nickt er zustimmend.

»In Ordnung, Frau Anwältin. Wir unterbrechen für eine Viertelstunde.«

Tiziano schaut mich verwundert an, ich zucke mit den Schultern.

»Ich glaube, Gorch ist endlich da. Aysun hat uns gebeten, vor den Saal zu kommen. Warten Sie bitte kurz auf mich.«

Simon und ich stehen auf und gehen zum Saalausgang. Dort wartet nach Marietta Hansen die zweite Überraschung des heutigen Tages auf uns: Gorch Feddersen ist da. Und zwar nicht allein. Neben ihm steht seine Mutter. Inge Feddersen ist tatsächlich zum Prozess erschienen.

NEUNUNDDREISSIG

»Und dann hebb ick secht – Muddern, hebb ick secht, so geit dat nich!«

Gorch Feddersen erzählt in seliger Champagnerlaune, wie er, der Held, seine Mutter doch noch zu der alles entscheidenden Aussage bewegt hat. Tiziano und Sergio hängen an seinen Lippen – unter anderem vermutlich, weil sie von dem Platt, das Gorch nach drei Gläsern Schampus spricht, kaum ein Wort verstehen. Das scheint ihm jetzt auch aufzufallen, denn er übersetzt noch einmal ins Hochdeutsche:

»Ich habe gesagt: Mutter, so geht das nicht! Die Wahrheit muss jetzt ans Licht, und du kannst wohl kaum vor Gott und deinem Gewissen verantworten, dass zwei unschuldige Männer wegen dir ins Gefängnis gehen!«

Sergio und Tiziano nicken andächtig. Ich muss grinsen und schenke mir noch ein Glas aus der Flasche nach, die wir zur Feier des Tages geordert haben: Ein glanzvoller Freispruch wegen erwiesener Unschuld, gewissermaßen 1a mit Sternchen – manchmal muss es eben Champagner sein, den wir nun im Café *September* schräg gegenüber vom Gerichtsgebäude schlürfen. Ich habe schon einen leichten Glimmer, aber das ist mir egal, denn heute ist ein schöner Tag!

Wer auch noch an Gorchs Lippen hängt, ist übrigens Gisela. Binnen einem halben Tag hat er in ihren Augen anscheinend eine rasante Wandlung von der Memme zum Macher vollzogen. Sie hat einen Blick drauf, den ich ehrlicherweise noch nie bei ihr gesehen habe – Marke Ordensschwester beim Papstbesuch.

Ich bin allerdings auch beeindruckt. Nach der Abfuhr, die ich mir erst vor zwei Tagen von Inge Feddersen eingehandelt habe, hätte ich nicht gedacht, dass sie noch vor Gericht aufkreuzen und eine so umfassende Aussage machen würde. Tatsächlich hat sie ziemlich genau das ausgesagt, was sie uns am Sonntag erzählt hat. Und jetzt sitzt sie hier neben uns und wirkt eigentlich ganz zufrieden mit sich und der Welt.

»Als mir Gorch so den Kopf gewaschen hat, bin ich in mich gegangen und habe festgestellt: Der Junge hat Recht! Ich stehe zu meinem Handeln, denn ich würde es immer wieder so tun!« Und dann, mit vibrierendem Pathos in der Stimme: »Gott weiß, dass ich nur helfen wollte und dass ich keine Schuld auf mich geladen habe!«

Weil vor dem Amtsgericht Hamburg aber nicht der Herrgott, sondern irdische Richter urteilen, sind Inge und Gorch dann vorsichtshalber noch einmal in unserer Kanzlei vorbeigefahren und haben Alexander gefragt, ob er mit großem Ärger für Inge rechnet. Alex ist zwar kein Strafrechtler, konnte die beiden aber dahingehend beruhigen, dass die Kombination aus 88 Jahren, keinen Vorstrafen und der Tatsache, dass ein Verwaltungsgericht in einem ähnlichen Fall den Cannabis-Anbau für den Eigenbedarf bei Schmerzkranken jüngst erlaubt hat, doch sehr gegen einen Gefängnisaufenthalt spricht. Dermaßen moralisch gestärkt, haben sich die beiden dann zum Gericht aufgemacht. Der Rest ist bekannt.

Ich gähne. »So, liebe Leute! Frau Anwältin muss leider noch mal in die Kanzlei, ein paar Akten töten.«

»Hoffentlich siehst du die jetzt nicht doppelt«, zieht mich Simon auf. »Dann weißt du ja gar nicht, welchen Stapel du bearbeiten sollst.«

»Keine Sorge! Ich nehme einfach beide. Bin ja ein fleißiges Lieschen!« Ich stehe auf und greife nach Jacke und Tasche, auch Simon schiebt seinen Stuhl zurück.

»Warte, ich komme mit Richtung Kanzlei.«

Wir verabschieden uns von der Festgemeinde, die so aussieht, als würde sie gleich die nächste Flasche bestellen. Aysun will anscheinend mit Sergio weiterfeiern und Gorch noch ein bisschen seinen neuen Heldenstatus bei Gisela genießen. Tiziano scheint seiner Anwältin, der besten Strafverteidigerin der Welt, noch etwas sagen zu wollen, überlegt es sich dann aber anders. Na gut, wahrscheinlich muss er noch ein bisschen an seiner Dankesrede feilen. Soll er ruhig, aber ich muss los.

»Gisela, holst du die Kinder nachher ab?«

Sie nickt. Eine ausführlichere Antwort bekomme ich nicht, dafür ist Gisela zu sehr damit beschäftigt, Gorch anzuhimmeln. Wie schnell sich die Zeiten ändern können! Aber einen größeren Gefallen, als ihren Liebling Tiziano vor dem Kerker zu bewahren, hätte man Gisela wohl nicht tun können.

Vom Café *September* zur Kanzlei sind es nur ein paar Schritte, und so stehen Simon und ich schon drei Minuten später vor unserem gemeinsamen Hauseingang. Simon schließt auf und hält mir die Tür auf. Ich will mich gerade in mein Büro verabschieden, da tippt er mir noch einmal kurz auf die Schulter.

»Hey, ich finde übrigens, wir waren heute ein echt gutes Team. Ach Quatsch, nicht nur heute – also eigentlich schon die ganze Zeit.« Er lächelt. »Frau Kollegin, in Ihnen steckt in Wirklichkeit doch eine Strafverteidigerin.«

Ich werde ein bisschen verlegen. »Ach, ich weiß nicht. Hat schon Spaß gemacht, aber von Zivilrecht habe ich doch deutlich mehr Ahnung. Ohne dich hätte ich ein paarmal ganz schön alt ausgesehen.«

»Danke für die Blumen. Die sind zwar völlig übertrieben, aber ich nehme sie trotzdem gern an. Apropos alt aussehen: Ich habe morgen um zehn Uhr einen Termin, bei dem ich dich gern dabeihätte. Hast du Zeit? Ist eine Haftpflichtgeschichte, da könnte ich deine Unterstützung echt gut gebrauchen.«

»Ja, warum nicht?«, erwidere ich, denn die Aussicht auf ein neues gemeinsames Mandat mit Simon finde ich eigentlich ganz schön. Natürlich ist der heutige Freispruch genial, aber ich war fast ein bisschen traurig, dass unsere Zusammenarbeit jetzt schon zu Ende war.

»Klasse, dann komm morgen einfach rüber.«

Ich nicke und überlege, dass ich gern noch etwas Nettes sagen würde – aber da ist Simon schon in seinem Büro verschwunden.

»Doch, Mama. Geh nur. Ist kein Problem. Ich bring Max ins Bett und spiele Babysitter!«

Erstaunt gucke ich meine Tochter an. »Aber eigentlich wollte ich heute Abend zu Hause bleiben und mal ganz in Ruhe mit dir zusammen auf dem Sofa rumliegen. So 'ne Mutter-Tochter-Geschichte. Hatte ich doch versprochen, dass wir mehr Zeit zusammen verbringen.«

Tessa zuckt mit den Schultern.

»Hey, muss ja nicht heute sein. Wenn Tiziano dich zum Essen einlädt und Oma Kopfschmerzen hat, dann kümmere ich mich eben um Max. Mach ich gern für dich.«

Wer bist du und was hast du mit Tessa gemacht? Offenbar haben Außerirdische Besitz von meiner Tochter ergriffen. Jedenfalls ist sie zuckersüß und anscheinend wild entschlossen, mich mit Tiziano zu verabreden. Der ist hier nämlich vor einer halben Stunde erschienen und wollte mich zum Essen ausführen. Leider zeigt Gisela starke Ermüdungserscheinungen und hat sich schon zur Ruhe gebettet. Ich sehe da einen gewissen Zusammenhang mit der zweiten Flasche Champagner, die wohl noch im Café *September* geordert wurde.

Ich seufze. »Okay, dann muss ich mich aber noch umziehen. Und eigentlich bin ich auch ziemlich geschafft.«

»Mama – ein Date mit so einem heißen Typen wie Tiziano … da wirst du bestimmt schnell wieder wach!«

Einen kurzen Moment überlege ich, ob ich mich nicht doch lieber mit Tessa aufs Sofa legen sollte. Aber Tiziano sah so erwartungsvoll aus, dass er vermutlich nie wieder ein Wort mit mir spricht, wenn ich ihm jetzt einen Korb gebe. Ich greife zum Handy und rufe ihn an.

»Herr Felice? Ja, Tessa würde babysitten. Sagen wir, in einer halben Stunde?«

Höchstens fünfundzwanzig Minuten später steht ein sehr geschniegelter und gestriegelter Norditaliener vor meiner Tür. Aber auch ich habe mich nicht lumpen lassen, mich in das einzige Designerkleidchen gezwängt, das ich besitze, und mir die Haare zu einer kunstvollen Hochsteckfrisur eingeschlagen. Na gut, die Wahrheit ist, dass ich zu faul war, sie noch zu waschen. Aber das ist egal, das Ergebnis kann sich jedenfalls sehen lassen. Auch Tiziano scheint von meiner Erscheinung angetan, jedenfalls spitzt er kurz die Lippen, als wolle er pfeifen.

»Und? Wo wollen wir hin?«

»Ich habe mir gedacht, es gibt einen perfekten Ort, meine neue Freiheit zu feiern«, verkündet er theatralisch. »Die Bar *Verona*!«

Na, wenn er meint. Ich persönlich muss bei der Bar *Verona* eher an eine sehr hübsche Rothaarige denken, die ungefähr fünfzehn Jahre jünger sein dürfte als ich. Ob die auch gerade dort rumturnt? Aber da ich heute Staatsanwalt Neuhaus überlebt habe, wird mich auch das nicht umhauen.

Das *Verona* ist nicht gerade die kuschelige Kneipe um die Ecke: Viel Glas, der Boden aus schwarzem Stein, eine Wand scheint ein riesiges Aquarium zu sein. Vor dem Aquarium ist die Bar, weiter hinten im Raum haben wir an einem Tisch Platz genommen. Die Musik ist ziemlich laut, und als Tiziano mir sehr wortreich erzählen will, dass der Eigentümer ein Verwandter um drei Ecken aus Garda ist, muss er mich dabei anschreien. Alle anderen Besucher der Bar sind deutlich jünger als ich und sehen aus, als seien sie für den Werbespot irgendeines Szenegetränks gecastet worden. Mit anderen Worten: Ich fühle mich unwohl. Und alt. Ich ertappe mich dabei, dass ich Tiziano gar nicht mehr richtig zuhöre. Mechanisch sauge ich an dem Strohhalm meines Cocktails, den mir Tiziano eben von der Bar geholt hat, und lächle mehr oder weniger automatisch.

Der Kellner kommt und begrüßt Tiziano sehr herzlich auf Italienisch. Man kennt sich offenbar. Ich merke, wie der Kellner mich möglichst unauffällig mustert, während er unsere Essensbestellung aufnimmt. Was der sich wohl gerade denkt? Ich beschließe, dass es mir egal sein kann. Jedenfalls so lange, wie er Tiziano nicht zu der guten Idee gratuliert, heute mal mit seiner Frau Mutter gekommen zu sein. *So ein Quatsch aber auch*, schimpfe ich mit mir selbst. *Tiziano ist nur sechs Jahre jünger als du, nicht sechsundzwanzig!*

Tiziano redet munter weiter, er wirkt entspannt und fröhlich. Offenbar ist das *Verona* sein natürlicher Lebensraum. Kein Wunder, dass er sich mit Howe noch ein bisschen schwertut. Ich könnte mir keinen krasseren Gegensatz vorstellen.

»Sie hören mir gar nicht zu!«

»Wie bitte?«

Tiziano sieht mich vorwurfsvoll an. »Ich sagte, Sie hören mir gar nicht zu. Sie sind in Gedanken ganz woanders!«

Mist! Ertappt!

»Oh, tut mir leid! Ich bin nur ein bisschen müde. Das war ein anstrengender Tag, finden Sie nicht?«

»Sì, aber jetzt fühle ich mich so kraftvoll wie schon lange nicht mehr! Die Wahrheit hat gesiegt – und das vor allem wegen meiner Signora Avvocatessa! Grazie, grazie mille!« Er greift nach meiner Hand, zieht sie an seine Lippen und küsst meine Fingerspitzen. Ich bin überrascht. Andererseits: Warum eigentlich? Tiziano hat schließlich angekündigt, wie er die Einladung gemeint hat: als Mann, nicht als Mandant.

»Oh, äh ... danke.« Langsam ziehe ich meine Hand wieder zurück. Obwohl die Berührung nicht unangenehm war, fange ich an, mich zu verkrampfen. Irgendwie fühlt sich das für mich gerade falsch an. Ich kann es auch nicht genau erklären – Tiziano ist süß und charmant, die Kinder finden ihn toll, und er sieht gut aus. Trotzdem kann ich mich nicht einfach in diesen Moment fallen lassen und ihn genießen. Und außerdem muss ich genau jetzt an Simon denken. Und den Kuss vor einem dunklen Berliner Hauseingang. Der zwar nur geschauspielert war – sich aber trotzdem verdammt gut anfühlte.

Tiziano sieht mich durchdringend an. »Alles in Ordnung?«

»Ja, ja, klar! Ich ... äh ... muss nur mal kurz verschwinden.« Ich hüpfe von meinem Stuhl, schnappe meine Handtasche und verziehe mich in Richtung Damentoilette. Dort setze ich mich auf den Toilettendeckel und atme tief durch. Was mache ich jetzt bloß? Das stehe ich keine weitere Stunde durch. Und auf eine Grundsatzdiskussion mit Tiziano habe ich auch keine Lust.

Da kommt mir die rettende Idee – ich buddele mein Handy aus der Handtasche und rufe Florentine an. Nach dem dritten Klingeln geht sie endlich ran.

»Hey, Nikola! Ich musste heute ganz viel an euch denken. Wie war es denn?«

»Gut. Erzähle ich dir morgen mal. Aber jetzt musst du mir einen Gefallen tun: Bitte ruf mich in fünf Minuten mal zurück. Also, nicht zu Hause, sondern auf dem Handy.«

»Aber was ist denn …«

»Du, erkläre ich dir alles später. Ruf einfach an, ja?«

Als ich wieder bei Tiziano sitze, klingelt tatsächlich wenig später mein Telefon. Ich werfe einen Blick auf das Display.

»Oh, das ist Zuhause. Entschuldige, da muss ich mal kurz ran.« Ich nehme den Anruf an.

»Hallo, Tessa! Was, Fieber? Hoch? Und gespuckt hat er auch?«

»Nein! Hier ist Flo!«, antwortet mir Florentine völlig verwirrt. »Was wolltest du denn eben von mir?«

»O nein!«, ignoriere ich ihre Frage und rede einfach weiter. »Nein, keine Sorge, dann komme ich gleich wieder nach Hause. Ja, ist in Ordnung.« Ich lege auf und verstaue das Handy wieder in meiner Tasche. »Mist, das war Tessa. Max geht es gar nicht gut. Es tut mir total leid, aber ich glaube, ich muss los.«

Tiziano guckt so betroffen, dass ich spontan ein sehr schlechtes Gewissen bekomme.

»Der Arme! Dann fahre ich dich natürlich sofort nach Hause!«

»Ach, das ist nicht nötig. Ich kann mir auch ein Taxi nehmen. Das Essen kommt bestimmt gleich.« Ich springe wieder von meinem Stuhl.

»Aber Nikola, warte doch. Ich fahre dich auf alle Fälle.«

Er steht ebenfalls auf, kommt mir nach und sagt dem Kellner beim Herausgehen etwas auf Italienisch, das ich nicht verstehe.

Auf der Heimfahrt reden wir nicht viel. Tiziano wirkt sehr nachdenklich. Vor unserer Hofeinfahrt hält er an und schaut mich an.

»Nikola?«

»Ja?«

»Das war nicht Tessa.«

»Äh … also …«

»Das war Florentine, oder? Die Stimme kam mir bekannt vor.«

Okay, Petersen. Augen zu und durch.

»Ja, das war Florentine.«

Ich gucke zu Boden und mustere sehr intensiv meine Schuhspitzen. Vermutlich ist dies einer der peinlichsten Momente meines Lebens. Tiziano schiebt seine Hand unter mein Kinn, hebt es an, und ich sehe, dass er lächelt.

»Nikola, das war der älteste Trick der Welt. Wenn du mich loswerden willst, musst du dir schon etwas Besseres einfallen lassen. Ich bin nämlich sehr hartnäckig. Sehr!« Er lässt mein Kinn wieder los. »Allerdings hast du für heute erst mal deine Ruhe vor mir. Gute Nacht!«

Er steigt aus, geht um das Auto herum und öffnet mir galant die Tür. Als ich neben ihm stehe, haucht er mir links und rechts ein Küsschen auf die Wange, dann schleiche ich in Richtung Haus.

»Guten Morgen«, begrüßt mich Simon am nächsten Tag gut gelaunt, kaum, dass ich an seiner Kanzleitür geklingelt habe. »Kann gleich losgehen.«

»Bin ich zu früh?«, frage ich verwundert.

»Nein. Wieso?«

»Na ja, du siehst eher aus, als wolltest du einen Ausflug machen.« Tatsächlich ist Simon sehr leger gewandet: Jeans, Timberlands, ein kurzärmliges T-Shirt.

»Es ist in gewisser Weise auch ein Ausflug.«

»Sagtest du nicht, es ginge um einen Haftpflichtfall?«

»Ja, das sagte ich.«

»Und?«

»Das war gelogen.«

Super. Und ich stehe hier in Kostüm und hohen Hacken.

»Warum hast du das nicht vorher gesagt?«

»Weil ich nicht wollte, dass du absagst. Aysun hat allerdings schon ein Paar Turnschuhe für dich griffbereit. Sie sagte, sie habe deine Schuhgröße. Die holen wir auf dem Weg zum Auto. Jetzt fehlt nur noch Flöckchen, dann kann es losgehen.«

O nein. Ein Ausflug mit Hund. Na klasse. Meine Unternehmungen mit Männern scheinen in dieser Woche unter keinem guten Stern zu stehen!

Kurz darauf habe ich Turnschuhe an und befinde mich mit einem gut gelaunten Simon *und* Flöckchen an der Hundeleine auf der Karolinenstraße.

»Und wo wollen wir nun hin?«

»An die Alster, Frau Kollegin. Endstation Hundewiese.«

Hundewiese?! Spontan möchte ich Simon die Leine in die Hand drücken und ihn einfach hier stehen lassen, aber er sieht so fröhlich und gleichzeitig so entschlossen aus, dass ich das nicht übers Herz bringe. Dann eben zur Hundewiese.

»Und was wollen wir da?«, erkundige ich mich maulig.

»Abwarten. Wir treffen dort jemanden.«

Ich beschließe, nicht weiter nachzuhaken, stattdessen das schöne Wetter zu genießen und so zu tun, als sei für mich ein

Spaziergang mit Hund die normalste Sache der Welt. Und so laufen Simon und ich tatsächlich entspannte zehn Minuten zu dem riesigen See, der mitten in Hamburg liegt und zu den schönsten Flecken der Stadt gehört. Also, bis auf den Teil, der als Hundewiese deklariert ist und den wir nun leider direkt ansteuern.

»Ah, da ist sie ja schon!« Simon winkt einer Frau zu, die am Rande der Wiese auf uns zu warten scheint. Als wir näher kommen, stellt er uns einander vor.

»Nikola, das ist Biggi. Biggi, das ist Nikola.«

»Hallo, Nikola! Schön, dich kennenzulernen.«

»Hallo«, grüße ich wortkarg.

Biggi ist eine burschikose Blondine mit kurzen, gelockten Haaren und einem Nasenpiercing. Sie trägt ein ausgewaschenes graues T-Shirt und Baggypants. Neben ihr komme ich mir im kurzen Rock mit Turnschuhen tendenziell lächerlich vor. Was soll das Ganze? Ich merke, dass ich schlechte Laune bekomme.

Simon merkt es anscheinend auch, denn jetzt beeilt er sich, unseren Ausflugszweck näher zu erläutern.

»Also, Biggi ist die beste Hundetrainerin der Welt. *Und* sie hat ein neues Trainingskonzept entwickelt.«

»Ach was«, erwidere ich lahm. Ich kann mir eigentlich nichts vorstellen, was mich noch weniger interessiert als ein neues Hundetrainingskonzept. Ich kenne ja nicht mal das alte.

»Genau«, lächelt Biggi. »Das Training heißt *Angstfrei mit Hund* und richtet sich speziell an Menschen, die sich in Gegenwart von Hunden unwohl fühlen oder gar Angst vor ihnen haben. Simon hat mir erzählt, dass du da ein kleines Problem hast.«

Simon grinst, ich bin verdattert.

»Äh, und das soll ich jetzt machen, dieses Training, oder wie?«

»Klar. Ich habe doch gesagt – wenn aus uns mal was werden soll, dann musst du eine Bernhardiner-Aversionstherapie machen. Du erinnerst dich?«

»Ja. Aber du hast auch gesagt, dass das ein Scherz war.«

»Richtig. Aber in jedem Scherz steckt auch ein Fünkchen Wahrheit. Komm schon, Petersen, gib dir einen Ruck! Für Flöckchen!«

Ich zögere. Simon räuspert sich.

»Na gut. Aber hauptsächlich für mich.«

Als ich mich nach einer Stunde Hundetraining neben Simon auf die Parkbank fallen lasse, bin ich erledigt, aber sehr gut gelaunt. Tatsächlich hat das Konzept von Biggi einiges für sich: Ich habe erst mit viel, dann mit etwas weniger Abstand Sachen mit Flöckchen unternommen, die sowohl ihr als auch mir Spaß gemacht haben: Bälle werfen, die sie zwischen Biggi und mir hin und her tragen musste, Sitz und Platz mit Leckerli für Flöckchen und Pfötchengeben für mich, gemeinsames Joggen und schließlich sogar Öhrchenkraulen mit geschlossenen Augen – war alles gar nicht so schlimm, manchmal sogar lustig.

»Hey, du siehst aus, als hättest du gar nicht so furchtbar gelitten. Oder?«, erkundigt sich Simon.

»Ja … Es ist zwar noch ausbaufähig, aber offenbar nicht hoffnungslos«, bestätige ich.

»Das ist schön.« Simon sieht mich von der Seite an – und dann legt er seinen Arm um mich. »Ich würde nämlich in Zukunft gern mehr mit dir unternehmen. Und da kann ich das arme Flöckchen ja nicht immer an der Garderobe abgeben.«

Mir wird ganz warm. Aber es ist kein schlechtes Gefühl. Im

Gegenteil – es fühlt sich sehr gut an. Ich lege meinen Kopf auf Simons Schulter und schließe die Augen.

»Hey, was sagst du zu meinem Vorschlag? Oder schläfst du etwa gerade ein?«

Ich schüttle den Kopf.

»Nee. Ich überlege nur gerade, ob ich mich lieber donnerstags oder freitags noch mal mit Biggi zum Training treffe. Diese beiden Termine hatte sie noch frei.«

Dazu sagt Simon nichts. Stattdessen beugt er sich ein wenig vor, zieht mich noch näher heran und küsst mich. Und diesmal ist es kein bisschen geschauspielert.

VIERZIG

Lieber Christoph,

mal angenommen, ich würde dir sagen, dass ich da jemanden ganz nett finde. Also, nicht einfach nett *nett. Du weißt schon, ich meine: So richtig nett. Weil er klug ist und geistreich und lustig. Weil er mich zum Lachen bringt. Und irgendwie so … so – ach, ich weiß auch nicht. Auf jeden Fall, weil er jemand ist, den ich mag. Also, angenommen, ich würde dir das sagen. Wärst du mir böse? Oder könntest du es verstehen? Ich hoffe sehr auf Letzteres. Weil, ich glaube: Da gibt es so jemanden. Vielleicht.*

Ich halte dich auf dem Laufenden.

In Liebe
Deine Nikola

DANKE!

Eine neue Liebe ist wie ein neues Leben …
Jürgen Marcus, 1972

Auf Bücher trifft das übrigens genauso zu. Ein neues Buch ist für mich als Autorin auch wie ein neues Leben – ich treffe neue Figuren, lerne sie kennen, setze mich mit ihrer Geschichte auseinander. Es ist, als sei ich in eine neue Stadt gezogen. Ohne dabei mein Arbeitszimmer zu verlassen. Und weil so ein Umzug natürlich auch mal anstrengend ist (jeder, der in letzter Zeit umgezogen ist, wird das bestätigen), bin ich sehr froh, dabei fantastische Umzugshelfer gehabt zu haben. Mein besonderer Dank gilt deshalb:

- meinen beiden Lektorinnen Barbara Heinzius und Nicole Seifert – wobei Erstere diesmal die Dramaturgie im Auge behalten und Letztere für den sprachlichen Feinschliff gesorgt hat.
- überhaupt dem gesamten Page & Turner-Team für seine 1A-Unterstützung bei dem Start in dieses neue Buchprojekt, hier insbesondere Claudia Negele, Claudia Hanssen, Melanie Michelbrink und Thomas Weigelt. Und natürlich Katrin Cinque für die italienischen Momente in Nikolas Leben.
- meinem Verleger Georg Reuchlein und meinem Strafrechtsprofessor Werner Beulke. Die beiden freuen sich

möglicherweise gerade im Hinblick auf dieses Buch, dass ich zwar Jura studiert, es nach den Examina aber dabei belassen habe. Wenn sie auch unterschiedliche Gründe für ihre Freude haben dürften.

- Bettina Keil, meiner Agentin und fleißigen Erstleserin. Und Managerin. Und Coach. Und Cheerleader. Und Antreiberin. Und, und, und …
- meiner Freundin und Kollegin Alexandra Fröhlich für ihre aufmunternden Worte und kalten Getränke! Wie gut, dass wir unsere Schreibkrisen immer abwechselnd hatten.
- Und natürlich meinem Mann Bernd. Für alles.